新☆ハヤカワ・SF・シリーズ

5059

メアリ・ジキルと怪物淑女たちの欧州旅行 Ⅱブダペスト篇

EUROPEAN TRAVEL FOR THE MONSTROUS GENTLEWOMAN

BY

THEODORA GOSS

シオドラ・ゴス

原島文世訳

TOKYO HAYAKAWA BOOKS

A HAYAKAWA SCIENCE FICTION SERIES

EUROPEAN TRAVEL
FOR THE MONSTROUS GENTLEWOMAN
by
THEODORA GOSS

Translated by
FUMIYO HARASHIMA
First published 2023 in Japan by
HAYAKAWA PUBLISHING, INC.
This book is published in Japan by
arrangement with
BAROR INTERNATIONAL, INC.
Armonk, New York, U.S.A.
through TUTTLE-MORI AGENCY, INC., TOKYO.

カバーイラスト　シライシユウコ
カバーデザイン　川名 潤

目次

II　ウィーンからブダペストへ

16　血は命　11
17　シュタイアーマルクの城　47
18　城からの脱走　83
19　カーミラの物語　106
20　ブダペストの朝　141
21　パーフリートの吸血鬼　164
22　エジプトの女王　200
23　カフェ・ニューヨークで　229
24　謎の大修道院　249

25 ソサエティの会合 271
26 女性会長《マダム・プレジデント》 304
27 ブダペストの夕べ 326
28 催眠術をかける娘 357

謝辞 367

訳者あとがき 369

Ⅰ ウィーン篇・目次

Ⅰ ロンドンからウィーンへ

1 ブダペストからの電報
2 パーフリートでの約束
3 セワード医師の日誌
4 英国海峡を越えて
5 オリエント急行で
6 ウィーンでの朝
7 ソーホーの住所
8 サーカスに加わる
9 驚異の催眠術師
10 フロイト博士との面談
11 アイリーンとの会話
12 精神科病院からの脱出
13 ルシンダの物語
14 〈美しき毒《ラ・ベル・トクシーク》〉
15 ウィーンの夕べ

メアリ・ジキルと怪物淑女たちの欧州旅行

Ⅱブダペスト篇

おもな登場人物

〈アテナ・クラブ〉

メアリ・ジキル……………………ロンドンに住む令嬢。父親はヘンリー・ジキル博士

ダイアナ・ハイド…………………メアリの異母妹。父親はエドワード・ハイド

ベアトリーチェ・ラパチーニ……〈毒をもつ娘〉。父親はジャコモ・ラパチーニ

キャサリン・モロー………………〈猫娘〉。父親はモロー博士

ジュスティーヌ・フランケンシュタイン…………〈アダム・フランケンシュタインの花嫁〉。父親はヴィクター・フランケンシュタイン

ミセス・プール……………………ジキル家の家政婦

アリス………………………………ジキル家のメイド

シャーロック・ホームズ…………ロンドンの名探偵

ドクター・ワトスン………………ホームズの相棒

アイリーン・ノートン……………ホームズの知人

ルシンダ・ヴァン・ヘルシング…………………大学教授エイブラハム・ヴァン・ヘルシングの娘

カーミラ・カルンスタイン………カルンスタイン女伯爵

ローラ・ジェニングス……………カーミラの恋人

ウィルヘルミナ・マリー…………メアリのもと家庭教師

ヴラディミール・アールパード・イシュトヴァーン………………伯爵

Ⅱ　ウィーンからブダペストへ

16　血は命

「メアリ」ジュスティーヌが言った。「ほかのみんなを怖がらせたくないのだけれど、何かおかしいわ」

「どういう意味？」メアリは訊《たず》ねた。路上に出て、というよりつぎつぎと道を変えて四日目だ。どの道にも独特の質感があり、それぞれに石ころや轍《わだち》が存在しているようだった。くる日もくる日も朝から晩までジャガイモ袋のように揺すぶられて、いいかげんうんざりだ。たとえ馬車のクッションつきの座席の上でも、一日じゅう腰かけていれば、お尻が——そう、メアリ、あたしはこの下品な言葉を使うつもりなの——痛い。望みといえば、ブダペストに到着してミナを見つけ、熱い風呂に入ってまともなベッドで眠ることだけだ。

向かい側ではダイアナがうつらうつらしており、その隣でルシンダも眠っていた。どうやって食事を与えるか解明して以来、ずっとよく寝るようになっている。

「わたしが言いたいのはね——馬に燕麦《エンバク》をやるのに止まった農家があったでしょう？　デーネシュがドイツ語であのひとたちに話しかけていたの」ジュスティーヌは意味ありげにこちらを見た。

「ここのひとたちはドイツ語を話すんじゃないの？」メアリは問い返した。「だって、まだオーストリア＝ハンガリー帝国にいるんでしょう」

「ええ、でもハンガリーの部分にいるはずなのよ。公用語はドイツ語だけれど、庶民はハンガリー語を話すわ。ベデカーに書いてあったのを覚えていない？」

「あなたほどよく覚えていないみたいね、どうやら」とメアリ。「あと、わたしにドイツ語とハンガリー語区別がつくとは思わないわ――どこが違うの？　それに、何が言いたいの――本来の速度より遅く移動しているということ？」

「わからないわ」ジュスティーヌはかぶりを振って言った。「でも、田舎の景色にも変化があるのよ。気がついたかしら――」

「農場が少なくなって、森が増えたこと？　ええ、気がついたわ」メアリは眉をひそめた。そのことはあまり考えてみなかった――ハンガリーはオーストリアほど文明化しておらず、スコットランドとイングランドのような感じだと思っただけだった。「でも、それになんの意味があるというの？　もしあるとして？」

「それだけじゃないの」とジュスティーヌ。「上のほうへと移動しているのよ。気づかないほど少しずつだけれど、わたしは山の中で暮らしたことがあるわ。ここは空気の質が違うの――前より高い場所にいるのよ。イングランドを発つ前に、地図は全部注意して見ておいたわ。ウィーンとブダペストのあいだに山はないの

「じゃあ、どこにいると思うの？」メアリは訊ねた。

「ベデカーを確認してもいいけれど、たしか旅行鞄の中よ。次に止まったとき、ショールか何か必要だからと言って、デーネシュに降ろしてもらえないかしら？」

「見当もつかないわ」とジュスティーヌ。「調べたのは行こうと計画していた道筋だけですもの。もうその道にいるとは思わないわ。アイリーンは道の状態によって、ブダペストに着くのに三日かかると言っていたでしょう。もう四日目よ。こういう旅行は列車ほどあてにならないと知っているし、個人用の馬車は予定に従って走るわけではないけれど……心配なの」

まったく。とんでもないことだ。ジュスティーヌが間違っている可能性はあるだろうか。メアリは窓の外を見た。暗くなりはじめ、霧が立ち込めている。馬車

のランタンはすでに灯がともっていた。まわりの景色は、必ずしも森というわけではなかったが、ウィーン周辺より荒涼として岩がちだった。木々も違う――前より丈が高くて黒っぽいということ以外、どう違うのかわからなかったが。こういうものはすべて目にしていたのに、とりたてて何も思わなかったのだ。ほかに気をもむ事柄があった――おもに、どうやってルシンダに食事をさせるかということだ。

ルシンダに栄養として血が必要だという、かなりぞっとする発見のあと、旅の一日目は平穏だった。何度か止まって馬を休ませたが、一度は市場町で、ジュスティーヌが食料の補充に桃とサクランボを買った。オレンジ色と紫色の雲の下に日が沈んでいくとき、宿屋に到着した。ヘル・フェレンツと息子が夜のために馬を厩《うまや》に入れ、翌日の旅用に新しく二頭を借りる交渉をしているあいだに、宿屋の主人の妻らしき感じのいい女性がドイツ語で歓迎してくれた。みんな兄弟姉妹なので不適切なことはない、とヘル・ジャスティン・フランクことジュスティーヌが請け合ったので、おかみはベッドが二台、洗面器と水差しのついた整理箪笥、テーブルと四脚の椅子がある部屋に案内してくれた。ベッドの上にはとくに芸術的価値のない絵が二枚かかっていた――一枚はエリーザベト皇后で、もう一枚は聖母マリアだ。おかみは三十分で夕食を上に持ってくると伝えて立ち去り、一行は荷ほどきにかかった。

「あいつとは寝ないから」ダイアナがルシンダを指さして言った。

「わたしと寝ればいいわ」とメアリ。「ジュスティーヌ、よかったら――」

「もちろんよ」とジュスティーヌ。「少なくともこの娘《こ》はいびきをかかないもの！」

「そう、血を飲むだけでね！」ダイアナは切り返した。

「ルシンダは――ええと、この娘《こ》にとっては、あれが食事みたいなものなのかしら」メアリは問いかけた。

「わたしたちの食事のたびに血がいるの？　どうしてかっていうと、今日はもう無理だと思うからよ。まだあんまり気分がよくないの」

「訊いてみればいいわ」ジュスティーヌが言った。聖母マリアの下でベッドに腰かけているルシンダを振り向く。「また飲む必要があるかしら？　その、血の話だけれど？」

ルシンダはジュスティーヌに憑かれたようなまなざしを向けた。「イエスがガリラヤで弟子に会ったとき、血管に流れる血を差し出し、私を思い出すためにこれを飲みなさい、と言った」

「本人に訊いても仕方がないと思うわ」とメアリ。

「顔色がよくなったし、前より力がついたようだけれど、言っていることがわかりやすくなったとは言えないもの。実のところ、むしろ逆よ」

「いくらか血をあげてみて、どう反応するか見てみるべきかもしれないわ」とジュスティーヌ。「わたしの番だと思うの。ダイアナ、ナイフを貸してくれる？」

「あたしがいなかったら、あんたたちふたりでどうやっていくつもりなんだかわかんないよ」ダイアナは言った。またスカートの下に手を伸ばし、ナイフを取り出すと、ジュスティーヌの差し出した手に渡す。

メアリがやったように、ジュスティーヌは左手首を切った。だが、ルシンダは傷に口をつけたとたん、口に入れた血を吐き出したので、床に血しぶきが散った。ジュスティーヌから身を引いて離れ、聖母の真下のヘッドボードに縮こまる。「あなたは死んでいる」と言った。「わたしと同じく、死んで永遠に呪われている」

「あっそ！　あんたの血じゃよくないらしいよ」ダイアナが鼻を鳴らして言った。

「ジュスティーヌ、ルシンダはきっと悪気があって言ったわけじゃないのよ」とメアリ。

「それでも、言っていることは正しいわ」ジュスティーヌは、シェリー夫人の本を読んでいた日以来見たことがないほど悲しそうに言った。「わたしは百年間死んだままなの。わたしの血は穢《けが》れているわ――死んだ女の血なのよ」

「じゃ、またあたしじゃないとだめみたいだね」ダイアナが言い、ナイフのほうに手を出した。

メアリは信じられないという顔でそちらを見た。

「ルシンダに血が必要だからってあれだけずっと文句を言っておいて、今自分がやるって申し出るの？」

「気色悪いって言っただけじゃん」とダイアナ。「あたしがやらないとは言ってないよ。早くナイフ取ってよ」

「ちょっと待って」とメアリ。「人間の血じゃなくちゃだめなのかしら？　ルシンダ、あなたに必要なのは人間の血、それともなんの血でもいいの？」

ルシンダは聖母の下の位置からメアリを見つめただけだった。「血は生命」と言う。「血は茨《いばら》に囲まれた薔薇。百年のあいだ彼女は眠っていたわ、王子が嚙みついて目覚めさせるまで」

「意味の通る答えがもらえるとは思わないけれど」とジュスティーヌ。

「だったら、実験してみるしかないわ」とメアリ。

「厩の近くに鶏小屋があったのを見たの……」

ちょうどそのとき、宿屋のおかみが扉をノックした。「夕食です《アーベントエッセン》、お嬢さんがたと旦那さん《マイネ・ダーメン・ウント・マイン・ヘル》」と言う。お盆に載せて持ってきたのは、ソーセージとザワークラウト、それに何かの団子《ダンプリング》だった。

「クネーデル！」ダイアナががっかりして言った。

「拷問したければしたっていいけど、あたしはクネーデルなんか食べないから」

「黙りなさい！」メアリは小声で叱り、ダイアナの肩を叩いた――振り向いたダイアナに背中を叩き返されるだけに終わったが。ダイアナがいつでもやり返すということを、なぜ忘れていられたのだろう？

メアリ　忘れていなかったわ。ただおかみの前でダイアナに無作法な真似をしてほしくなかっただけよ。

ダイアナ　ものすごく深くて真っ暗な地下牢にぶちこんで、千年のあいだ拷問したっていいけど、それでもクネーデルなんか食べるもんか。

メアリ　あなたにはほんとうにうんざりだわ、わかってる？

「ありがとう《ダンケ》、やさしい奥さん《グーテ・フラウ》」ジャスティン・フランクがチップを渡して言った。それから、何か〝ヘーンヒェン〟と聞こえる言葉を口にした。おかみは早口のドイツ語で答えた。「すぐ戻ってくるから」ジャスティンはほかのみんなに言った。おかみのあとについて扉を出ていく。

十分後には、大きな木の器を持って戻ってきた。メアリとダイアナはすでにテーブルについて夕食をとっていた――クネーデルはダイアナが説明したほど悪くはなく、あの騒ぎはいったいなんだったのだろうとメアリは思った。味気ないが食べごたえはある。

「それはなに？」メアリは訊ねた。

「雌鶏」とジュスティーヌ。「わたしが頸《くび》をひねらなければならなかったわ」中身が見えるように器を持つ――ともかく大量の羽根は見えた。雌鶏を殺したのがどれだけつらかったかは明白だった。「あのひと――フラウ・ルンドホフ――に、妹が貧血症だと言ったの。そうしたら叔母さんが同じ病気だったと話してくれて。ほら――」ルシンダに器を差し出す。「フラウ・ルンドホフが胸に切れ目を入れてくれたわ」

　ルシンダは器を受け取って雌鶏を見つめた。それから、三人から顔をそむけて鶏を持ち上げた――まだきれいな羽根に覆われた体が手からぶらさがる。ルシンダは頭を低くした。一瞬あと、メアリは身の毛もよだつ音を耳にした。ずるずると音を立てて吸うような音で、吐き気がこみあげた。クネーデルを半分食べたことを後悔する。

ダイアナ　ほらね？　言ったじゃん。クネーデルはぜったい食べるなって。

ルシンダが鶏を器に戻してまたこちらを向いたとき、その顔は血にまみれていた。「地獄はからだ、悪魔どもが総出で押し寄せてきた（ウィリアム・シェイクスピア『テンペスト』第一幕第二場、小田島雄志訳、白水Uブックス）」

「あれ、どういう意味なわけ？」ダイアナが訊いた。

「シェイクスピアだと思うわ」とジュスティーヌ。

「顔を洗うのを手伝いましょう」

「いいえ、あなたは食べて」メアリは言った。「わたしがルシンダの顔を洗うわ。そのあと、みんな寝たほうがよさそう。あしたは朝早く出なくちゃ」

水差しの水でルシンダの顔から血を洗い流す。もう蒼白くはなかった――いまやルシンダ・ヴァン・ヘルシングはとても愛らしい娘に見えた。アムステルダムのパーティーでダンスをして、恋人の話をしているところを見かけてもおかしくない。瞳の焦点が合っていないのにメアリは気づいた。はるか遠くを見ているようだ。ジュスティーヌが食器を一階に返しに行き、ダイアナが体を洗っているあいだに、手を貸してナイトガウンに着替えさせ、ベッドに入れてやったが、ルシンダが口にしたのはこれだけだった。「わたしは川岸に立っていて、川にさらわれた。川はわたしたち全員をのみこんだ。わたしたちが溺れないよう、善なる神がお救いくださいますように。アーメン」

翌朝、ルシンダはもはや英語を話すことができなかった。きのうより体調はよさそうで、明るく楽しそうに見えた――身体的には前よりいい状態にあるようだ。だが精神は……

「正気を失いつつあるのではないかしら」また一羽、血を失った鶏の死骸を処分したあとで、ジュスティーヌはメアリに言った。ジャスティン・フランク氏はふたたび旅のいでたちになっていた。

メアリも準備はできている。ルシンダの顔を洗い、血みどろの悲惨な状態ではなく、ちゃんとした恰好に見えるようにした。ダイアナはまだブーツを履いているところだった。「急いで!」とメアリ。「馬車が待ってるってフラウ・ルンドホフが言っているわ」

またもや馬車の中での長い一日だ。外に出たのは、ヘル・フェレンツが馬を休ませて水をやったときだけだった。そのときには馬車から降りて歩きまわり、近くの茂みで尊厳を保ちつつ用を足すことができた。

メアリ　キャサリン! そんな細かいことまで入れる必要があるの?

キャサリン　まる一日、体の要求も機能もなしに過ごしたって、読者が信じると思うわけ?

メアリ　そうじゃないわ、でもそんなことはとにかく——公表しないものよ。言わずに済ませるの。

キャサリン　今はどんなに不愉快でも不適切でも、現実的な細部を含めるのがすごく流行《はや》ってるの。フランスの作家を見てみてよ。エミール・ゾラとか。

メアリ　わたしたちはフランス人じゃないわ。

メアリはおとぎばなしに出てくる、樽に入って丘の斜面を転がり落ちる召使の娘のような気がしてきていた。ただしこの場合、樽はいつまでも止まらない。規則的だがでこぼこした馬車の動きで、なんとなくぼうっとしてきた。たいていは外の田舎の景色を眺めていた。ダイアナは寝ているか、道の状態について文句を言うか、メアリとジュスティーヌを合わせたよりたくさん食べたくせに、おなかが減ったと不平を鳴らすか、退屈すぎる——あんまり退屈だから、何かするためだけに馬車から飛び降りようかな、と不満を述べるかだった。ジュスティーヌは、アイリーン・ノートンに借りた本を読もうとしたものの——背表紙には『ツァラトゥストラはかく語りき』と書いてあった——とうとう口を開いた。「ぜんぜん集中できないみたいだし、現代の哲学は、ときどき詩的なでたらめみたいな気がすると認めざるをえないわ」そのあと、ダイアナを黙らせるためにカード遊びをしてやった。またメアリの隣に腰かけたルシンダは、ときおりオランダ語で何か意見を述べた、というか、たぶんあれはオランダ語だろう。まったく自分の世界に浸りきっているようだ。こうして馬車に乗って、オーストリア＝ハンガリー帝国内の田舎を移動していることさえ、わかっているのかどうか、とメアリはいぶかった。

救出にきてよかったのだろうか。ほとんど信じられないようなことを主張してメアリを呼び出したのは、十年以上会っていない家庭教師からの電報と、会ったこともない少女からの手紙だった。知っているものすべてを残し、その呼び出しに応えたことは正しかったのか？　ありがたいことに、ダイアナはまた寝入っていた。ルシンダも眠っているようだ。毛布を体に巻きつけて座席にもたれかかっている。ジュスティーヌは膝の上にドイツ語の会話集を開いたまま、窓の外を見つめていた。さっきまた、自分のドイツ語の不備について愚痴をこぼしていたのだ。

「わたしたち、正しいことをしたのよね？」メアリは訊ねた。

ジュスティーヌは驚いてこちらを見た。「もちろんよ。疑っているの？　普通、正しいことをするのは難しいからわかるわ。それに——あの娘《こ》を見て」隅っこにまるくなっているルシンダのほうへうなずいてみせる。顔がなかば髪に隠れ、お昼寝をしている子どものようだ。「ミス・マリーの電報に応えなかったら、あなたは決して自分を許せなかったでしょうね」

メアリはほほえんだ。いつでもジュスティーヌは物事をはっきり示してくれる。ルシンダは救出する必要があったから助け出したのだ。血を飲むこの娘は、ベアトリーチェやキャサリンとなんの違いもなく、錬金術師協会の会員によって造られたのだ――そして、ルシンダをこんなふうにした連中は止めなければならない。危険であろうと不快であろうと……ダイアナがいびきをかいていようと。たった今また始まった。どうやったらあんな蒸気機関のような音が出せるのだろう。

ちょうど日が沈みかけて、また別の宿屋に到着するころには、もうこの先一生個人馬車になど二度と乗りたくなくなっていた。まったく、辻馬車と列車で充分だ――でなければロンドンに置いてきた信頼できる自転車か！

この宿屋はゆうべの宿屋よりはっきりおとっていた。メアリとダイアナとルシンダは大きなベッド一台を共有した。ダイアナが「あの蛭《ヒル》の隣」で寝るのを拒否したので、メアリがふたりの少女のあいだにはさまった。ジュスティーヌは毛布にくるまれて床で眠った。ここには鶏はいなかったが、ジュスティーヌの腕の中でキーキー鳴いてもがく子豚を買うことができた。ジュスティーヌは三人とも部屋を出ていてほしいと頼んだ。十分後、戻ってくるように言われたときには、子豚は死んでいて、ジュスティーヌはふだんよりいっそう蒼ざめていた。

ルシンダが血のごちそうのため隅っこに行っているあいだに――食べているところを見られたくないらしい――メアリはジュスティーヌの腕に片手をかけた。

「ほんとうにごめんなさい。あなたは肉を食べることさえしないのに」

「どんな生き物も進んで殺しはしないわ」ジュスティーヌは悲しげに言った。「でも、少なくとも苦しませなかったから」

「まあ、豚だもの」とメアリ。「きっと最終的にはソーセージになっていたはずよ。ごめんなさい」ジュスティーヌの頬を涙が一粒こぼれ落ちた。「無神経に聞こえるけれど、わたしが言いたいのは、結局同じ最期を迎えただろうということなの。それに、これはルシンダの命の問題ですもの」

ジュスティーヌはただうなずいた。

三日目の夜の宿屋はさらに田舎じみていた——どう見ても地元の酒場らしき場所の上に、いくつか部屋がある。その晩、ルシンダはまた雌鶏の血を飲み、ほかのみんなは水っぽいジャガイモのスープとラードを塗った黒パンに頭を振った。フラウ・シュミットの籠の食料は底をついた。持っていくのに別のパンと大きなサラミを買う——ぼったくりだ、とメアリは考えた。だが、ほかにどうすればいい？　食べ物は必要だ。

そして四日目だが、何かおかしい。暗闇と霧の中へ突き進んでいる。馬車の両側にあるランタンはほとんど周囲を照らしていないようだった。ジュスティーヌの言うとおり、ブダペストに向かっていないのだとすれば——では、どこにいるのだろう？

「夜はどこかで止まるはずよ」メアリはジュスティーヌに言った。「いったん止まったら、どこにいるのか訊いてみて——何かの理由で予定の方向へ進んでいないなら、自分たちでブダペストへの道を探せばいいわ。お金もあるし、ベデカーもあるもの。必要なら馬車と馬を奪い取りましょう。戦うことになったら、あなたはヘル・フェレンツやデーネシュより強いし、わたしには拳銃があるもの。馬車の馭《ぎょ》し方は知らないでしょうね？　ジュスティーヌ・モーリッツが覚えるようなことじゃないし」

ジュスティーヌはかぶりを振った。あまりに暗くてよく見えない。ダイアナとルシンダがまだ眠っていてくれてよかった。もっとも、ダイアナは頭を動かしはじめ、夢の中でつぶやいている。もうすぐ起きるというしるしだ。

「まあ、わたしも知らないけれど、なんとかなるわ。いつだってそうですもの」ここにアイリーン・ノートンがいて助言してくれたら！　アイリーンならどうしたらいいか知っているだろうに。だが、アイリーンはウィーンに残っている。グレータとハンナと、武器でいっぱいの部屋もだ。どれも今ここにあれば役に立つのに。

アイリーンだったら、この状況でどうするだろう。まあ、暗くなりすぎて何も見えなくなる前に、少なくともひとつはできることがある。薄れゆく残光の中で、メアリは連発拳銃を取り出すと、すべての弾倉に弾を込めてから、ウェストバッグに戻した。論理的にはさっきとまったく同じ重さのはずだが、いまやその重みが心強かった。

「速度が落ちてきているわ」ジュスティーヌが言った。もうすぐ真っ暗だ――ランタンの光はろくに馬車の内部に届かず、ほとんど姿が見えない。どうせそんなに速歩《はやあし》なわけではなく、馬はのろのろと歩いている――馬も疲れているに違いないと思っていたところだ。だが、たしかに進みが遅くなってきた。ゆるやかな坂を上っているのが感じられる――もしかしたら、もうすぐそこに到着するのではないだろうか。そこがどこであろうと。

「まだ着かないの？　おなか減った」ダイアナが目をこすっている。ルシンダはまだ隅っこで眠っているようだった。

急に馬車が停止した。メアリは窓の外を見たが、暗くて霧が立ち込めている――ランタンの薄暗い明かりで、まわりに靄《もや》が渦巻いているように見えた。

「着いたみたい」と言う。「光が見えるわ――宿屋の主人が会いにきたんでしょう。いらっしゃい。ここがどこだとしても、きっと中に食べ物があるわ。わたしはとにかくこの乗り物から出たいの。体が痛いわ――

ええ、どこもかしこもいっぺんにね！」

扉を開けて降りてから、顔を上げてぎょっとする。ここは宿屋ではない——もし宿屋だとしたら、お目にかかったこともないような代物だった。頭上には巨大な石塀がそびえ、てっぺんは狭間胸壁《はざまきょうへき》になっている——その凹凸が紫から藍色に変わりつつある空に浮かびあがっていた。高い位置には先の尖ったアーチ形の小窓が並び、円塔がひとつある——ここは何かの城だ。半分は廃墟となっていた——別の棟が一部崩れ落ちて、折れた骨さながらに空へ突き立っている。いったいここはどこだろう？　メアリは驚きおびえてあたりを見まわした。ヘル・フェレンツはまだ手綱を持っていたが、駅者席からデーネシュが降りてきたところだった。

宿屋の主人——あるいは誰であろうと明かりを持った人物——が近づいてきた。ランタンを掲げる。「やあ、メアリ」耳ざわりなしわがれた声が言った。

ランタンの光でその顔が見えた——抜け目なくずる賢そうな、決して信頼はできないものの、なぜか魅力的な顔。これは疲れた心が見せている幻覚に違いない。まさかそんなはずは……

「一日じゅう待っていたぞ」相手は言った。「私は——また会えてうれしいよ、かわいい子」

生まれてはじめて、メアリは気絶するかと思った。どうしてこんなことが？　なぜこの男がここにいるはずがある？　深く息を吸い込み、ウェストバッグに手を伸ばすと、拳銃を取り出してまっすぐ相手に向ける。「ごきげんよう、お父様」と言う。そう呼ぶつもりはなかった——ただ口から出てきてしまったのだ。「ハイドさん」と言い直す。この男は父ではないし、決して父になることはない。

ダイアナ　でもそうだけどね。

メアリ　父親であるというのは、生物学的な生殖の問題だけではないわ。

「父さん！」ダイアナはちょうど馬車から降りたところだった。まだ眠そうだ。「なにこれ！　ここはどこ、こんなとこでなにしてんの？　どうして居場所を知らせなかったわけ？　手紙とかメモとか、何か送れたはずなのに。でもそんなこと考えた？　考えるわけないよね。だいたい、それってどんな父親なのさ？　最低の父親ってことじゃん」

「黙って、ダイアナ」とメアリ。「今はそんな場合じゃないわ」なおも拳銃の狙いをつけたままハイドのほうへ向き直る。「わたしたちはどこにいるの？　ブダペストではなさそうね」

「ああ、それと、その銃は私によこしたほうがいいと思うぞ、いい子だ」とハイド。「そもそも私のものだからな」

「渡すはずがないでしょう――」

「メアリ、渡したほうがいいと思うわ。うしろを見て」それはジュスティーヌの声だった――反対側から降りたに違いない。

　メアリは振り向いた――まだ馭者席にいるヘル・フェレンツが、ライフル銃をこちらに向けていた。

「お友だちは賢明だ、フロイライン」充分にわかるが、外国訛りのある英語だった。まったく、ハンガリー語しか話せないどころか！

　しかも、ジュスティーヌのすぐうしろにデーネシュがいる――別のライフル銃を持って。いまいましい！　メアリはたちどころに理解した――騙《だま》されたのだ。ヘルマンの友人が騙したか、ヘルマン自身が騙したか。だが、ハイドはどうやってこちらの居場所を知ったのだろう。どんなふうに手配したのか？　そして、今いるのはどこだろう？

ベアトリーチェ　もちろんヘルマンではないわ。あんなに感じがいい人なのよ、フラウ・ヘルマンはとても親切だったし。ふたりの赤ちゃんはほんとうにかわいらしくて……去年の夏ウィーンにアイリーンを訪ねていったときに会ったの。
キャサリン　どんな犯罪者にだって、すごくかわいい赤ちゃんはいるんじゃないの。
ベアトリーチェ　キャット、真剣に言っているわけではないでしょう――
キャサリン　ううん、本気でヘルマンが犯人だって思ってるわけじゃないけど。ただ、生殖能力で倫理的な人間かどうかがわかるとは思えないって話。

「さあ、銃をよこしなさい」ハイドが片手を出して近づいてきた。「そら、メアリ。おまえに危害を加えるつもりはないよ――ダイアナにもだ」

「わたしたちを誘拐したわ」メアリはなじるように言った。しぶしぶ連発拳銃を渡す。わざわざ銃把を相手に向けてやったりしなかったので、ハイドは銃身をつかまなければならなかった。

「迂回させた、と言いたいね」と応じる。「おまえたちから――というより、おまえたちのうちのひとりから必要なものを手に入れたら、旅行を続けてくれてかまわないよ。だがまず、しばらく一緒に過ごせたらと思うがね。家族として、と言っておこうか」

「あたしはこんなぼろ城に泊まったりしないから」とダイアナ。「ぜったいに、どんなことがあっても」

ハイドは例のゆがんだ微笑を浮かべてみせた。「残念ながら、さしあたって選択の余地はないな。もともとここにおまえたちを連れてくるつもりはなかった――だが、今ここにいる以上、もちろん会えてとてもうれしいとも、娘よ。いつまでも好きなだけ私のもとにいてくれてかまわないよ」

ダイアナは無作法なしぐさをしてみせた。

「ああ、ミス・ヴァン・ヘルシング！」ハイドは言った。「ようやく待っていたお客がきたな」ルシンダがのろのろとためらいがちに馬車から降りた。

ハイドは連発拳銃をポケットに収めて進み出ると、手を差し伸べた。メアリは脇によけた。いったいこれはどういうことなのだろう？ ルシンダが目的なのは明白だ――しかし、なぜ？

ルシンダは少しよろめきながら前に出た。あきらかにまだ半分眠っているか、一種の催眠状態に陥っているようだ。ハイドの手を取ると、肩越しにメアリを見て言った。「地獄に到着したわ」

「それはそうかもしれないが」とハイド。面食らった様子だ。「しかし、腹が減っているだろう、夕食が用意してある――君にもだ、ミス・ヴァン・ヘルシング。君の特別な糧《かて》を手配したが、用意したものにはおおいに満足してもらえると思うね。全員、中についてくるといい。君たちをここに連れてきた主たる目的はミス・ヴァン・ヘルシングを確保するためだが、またみなに会えてうれしいよ、君も含めてね、ミス・フランケンシュタイン。こちらにくれば、ここがどこなのか、どうやってたどりついたか教えよう――暗い戸外にとどまるほうがいいなら別だが？ この標高では寒くなるかもしれない。心地よい暖炉のぬくもりを勧めるね。それにたぶん、ブランデーも少しな。ハンガリー人は絶品のブランデーを作るが、イングランドにあるのよりずっと強くて、こんな夜にはぴったりだ」

ダイアナはあとに続いたが、メアリはつかのま逡巡した――どこへだろうと、ハイドについていくのは気が進まない。ラドクリフ夫人かサー・ウォルター・スコットの小説から引っ張ってきたような城の廃墟ならなおのことだ。どちらにせよジュスティーヌを待ちたかったというのもある。

「ここはどこだと思う？」ジュスティーヌが隣に並んだとき、そう問いかけた。

「もっと注意を払っていればよかったわ」とジュスティーヌ。「地図のどこに山地があったか考えようとしていたの。ウィーンの南に山脈を見た覚えがあるような気がするわ――アルプスを思い出したの。南へきたのだとしたら、当然進路からそれているわ」
「それに、まだライフル銃を向けられているし」メアリはうしろのヘル・フェレンツとデーネシュをちらりと見やって言った。「行きましょう、入ったほうがよさそうよ。食べ物と休息が必要だし、この――このくそいまいましい場所がどこだか見当をつけないと。ねえ、わたし、ダイアナみたいな言葉遣いになってきたわ」

ダイアナ　知ってる！　最高だったね！　もっとあたしみたいな言葉遣いになればいいのに。

キャサリンとベアトリーチェが一緒にいさえすれば！　それならハイドや配下の男たちと戦えたかもしれない。だが、今は自分とジュスティーヌだけだ――ダイアナがあてになるとは思えない。なにしろハイドを〝父さん〟と呼んで非難したのだから――何を？　絵葉書を送らなかったことを？　まるでそんなことが、そう、なぜか殺人より重い罪だとでも言わんばかりに。

ダイアナ　そうしてほしければあんたと一緒に戦ったよ。父さんだけど、あいつがどんなにろくでなしか知ってるもん。それにあんたは姉さんだしさ。あれだけしょっちゅう指図されてたら忘れるはずないって！

ベアトリーチェ　あなたのそばにいられたらよかったとわたしも思うわ！　でも、わたしたちはウィーンへの列車に乗っていて、あなたたちが不可解な状況で姿を消したことをまだ知らなかったのよ。

メアリはハイドのランタンを追い、落とし格子らしきものの下から入っていった——中庭だろうか？　砂利の上を歩いているから、そうに違いない。月が昇り、シリング銀貨のように明るく満ちて空にかかっている。いや、ここならオーストリアのクローネ銀貨か。まわりは雲に覆われていて、星は見えなかった。さっきと同じように霧が渦巻く中を進んでいく。すると、鉄の金具のついた大きな木の扉があった。ハイドが押し開けると、ギーッときしんだ。メアリはダイアナに続いて入っていき、ジュスティーヌのために扉を押さえた。キャサリンの目があって、暗闇を見通すことができさえすれば！

メアリ　あなたみたいに見えたらなんて思った記憶はないわ！

キャサリン　なら、そう思うべきだったんじゃないの。すごく便利だっただろうと思わない？　正直、あんたたちみんな、そんなにお粗末な視力と嗅覚でどうしてるのかわからないもの。まあ、ロンドンにいると、たまに鼻を取りはずしたいときがあるけどね！　うぷっ……

一同は暗がりに入っていった。いまやほんとうの内部にいる。ブーツの音がこだましているのが聞こえるから、なんらかの広い空間なのだろう。ハイドのランタンは、広大な虚空さながらに周囲に群がる闇を払うのに、ほとんど効果がなかった。それから、ふいにまばゆい光がひらめいた。ハイドが壁の脇に立ち、紐を握っていて——そんなことがありうるだろうか？　室内は光に包まれていた。部屋にぐるりと取り付けられた裸電球の電光だ。電球があるのは、かつて松明《たいまつ》を据えていた壁沿いの鉄の燭台だと気づいて驚いた。あたりを見まわす——ここは城の大広間に違いない。石の壁が黒っぽい木の梁までそびえ立ち、牡鹿を焼けるほど大きな炉がある。広間の中央には長いテーブルが延び、両側にベンチが置かれていた。広くて薄暗く、寒々としている。メアリは身震いした。サー・ウォルター・スコットならわくわくするかもしれないが、この場所からできるだけ早く出たいとしか思わなかった。長いテーブルの一方の端には、皿や器、ナプキン、銀器などが用意されていた。

「こちらへ、ミス・ヴァン・ヘルシング」ハイドが言い、テーブルの端にある、室内で唯一の椅子へとルシンダを導いた。「座って休んでくれ、長い旅のあとで疲れているだろうからな。もし全員が付き合うなら」と残りの面々に声をかける。「夕食を運ばせよう。温め直すのに少々時間がかかるかもしれないが――さっき言ったように、今日もっと早い時間に着くと思っていたのでね。だが、とうとうここに到着したからには、われわれが必ずしも野蛮ではないと示してやれる。たとえシュタイアーマルクにいてもな」

シュタイアーマルク！　それは南のほうではなかっただろうか？　ジュスティーヌの言うとおりだった。だが、ハイドの言う〝われわれ〟とはどういう意味だろう？　ひとりしかいないのに――今だったら攻撃できるだろうか。だが、そうしたところでなんの役に立つ？　当然ヘル・フェレンツかデーネシュか、その両方を呼ぶだろう。そしてほかにも人がいるかもしれない……。その〝われわれ〟というひと言が気に入らなかった。ダイアナはすでにベンチの一方に腰かけていたが、メアリ同様、ジュスティーヌもためらっていた。

「今動く、それとも待つ？」メアリはジュスティーヌにひそひそと言った。

「待ったほうがいいわ」ジュスティーヌはささやき返した。「どういう状況に陥っているのかわからないもの。それに、どう考えても今晩、この霧と暗闇の中で逃げ出すことは無理だわ。食べて休んで、それから計画を練らないと」

「さて？」ハイドが呼びかけた。「席につくのか？　ウィーンの料理ほどしゃれてはいないが、栄養のある食べ物を出すと約束できるぞ」

　現時点ではほかに何もすることを思いつかなかったので、食べたほうがいいだろう。どちらにしても、こちらがウィーンにいるとハイドがどうやって知ったのか、探り出さなければならない。なぜここに連れてきたのか、そもそもどうしてシュタイアーマルクにいるのかということもだ。この前ハイドに会ったときには、ニューゲート監獄に向かっている途中だった。オーストリア＝ハンガリー帝国でいったい何をしているのだろう？

　ハイドがテーブルに置いてあった呼び鈴を鳴らした。部屋にその音がこだましているうちに、向こう側の壁にある扉が開いた。刺繍つきの帽子とエプロンをつけた、ダイアナぐらいの年恰好の少女が入ってくる――たぶん召使だろうが、見るからに田舎風で、ハンナのきびきびと洗練された雰囲気とはまったく違う。茶色い髪を二本の長いおさげにした、かわいらしい女の子だった。テーブルまでやってきてルシンダの椅子の脇に立ったところは、充分落ち着いて見えたものの、内心ではおびえているようだとメアリは思った。

「アグネス、なるべく早く夕食を持ってきてくれないか」とハイド。「夕食《ヴァチョラズニ》をとる、わかるか？　客人は腹が減っている」

「はい《イゲン》……はい、ハイドさん《ウール》」少女はぎこちなくお辞儀して答えた。「兄が、もうグヤーシュレヴェシュを温めるです」召使だとしたら、仕事に慣れていない。英語がひどく訛っていた。

「すばらしい」びくびくした様子を気にも留めず、ハイドは言った。「では、もう何をしなくてはならないかわかっているな？」

「はい」とアグネス。左の袖をまくりあげて目を閉じる。

いったいハイドは何をするつもりだろう。ジュスティーヌはすでに、ダイアナの隣のベンチに腰を下ろしていた。メアリはまだ立ったままだ。何か恐ろしいことが起ころうとしているが、自分には止めようがない、とまざまざと感じた。

「怖がることはない」とハイド。ハイドはそうかもしれない――だがアグネスは木の葉のように震えている！　顔から血の気がすっかり失せていた。ハイドは上着のポケットから小さな革の入れ物を取り出すと、テーブルに載せて開けた。何か金属のものを持ち上げる――光を受けてきらめいたのが見えた。外科用メスだ！　この前、ハイドがメスを握っているのを目にしたのは、テムズ川のそばの倉庫でジュスティーヌの脳を取り除こうとしているときだった。

「その子は傷つけさせないわ！」ジュスティーヌが立ち上がっていた。見たこともないほど怒りに燃えた顔つきだ。たぶんジュスティーヌの最大限の怒りだろう。

「私はなんでも好きなことをするとも、自分の家ではな」ハイドは言った。その台詞の途中でカチッという独特な音が聞こえ、メアリは振り向いた――今入ってきた扉のところにヘル・フェレンツが立ち、ジュスティーヌにライフル銃の照準を合わせている。「そこのフェレンツ・ウールには、私に忠実にふるまう特別な理由があってな。娘のアグネスも同様だ」少女に視線を向ける。「おまえはみずから進んでこのことに同意しただろう？」

アグネスは無言でうなずいた。

何に同意したと？　だが、それはたちまち明確になった。メスがひらめいたかと思うと、アグネスの腕から赤い筋が流れ落ちたのだ。獲物に飛びかかる家猫さながらに、ルシンダがさっと向き直るなり、少女の腕をつかんで切り傷から血を吸いはじめた。

アグネスはかすかな悲鳴をあげたが、覚悟を決めた様子でじっと立っていた。

ハイドはどうやってルシンダに血が必要だと知り、前もって手配したのだろう？　アグネスは誰だ？　ヘル・フェレンツの娘だと言っていたが、それならデーネシュの妹でもある。どんな手でアグネスを――その、ルシンダの夕食になるよう説き伏せたのか？　ジュスティーヌはまだ立っていたが、一拍おいて席に戻った。メアリが視線をやると、ジュスティーヌは目を合わせ、自分も答えは持っていないと言うかのように肩をすくめてみせた。そしてダイアナは――やれやれ、ダイアナは魅入られたように見つめている。

「あれってすごく気色悪い」少したってそう言った。

「だが、必要なのだよ」とハイド。「もっとも、ミス・ヴァン・ヘルシングには、今のところそれで充分だと思うが。食料の供給元を枯渇させたくはないだろう？」そっとアグネスの腕を引き離す。

ルシンダは目をしばたたかせてハイドを見上げた。電灯の明かりのもとでは、口のまわりを汚す血がとりわけなまなましく見える。「あなたは悪魔よ《ユー・ベント・ゼルフ・ルシファー》」ルシンダは言った。それから、子どもが糖蜜の染みをなめるように、口元の血をなめとったので、メアリは身震いした。

「私はルシファーか？」ハイドはくっくっと笑いながら言った。革の入れ物から出したガーゼを使い、慣れた様子で手早くアグネスの腕に包帯する。「オランダ語はまったく知らないが、君の言葉の意味は火を見るよりもあきらかだな。だが、その名に私よりずっとふさわしい人物がいる！　まもなくその男に会うことになるぞ」

いったいどういうことだろう？　もう謎や嘘にはいいかげんうんざりだ。「どうしてわたしたちがここにいるのか話して」メアリは言った。ほっとすることに、その声はこれ以上ないほど軽蔑に満ちて聞こえた。弱々しく煮え切らない響きになるのではないかと恐れていたのだ。この旅でまだ感じたことのないような絶望を感じはじめていた。自分たちの所在を誰も知らない、アイリーンも、ミナも。シュタイアーマルクのどこかにある城に、この四人しかいないのだ――いや、ルシンダはあの状態ではろくに数に入らないから、三人だ。武器もなければ移動手段もない。いったいどうしよう？

ちょうどそのとき、アグネスよりいくらか年上の若者が大きな蓋つきのスープ皿を持って入ってきた。顔が似ているので、この若者もフェレンツ一家の一員であることは明白だった。下の兄だろうか？　そのうしろからデーネシュがソーセージらしきものを山盛りにした大皿を運んでついてきた――実際ソーセージだと判明した。炒めた玉葱とマッシュルームが添えてある。どれもにおいは――まあ、ものすごくおいしそうだった。状況の深刻さにもかかわらず、おなかが鳴るのが聞こえた。

「最高！」ダイアナが言った。少なくともその声はくたびれても意気消沈してもいなかった。大皿が下ろされたとたん、手でソーセージをつかんでかぶりつく。

若者が一同によそってくれたのは、鶏肉と何かのダンプリングが入った赤いスープだった。ハイドのもてなしを断るべきだろうか？　だがおなかが減ってたまらない！　メアリはひとさじ飲んでみた――イングランド人の味覚には少し香辛料が効きすぎていたが、すばらしく美味だ。ダイアナが二本目のソーセージにかかっているが、ジュスティーヌは玉葱とマッシュルームしか食べていないのに気づく。この長い一日のあとで、いくらなんでもあれだけでは足りないのでは？

「わたしのスープをあげるわ」とジュスティーヌにささやく。「鶏肉を全部食べてから渡すから。ダンプリングはとてもおいしいのよ――クネーデルとはぜんぜん違うわ！」ジュスティーヌはかぶりを振っただけだった。

「ミス・フランケンシュタイン、食べていないようだね」とハイド。「食べ物がお気に召さないかな？」

　心から案じて気遣っているように見える。なんというペテン師だろう！　もし本気でジュスティーヌを――あるいはこの中の誰でも――心配しているのなら、そもそもここへ連れてこなかったはずだ。この男がかつて自分の父親だったとは！　いや、やめよう、そのことは考えないほうがいい。メアリはソーセージとマッシュルームをいくつか皿に載せた。おいしかった。

「このひと、肉は食べないんだよ」とダイアナ。「そういうことは知ってると思ってたけど。それとも自分で見せかけてるほど頭がよくないってこと？」

「ああ、なるほど」ハイドはその発言のうしろ半分を無視して言った。「この城で菜食生活を送っているのは、ミス・フランケンシュタインだけではなくてね。アグネス、卵を炒めてもらえるか、それにトマトでも？　卵と《トヤーシュ・エシュ》……トマトという単語を思い出せないな。そら、赤い果物《ジュモルチュ》だ」ボールでも持っているかのように両手をまるめてみせる。

「パラディチョム」アグネスは言った。それから、またお辞儀して部屋を出ていく。兄たちは残った。デーネシュは腕組みして背中をそらしている。

「どうしてわたしたちをここに連れてきたの？」メアリは訊ねた。どんなに避けたくても、答えがほしければ話しかけないわけにはいかない。

「そうだよ」とダイアナ。「なんでさ、父さん？　ただあたしたちに会いたいって言えばよかったのに」

「メアリが喜んできてくれたとは思えないがね」とハイド。あの笑顔はダイアナにそっくりだ！　胸がむかむかした。

ダイアナ　あたしの笑顔はどこも悪くないよ！

メアリ　あなたの話じゃないの。あの男のことよ。あなたを批判してるわけじゃないわ。

ダイアナ　だって、ある意味そうじゃん。あいつの笑顔にむかむかして、それがあたしの笑顔に似てるんだったら――

メアリ　ごめんなさい、そういうつもりじゃなかったの。

ダイアナ　今、謝った？　へえ、誰が本物のメアリを誘拐したんだろ……

「それに、わかるだろう」ハイドは続けた。「私はおまえたちを拉致してはいない、ここにいてくれてじつにうれしいとはいえ――すばらしい家族の再会だろう？　私の目的はミス・ヴァン・ヘルシングだ。おまえたちがマリア＝テレジア・クランケンハウスから出してくれて運がよかったよ。あれはとても賢かったな、ダイアナ。そういうところは私に似たんだろう。もっとも、母親のほうもそれなりに利口だったが。デーネシュだったら、脱出させるのにもっとずっと苦労しただろう。そのあと、おまえたちがミス・ヴァン・ヘルシングにくっついてきたのは――いわばおまけだな」

ダイアナはナイフを握り締めた。「母さんは――」

「ルシンダをどうするつもりなんです？」ジュスティーヌが問いかけ、手を伸ばしてダイアナの腕に片手を置いた。冷静で落ち着いた言い方だった――ありがたいことだ、誰かがそうでなくては。ダイアナはナイフをガチャンと下ろし、腕組みした。腹を立てているのがわかる。同じように、抑制の利いた調子にもかかわらず、ジュスティーヌがくたびれて意気消沈しているのも見て取れた。

「実の父親が本人にしたことよりひどくはないとも」ハイドは答えた。テーブルの入れ物から皮下注射器を引っ張り出す。「手伝ってくれるかな、ヤーノシュ？」と弟のほうに声をかける。

「まさか、そんなことしないでしょう！」メアリは言った。どうやってルシンダを助けたらいいかよくわからないままに立ち上がる——だが、何かしてみせる！

背後でカチッと音がして、振り返った。そこにはヘル・フェレンツが立っており、ライフル銃をこちらに向けていた。まったく。危害を加える気がないとは聞いてあきれる！　必要ならヘル・フェレンツに自分たちを撃たせるつもりに違いない。

皮下注射器を目にして、ルシンダは歯を剝き出した——一瞬、ハイドに襲いかかるつもりかと思った。だが、デーネシュがその背後に移動し、両手を肩にかけて椅子に押さえつけた。弟がルシンダの右の袖をまくりあげてから手首をつかみ、そのあいだにハイドが肘の関節部分から血を抜いた。ルシンダは抵抗しなかったが、鋭くうなってかわるがわる男たちを睨みつけた。

弟のほうは手首を押さえながらもおびえて身をすくめたが、ハイドはたんにおもしろがっているようだった。「ありがとう、ミス・ヴァン・ヘルシング」皮下注射器を血液で満たすと、そう言った。「有効に使うと請け合うよ。私の患者は、回復に貢献してもらってたいそう感謝することだろう」

患者？　誰のことだろう？　メアリはジュスティーヌを見た。ジュスティーヌはわたしもさっぱりわからないわ、と言いたげに眉をひそめ、かぶりを振った。

ちょうどそのとき、アグネスが炒めた卵とトマトらしきものを一皿と、おいしそうなビスケットを二枚持って戻ってきた。それをジュスティーヌの前に置く。すぐさまダイアナがビスケットを一枚取ってかじりついた。

「さて」とハイド。「私は重要な仕事をしなければならないのでな。食事が終わったらアグネスが部屋に案内する。逃げようとはしないことを勧めるよ。フェレンツ・ウールと息子たちが見張っているからな。三人とも腕利きの猟師で、この城にもまわりの森にも慣れている。うっかり撃たれるようなことになってもらいたくないのでね。まさかこの山岳地帯で、しかもよく知らない国にいて、そんなことを企てるほど愚かではないだろう、メアリ。私がおまえにとっていい父親ではなかったのはわかっているが、どちらの娘も銃で撃たれてほしくはないからな」

メアリは痛烈な反論を考えようとしたが、あまりにもくたくただった！　ハイドが部屋を出るころにも、まだ適切な答えを思いついていなかった。

「わざと連れてきたわけでさえないんだってさ！」ダイアナが憤慨して言った。「ただこいつの血がほしかっただけなんだよ。なんでこいつの血をほしがるのさ？」答えを見つけようとするかのように、ルシンダをじろじろ眺める。

「ジュスティーヌの夕食から手を離しなさい！」メアリは言った。ダイアナがもう一枚のビスケットを取ろうとしていたのだ。「みんな食べる必要があるの。充分に力をつけておかないと……その、次に何がこようと立ち向かえるようにね。それに、この話し合いは内輪で続けたほうがいいと思うわ。だから、お皿に載ってるものを食べてしまいなさい。そうしたら、どこなのか知らないけれど、わたしたちの部屋に行きましょう」アグネスに疑いのまなざしを向ける。ルシンダに血を飲ませるため、あっさりハイドに血管を切開させたこの少女は誰なのだろう？

ダイアナは騒々しく音を立てて器から直接スープの残りを飲むと、舌できれいになめた。「わかった、食べ終わったよ」

「わたしもよ」ジュスティーヌが言った。皿の上の全部を食べたわけではなかった――炒めた卵とマッシュルームが少し残っている。だが、少なくとも食事はしたし、そのことには意味がある。これで満足するしかない。

メアリは食事をしても気分がよくなっていないことに気づいた――それどころか、骨の髄まで疲れ切っている。何よりも必要なのは睡眠だ。そこで立ち上がった。「いいわ、行きましょう。アグネス――」この子はどのくらい英語がわかるのだろう？ 見当もつかない。「どこだか知らないけれど、今晩寝る場所に連れていってくれる？」

アグネスはうなずくと、ついてくるよう合図した。ジュスティーヌが席を立ち、ルシンダのところへ行った。ジュスティーヌが近づくとデーネシュはあとずさりしたが、警戒の目はゆるめなかった。「大丈夫？」ジュスティーヌは訊ねた。「あの男に痛い思いをさせられたの？」

ルシンダは焦点の合わない視線を返した。ジュスティーヌをまったく見ていないかのようだ。低く、ほとんどささやくように、母親が子どもに聞かせるような歌を口ずさんでいる――何かの子守唄かもしれない。眠《スラープ》って、赤《キンチェ》ちゃん、眠《スラープ》って。そこに羊が歩いてる《ダール・バイテン・ロープト・エーン・スヒアーフ》……」

歌声が室内にこだました。どういうわけか、今日のどんなできごとより異様でぞっとすることのような気がした。ルシンダの異常さはどんどん悪化しているのではないだろうか。この数日で起きたことをすべて考慮すれば、それも無理はない。しかし、どうするべきだろう？ ここからどうやってルシンダを連れ出せばいい？

「さあ」ジュスティーヌが言い、手を差し出した。ルシンダはその手を取って椅子から立ち上がると、子どもが母親を追うように、少しよろけながらついていった。メアリが続き、ダイアナがそのうしろにつく。最後になったのは、すばやくジュスティーヌの卵をかきこみ、最後のソーセージを平らげたからだった。

「なにさ！ 体力をもたせなきゃいけないんでしょ？」メアリが苛立った視線を投げると、ダイアナはささやいた。

「こっちです」アグネスが四人のために扉を開けて押さえながら言った。それから先頭に立って狭い廊下を進んでいく。驚いたことに、ここにも電気がついていて、石壁の突き出し燭台にいくつか陰気な裸電球が据えられていた。一部の人々が主張するように、将来はこういう照明方法になるとしたら、あまり感心できない。石油ランプの暖かい輝きのほうが好みだ！　一同はアグネスのあとから石の階段を上って二階に行った。ここにはもう電灯はなく、小さなアーチ形の窓から月光が射し込んでいるだけだった。案内された部屋には、現代の新しい技術などまるで見当たらなかった――城と同様に古めかしく、高い天井は暗がりに消えている。月は満ちて明るかったものの、その光ではろくに物が見分けられなかった――家具のおおよその形だけだ。だが、全員が室内に入るなり、アグネスはマッチを擦ると、石の暖炉の片側にある鉄の枝つき燭台の蠟燭に火をつけた。聖メリルボーン教会の祭壇に立っていた枝つき燭台を思い出す。それから、アグネスは暖炉の反対側にあった対《つい》の燭台にも灯をともした。最後に、すでに薪の用意がしてあった暖炉自体に火を熾《おこ》す。

「アグネス、ドイツ語は話せる？」ジュスティーヌが訊ねた。「ドイツ語は話せますか？《シュプレッヒェン・ジー・ドイチュ》」

「少し《アイン・ビスヒェン》」アグネスは言った。おびえているようで、とてもおずおずした口調だった。さっきのできごとのあとではおびえているだろう！　あの行為について考えずにはいられなかった。ルシンダが栄養を摂れるよう、ほかならぬ父が――いや、自分の父ではない――この少女の腕を切ったのだ！　ちらりと目をやると、ルシンダはそこに突っ立ったままぼうっと宙を見つめ、まだ何かの歌を小声で口ずさんでいた。一方、ダイアナは……

「これ見てよ！」ダイアナは虫に食われた覆いつきの大きな四柱式ベッドの上に膝をついていた。中世からそのまま出てきたような代物だ。その上で飛び跳ねはじめる。「最高のベッド！」

壁際に旅行鞄や袋、フラウ・シュミットの籠までが積んであるのに気づき、メアリはほっとした。ともかく持ち物は戻ってきた！

　ベッドをのぞけば、部屋の中にはたいして家具がなかった。一方の壁沿いに細長いテーブルが据えてあり、その上に洗面器とちぐはぐな水差しが載っている。刺繍つきのクッションが座面に置かれた、なんだか玉座のような椅子が一脚、暖炉の脇にあった。どちらもダークウッド製で、見るからに中世風だ。まるで城が建てられたときからここにあったかのようだった。

メアリ　ルネサンスよ、中世じゃないわ。あの城の大部分は十六世紀中に建てられたの。もっとも、土台は十四世紀に遡ると思うけれど。

キャサリン　で、読者がそんなこと気にすると思う？

メアリ　あなたは正確さにこだわらないかもしれないけれど、わたしは違うの――それにカーミラも気にすると思うわ、この本を読んだら。

キャサリン　あたしがこのくそったれな作品をなんとか書き終わればね、これだけ邪魔されても！

　暖炉の上に、黒髪と黒い瞳を持つ、若くてなかなか魅力的な女性の肖像画がかかっていた。中世――というよりルネサンス――風の服装で、ふくらんだ袖のついた赤いビロードのドレスをまとい、当時の女性がかぶっていた、凝った金糸の刺繍つきのぱっとしない頭飾りをつけている。首にはルビーと真珠をはめこんだ黄金の十字架がかかっていた。絵画自体は不自然でぎこちなく、遠近感がおかしかったが、女性の顔があまりにも個性にあふれて潑溂《はつらつ》としているので、まるで生きているかのように見えた。

ダイアナ　へん！　あんたがしたことなんてお見通しさ。

おや、ジュスティーヌが話しかけてきているのだろうか？　メアリは不本意ながら興味を引かれた肖像画から目を離した。いや、ジュスティーヌはドイツ語でアグネスと会話している。アグネスのドイツ語はジュスティーヌとそう変わらないのが見て取れた。両方ともたどたどしく話していて、ジュスティーヌはたまに英語の単語をはさんでいるが、アグネスにはドイツ語と同様伝わっていないようだ。

「横になったらどう？」メアリはルシンダに言った。「きっと疲れ切っているでしょう」ルシンダは虚《うつ》ろなまなざしを向けてきたが、手首をつかんでベッドに連れていくと、ためらわずついてきた。「後生だから飛び跳ねるのをやめて！」とダイアナに言う。「ちょっとはじっとしていられないの？」

「あのむかつく馬車の中で一日じゅうじっと座ってたよ」とダイアナ。「籠に何か残ってる？　まだおなか空いてるんだけど」

「そうでしょうね。自分で見に行きなさい。わたしにはあなたの食欲より気にすることがあるの！」

　ルシンダがベッドに横になって天蓋を見あげ、ダイアナがフラウ・シュミットの籠を漁っているあいだに、メアリはジュスティーヌがまだメイドと話している暖炉のほうへ戻った。近づくと、ジュスティーヌはこちらを向いた。

「わたしたちにも部屋を用意してあるとアグネスが言っているわ。でも、一緒にいたほうがいいと思うの。あなたたち三人はあのベッドに収まるでしょうし、わたしは床に毛布を何枚か敷くわ。アグネス――」とメイドを振り返る。「――もっと毛布を持ってきてもらえる？　絨毯《テピヒ》――ではなくて、上掛け《デケン》。それと枕《ウント・キセン》――枕をいくつか」メアリのほうに向き直って言った。

「アグネスの話だと、夜のあいだわたしたちを閉じ込めるように指示されたのですって。別々に閉じ込められるぐらいなら一緒のほうがいいでしょう」

「わたしもそう思うわ」とメアリ。「ここがどこなのか訊いてみた？」

「シュタイアーマルクよ、推測どおり。ブダペストからはずいぶん距離があるわ」まあ、ジュスティーヌの推測どおりだが！　そんなことを推測したなどとメアリの手柄にするわけにはいかない。「ここはカルンスタイン家の城、というか城だったの。あれが——」ジュスティーヌはマントルピースの上の肖像画を指さした。「——最後のひとり、マーカラ・カルンスタイン女伯爵よ。額縁に名前が彫ってあるのが見えるでしょう。アグネスに言わせると恐ろしい女性だったそうよ——美しさを保つために乙女の血を浴びたとか。わたしのドイツ語が正しければ、といっても正しいかどうか自信がないのだけれど、カルンスタイン家はずっと昔、この国の人々を餌食にしていた吸血鬼の家系だと言っているわ」

「吸血鬼！」ダイアナが声をあげた。『『吸血鬼ヴァーニー』か『血の饗宴』みたいな？」とりあえず何か食べるものを見つけたらしい——ああ、ゆうべ泊まった宿屋で今朝買ったパンの残りだ。ずっと昔のように感じられる！　まだかたまりの一部があるはずだ——きれいさっぱり忘れていた。ダイアナはつかんでいた切れ端を一口かじった。どうやらちぎりとったようだ。それからこちらへ歩いてくると、立ったまままかなりの敬意をこめて肖像画を見た。

メアリ　正直なところ、ダイアナ、あなたが読んでるのは最低の駄作よ。

ダイアナ　キャサリンの本と変わんないよ。いたっ、嚙まれた！　嚙まなくったっていいのに！

キャサリン　あんたの意見も言わなくっていいし、事実じゃないから。『吸血鬼ヴァーニー』はわざとらしい三文ホラー小説。あたしが書いてるのは実験的な現代フィクション。
ダイアナ　あんた、ぜったい狂犬病だよね。

「あなたの読んだシリーズに描かれているような吸血鬼は存在しないわ、ダイアナ」ジュスティーヌが言った。「〝吸血鬼〟という単語はたんなる隠喩よ。アグネスの説明は、吸血鬼が血を吸って生きていたように、貴族が農奴の労働に依存して暮らしていた時代の話なの。封建制度のもとではよくあるように、カルンスタイン家が残酷な主人だったのはほんとうでしょうね。そういう迷信が生き残ったのは、きっとルシンダのような疾患のせいよ。あれは極端な形態の貧血症だと思うわ。わたしたちにはまだ理解できないなんらかの理由で、ヴァン・ヘルシング教授が造り出したか、長期化させたのよ。重要なのは、ここがどこからも遠く離れているということだわ。いちばん近い街はグラーッだけれど、そこに行く手段はないし、ここに助けてくれる人もいない。この城にいる召使は、ヘル・フェレンツとふたりの息子のデーネシュとヤーノシュ、それにアグネスだけよ。どうしてあんなふうに血を吸われることを許しているのか、アグネスに訊いてみたの。どうやらハイド氏は友人への治療法を探しているらしいわ。その男性もこの城で暮らしているけれど、完全に引きこもっているの。アグネスは見たことがないのですって——部屋に入れるのはヤーノシュだけ。アグネスの母親はとても具合が悪くてね。病気の友人を治療できたら、母親も治療してやるとハイドが約束したの。ルシンダの血は強力な薬だと言われたそうよ。だから、あの一家は誰も助けてくれないわ」

「あのね、この議論は別のときに続けるべきだと思うわ」メアリは言った。アグネスはどの程度英語を理解しているのだろう？　わからなかったが、何を耳にしても、父に——というかハイドに繰り返されるのではないかと疑っていた。「ありがとう、アグネス」とメイドのほうを向いて言う。クローネ銀貨を一枚ウェストバッグから出して渡す。困った状況にあるとき、こういうふるまいは欠かせない。

「ありがとう《ケセネム》……ありがとう《ダンケ》」アグネスはお辞儀して言った。「水と石鹸《ヴァッサー・ウント・ザイフェ》を持ってくるです」

アグネスがいなくなると、ダイアナが言った。「扉に鍵をかけられたって関係ないよ。開けられるもん、ちょろいね」

「ハイドはそのことを心得ていると思うわ」メアリは答えた。「わたしたちがそうするのをまず予想するでしょうね。あなたの鍵開け道具を取り上げることさえしなかったでしょう？」

ダイアナは首を振ってポケットを叩いた。そこに入れているらしい。（まだナイフも持っているわ）メアリは苦々しく考えた。（取り上げられたのはわたしの拳銃だけ……）じつはハイドの拳銃だが、十四年前に娘を捨てたのだから、返せと要求する権利などあるはずがない！

「どうせ暗闇の中で城をつまずきながらうろうろしたって仕方ないわ。せめて地図のおおよそのへんにいるのかがわかれば。それから少し眠ったほうがいいでしょうね。へとへとになっていたらあした何もできないもの。これがどういう状況なのか、もっと重要なのは、どうやったらここから逃げ出せるか考えつかないと！」

アグネスが水差しにお湯を持ってきて、ベッドの下の尿瓶《しびん》を指さしたあと、一同は寝間着に着替えた——メアリとジュスティーヌはほとんど意識のない状態に見えるルシンダを手伝った。ルシンダと、続いてダイアナをベッドに寝かせてやる——メアリにも充分隙間があるはずだ。「背中掻《か》いてよ」ダイアナが言った——まったくいらいらする要求だ！　だが、数分でいびきをかきはじめたし、ルシンダも眠っているようだったので、暖炉のところに戻ることができた。そこでは毛布や枕を積み重ねて広げ、一種のマットレスにしたものにジュスティーヌが腰を下ろしていた。メアリは隅っこに座った。ジュスティーヌにとっては寝心地のよくないベッドだろうが、少なくとも夜中にダイアナから蹴られないで済む。

「グラーツを見つけたわ」ジュスティーヌが言った。小さな赤いベデカーを開くと、前にある大きな地図を広げる。「アグネスの話から考えて、このあたりにいると思うの」グラーツという単語と、ハンガリーの国境らしき赤い線のあいだの場所を示す。ブダペストから遠いどころではなかった。「ずいぶん道筋から離れてしまったわ」

「まったく」それしか言うことを思いつかなかった。消えつつある火をじっと見つめる。その炎が石の壁全体に影を走らせ、頭上にあるマーカラ・カルンスタインの肖像画を不気味に浮き上がらせた。とうとう問いかける。「ルシンダの血に治癒力のようなものがあると思う？」

ジュスティーヌは毛布の一枚を肩に巻きつけた。「ヴァン・ヘルシング教授が実験でやろうとしていたのはそれかもしれないわ。血液は生命に必要だとわかっているの。ウィリアム・ハーヴェイが示したように、血は生きているかぎり、全身をめぐっているわ。血の中には何か治癒するものがある――どんなふうに傷口が閉じて皮膚がひとりでに修復し、傷痕しかのこらなくなるか考えてみて。もしかしたらヴァン・ヘルシングはルシンダの血を異常に強力にすることに成功したのかもしれない――あの精神科病院を見張っていた男たちが致命傷から回復したのを見たでしょう。アイリーンはあいつらがヴァン・ヘルシングの手下だと考えていたわ。ルシンダが血を飲んだあと、あなたの傷もあんなに早く治ったから驚いたの。それが実験の狙いなのかもしれない――なんらかの形で治癒を加速させることが」

「それ以上の効果があるわ」とメアリ。「あの連中は並外れて強くもあったもの」炎を凝視する。ああ疲れた！　あした……そう、あしたは父と対決しなければならない。ハイドと。そのことは考えたくなかった。

「アイリーンがわたしにくれたドイツ人哲学者のフリードリヒ・ニーチェの『ツァラトゥストラはかく語りき』という本の中に、〝ユーベルメンシュ〟、超人とか、よりすぐれた人について言及があるの。たぶん、ヴァン・ヘルシングはそれを造り出そうとしていたのではないかしら？　ある意味で、現代の錬金術師たちがそろって造ろうとしていたものですもの――ラパチーニ、モロー、あなたのお父さんさえも。フランケンシュタインはただ死を克服したかっただけよ。あのひとたちはそれ以上のものを求めているようだわ、人間を不死にするだけではなく、神のようにすることを」

メアリはジュスティーヌを見た。火明かりを受けた顔は蒼白く落ち着いていたが、緊張の痕や目の下に走った疲労の皺が見て取れた。

「こうなると、あの連中が何を目論《もくろ》んでいても驚かないわ」げんなりと言う。「ねえ、今の状況はこれまででいちばん厄介な事態だと思うの。どうやったら抜け出せるか見当もつかないわ」

ジュスティーヌは答えなかった。ひょっとすると答えはないのかもしれない――明日が何をもたらすか待つしかないのだろう。

城の奥の遠く離れたところで、かすかな鳴き声が聞こえた。何かの動物のような響きだ。犬の遠吠えだろうか？

「あなたがここにいてくれてうれしいわ」メアリはジュスティーヌの腕に手をかけて言った。「つまりね、動きが取れないのは残念よ、ましてこんな陰気な場所ではね。責任を感じてもいるわ、だってハイドはわたしの父親だから――ある意味で。でも、もし閉じ込められるとしても、あなたと一緒でよかった。わたしの言っていることをわかってもらえるかしら」

「わたしもうれしいわ」とジュスティーヌ。「あなたとほかのみんな――あなたたちがわたしに友情の価値を教えてくれたの。困難な状況にいるときでさえ――いいえ、とくにそういう場合にね」

この状況から脱出できるだろうか？　メアリは燃えつきて熾《おき》になった火を眺めた。あしたその答えを出さなければならないだろう。

17　シュタイアーマルクの城

メアリははっと目を覚ました。また馬車の中にいて、ひどく岩だらけの道を走っており、左右に揺さぶられている夢を見ていたのだ。

「起きてよ！」そばかすのある顔が覆いかぶさっている。ちっぽけな褐色の点が散った白い月のようだった。反抗的な月だ。それから、ダイアナは身を引き、もう一度肩をつかんでメアリを揺さぶった。

「なに・して・るの」メアリは妹を押しやったが、効果はなかった。「どいてちょうだい。まさかわたしの上に座り込んでるの？」

「起こさなきゃいけなかったんだってば！」とダイアナ。「聞きなよ」

　そのとき、ゆうべ耳にした鳴き声が聞こえた。だが、あんなにかすかではなかった。今朝はもっと大きく、近づいている。まるで……なんなのかわからない。痛めつけられている象？　一度象が鳴くのを聞いたことがある。子どものころ、子守のメイド――ただのホノリアだったときのミセス・プール――と動物園に行ったときだ。あるいはライオンかもしれないが、歯痛のライオンだろう。その鳴き声には苦悶の響きがあった。

　いきなり部屋の扉が勢いよく開いた。石の壁にバタンとぶつかる。

「もっとミス・ヴァン・ヘルシングの血がいる」入口に立っていたのはハイドだった。実験用の白衣を着て、片手に皮下注射器を持っている。

「だめよ！」ジュスティーヌが言った。メアリはもっとよく見えるように寝返りを打って片肘をついた。とはいえ、依然としてダイアナが体の上に座っていたので、難しかった。何が起こっているのだろう？　見たところジュスティーヌもたった今目を覚ましたようだ。まだ長い寝間着のシャツ姿で、床の毛布のあいだに腰を下ろしている。立ち上がったものの、まだ足が寝具に絡まっていた。

「なぜここに連れてきたのか説明するまで、もうこれ以上何も取らせないわ、ルシンダからも、わたしたちの誰からも」ジュスティーヌの声は怒気をはらんで挑戦的に響いたものの、多少眠気で混乱しているようでもあった。「どうしてルシンダの血が必要なの？　何を達成したいと思っているの？」

　そもそもルシンダはどこだろう？「いいかげんにして、どきなさい」鋭くささやくと、今回はありがたいことにダイアナは移動した。メアリはうしろを向いた――ルシンダはまだ隣で眠っていた。深く眠っているようだ――だが、呼吸が浅くて苦しそうなのが気に入らない。

「親愛なるミス・フランケンシュタイン、君にも、ほかの誰にも、説明する義務はない」ハイドはメアリの――自分の――拳銃をポケットから取り出してジュスティーヌに向けた。「ヤーノシュ！」

廊下で待っていたに違いないアグネスの下の兄が室内に駆け込んできた。「はい《イゲン》、先生《ドクトル》？」木綿の上っ張りを羽織っている。ジキルの助手のふりをしていたときにハイドが着ていた服を思い出させた。

「ミス・ヴァン・ヘルシングの血を抜いてもらおう、私がやってみせたとおりに」ハイドは皮下注射器をヤーノシュに渡した。「ベッドから離れなさい」メアリとダイアナに言う。

「やだ！」ダイアナが言った。「そいつがルシンダに近寄ったら――」おびえてうろたえているように見えるヤーノシュを指さす。「――耳を食いちぎってやる！　それに爪で目玉をえぐりだしてやるから！」

ハイドは反応しなかった。拳銃を下に向けただけだ。一瞬のち、ジュスティーヌが飛び上がった。弾丸が素足の横の床に跳ね返ったのだ。

「へえ、自分がお城の王様だと思ってるんだ？」とダイアナ。「あんたなんかただの――」

「黙って」とメアリ。「あの男はいくらでもジュスティーヌを撃てるのよ。いらっしゃい」ダイアナを引っ張ってベッドから遠ざけ、三人でかたまって立てるようにジュスティーヌのほうへ行く。室内でいちばん安全な場所とは言えないが、共同戦線を張っていることを示したかった。

身をすくめ、まだこちらを疑わしげに見ながらも、ヤーノシュはベッドに近づいた。ルシンダの袖の片方をめくると、注射器を満たすだけの血液を抜き取る。ルシンダはどれだけ血を失うことができるのだろう。もうあまり余裕はないはずだ。

「殺してしまうわ」とメアリ。「どうして？　これはなんのためなの？」

「きわめて重要な目的のためだと請け合おう。どんな個人の命よりはるかに重要なことだ」とハイド。「もっと聞きたければ説明してやろう。見せてやってもいい……まあ、場合によってはな。だが、今はもっと重要な作業があるし、おまえたちはおそらく朝食がほしいだろう。こい、ヤーノシュ」

どんな作業が？　だが、ハイドと助手はすでに部屋を出ており、そのうしろで扉が音を立てて閉じた。

ジュスティーヌがベッドに走り寄った。ルシンダに英語で、次にドイツ語で、さらにフランス語で話しかけているのが聞こえた。相手は横たわっているだけだった。ついに、ジュスティーヌはルシンダの肩をつかんで揺さぶった。

「なんの反応もないわ」と言う。「いったいどうしたらいいの？」

「死んでないよね？」ダイアナが訊ねた。

ジュスティーヌはルシンダの首筋に手をあてた。「ええ。呼吸は規則的だし、脈も安定しているわ、ゆっくりだけれど」ルシンダの瞼の片方をめくったが、やはりなんの反応もない。「ただとても深く眠っているだけ」

メアリは溜息をついた。「言いたくないけれど、あの男の――わかるでしょう、ハイドよ――言うとおりにして、着替えて下へ朝食をとりに行ったほうがよさそうね。もう少しであなたを撃ちそうになったあとで、朝食を用意するなんて！　いかにもあの男らしいわ。でも、どうなっているのか探り出す必要があるし、上にいたらそれはできないでしょう？」

誰も火を熾したり水差しにお湯を補充にきたりしなかったので、メアリとジュスティーヌはゆうべの残りの冷たい水で顔を洗った――ダイアナは顔を洗うことを頭から拒否した。それから、背を向け合ってプライバシーを確保しつつ肌寒い部屋で着替えた。女の子の服を着なければならないことでダイアナがまたぶつぶつ言ったが、メアリはすっかり愚痴に慣れてしまい、あっさり無視した。どちらにしても、もっと重要なことを考えなければならない。

ひとりでいればぜったいに道を思い出せなかっただろうが――しばらく廊下に立ち、左右を見てどうやってきたか思い出そうとしていた――ダイアナがメアリを押しのけて言った。「ついてきて。どこへ行くか知ってるから。いつでも道はわかるんだよ」

さいわい、ダイアナの方向感覚はキャサリンとほぼ同じぐらいすぐれていた。

ダイアナ　ほぼ？　まじめに言ってんの？　あたしの方向感覚はあんたに負けてないから。もっといいかもよ！

キャサリン　あんたの方向感覚があたしに負けてないなんて、ありえない。

ダイアナ　へえ、そう？　わかった、チャーリーにあたしたちをイーストエンドのどこかへ連れていってもらおう――ホワイトチャペルかステップニーか波止場か――どこだか知らせずに！　行く途中ずっと目隠しして、チャーリーにどこかの路地に置いていかせるんだよ。夜にね！　アテナ・クラブに先に戻ったほうが勝ち。

キャサリン　よし、決まり。あたしは辻馬車に乗ろうっと。

メアリ　なんであなたたち、章の途中でこんなことで喧嘩してるの？

方向感覚がキャサリンとほぼ同じぐらいすぐれているダイアナは、先に立って石の階段へ戻ると、ゆうべ食事をした部屋へ下りていった。ルシンダを置いてくるのは心配だった――ひとりきりで安全だろうか？　だが、ほかにどうしようがある？　みんな食べなければならないし、その後この城で何が起きているのか解明しなければならない。なぜハイドはここへ連れてきたのだろう？　どんな悪辣な目的があるのだろう？　ともかく悪辣な目的のはずだ。なにしろハイドだし、あの皮下注射器での作業というのは、当然、無害とはみなされないものに違いない。あの男の罪で自分を責めるわけにはいかない——責めたりするものか。だが、あれが父だということは心底恥ずかしかった。

昼間見る城は、昨夜ほど印象的ではなかった。四人の部屋がある廊下の突き当たりで、壁はなかば崩れており、窓枠が半分だけはめこまれていた。ずっと前に石が落ちてしまった箇所から日の光が流れ込んでいる。ガラスの割れた窓や、錆びた蝶番《ちょうつがい》にぶらさがっている木の扉をいくつか通りすぎた。焼け焦げた痕がついているものもあった。この城がはるか昔になんらかの大惨事に遭ったことはあきらかだ。数世紀のあいだ踏まれてきた階段はすり減っていたが、縁が欠けてもいたので、ゆうべ誰もつまずかなかったのは奇跡だろう。どこもかしこも埃だらけで陽光が降り注いでおり、長いこと打ち捨てられていた雰囲気が漂っていた。

昨夜食事をした大広間は、床石の多くが割れるかなくなっているかで、天井の一角も欠けていた——その穴から真っ青な空がのぞいている。今は電気の明かりが消されていて、電球をつないでいる電線が石壁にそぐわなかった。

テーブルには朝食が用意されていた——ロールパン、バターとジャム、蠅よけに網の覆いをかぶせた薄切りハム、それにピクルスの入った器。城の住人たちがすでに朝食をとったのはあきらかだった。ナプキンと銀器の脇にきれいな皿が積み重ねてある一方で、パン屑やジャムの染みがついた皿が残っていたからだ。マグカップもあったが、中に入れるものはなかった。

「コーヒーないの？」ダイアナが顔をしかめて言った。

「コーヒーがほしい！」

「今日の計画を何か立てたほうがいいと思うわ」ジュスティーヌが言い、汚れた皿を邪魔にならないよう重ねて、きれいな皿を自分用に取った。ロールパンを一個載せて腰を下ろす。

「あたしの計画はコーヒーをもらうこと」とダイアナ。「このあたりのどこかに厨房があるはずだよ。においを嗅いでたどりつけると思う！」向きを変えて扉のほうへ戻っていく。

「ダイアナ！」メアリは呼びかけた。「わたしたちと離れてどこにも行かないで！」だが、ダイアナはすでに部屋を半分よこぎっていた。そして姿を消した――厨房を見つけに行ったのだろう。

「あの・くそいまいましい・子ったら」メアリはベンチに座って頭をかかえた。「いったいどうしたらいいの？」

ジュスティーヌが腕を伸ばして背中に手を添え、たぶん本人は安心させるつもりでぽんぽんと叩いてくれた。あまり安心感は得られなかった。「何か考えましょう。この状況がひどいのはわかっているけれど、わたしはもっと悲惨な状態だったこともあるわ。あの島でヴィクター・フランケンシュタインがアダムに殺されて、あの男の妻として一緒に暮らすことを強いられたとき。あれほど長く――一世紀もあの大きな家でひとりぼっちだったとき。そのふたつが人生でいちばん悲しくて大変なときだったわ。なぜって、話しかけたり困難を分かち合ったりする友だちがいなかったからよ。もちろん今は、ダイアナに言わせればフライパンの中にいる状況でしょうけれど、四人とも一緒にいるし、よそで待ってくれている友人たちもいると知っているもの。もしかしたら今でさえ、わたしたちがどこにいるのかと不思議がっているかもしれないわ。それにきっと、予定どおりに現れなかったら捜してくれるでしょう？　絶望してしまってはだめよ――ハイドには武器と手下がいるかもしれないけれど、わたしたちにはお互いがいるわ」

メアリは恥ずかしくなった。そうだ、ジュスティーヌはこれよりずっとひどい経験をしてきたのだ——フランケンシュタインの怪物めいた創造物とオークニー諸島の島で暮らすことを余儀なくされ、そのあとはコーンウォールの海岸にある家で、あんなにも長く人から隔絶されていたのだから。とはいえ、恥ずかしいだけでなく勇気づけられもした。今までも逆境に直面して打ち勝ってきたのだ。みんなでアダムを倒し、ホワイトチャペルの殺人事件を解決したのではなかったか？　もちろんここでは事情が異なる。シュタイアーマルクの城からパーク・テラスまで辻馬車で帰ることはないだろう！　今回は勝利を得られるだろうか？やってみる義務はあるはずだ、自分たちに対しても——ルシンダと、アテナ・クラブのほかの会員たちに対しても。

キャサリン　読者の皆さん、もしこのあたりのことについてもっと知りたければ、ぜひこうした冒険譚の第一巻『メアリ・ジキルとマッド・サイエンティストの娘たち』をご購入ください。信頼できる書店なら二シリング。あるいは《ブラックウッズ・マガジン》のクリスマス特別号で著者の最新作を読んでいただくことも可能です。

メアリ　ジュスティーヌとわたしが話していたのよ！　今度はあなたがひとの会話の途中で宣伝を始めて邪魔するの？

キャサリン　あたしたちにはお金が必要なの。ガス代と水道料金を払わなくていいって決めたんだったら別だけど？　でなきゃ、あたしたちの知らない札束がどこかに隠してあったのを見つけたとか？

メアリ　いいえ、あなたの言うとおりよ。お金は必要だわ。とくに、わたしたちが命を救ったお礼にルパート王子がくれたダイヤモンドが模造品だってわかったからにはね。

朝食後——満足がいくほど食べごたえはなかったが。パンとジャムだけでどうやって満腹になれる?——その日の最初の課題は偵察だった。ダイアナはまだ戻ってきていなかった。

「まあ、わたしたちを見つけてもらうしかないわ」とメアリ。「今はあの子の心配をしていられないもの。自分たちがどこにいるか把握しないと——言ってみれば土地勘をつかまないとね」

「ダイアナはちゃんと自分の面倒を見られるわ」とジュスティーヌ。「それに、なぜかハイドは実の娘に危害を加えないという気がするの」

「やりかねないと思うけれど」メアリは険しい顔で言った。

ダイアナ　父さんと一緒にはいなかったよ。厨房を見つけたら、アグネスがシチューみたいなものを作ってたから、コーヒーを淹れてもらうあいだ鍋をかきまわしてたんだよ。そしたらヤーノシュが入ってきて、あたしたち腕相撲をしたの。あいつ、あんなに父さんにびびってなければ、ずっといいやつなんだよ。そしたらアグネスが自分の作ったペストリーを味見してほしがって——違う種類のやつでさ、全体が層になってってベーコンのかけらが中に巻き込んであるの。で、皮をむくみたいにして食べるわけ。もちろんアグネスもヤーノシュもろくに英語を話せなかったけど、「ねえ、このペストリー食べてみて」って言うのに、英語なんかそんなにいらないじゃん。ほら、ペストリー自体がものを言ってくれるから。

メアリ　シュタイアーマルクの城に監禁されて、どうやって逃げ出そうか考えようとしてたのに、あなたは腕相撲をしてたっていうの?

ダイアナ　それから、あたしがカードを配って

〝二十一《ヴァンティアン》〟のやり方を教えてやった。そんな非難がましく見ないでよ！　向こうがお金を持ってなかったから、胡桃《クルミ》を賭けたし。アグネスは自分の胡桃を全部取られても、ずっと続けたがってさ。そのうち賭博中毒になるね、間違いなく。

「でも、ルシンダはどう？」メアリは続けた。「ダイアナには自分の面倒が見られるかもしれないけれど、ルシンダを上にひとりでほうっておくわけにいかないでしょう？　ハイドが何をするかわからないわ」

ジュスティーヌは溜息をついた。「仕方がないと思うわ。ルシンダを助けるつもりなら、ここがどこか、何ができるか知らなければならないもの。たとえハイド氏がもっと血を抜くためにきても、今朝と同じよ、止めることはできないわ。とりあえず置いていくしかないでしょう。ほかにどうしようがあるの？　わたしたちふたりしかいないのよ」

「ダイアナがふらふら出歩いてなかったら、三人いたはずなのに！」メアリは妹をひっぱたいてやりたくてたまらなかった。

ダイアナ　ほらね？　暴力的なのはあたしじゃないじゃん。ともかく、あたしだけじゃないよ。

だが、そんなことを考えていても役に立たない——現実の状況に対処しなければ。「行きましょう」メアリは言った。「今は銃で脅されていないから、外へ出てあたりを見てまわりましょう」

ふたりはもう一度正面扉へ向かい、中庭に出た。あるいは、かつて中庭だった場所だ。城の大半は朽ち果ててひさしい。以前部屋だった低い石壁の中は、いまや草の生えた床になっている。大広間を含む部分はまだ立っていた。昨夜落とし格子門を歩いて通った、アーチ形の正面入口もだ。しかし、いたるところに破壊されて朽ち果てた形跡がある。城はかつて黄色い化粧漆喰に覆われていたが、ほとんどは欠け落ちたり色あせたりして、下の石材が剝き出しになっていた。ほかにまだ残っているのは、厩と馬車置き場のようだった。

厩の戸口の前で、デーネシュ・フェレンツが三本脚の腰掛けに座り、何かの馬具をみがいていた。

「おはようございます」と呼びかけてくる。ゆうべライフル銃を向けてきた相手にしては陽気な口調だ。

「逃げようと思ってるなら、いちばん近い村はあっちですよ」北のほうを指さす。ともかく、太陽の位置からして北だろうとメアリは考えた。

城は丘の上に位置しており、そこから周囲の田舎の景色が見渡せた。メアリはデーネシュの指の方角をざっと見た。森や牧草地が広がっており、曲がりくねった薄茶色の土の道が野をよこぎっては木立の中に消えていく。何もなさそうだが……いや、あそこだ、遠くに赤い屋根がかたまっていた。だが、それはずっと遠くで、歩きにくそうな土地を数マイル下っていった先だった。左側には一連の丘があり、木々に覆われた高い山の斜面へと続いている。

ジュスティーヌ　高くはないわ！　シュタイアーマルクのアルプス山脈はもっと東だし、そこだってスイスのアルプスほどじゃないのよ。
メアリ　でも、わたしには高く見えたの！　前に見たどんな山より高かったわ。
ジュスティーヌ　それはあなたがイングランド人だからよ。イングランドはとても平らな土地ですもの。
ミセス・プール　神様がお創りになったとおりにね。この歴代の王の玉座、この王権に統《す》べられた島、この第二のエデン、地上におけるパラダイス、白銀《しろがね》の海に象嵌《ぞうがん》されたこの貴重な宝石、このイングランド（ウィリアム・シェイクスピア『リチャード二世』第二幕第一場、小田島雄志訳、白水Uブックス）……

…という感じでしょうか。

ベアトリーチェ　あら、ミセス・プール！　あなたはなかなかの詩人ね。

ミセス・プール　まあ、〈パーク・テラス劇団〉にいたとき、シェイクスピアをかなり上演しましたからね。一度ヴァイオラを演《や》って、それからマクベス夫人だったんですよ。

ジュスティーヌ　イングランドにはわたしが山と呼ぶようなものは何もないのよ。

メアリ　あなたの言いたいことはわかったわ。

ジュスティーヌはメアリの袖を引っ張り、厩に向かって歩き出した。メアリはついていったものの、とりたててデーネシュと話したくはなかった――あんなふうに騙されたあとでは！　近づいていくと、デーネシュは大親友同士だと言わんばかりににっこりした。

(ジュスティーヌはあなたの首をへし折れるのよ)とメアリは思った。

だが、情報は必要だし、提供してくれそうな相手はほかにいない。フェレンツ一家の中でいちばん英語を話すのはこの男のようだ。

「ここはどこ？」ジュスティーヌが訊ねた。「それとも、教えることは許可されていない？」

デーネシュの笑顔は一種のせせら笑いに変わった。「何を許可されているかなんて、どうでもいい。おれのことはおれが決めます。必要なときには父を手伝うが、いちいち言われたとおりにするヤーノシュとは違う」片手をさっと動かし、城の残っている部分と崩れている部分の両方を示す。「ここはずっと前からカルンスタイン家の城です。でも、その一族、とても悪いやつらだった――最後の女伯爵マーカラ・カルンスタインは恐ろしい女だった。だから人々は城を焼く。昔はここに村があったが、もうありません。あの邪悪な一族を追い払うため、何もかも焼かれた」

「あなたの妹は、女伯爵を吸血鬼だと言っていたわ」とメアリ。

デーネシュは眉をひそめた。「アグネスはばかな子です。シュタイアーマルクでも、みんながみんなばかな農夫じゃない——そんな迷信を信じてたりしません。おれ自身は、グラーツの大学で技師になるために勉強しています」

「それでハイドは」とメアリ。「あの男は何を求めているの？ どうしてあなたと父親を雇ったの？」

「それは言えません」とデーネシュ。「父が雇われていて、おれも手伝うが、あのひとは理由も、あの女の子のどこがそんなに大事なのかも、その血で何をしているのかも、教えてくれません。ただ、おれの母——わたしの母《エーデシャニュアーム》を助けることになると言うだけで」

「そうすると、あのおかしな鳴き声は——」メアリは続けた。

「じゃあ、今度はおれが訊く——どうして男の服を着ているんですか？」デーネシュは両手を目にかざして光をさえぎり、ジュスティーヌを見上げた。「あなたは男じゃない。そう、背は高すぎる、でもかわいい女の子になれるはずなのに。おれだったら村のダンスに連れていく、ほかの連中にじろじろ見られても。気にしない！ おれは強い、勇敢な女性が好きです。ウィーンでとても勇敢だったのを見ました」

「ええと、ありがとう」ジュスティーヌは見たこともないほど落ち着かない様子で言った。

「そうね、さっきの話を教えてくれて、ほんとうにありがとう」メアリは口を出した。「これから少しあたりを見てこようと思うの、よかったら」

「ご自由に《Suit yourself》」とデーネシュ。「これが英語の表現でしょう？ ただし、スーツ《suit》は着るものでもある。おもしろい言語ですね、英語は。おれはとても英語が上手だと思います」

「ええ、まったくよ、なんてお利口なのかしら」メアリは〝あなたは石炭の配達代を余分に請求しているのね〟というような微笑を浮かべた。恐るべき慇懃《いんぎん》な笑顔だ——イングランドのレディの大砲と言っていい。次の瞬間には雨傘で頭を殴られるはめになる。

メアリ　そんなことするもんですか！

キャサリン　うん、ただ人を撃つだけだよね。

「行きましょう、ジュスティーヌ。やることがあるのよ」ジュスティーヌの腕を取って遠ざける。

　馬車置き場の角をまわってデーネシュが見えなくなると、メアリは言った。「厚かましいったら！　あなたを村のダンスに連れていくですって、まったく……」

「褒めてくれようとしていたのだと思うわ」とジュスティーヌ。

「だったら紳士らしく褒めればよかったのよ、ばかみたいなことを言わないで。見て、あれは何かしら？」

　城のこちら側には、以前教会か礼拝堂だった廃墟があった——壁の一部はまだ立っているが、石の祭壇は空に向かって剝き出しになっており、草が床の上に生えてひさしい。そのまわりに教会の墓地の名残が見えた——そこかしこに古びた墓石があり、大部分は傾いている。中央に石の墓があった。霊廟《れいびょう》のようだが、なかば地面にうずもれている。重たげな木の扉に何か書いてあった——よく見えない。このあたりは草が丈高く茂っていたので、メアリはスカートを持ち上げて近寄った。よし、これで文字が読める。もっとも、一部は地衣類に覆われていた。

ミラーカ・カルンスタイン
一六八〇－一六九九

　これは例の邪悪な女伯爵そのひとに違いない。ただし、あきらかに石工が名前の綴りを間違えている。まあ、今では墓の中で安らかに横たわっているということだ。城のこちら側はより殺伐とした風景だった。背後には丘がそびえ、鬱蒼《うっそう》とした森に覆われている。この方角に逃げるのは無理だ。

「こんなふうに破壊された原因は、きっと十七世紀によく起こった農民の反乱のひとつでしょうね」ジュスティーヌはまわりを見まわして教会の残骸を眺め、続いて城に視線を戻して言った。この方角からだと廃墟であることがいっそうはっきりする。「建物の中に火事の被害があったのがわかるわ。その時代は、農民が主人に対して蜂起するのがめずらしくなかったの。とくに封建制度がまだ残っていたこういう古い地方ではね。農夫たちはより大きな自由を、租税の負担からの解放を求めていたのよ――」

「そうね」とメアリ。「ただ、今は講義の時間じゃないわ。問題は、どうやってここから逃げ出したらいいかってことよ。十七世紀の農民の窮状に同情しないわけじゃないけれど、まじめな話、何かしなくちゃいけないのに、どうしたらいいかさっぱりわからないわ」

ジュスティーヌが答える前に、また聞こえた――今朝もっと早い時間に耳にした鳴き声だ。だが、今回はより近い。まるで城の石壁の奥から響いてくるかのように。

「メアリ！」それはハイドの声だった。ぐるりと見まわしたが、ジュスティーヌしか見当たらない。「上だ！」顔をあげると、たしかに二階にいた――自分たちの寝室に続く廊下の突き当たりに違いない。あの壊れた窓枠に見覚えがある。「この二十分間おまえを捜していたんだぞ。それにダイアナはどこだ――一緒にいないのか？」

「いないわ」メアリは答えた。ダイアナの所在を教えるつもりはない――どうせこちらも知らないが！

「そうか」とハイド。「まあ、おまえが必要だ。それにミス・フランケンシュタインもな、あいつは連れてくるなと言ったが――私はふたりともきたほうがいいと思う。次の角をまわれば、裏手に小さな扉がある。鍵はかかっていないはずだ。入って廊下を進んでくれ。右側の最初の入口が私の実験室だ。そこで会おう。できるか？」

「これがなんの騒ぎなのか教えてくれればね」メアリは眉をひそめて言った。今朝のように横暴でも見下すようでもない――それどころか、まるで頼んでいるようだ。なぜだろう？　何が変わった？

「教えよう、だがとにかくきてくれ！」壊れた窓からハイドの顔が消えた。

メアリはジュスティーヌを見やって頭を振った。よほど苛立って見えたのだろう。ジュスティーヌが言ったからだ。「少なくとも、これで何が起こっているのかわかるわ」

そうであることを祈るばかりだ。

墓地から角を曲がると、かつて家庭菜園だったに違いない場所に出た。一段高くなった苗床と通り道がまだいくつも残っており、雑草に囲まれてあちこちにセージやローズマリーが生えているのが見えた。

ダイアナ　ジュスティーヌにはそう見えたって意味だよね。メアリはセージでも……なんでも、庭に生えてる緑のものはぜんぜん区別がつかないじゃん。

メアリ　それはいくらなんでも言いすぎよ。わたしだって知っているわ――ええと、小さな葉っぱがあるって。それに、鵞鳥《ガチョウ》の詰め物に使うのよ。

キャサリン　あたしはメアリの視点で書いてたの。好きなときにいつでも視点を変えるわけにはいかないのよ。そういうやり方をするものじゃないんだから。

ダイアナ　どうしてなんでもかんでもメアリの視

点なわけ？　何がそんなに特別なのさ？
キャサリン　メアリがいちばん書きやすいの。あんたの思考はぐちゃぐちゃすぎるし、ジュスティーヌみたいには考えられないもの——あれだけ哲学的だとね。だいたい、ジュスティーヌが考えてることを全部書いたら、読者が寝ちゃうでしょ——十七世紀の農民の反乱とか、人間の権利とか、なんだか知らないけどヴォルテールが言ったこととか……
ジュスティーヌ　わたしがそういうことに興味を持っていても、読者には退屈でつまらないかもしれない、という自覚はあるわ。
キャサリン　批判してるわけじゃないの、ジュスティーヌ。あんたがそういうふうでよかったって思ってるのは知ってるでしょ、変わってほしくないし。でも、物語は動く必要があるの。
ダイアナ　うん、でもメアリはたとえ嚙みつかれたって、それがセージだなんてわからないね。それは
メアリ　あら、セージは嚙みつかないわ。それは知ってるわよ！

扉を通り抜けながら、またもや城の壁の冷たさ、頭上と周囲の石の重みを感じた。唯一の光は廊下の突き当たりの小窓から射し込んでいる。右側に扉が見つかった——少し先の左側にもう一枚ある。だが、ハイドは右側と言ったはずだ。メアリは扉を押し開いた。

「行きましょう」とすぐうしろのジュスティーヌに声をかけると、中に入っていく。

これが実験室なら、お粗末な代物だ。室内には長い木のテーブルと、その下に押し込まれた腰掛けしかなかった。テーブルの片端はずっと前に焼け焦げていた——昔の火事はここでも荒れ狂ったのだ。テーブルの上にある器具はすぐに見分けがついた——顕微鏡、ブンゼンバーナー、天秤ばかり。テーブルの中央には蒸

留器があり、片側にさまざまな粉をつめたガラス瓶がずらりと並んでいる――手持ちの化学薬品だろう。色とりどりでなかなかきれいだった。その隣には陶製の乳鉢と乳棒があった。はるか昔、父がまだ立派なジキル博士だったとき、実験室の台はこんなふうだったものだ。ただもちろん、科学書でいっぱいの本棚があったけれど――背表紙に金箔が施された革表紙の学術書だ――それに公式の学会誌らしきものも並んでいる。壁に下がっていた元素周期表を思い出す。実験室として使っていた古い公開手術室のガラスのドーム越しに、日の光が射し込んでいたことも。いまや手元にあるのは、このがらんとした部屋と、自分の仕事に最低限必要な器具、そしてテーブルの隅っこに載っているたった一冊の本だけだ。革表紙で、中世風のいびつなドラゴンが楯の上にいる紋章が刻印されている。いや、翼のある犬だろうか？

メアリ　ここをカーミラに見せないほうがいいわよ！　あのひとの紋章が翼のある犬みたいっていってほのめかすなんて……

「まだ実験をおこなっているのね」ジュスティーヌが言った。

メアリはテーブルに近づいた。「もちろんよ。やめることがあるとは思えないわ。一種の中毒ね」本を調べようとしていたとき、ハイドが石の壁にバタンとぶつかるほど勢いよく扉を開けた。小さな竜巻でもくぐりぬけてきたか、でなければ腹立ちまぎれに両手でかきまわしたかのように髪が乱れている。

「メアリ」ハイドは言った。「助けてくれ。まじめな話、ほとほと困っている。ルシンダの血はどうしたというんだ？　おまえは四日間馬車で一緒にいただろう――面倒を見て、血をやったはずだ。何か普通でないことに気づいたか？　つまり、変化の過程で？」

メアリはまじまじと相手を見た。今朝新品同様だった実験用の白衣は、いまや皺くちゃだった。しなびた狡猾《こうかつ》そうな顔に疲労の色が浮かんでいる。眉根が寄せられ、いつも浮かべている魅力的で信頼できない微笑が消えていた。一瞬、もう少しで――もう少しで――気の毒に思うところだった。

「何を言っているのかさっぱりわからないわ」思い切りひややかな、軽蔑をこめた口調で答える。「なんの変化の過程なの？　父親の実験はルシンダに何をしたの？」

「いい子だ」ハイドはおそらくはじめてまっすぐにこちらを見た。ふいにメアリは、その瞳が自分の瞳とまったく同じ色をしていることに気づいた――変化する青灰色だ。全体的な外見はこんなに変わっているのに、それは依然として父の目だった。ハイドはそわそわと両手をこすりあわせてから、うろうろ歩きまわりはじめた。「お互い腹を割って話そう。ミス・ヴァン・ヘルシングの血液には特別な性質が備わっている――あるいはそのはずだと、おまえも私と同様心得ているだろう。錬金術師協会の機関誌で、その主題を扱ったヴァン・ヘルシングの論文を読んだ。手順の詳細は記されていなかったが、中心となる原理はじつに明快に説明されていた。もうあの娘の血には治癒力が備わっているはずだ。娘を手中にしているとあいつが知ったら――そう、ずっと前、まだ私が協会の一員だったころ、一度会ったことがあってな。あの男は拳闘の達人で、クイーンズベリー卿の友人として知られている。そういう相手と喧嘩はしたくないものだ。だが、あの娘の血がなぜ効かないのか知るためなら、その怒りにも立ち向かってみせよう」

なるほど、だから髪がこんなにぼさぼさになっていたわけか！　苛立ちのあまり引き抜きかねないほどかきまわしていたのだ。

ジュスティーヌが進み出た。「ルシンダの状態については、わたしたちのほうがずっと知識が少ないと思います。論文なんて読んでいませんから。知っているのは、どういうわけか血を糧としていて、深い眠りに落ちてしまったということだけです——わたしたちが置いてきたあとで目を覚ましたのなら別ですが」

ハイドはかぶりを振った。「いや、昏睡状態だ。本人から父親の研究に関してもっと聞けるのではないかと期待していたが——無駄だ。何をしても目覚めない」

「それは自業自得でしょう」メアリは鋭く言った。「今朝あの娘《こ》の血を抜くべきじゃなかったのに」

「メアリ、私の娘として、相関関係を因果関係と間違えたりしないはずだ。私が血を抜いたあとにあの娘は昏睡状態に陥ったが、そのふたつのできごとは関係していない。抜いた血液はせいぜい医者が取る程度の分量だ——それほど極端な結果になるはずがない。衰弱はヴァン・ヘルシングの実験のせいだ。だがなぜ？弱るのではなく、より力強く元気に、健康になってしかるべきだった。あの血液は、どれほど致命的であろうとあらゆる病を癒し、傷を修復する力を持つはずだったのに」

「ウィーンで戦った男たちみたいに」とジュスティーヌ。

「まさしく」とハイド。「それから、勇敢な戦いぶりを称賛させてもらおう——デーネシュ・フェレンツが一部始終を見て、じつにいきいきと語って聞かせてくれた。近くの建物の窓から見ていたようだな」

「それでさっきのデーネシュの発言の説明がつくかもしれないわ」とジュスティーヌ。

「つまり、わたしたちを見張っていたのね！」とメアリ。「いつから？」イングランドを離れて以来ずっと？

ハイドはほほえんだ——ほら、またあの悪い魅力のこもった微笑だ。まあ、もちろんその力に屈するつもりはない。「おまえではないさ、娘よ。おまえがどうしているか知ることはいつでもうれしいがね。デーネシュは病院と、病院を見張っている男たちを監視していた――見当はついていただろうが、ヴァン・ヘルシングの手下どもだ。ある日、デーネシュはおまえたちが滞在していた宿屋の窓から光がひらめくのを見た。賢明にも望遠鏡だと推測し、宿屋の主人に金を払って情報を手に入れたわけだ。それから私に電報を打ち、私も返信した。最寄りの電報局は村にあるが、アグネスがそこで日用品を買っているのでね。連絡を保つのは難しくなかった。フェレンツ氏は、実際にウィーンとブダペスト間の路線馬車の馭者だ。おかげでおまえたち全員をここに連れてくるのが容易になった。しかし、可能な範囲で好奇心を満たしてやりたいのは山々だが、ほんとうにミス・ヴァン・ヘルシングについて――というより、その血液の性質に関して、おまえたちが持っているかもしれない情報を緊急に手に入れる必要があるのだがね」

「でも、わたしたちは何も知らないわ」とメアリ。「ジュスティーヌが言ったとおりよ。ルシンダは血を飲む必要がある――どんな食べ物でも、いいえ、水以外の飲み物でさえ、摂取すると吐いてしまうの。両腕の上から下まで注射痕がついているわ。あの戦闘で死んだルシンダのお母さんもそうだった――デーネシュがわたしたちを探るかわりに助けてくれていたら、死ななかったかもしれないのに！　ヴァン・ヘルシング教授が娘と妻に実験をおこなっていたことは知っているけれど、どんな実験なのかは知らないし――ふたりを精神科病院に入れた理由も知らないわ。ほんとうに、ぜんぜんわからないの」

ハイドはまた髪に指を走らせた。落胆していると同時に、じれったそうでもあった。

「だいたい、どうしてそれがそんなに大事なの？」メアリは訊ねた。「あの娘《こ》の血がなんのために必要だっていうの？　どうして二回も抜いたのよ？」

目をまるくしてこちらを見上げたハイドの表情があまりにも誠実そうだったので、メアリはたちまち疑念をいだいた。「この発見が人類にとってどれほど有益か、当然理解できるだろう。想像してみろ、メアリ。輸血によって病気を治すことができるんだぞ！　たとえばアンナ・フェレンツだ——彼女は癌で死にかけている。こうした大発見がなければ、一年以内に死ぬだろう。そんな治療を与えないでおきたいと思うのかね？　それに、ほかにもどれだけ命を救うことができるか、想像してみるがいい……」

「で、あなたにはどんな得があるの？」メアリは一瞬たりともハイドなど信じなかった。

「おや、知識の発展だとも、もちろん！　とはいえ、人は何かで生活しなければならないがね。むろん、なんらかの適切な報酬が提供されるなら、拒むつもりはない。残念ながら、近ごろの出費はきつくてね——たとえばこの城の借り賃だ。私の個人資産はほぼ底をついた」

「つまり」とジュスティーヌ。「私腹を肥やすということですね。金持ちが健康と命を買う一方で、貧乏人は苦しみつづける。そして、裕福な人々はどれだけの命を買うつもりでしょう？　その奇跡の血はいったい何を再生できるのですか？」

「ああ、君はまさに私がもっとも答えたい質問を思いついたな」ハイドは上機嫌で言った。「この血液には治癒力がある——その力があることはわかっている。なぜなら、あのとき撃たれた男たちは、君たちが放置して立ち去ったあとまもなく起き上がったからだ。だが、死そのものを防げるのか？　われわれ全員に必ず訪れる、あの容赦ない運命を克服できるのか？　もしそうだとしたら——」

「死ぬことのない人間を造り出すことができて、きっと買い手は金を惜しまないでしょうね」とジュスティーヌ。「あなたは見下げはてた人です、ハイドさん。たとえあなたを助けることが可能だとしても、手を貸す価値などありません。メアリ、ルシンダのところへ行きましょう。ほうっておきすぎたわ。せめてできるだけ居心地よくいられるようにしてあげることはできるもの」

　メアリはジュスティーヌに称賛のまなざしを注いだ。怒りに満ちてすっくと立った姿は、彫像さながらに堂々として見えた。義憤の女神ネメシスのモデルにうってつけだっただろう。

ジュスティーヌ　まあ、キャサリン。わたし、赤くなれるものなら頬を染めていたところよ！

ダイアナ　なんで赤くなれないの？

ジュスティーヌ　死んでいるからよ、忘れてしまった？　もちろん、生きてもいるけれど――ルシンダがわたしの血を拒んだのは、死んだ女の血だったからだわ。

メアリ　侮辱するつもりじゃなかったと思うの。

　すさまじい苦悶の叫び！　続いて「エドワード！　くそ、エドワード！」という言葉。それは廊下の先から響いてきた。

　間違いなく、あの声は前に聞いたことがある。それに叫び声のほうは、前に耳にした音に似ていた――響きは同じだが、あのときは動物の鳴き声だと思ったのだ。いまやはっきりと人間の声だとわかった。

　メアリはジュスティーヌを見やり、その顔つきにぎょっとしてあとずさりそうになった。ぞっとするほど蒼ざめており、瞳には恐怖の色が浮かんでいる。

「ありえないわ」ジュスティーヌは言った。

「ありうるのは承知しているはずだ」とハイド。「あの男がどれほど強靭《きょうじん》か、君は誰よりもよく知っている。あの大火事で生き残ることのできる者がいるとしたら、あいつだろうに」

メアリは当惑して、一方からもう一方へと視線を移した。「今叫んだのは誰なの？　何がありえないの？　ジュスティーヌ、どういうこと？」

ジュスティーヌにぎゅっと腕をつかまれ、メアリは痛みに顔をしかめた。今回ばかりは力を制御できていないようだ。もしかしたら気づいてさえいないのかもしれない。ジュスティーヌははるか遠くのものを見ているかのように石の壁を凝視していた。

メアリは反対側の手でジュスティーヌの腕を握り、ぐいっと引っ張った。「痛いわ。離して――それから、何が起こっているのか教えてちょうだい」

「あいつは君に見られたくなかった」とハイド。「今のままでは――ミス・ヴァン・ヘルシングの血液で治るまではな。だが、知ってしまった以上――きたほうがいいだろう。あいつに危害を加えられることはない。もはや誰にも危害など加えられない状態だ」

ジュスティーヌはうなずいたが、気が進まない様子なのは見て取れた。「会います。あなたは――あなたたちふたりは、充分長くわたしたちに嘘をついてきたと思いますから」

いったい何を話しているのかとメアリは問いただしたかった。だが、ハイドは扉のほうへ歩いていくところだった。ジュスティーヌはそのあとについていく。メアリにできることといえば、ふたりに続いて廊下を進み、さっき見た左側の入口へ向かうことだけだった。

ハイドがそこを開けた。扉がギーッと大きくきしんで内側に開く。

叫び声が聞こえた――絶望に満ちた恐ろしいわめき声だった。

ジュスティーヌがまだ扉の外に立って行く手をふさいでいたが、メアリは脇をすりぬけた。実験室より狭い部屋は、修道士の個室さながらに剝き出しで、片隅に鉄製のベッドがあるだけだ。その上に、見間違えようのないアダム・フランケンシュタインの姿が横たわっていた。ガラスのない細長い窓から日光が射し込んでいたが、寝ているベッドは部屋のいちばん暗い隅に置いてある。両手を顔にあてがっていたものの、ごわごわした黒い髪や皮膚の蒼白さ、薄い毛布の下のばかでかい体はうかがえた。ほかの人物ではありえない。ベッドが小さすぎるほどだ——ヘッドボードとフットボードのあいだに収まるように膝を曲げた巨軀がベッド全体を占領している。なるほど、結局のところ、あの火事を生き延びたわけだ！　死んだとあれほど確信し、信じて疑わなかったのに。メアリはジュスティーヌに負けずおとらず愕然とした気分だった。

「だめだ！」アダムはどなった。「出ていけ！　こんなところを見られたくない！」

「どんなところ？」ジュスティーヌは言った。ジュスティーヌとしてさえ、不自然なほど冷静な声だった。

「あなたたちふたりは、わたしたちに何を隠していたの？」歩いていって、ベッドの脇に立つ。

「ジュスティーヌ、気をつけて！　この前のときを思い出して……」そのときアダムは、ジュスティーヌの脳を、もっと自分の命令に従いそうな女性の脳と取り替えようとしていたのだ。まだ倉庫での戦闘を覚えている。あそこでワトスンがひどい怪我をしたのだった。

ジュスティーヌはかがみこむと、アダムの顔を覆っている両手をはずした。「今は弱っているもの。そうでしょう、アダム？」

アダムが顔をそむけて壁のほうを向く前に、恐ろしい痕が見えた——左側がすべて焼け焦げ、左目がそっくり失われている。アダムはジュスティーヌから両手を引き離したものの、その手の中に咳き込む結果になっただけだった——ゴホゴホと苦しげな咳で、指に血がついた。左手の甲にも火傷の痕が残っている。

「あの火事で肺がやられてな」とハイド。「本来話をするべきではないのだが。傷の大部分は体内にある——

―そのせいでかなり弱っている。生きてここまでたどりつけるものかわからなかった。まして山越えをしなければならなかったのでね……」

「俺は好きなときに話すぞ、畜生！」とアダム。「それがどうした？　どうせ死にかけているんだ。あの本の中には何も治療法は見つからなかったし、血はなんの役にも立たなかった――なにひとつな！」

「そう、だからルシンダをさらったのね――ついでにわたしたちを」メアリは言った。「人類を、そしてミセス・フェレンツを救うなんて話を長々と聞かされたけれど……なんて嘘つきなの！」

「あと一度だけ試してみるべきだと思う」とハイド。「血液をもっと心臓の近くに注入すれば――うまくいくかもしれない。今度あの娘の血が効かなければ、また本を調べてみよう。あそこに何か書いてあるはずだ。なにせ女伯爵はまだ生きているだろう？」

「ルシンダの血はもう取らせないわ！」とメアリ。

「誰にルシンダの血を取らせないって？　おはよ、父さん」入口に立っていたのはダイアナだった。うしろにヤーノシュを連れている。「何か音が聞こえたから、調べたほうがいいと思ってさ。うわ、それってアダム・フランケンシュタイン？」ヤーノシュを振り返る。

「あんたが下にこさせたくなかったのも当然だよね！」その腕を殴りつける――相手の表情と、直後に叩かれた腕をつかんだという事実からして、強烈な一撃だったらしい。それから、ダイアナはまたメアリのほうを向いた。「またこいつと戦わなきゃいけないわけ、どうなの？」

「ヤーノシュ！」とハイド。「ミス・ヴァン・ヘルシングの血をあと小瓶一本分抜いてきてくれ。器具は実験室にある」

ヤーノシュがそちらへ走っていくのが見えた。ブーツの踵《かかと》の音が廊下にこだまする。

「だめよ！」メアリは言った。「こんなことはやめないと。第一に、あなたが何をしたいのか知らないけれど、あの娘《こ》の血は役に立っていないし、第二に、それは間違っているからよ」

　向こうから駆け戻ってきたヤーノシュが、手にした皮下注射器をひらめかせて入口を通り抜けた。

「ダイアナ――」とメアリ。

「大丈夫」とダイアナ。「あいつがぜったいルシンダに近づかないようにするから、たとえナイフを突っ込むことになってもね！」向きを変える。そのあと、ヤーノシュを追うブーツの音が騒々しく廊下に響くのが聞こえた。

「邪魔をさせるな」とハイド。「ヴァン・ヘルシングの実験がなぜ失敗したのか知る必要がある」片手をポケットに入れる。「くそ！　あいつ、私の拳銃を盗みおった！　どうやって――」

　メアリはにっこりせずにはいられなかった。よくやった、ダイアナ！　たとえいらいらさせられるとしても、困ったときにはいつでもうまくやってくれるようだ。「まあ、あなたの娘ですものね。何を期待していたの？」

「おまえにはわかっていない」ハイドは言った。両手を頭にやり、またもや指を走らせると、引き抜こうとするかのように髪をつかんだ。「われわれが世界にもたらしうる知識！　自然そのものの意識に対する洞察が得られるかもしれない！　それこそ、黙然とダリエンの頂に立ち――太平洋を見下ろすコルテスのようになれる可能性があるのだぞ（ジョン・キーツのソネット“On First Looking into Chapman's Homer”のもじり）。われわれは人類の知識という新大陸の発見者となるだろう！」

　ハイドは足音荒く部屋を出ていった。ジュスティーヌが平気かどうかちらりと目をやってから――だが、毛布の下にうずくまっているアダムは今のところ無害に見えた――メアリはそのあとを追って廊下に出ると、あのみじめな実験室の名残へと入っていった。

ハイドは革表紙の本に近づいて開いた。「ここに何かあるはずだ、なんらかの説明がな。人類史上、永遠の健康と命の秘密を発見した人間は三人――男がふたり、女がひとり――しかいない。フランケンシュタインはそのひとりだが、あの実験は無益だ――誰が死体を生き返らせることなどに関心を持つ？ アダムを見ただろう――ジュスティーヌもだ。あのふたりのような歩く死体になりたいか？ いや、認めようが認めまいが、われわれの誰もが望んでいるのは、永久に若いまま生きつづけ、人間の考え出すいかなる武器にも傷つかず、完全に破壊されないかぎり死なないことだ……私はヴァン・ヘルシングが正しい方向に進んでいたと思い、その秘密を発見したと確信していたというのに。くそ！」テーブルにこぶしを叩きつけたので、載っていた瓶や器具が跳ね上がった。

「そういうふうに、人の命や普通の人間関係や仕事を犠牲にして、知識ばかりに取りつかれていたら、破滅することになるわ」メアリは言った。怒りがこみあげるのを感じる。今までにない感覚だった。「そのおかげで、すでにどうなったか。自分を見てごらんなさいよ！ こんなところにひとりぼっちで、そばにいるのはアダム・フランケンシュタインと、あなたの――ええ、手下たち――だけ。そんなものに何もかも手放すほどの価値があったの――わたしたち家族と、自分の評判まで？」

ハイドは愕然としたようにこちらを見つめた。「メアリ、おまえやお母さんを傷つけるつもりは決してなかった。そのことは信じてくれ。アーネスティン――ロンドンにいた最初の晩、私はアーネスティンに会いに行った。あまりにもひさしぶりだったからな。もう一度顔を見たくて、窓までよじ登り、ガラス越しにしばらく眺めていた……。アーネスティンは髪を梳《と》かしていた。新婚のころ、ふたりのあいだにいろいろなことが起こる前に、どんなふうに私が梳かしてやっていたか思い出したよ。アダムの件にけりがついたら、戻ってずっと愛していたと伝え、許してくれと頼むことができると思っていたんだ。だが、一週間後、アーネスティンが死んだことを知った。もはや手遅れだった」

「あなたが殺したからよ」メアリはなじるように言った。

「殺した？　どういう意味だ？　私は部屋に入りもしなかったぞ。外から窓の掛け金をはずすことはたやすくできただろうが。ただ窓ガラス越しに見ただけだ。アーネスティンはこちらに背を向けて化粧台の前に座っていて、垂れた髪がランプの光に照らされていた。あれはなんとも美しい髪だった、まるで黄金の滝のような——ギリシャ神話の女神が持つような。よくあの髪に指を走らせたものだ……。アーネスティンは鏡をのぞいていたが、それから振り返って、一瞬その顔が見えた——心労と年のせいで皺が増えてはいたが、結婚した日のように繊細で清らかなおもてだったよ。つかのま、私を見たのではないかと思った——こちらに目を向けているようだったからな。だが、そのあとまた顔をそむけて、ランプを吹き消してしまった。ガス燈の明かりは弱くなっていたから、それ以上見えなかった」

「お母様は間違いなくあなたを見たわ」メアリは言った。相手を見ることもできないほどだった——子ども時代に知っていた人物とはあまりにも違う父。「あんなに急に具合が悪くなったのはどうしてだと思うの？　お母様は窓に映った顔についてわめき散らしていたのよ。まさかあなたの顔だったなんて」可能なかぎりひややかに、軽蔑をこめて見やる。これを言ってやりたかった。この男が何をしたか気づいて以来ずっと、思い知らせてやりたかったのだ。

ハイドは途方に暮れた顔でこちらを眺めた。「ほんとうか？」それから、うつむいてかぶりを振った。

「ああ、もちろんほんとうだとも。嘘をつくはずがない――おまえにそれは不可能だと言っていい。おまえの気質がそんなことを許さないだろう。だが、私はあれに危害を加えるつもりは決してなかった……」

「どういうことなの、わたしの気質がそんなことは許さないって？」どういう意味だろう？ なんだか妙な言い方だ。

ハイドは白衣のポケットに両手を突っ込み、床を見下ろした。「私が言いたかったのは、ただ……」ほとんど独り言をつぶやいているようだった。

「なに？」メアリは問い返した。だが、知りたいのだろうか？ フロイト博士に言われたことを思い出す――メアリもメアリなりに、ダイアナと同じぐらい普通ではないのだと。

ハイドは心配そうな顔つきでこちらを見た。「アーネスティンはとても子供をほしがっていた。結婚したときには期待したよ――何度か妊娠したかもしれないと言われたが、結局消化不良だった……ロブスターの缶詰が悪くなっていたせいだったことも一度あったな。そんなわけで、私たちはひたすら待った。ヨークシャーから連れてきた側付《そば》きのメイドが、うちの執事のプールと結婚して赤ん坊を産んだ――ちっちゃなホノリアだ――アーネスティンはわが子のようにかわいがって、公園へ散歩に連れていったり、着飾って茶会ごっこをしてやった。とうとう専門家に相談したところ、おそらくアーネスティンに子どもはできないだろうと言われたのさ。慈善事業を始めてはどうかと助言されたものだ！ あれが手に入らないものを切望するさまを見ていると、心が張り裂けそうだった。そこで私は科学と錬金術師協会の仕事に没頭した。レイモンド、ラニヨン、ヘネシーと私は一種の派閥を作った――カリューもだ、当時は友人だったからな。なんと活気づいていたことか！ ダーウィンの理論は新たな探求の道を開いたように思われた。むろんすべてに同意したわけではない――われわれが賛同していたのはラマルクだ。世間には異端者と呼ばれたかもしれないが、喜んでそれを受け入れていた。生物的変成突然変異の課題に立ち返るべきだ、とわれわれは自分に言い聞かせた。レイモンドはその課題に取り組んでいて、失敗に苦しんでいた。実験対象に――問題がある、と言っておこうか？　そう判明したからだ。そんなことでくじけるな、とみなで言ってやったものだ。先見の明のある者たちを世間がどう扱うか、見てみるがいい！　われわれはスペンサーとゴルトンの理論に触発されて――正しかった分野ばかりでなく、その失敗にもだ――一層の努力をした」

「カリュー！　それってあなたが殺したひとじゃなかった？」メアリは驚愕して問いかけた。

「なんだと？　ああ、そうだ。言い争いをしてな――カリューは私の努力の方向が気に入らなかったのさ。そう、最初のうち私は、人間性を高める試みをしようと考えていた。人類は現状よりも理性的になりうるし、そうなるべきだ。モローも同じ課題に取り組んでいた――聖人ぶった反生体解剖主義者どもにイングランドを追い出されるまではな！　モローの研究は生物学を重視していたが、私は人間の性格のバランスを変え、善を強化させる一方で悪を眠りに導くような化学溶液が見つかるのではないかと考えた。だが、その効果は精神的なもので、実験に基づいて観察できるようなものではない。変化が起きたとどうやってわかる？　みずから化学薬品を摂取するしかあるまい！　私は自分をより善人にする薬を作り出し、そのとおりになった――しばらくのあいだはな。それだけでなく、この世でもっとも望むものをアーネスティンに与えて幸せにしてやりたかった。たいていの女性が子どもを産む年齢を過ぎていたが、私は増えてゆく化学の知識を生かし、薬を創り出してアーネスティンに投与した――」

「本人の許しを得ずにお母様に薬を盛ったの？」メア

リは問いただした。

「いやはや、茶に入れただけだぞ！　そうすれば何よりも望むものを与えられると思ったからだ。実際そうなった――おまえが生まれたのだからな、メアリ。おまえはあれの喜びであり、最愛のもの、こよなく慈しむ存在だった。アーネスティンは子どもを産むことをあきらめていた。あれにとっておまえは奇跡だったよ。私の科学の産物だと告げて、その奇跡を奪うことはできなかった」

「道徳的になろうとしていたくせに――」

「理性的だ、メアリ。倫理的だよ。私がしていたことは大義のためだ。アーネスティンにとっても私にとっても最善であろう判断を下した。そして、その判断の結果を受け入れたのさ」

「〝結果を受け入れた〟？　でも……その結果というのはわたしよ！」

「ああ、歓迎すべき結果だったとも！　お母さんは喜んだし、おまえは――まあ、おまえは完璧な子どもだった。泣いたことはほとんどない。一度、おまえの子守になったホノリアと公園を散歩していたとき、膝をすりむいたことがあってな。ホノリアが家に連れ帰った――ホノリアのほうはすすり泣いていたが、おまえはただ傷を見せて、「見て、お父ちゃま、おもしろくない？　きれいな色に変わりそう」と言っただけだった。おまえはあのころの私の子だったよ。しかし、私は――そう、もうひとつの方向に行ったらどうなるか見てみたかったのさ。より下等で下劣な本能に溺れたらどうなるかをな。モローの理論にもかかわらず、人間の動物的な部分にも何か意義があるかもしれないという気がしたからだ。人間性は強制的に進化させられるべきであり、動物的な本性を超えるべきだとモローは考えていた。私はその動物性を体験してみたかった。そうして、ゆるやかにハイドへと転落していったわけだ。カリューはどんどん強い言葉で反対するようになった——最終的には、私を協会から追放すべきだと提議した。ある晩、私は通りで——その、ある種の娯楽から帰宅する途中のカリューに会った。どんな娯楽かおまえは知らなくていい。あいつはもう一度抗議してきて、ひどく罵《ののし》り、私がどこまで堕落したか歯に衣着せずに告げた。どうしようもなかったよ、メアリ。まるですさまじい憤怒に、制御できない醜悪で凶暴な怒りに取りつかれたかのようだった。まさか、それほど無意識で本能的な行動を責めるわけではあるまい？」

「責めるに決まっているでしょう」とメアリ。「どんな自分になるかを選んだのはあなたよ。あなたは——
——」その言葉は嫌だった。だがほかにどの言葉を使えばいい？「あなたはわたしを造り出すことを選んだわ。それにダイアナはどうなの？ダイアナのお母様は？あなたのせいで貧困のうちに亡くなったのよ」

ハイドは虚を突かれたようだった。「そのことはほんとうに気の毒だと思っている。コリーンのことはとても大切に思っていた。だが、とどまるわけにはいかなかった。殺人犯として知られ、イングランドじゅうで追われていたのだからな。どうすればよかったと言うのかね、おとなしく絞首刑になれと？」

「わたしがどう考えているかわかる、お父様？」そう呼ぶつもりはなかったが、撤回するには遅すぎた。「あなたほど自分勝手なひとには会ったことがないと思うわ。ここにただ立って、自分の行動をひとつ残らず正当化しているのよ、どんな結果かも、どれほどの苦悩をほかのひとたちにもたらしたかも省みずに」

バーン！続いてまた**バーン！**拳銃の音だとすぐさまわかった。

「ダイアナ！」と声をあげる。「あの子、わたしの拳銃を持っているのよ」

実の父であり、なおかつこれほど腹の立つこの男に何を告げようとしていたのだろう。悔しそうな表情ではあっても、とくに恥じているふうも後悔している様子もなく、こうして目の前に立っている相手に？　今そんな暇はない。メアリは向きを変えて廊下を走っていった。アダムの部屋の入口で一瞬立ち止まる。ジュスティーヌはまだそこにいて、ベッドのかたわらに膝をついていた。なぜ膝をついているのだろう。どうしてアダムの手を握っているのか？　ジュスティーヌが驚いた顔で、気がかりそうにこちらを見た。「あの音はなにかしら？」

「銃声よ」とメアリ。「ダイアナが撃たれたか、誰かを撃ったか、あるいはその両方よ！」

ジュスティーヌは立ち上がった。「わたしも行くわ。すぐうしろにいるから」

「ジュスティーヌ！」アダムからつらそうな声があがった。「置いていくな！　俺をひとりのまま死なせないでくれ！」

ジュスティーヌはつかのま相手を見下ろした。「神様があなたの魂に憐《あわ》れみをかけてくださいますように」と言う。それから、メアリのあとを追ってきた。背後でブーツの音がカツカツ鳴っている。

走っていた廊下が、Tの字の上部のような形で、別の廊下と直角にぶつかった。

「右？」とジュスティーヌ。

「左だと思うわ」メアリは言った。たしかにその判断は正しかった。階段があったからだ。ジュスティーヌが先頭に立ち、ふたりは一段飛ばしで駆け上がった。階段のてっぺんでメアリは一瞬足を止め、片手で脇腹を押さえた。ひどい痙攣だ！

「ダイアナ！」ジュスティーヌはすでに寝室の扉のところにいた。メアリは追いつこうとして走り、続いて部屋に飛び込んだ。

視界に入ったのは恐ろしい光景だった。ダイアナがメアリの拳銃を手にしてベッドの前に立っている。ルシンダは今朝と変わらず意識のないまま、依然としてそこに横たわっていた。ヤーノシュ・フェレンツが床に座り込んでおり、ズボンの脚から血が滲み出して床石に広がっている。

「あたしのせいじゃない！」とダイアナ。「ルシンダにさわるなって言ったんだから。威嚇射撃までしてやったのに。足の先を撃つつもりだったけど、メアリほど射撃がうまくないんだもん」

ダイアナ　そんなこと言ってない。

「ヤーノシュ！　イエズシュ、マリア、どうしたの《ミ・トルテント》？」入口にいるのはアグネスだった。そのうしろにハイドがいる。アグネスは兄に駆け寄って隣に膝をつくと、エプロンをはずして出血を止めようとした。エプロンはたちまち赤く染まった。「悪い、悪い子！」とダイアナにどなる。涙が顔を流れ落ちていた。

「私の粉で出血を止められる」とハイド。「だが、下の実験室へ連れていく必要があるな。私には運べない——誰かが反対側で支えなければ」

ジュスティーヌが進み出たが、アグネスが言った。

「だめ、あなたじゃない！　みんなだめ！　さわらないで——あたしがやる」

ハイドとアグネスが助け起こすと、ヤーノシュは苦痛にうめいたものの、問題なく歩けるようだった。蒼ざめておびえた様子で足をひきずって歩くヤーノシュをふたりが両側で支え、部屋から出ていく。

メアリは手を差し出した。「拳銃をよこしなさい」

「わかったよ！」ダイアナはかなり乱暴に拳銃を押しつけてきた。「感謝してもらいたいね。あたしがいなかったらこの拳銃を取り戻せなかったし、ルシンダを守ってやったんだから。ありがとうって言ってもいいんじゃないの」

「あれはなに？」ジュスティーヌが当惑したようにあたりを見まわしている。そこでメアリも気づいた——トン、トン、トンと軽く叩く音だ。どこから聞こえてくるのだろう？　窓だ！

窓に顔が見えた——女性の顔だ。手を上げてトン、トン、トンと窓を叩いている。一瞬、幻覚を起こしているに違いないと思った——窓のところに女がいたからではない。それだったら論理的にいくらでも説明がつく。その顔が暖炉の上の肖像画——マーカラ・カルンスタインの絵にうりふたつだったからだ。

トン、トン、トン。女があるしぐさをした——掛け金をはずす真似をしているのだ。

ジュスティーヌがこちらを見た。「どうしたらいいかしら？」

「まったく、勘弁してよ！」ダイアナが言った。窓まで歩いていくと、掛け金をまわして開き窓のひとつを開け放つ。「なんの用？　あたしたち、今ちょっと忙しいんだけど」

「わたくしの名はカーミラ」女は言った。「ブダペストのミナから頼まれてきた。そろそろ君たちがこの場所から救出されてもいいころだろう。そう思わないか？」

18 城からの脱走

メアリはまだ城の中庭からかなり高い位置にいるのに、下を見るという過ちを犯した。周囲がぐらぐらと揺れる——墜落するかもしれない下の地面の土と砂利——早くしなよと期待するように見上げたダイアナの顔——自分がぶらさがっている壁際のロープ——頭上の青空。そして、窓辺には心配そうなジュスティーヌの顔がのぞいている。断固としてロープに集中し——（ロープのことだけ考えて！）——ふたたび下りはじめた。両手でたぐり、スカートとペチコートに邪魔されつつも、ブーツのあいだにきっちりはさみこんで。下にたどりついたとき、ダイアナが言った。「ね？　楽勝じゃん」

メアリはまた上を見た。今度はジュスティーヌが下りはじめている。ジュスティーヌが隣に立つと、カーミラと自称した女が窓際に現れた。まずロープを引き上げて室内に姿を消す。それから、開口部に大きな包みが出てきた。リネンのシーツで一週間分の洗濯物をくるみ、てっぺんをくくってロープに縛りつけたように見える。ただし、おかしなことに、いちばん上から足が一本突き出している……女はゆっくりと包みを下ろした。その包みが地面に達して砂利に載ったとき、ダイアナがナイフで上を切った。リネンのシーツを引き裂いて開ける。中にいたのは、まだナイトガウン姿で意識のない、身をまるめたルシンダだった。ジュスティーヌがその体を抱き上げ、頭を肩に載せて子どもをあやすように揺らした。

ロープが地面に落ちてくる。だが、ロープなしでどうやってあの女——カーミラは下りてくるつもりだろう？

カーミラが窓から抜け出し、手や足の指で石の隙間をつかみ、トカゲのように頭から這いおりてくるのを見て、メアリは仰天した。なぜ部屋に入ってきたとき裸足だったのか、これでわかった——同じやり方でよじ登ってきたに違いない！　そのスーツも目に留まった。前に見たことのあるどの服とも異なっている——男性用スーツに似ているが、女性の体形に合わせて仕立てられているのだ。その体にぴったりだった。壁を伝い下りるとき、長い黒髪の三つ編みが先にぶらぶら垂れてきた。途中で動きを止め、まだ全員一緒にいるかどうかたしかめるようにこちらを見る。どうやったらあんなふうに壁に貼りついていられるのだろう。ダイアナが感心して低く口笛を吹いた。「うわあ。あたしだってあれはできないよ」

下に着くと、カーミラは両手を地面につけてから立ち上がり、ズボンで手をこすって埃の痕を残した。

「ブーツを取ってもらえるか？　ダイアナのうしろにある。あなたはダイアナだね？　ミナがあなたがた全員をとてもはっきりと説明してくれた」深刻な状況にもかかわらず、おもしろがっているような口調だった。その声は低く音楽的で、ごくわずかに訛りがあった——どこのものかわからなかったが、訛りに関してくわしくはない。ジュスティーヌなら聞き分けられるかもしれない。

ダイアナは無言で、壁際に置いてあった丈の長い乗馬用ブーツを渡した。カーミラは地面に腰を下ろしてブーツから靴下を引っ張り出してから、両方とも履いた。

「あなたはどなたですか、どうしてミナを知っているんです？」メアリは訊ねた。上でその質問をするべきだったかもしれない。この見知らぬ女性が窓から入ってくる前に。だが、父——つまりハイド——が戻ってこないうちに、できるだけ早くルシンダと仲間を城から脱出させなければならないという気がしたのだ。ここにいても危険にさらされたままだ。いまにもフェレンツ一家の誰かが、父親か息子が一同を見つけ――そして足止めする――かもしれない。それにしても、頭から先に壁を這い下りるとはどんな女性だろう？

「馬車が道の先にある。城から見えない曲がり角の向こうだ。何もかも説明すると約束しよう。だが、いなくなったことをあなたの父上に気づかれる前に出発することをお勧めする。今はこちらが数でまさっているが、よけいな騒ぎは避けるほうが賢いといつでも考えていてね。さあ、わたくしがルシンダを運ぼう」

まあ、とりあえずこれを説明として受け入れるしかない！　ちらりと目をやると、ジュスティーヌがルシンダを渡したところだった。カーミラは注意深く――だが、ジュスティーヌにおとらずやすやすとルシンダをかかえた。かなり力が強いのではないだろうか。ルシンダは大柄ではないが、自分だったら間違いなくひとりで運ぶのは無理だ。メアリはジュスティーヌを見て、〝どう思う？〟と問いかけるように両手をあげてみせた。ジュスティーヌは肩をすくめ、わたしにもどうなっているのかわからないわ、とほのめかすようにかぶりを振った。

「さあ、そろそろ行く時間だ」カーミラはルシンダを腕に抱いたまま、向きを変えて中庭をよこぎりはじめた。

「すごい！」とダイアナ。「あたしみたいによじ登れて――あたしより上手かも。しかもジュスティーヌ並みに強いなんてさ。そっくりだったのに気がついた、あの――」

「ええ、気がついたわ」メアリは言った。ひどく気がかりだ。だが、この女性はミナから頼まれてきたと言っていた……。「行きましょう。こうすることが正しいのかどうかわからないし、間違っているかもしれないけれど、間違いなく何かではあるわ。それに、実際ここから出る必要があるんだし」

厩に近づくと、カーミラは呼びかけた。「ローラ、問題はないか?」

「まったくありませんわ」と返事があった。厩の扉が開き、中から別の女性が出てきた。カーミラよりきちんとしたウォーキング・スーツを身につけ、扱い方は熟知していると言わんばかりにライフル銃を携えている。「とてもお行儀よくしておりましたわ、そうですわね、紳士がた?」ライフル銃を片手にかかえたまま、もう一方の手で優雅にスカートをさばいて脇によける。背後にはフェレンツとデーネシュがいた。手首と足首を縛られて地べたに座り込み、口もとは赤いスカーフで覆われている——たぶん自分たちのだろう。その上では、馬の一頭が馬房から外を眺めていた。この騒動はいったいなんだろうと不思議がっているようだ。

「すばらしい」とカーミラは言った。「では、わたくしたちがここにいるのをハイドに気づかれないうちに行こう。捕虜を連れ去ったのは誰だったか、ミクローシュ・フェレンツがすぐさま伝えるだろうから。そうなればハイドが追ってきて、じつに面倒なことになるか、またはハイドが賃料を払うのを拒否して、うんざりさせられるかだ。おいで」

まだルシンダをかかえているカーミラについて中庭から出ていくと、ローラと呼ばれた女性が合流してきて、列の最後尾にいたメアリの隣に並んだ。一緒に歩きながら、ローラはライフル銃を持っていないほうの手を差し出した。「あなたはメアリ・ジキルね? わたくしはローラ・ジェニングスですわ」

メアリは握手した。ぎこちなくなったのは左手だったのと、同時に歩こうとしたせいだった。

「自分と同じ国のひとと会えてうれしいですわ! ほら、わたくしもイングランド人ですもの。ただし一度もイングランドには行ったことがありませんの。うちの父はイングランド人ですけれど、一生外交官として働いておりましたし、母はシュタイアーマルクの生まれでしたから。父とわたくしは家ではいつも英語で話しておりましたわ。イングランドをこの目で見たいというのが、人生最大の望みのひとつですの。世界でもっとも重要な都市、ロンドン！——それに湖水地方！——ドーバーの崖！」

メアリは興味津々で相手を見た。連れのカーミラより年長で、もっと型にはまった服装をしている。もっとも、丘をくねくねと下っていく道を進みながらも、そのウォーキング・スーツが非常に仕立てのいいものであることには気づいた。ロンドンなら数ギニーかかるだろう！　完全にイングランド人に見えるのはたしかだ。やさしそうな丸顔にイングランド女性の有名な薔薇色の肌。とはいえ、髪は編んで頭に巻きつけてあった——とくにイングランド風の髪形ではないし、やり方を知りたいものだ。実際的で気さくそうな様子は家庭教師を思わせる。カーミラの家庭教師なのだろうか？　だが、どんな家庭教師がライフル銃を携帯する？

「はじめまして」とメアリ。「説明してくださるのは無理でしょうね——」

「あとで説明しますわ、約束いたします」ローラはにっこりして言った。「カーミラがどれだけ話したのかわかりませんけれど、あのひとのことは知っておりますわ。きっと何もお話ししていないのでしょうね。あした昔ながらの貴族とつきあうとき、問題のひとつはそれですの。こうしろと言えば、なんの疑問もなく従うと思っておりますのよ。申し上げておきますが、伯爵はもっとひどいですわよ。ほら、馬車がありました」

たしかにあった——黒塗りで扉に紋章のついた、たいそう立派な馬車だ。たちまち見分けがついた——本で見た紋章のドラゴンだ！

馭者の男が——いや、女だ、馭者の仕着せ姿のとても背の高い女性だった——馬たちのそばに立っていた。

「マグダ！」とカーミラ。「行かなければ《メンニュンク・ケル》――できるだけ早く！」

（マグダはあの馭者――女馭者のことね）女馭者がうなずいて扉を開けたので、メアリは考えた。カーミラが馬車に乗り、ルシンダを膝に抱いてうしろ向きに座った。「乗って」と呼びかけてくる。「早く出れば出るほどいい」

ジュスティーヌがそのあとから頭をぶつけないようかがんで乗り込み、ダイアナが続いた。

「どこへ行くんです？」メアリは訊ねた。不安になって眉をひそめる。「ミナと会うんですか？」

「まずわたくしたちの家へ」ローラが答えた。片手をメアリの腕にかける。「心配するのはわかりますわ、ミス・ジキル。大丈夫、わたくしたちは仲間よ。ミナに頼まれて迎えにきたのですけれど、途中の宿屋であなたたちの馭者が南へ向かうと話していたのを知ったものですから――しかも、その馭者がミクローシュ・フェレンツだとカーミラが気づきましたの。なにしろミクローシュも家族も知り合いでしょう――それで、どこを捜せばいいかわかりましたのよ。約束ですわ、なるべく早く何もかも説明いたします」

メアリはうなずいた。これほどイングランド人っぽい相手と話すのは安心できる、と認めざるをえなかった。ほんの少しだけ、ロンドンとパーク・テラスとミセス・プールを思い出す。今この瞬間、ミセス・プールは何をしているだろう。

ミセス・プール　請求書の支払いをしていたでしょうね、たぶん。キャサリンさんとベアトリーチェさんが出かけたあと、ほとんどお金がありませんでしたから！　アリスとアーチボルドを食べさせておくだけで精一杯でしたよ――果物は八月でも安くありませんからね。ワトスン先生がたくさん助けてくれました。ほんとうに困っているなら、必要なものはなんでも貸すとおっしゃって。そんなふうにご迷惑をおかけしたくはありませんでしたけれどね、ましてご自分でも心配事がおありだったんですから、お気の毒に、ホームズさんがまだ見つからなくて……」

「どいて」メアリは言った。もしレディらしからぬふるまいでないならば、腰でダイアナを押しのけていただろう。カーミラの馬車はあの貸し馬車より小型だった。六人乗るようには作られていないのだ。しかもそのうちひとりは、ローラとカーミラの膝の上に横たわっている。

ダイアナは反対側にほんのちょっぴりよけた。「ほら、これしか動けないよ、ジュスティーヌの上に座れって言うなら別だけど。満足?」

満足するしかなさそうだ。どのみち、運よく革張りになっているとはいえ——実際、こんなに贅沢な乗り物は生まれてはじめてだ——馬車の側面とダイアナにぎゅうぎゅうはさまれるというのは、もっと深刻な問題の前ではささいな不都合にすぎなかった。なにしろ、荷物の中にあったすべてを——服、化粧品、ベデカーまで!——失うことになったのだ。持ってくることができたのは、ロープで下りる前にあわててつかんで留めてきたウェストバッグだけだった。そこには拳銃と、残っているポンド、フラン、クローネが入っている。しかし、愚痴をこぼすべきではない。みんな生きてハイドの城を出て……ともかく、どこかに向かっているのだから。

「ここはどこ——まあ!」声をあげずにはいられなかった。いったいカーミラは何をしているのだろう?

カーミラは上着の袖を折り返し、ルシンダの口元に手首をあてていた。そっと口をこじ開け、自分の手首をルシンダの歯に押しつける。「さあ、いい子だ」と言う。「栄養を摂る時間だよ」それから、もう片方の手でルシンダの顎を支え、歯が手首に食い込むようにする。赤ん坊が乳を飲むような液体を吸う音がはっきりと聞こえた。それなのにルシンダの瞼は閉じたままだ！

「げっ、なにあれ？」ダイアナが言った。そんなふうには表現しないとしても、メアリも同じ気持ちだった。

「脱水症状を起こしているんだ」カーミラはふたりを見あげて言った。「この娘《こ》の目が落ちくぼんでいるのが見えるだろう。今すぐ血を飲ませなければならないし、このあとも定期的に与える必要がある。こんな扱いをするとは、ハイドを公開の鞭打ち刑に処すべきだな」

「公開の鞭打ち刑はずっと前に時代遅れになりましたのよ」ローラがおもしろがるように言った。

「では、個人的な鞭打ち刑だ」とカーミラ。「立ち退かせるところだが、月末までは賃料が払い込まれているからな」

「払い込まれる？」メアリは言った。「どういう意味ですか？」

「先祖代々の家をハイド氏に貸しているという意味ですわ」とローラ。「あなたがたの監禁されていた城は、十四世紀からカルンスタイン家のものでしたの。フェレンツ親子というのがわかったとたん、あの親子がハイドに雇われているのではないかと疑いましたわ。できるだけ早くきましたけれど、なんとか間に合ったようですわね。ミス・ヴァン・ヘルシングはひどい状態ですわ」

ルシンダはまだ血を飲んでいた。その音を聞くと鳥肌が立った——さいわい、大部分は車輪のがらがら鳴る音や馬の蹄《ひづめ》の音にかき消されている。

「どうしてあんなふうに血を与えられるんです？」ジュスティーヌが問いかけた。「手首を切ったようには見えませんでした……」

カーミラはルシンダの上唇をめくった。牙がある！

母親やウィーンのあの男たちと同様だ。先端がカーミラの手首に食い込み、まわりに血がにじんでいた。

「でも、前にはなかったのでは？」ジュスティーヌが驚愕して言った。「あったら気がついたはずです」

「それなら、最近伸びたのでしょうね」とローラ。

「通常なら感染してまもなく伸びますけれど、ヴァン・ヘルシング教授の実験が病気の経過にどんな影響を与えるかわかりませんもの。普通の進行にはならないかもしれませんわ」

「なんの病気ですか——ヴァン・ヘルシングはこの娘《こ》にいったい何をしていたんです？」メアリは訊ねた。ルシンダはずいぶん大量に飲んでいるようだ！　たしかに、ハイドに監禁されているあいだに脱水状態になってしまったのだろう。「お望みなら——」こんなことを言うのは嫌でたまらない。「——わたしも提供できます。ダイアナもわたしも城へ運ばれる途中で血を分けました。ルシンダに摂取できるものは血液しかないと発見して」

「それは気前がよかったな」カーミラは微笑して言った。もっとも、眉をあげた様子はやや皮肉っぽく見えた。よく似ている平板な肖像画よりずっと魅力的だ——鷲鼻と高い頬骨を持つほっそりした顔は、いきいきとよく動いて表情豊かだった。ローラとの対比は興味深い——一方はあれほどイングランド的で、もう一方はこんなに、そう、ハンガリー的かオーストリア的か、なんだろうとカーミラの根底にひそむ性質を映し出している。「だが、ルシンダに今必要なのはあなたの血ではなく、わたくしの血だよ。ブダペストに着いて、どうすべきか相談できるときまで、これで持ちこたえるといいが。この娘《こ》の変化は不完全だ——そこが難しいところなんだ」

「何への変化です？」ジュスティーヌが訊いた。「ハイド氏はルシンダの血を治療に使おうとしていました——アダム・フランケンシュタインと、癌で死にかけているフラウ・フェレンツの両方に」

「アンナ・フェレンツは夫より知性も倫理観もはるかにすぐれているから、ハイドが提供するような治療を受けるぐらいなら死を選ぶだろうな」とカーミラ。

「信心深い女性だ、ハイドの理論など神への冒瀆《ぼうとく》とはねつけるだろう」

「じゃあ、あなたも同じようにはねつけるんですか？」メアリは訊ねた。まだ何が起きているのかわからない。カーミラはどういう意味で変化と言ったのだろう。また、ルシンダはどう変化するはずなのか？それこそ、ヴァン・ヘルシングが妻と娘にもたらそうとしていた変成突然変異なのだろうか。

カーミラはほほえんでかぶりを振った。「親愛なるミス・ジキル、よければメアリと呼ばせてもらうが、今は十九世紀だ。当然そんな迷信など超越しているはずだろう。わたくしの信じるものは科学だよ。もちろん、最先端の科学は素人には魔法のように見えるかもしれないが——それでも、わたくしは合理的に説明できない事柄は信じていない」あっさりとルシンダの口から手首を離す。その手首には二カ所の刺し傷がついており、血がしたたり落ちていた。メアリの目の前で傷口がふさがり、流れ出る血が止まる。皮膚に固まった血液をカーミラはぱらぱらと払い落とした。それから、上着の袖を元に戻す。

「あんた、あの肖像画の女だよね？」ダイアナが言った。「暖炉の上にあったやつ」カーミラの犯罪を告発しているような言い方だった。

「それは不可能よ」とジュスティーヌ。「あの肖像画の制作は一六九八年ですもの。おおよそ二百年前に描かれたものだわ。もしかしたら子孫なのかも——」

「見る目がありますわね、ダイアナ」ローラがにっこりした。「実際、あれはカーミラですわ。でした、と言うべきかもしれませんけれど」

「あのころのわたくしは違う人間だった」とカーミラ。

「肉体的にも知的にも倫理的にも……まあ、完全に違うわけではなかったが――とはいえ、保証しよう。似てはいても、ハイドがジキル博士と異なっている程度には、わたくしはマーカラ・カルンスタインとは違う人間だ」ローラを振り返って手を取り、ほほえみ返す――やさしく愛情のこもった笑顔だった。「あなたがそのことに手を貸しているのだよ、いとしいひと《ケドヴェシェム》」またジュスティーヌのほうを向いてつけたす。「死んで生まれ変わったのは、君だけではない。たった百年前に生まれたのだから、こちらが年長だと主張させてもらうが――わたくしに比べたら、君は赤子のようなものだ」ふいにカーミラは声をたてて笑った。「別に競争ではないとも！　伯爵はいつでもわたくしのことを子どもだと言う……」

「伯爵って誰です？」メアリは問いかけた。「わたしたちみんな――その、少なくともわたしはすごく混乱してるんです。ミナ・マリーとどうやって知り合ったんですか？　あなたたちふたりとも、何者なんです？」失礼な言い方をするつもりではなかったが、シュタイアーマルクの真ん中で馬車に乗っていて、一緒にいる女性ふたりは知らない相手だし、そのうちひとりはたった今二百歳だと主張したうえ、どんどん森の奥深くへ入っていくところなのだ。もう午後だった――まもなく夜になる。どこへ向かっているのかさえ知らないときているのだから。メアリはウェストバッグに手をかけ、拳銃の心強い感触をたどった。少なくとも、このふたりが信頼できなければ、身を守ることはできる。

「そう、あと、なんでルシンダは血を吸うわけ？」ダイアナが訊いた。「吸血鬼なの、ヴァーニーみたいに？」

「ミス・ジキル、用心深くなることは正しいですわ」とローラ。「わたくしたちのことをご存じないのですもの。でも、傷つけるつもりはないと請け合いますわ

——これからわたくしの家へ行くつもりですの。食べ物と暖炉と、今晩寝る場所がありますから。あした、ブダペストのミナのところへ連れていきますわ。あのひとと知り合ってから——「——もう五年かしら？」ミナがイングランドで伯爵と知り合ったあと、はじめて会いにきたときから。もちろんあのひとには仕事がありますし、ブダペストから離れることも多いのですけれど。いちばん最近はウィーンにおりましたの。ほら、ずっとフラウ・ヴァン・ヘルシングのお友だちでしたし、お母さんが精神科病院に閉じ込められたあとは、ルシンダの付き添い役——いわゆるお目付け役《シャペロン》ですわね——として雇われましたから。ところが、ヴァン・ヘルシング教授はどうやってか、ミナが職業的な理由だけで雇われたわけではないと——言ってみれば反対派と組んでいることを知ってしまいましたの。それで、ミナはルシンダを残してウィーンを離れざるをえなかったのですわ。フラウ・ヴァン・ヘルシングが亡くなって、ルシンダが姿を消したと聞いたとき、あのひとがどんなに取り乱したか、とても口にはできませんわ！　ミナはヴァン・ヘルシングが娘を誘拐させたと思ったのですけれど、どこにいるのかさっぱりわかりませんでしたし、ウィーンに戻るわけにもいかなくて——ヴァン・ヘルシングの手下に顔を知られておりますもの。あなたがたなら、自分ではできないようなやり方でルシンダを助けられるのではないかと期待したのですわね」ローラは一瞬の間をおいてからつけくわえた。「ほんとうに正直に申し上げると、ミス・ジキル、カーミラとわたくしは、あなたたちがルシンダを見つけ出せるとは思っておりませんでした——ヴァン・ヘルシングは抜け目のない恥知らずな男ですわ。でもミナは言いましたの。『メアリのことを信頼しているわ。誰かこれをやってのけるひとがいるとしたら、あの娘《こ》とあの娘《こ》がまわりに集めた娘さんたちでしょうね』と。あなたがたがルシンダを救出してブダペストに向かったという電報を受け取ったとたん、ミナは途中で会えるようにとわたくしたちを送り出しましたわ。それがどういうわけか途中で行方不明になったと気づいたとき、わたくしたちはショプロンからミナに電報を打って、あなたたちの足跡をたどると伝えました。きっと心配で半狂乱になっているでしょうね。あのひと、あなたのことをとても高く評価しているのですわ。あきらかにその信頼は正当ですわね」

　メアリが赤くなるような人物だったら、今赤くなっていただろう。「どうぞ、メアリと呼んでくださいな。それにあの、ルシンダがどこに監禁されているかほんとうに発見したのは、わたしたちの友人のアイリーン・ノートンですし、助け出したのはダイアナです。わたしのしたことじゃありません」

「そうそう。助け出したのはあたし」とダイアナ。「あのクランケンなんとかから脱出させてやったのはあたし。全部ひとりでね」

「それはまた、ずいぶんと賢かったことだ」カーミラが言った。またあの眉をあげる皮肉めいた顔つきをしている。「一部始終を話してもらいたいな。しかし、どうやら着いたようだ」

　メアリは窓の外を見た。ずっと森の中を通っていたが、いまや道は樺《カバ》の木と榛《ハン》の木の林が散らばる牧草地を曲がりくねって進んでいた。花の咲いた灌木が並ぶ土手にはさまれた小川がうねうねと流れていくのが見える。そこには石の橋がかかっていた。絵のように美しい広々とした場所で、旅行中これまでに目にしたどこよりもイングランドを思い出させた。馬車は数分で、小さな城らしき建物の正面扉の前に止まった。てっぺんが魔女の帽子めいた円錐形の屋根になっている円塔がいくつかついている。ハイドの城――というか、カルンスタイン城――ほど古くも印象的でもなかったが、半分崩れかかっているわけでもなかった。おとぎばなしのお姫様がたいそう居心地よく暮らせることだろう。
「あんた、家って言ったと思ったけど」とダイアナ。
「そのとおりよ」ローラがにっこりして言った。「たしかにかなり豪華な家ですけれど——ここはシュタイアーマルクの荒れ地で、こういう不動産物件は、ロンドンの共同住宅より間違いなく安いことよ！　父は外交官の仕事を辞めたあと、わたくしとここに引っ越したのですわ。残念ながら父は何年か前に世を去りましたし、わたしはごく幼いころ母を亡くしましたから、ひとりぼっちですの——もちろんカーミラをのぞいて。とくに冬には少々孤立した場所ですけれど、カーミラとわたくしはここが好きですのよ。そうでしょう、あなた？」身を寄せてカーミラにキスする。頬に口づけるつもりだったようだが、最後の瞬間カーミラが首をめぐらし、ふたりは唇のキスを交わした。ローラは笑い声をあげた。メアリは驚いた——このふたりの関係はいったいなんなのだろう？

ちょうどそのとき、マグダが馬車の扉を開け、カーミラはメアリにもハンガリー語だとわかるようになってきた意味不明の言葉で何か言いながら、その手にルシンダを預けた。カーミラのあとからジュスティーヌが馬車を降りた。少しふらついている。大丈夫だろうか？

ダイアナが肩で押してきて言った。「早く出てよ！」メアリは顔をしかめ、逆の側から出ようと向きを変えた。慎重に降りる——くたくただったし、円形の私道は砂利に覆われていた。小石の上でくるぶしをひねりたくない。

「悪くないね」ダイアナが言った。やはり馬車から降りてメアリの隣に立ち、腰に両手をあてて家を——というより城を見上げる。

メアリ　シュロスっていうのよ。シュタイアーマルクでは、小さな城はそう呼ばれているってローラが教えてくれたわ。

キャサリン　うん、でもイングランドの読者がそんなこと知ってると思う？　でなきゃアメリカの読者が？　コリアー・アンド・サン社との契約がうまくいけば、アメリカでも売れるといいと思ってるんだけど。アメリカにはシュロスはないしね――インディアンのテント小屋と百貨店だけ。

ベアトリーチェ　先住民の虐殺はアメリカの歴史における恥ずべき汚点よ。クラレンスが言うには――

キャサリン　勘弁してよ、あんたがアメリカ先住民の虐殺についてぺらぺらしゃべってたら、どうやって合衆国の読者に本を売るの？　誰がそんなこと読みたがるわけ？

ベアトリーチェ　そういうことを読みたがらない人たちこそ、いちばん知らせるべき相手なのよ。これはわたしたちの冒険の物語かもしれないけれど、その時代の難しい問題に立ち向かうことに尻込みしてはいけないわ。なんといっても文学は、楽しむだけでなく学ぶためにもあるんですもの。

ダイアナ　みんなシュロスからテント小屋から政治の話にまで行っといて、あたしの話が長いって思うわけ？

シュロスは実際、ダイアナの表現を借りれば〝悪くない〟ところだった。午後の光が窓にきらきらと反射し、一部がクレマチスや蔓薔薇《ツルバラ》で覆われた石の壁を温めている。周囲は型にはまらないイングランド式の庭園で、堂々たるオークの巨木がそびえ立っていた。その奥にはシュタイアーマルクでよく見られる黒松の林が生えていたが、シュロスが薄暗く見えることはなかった――むしろ、緑のビロードで内張りした箱に収まっている宝石のようだ。

大きな両開きの正面扉は、家政婦らしき人物の手で開けられた。きちんとした黒い服にきちんとした白い帽子とエプロンをつけている――まさにミセス・プールがしそうな恰好だ。扉が開いたとたん、白い大型犬が二頭、はずむように中庭に走り出てくると、興奮して吠えながらカーミラのまわりを駆けめぐった。メアリは急いでジュスティーヌとダイアナのうしろに引っ込んだ。犬と接した経験はない。ぞっとするほど騒々しく吠えたてながら飛び跳ねているように見える！ しかもそのど真ん中にダイアナがいた――犬たちを見た瞬間駆け寄ったのだ。メアリは気をもんだ――嚙まれないだろうか？

だが、心配すべきだったのはダイアナではなかった。正面扉をくぐって入口ホール――柳模様の壁紙が貼ってあり、よくみがいたぴかぴかの家具が置かれた感じのいいホール――に入ったとたん、ジュスティーヌが崩れるように膝をつき、絨毯の上に横向きに倒れたのだ。

メアリは息をのみ、恐ろしげな猟犬のことなどすっかり忘れて、ジュスティーヌのかたわらにひざまずいた。〈女巨人〉はまたもや気絶していた。

「大丈夫？」ローラがジュスティーヌの反対側に膝をついて訊ねた。「なんてばかな質問かしら。もちろん大丈夫ではありませんわね。そうでなければ床にのびたりしておりませんもの。もしかしたら、わたくしたちに話していなかった傷でもありました？」

「違うと思います」メアリはジュスティーヌの襟元をゆるめながら言った。「怪我をした様子はないし、どこにも血がついてませんから」それに、怪我をしていたら当然そう言ったのではないだろうか。そんなことを秘密にしておくほどジュスティーヌは愚かではない。

「ジュスティーヌはときどきこうなるんです、精神的に大きな負担がかかったあとで。何かの最中だったことはなくて――いつも終わったあとです。ソファにでも連れていけませんか？ 回復するまでゆっくり横になれるような場所に」

「わたくしがやろう」ちょうど入ってきたカーミラが言った。上着を脱ぎ、気遣わしげにローラのまわりをうろうろしていた家政婦に渡す。

家政婦がメアリには理解できないことを言うと、カーミラは答えた――聞き分けられたのは炭酸アンモニア水《サル・ヴォラトリ》というなじみのある言葉だけだった。家政婦はうなずいて取りに行った。

カーミラはジュスティーヌの脇にひざまずき、首の下に片手をあてがった。そっと肩を持ちあげてから、もう片方の腕を膝の下にすべりこませる。「ミセス・マダールが救急箱を持ってくる。もうマグダに、ルシンダを緑の間に運び上げるようにと言っておいた。失礼、メアリ……」

メアリは立ち上がって一歩下がった。カーミラはルシンダを抱き上げたときと同様に楽々とジュスティーヌを持ち上げた――もっとも、両脚がぎこちなく垂れ下がっていて、ばかでかいぬいぐるみ人形のように見える。メアリはカーミラのあとについてホールをよこぎり、応接間に入っていった――完璧にみがきあげられたすてきな応接間で、目に心地よい程度に古びた美しい時代物の家具が置いてある。本でいっぱいの棚が並び、ノッティンガム・レースのカーテンに縁取られた窓からはさんさんと光が降り注いでいた。カーミラはトワル・ド・ジュイ（十八世紀に誕生したフランスの伝統的デザイン生地で、主として二色使いの綿のプリント生地を指す）の生地を張った大きなソファにジュスティーヌを横たえた。

ベアトリーチェ　メアリがジュスティーヌのことを心配していたのだったら、そんな細かいことに気がついたかしら？

キャサリン　これはあんたのメモから。去年の夏、借金を取り立てるのにルパート王子を見つけようとしてて、シュロスに立ち寄ったときの。ジュスティーヌの心配をしてなくても、そんな細かいところにメアリの目が行くとは思わないけどね。でも、なんとかして部屋の描写はしなきゃいけないでしょ？　あんたたち全員を、どこだか見分けもつかないような場所で動きまわらせるわけにはいかないじゃない――列車の駅とか、城の中庭とか、応接間とか！

メアリ　トワル・ド・ジュイっていったいなんなの？

「脈は正常なようだね」とカーミラ。「呼吸も普通だ。メアリ、前にもこれを経験しているのだろう。どうすることを勧める？　意識が回復するよう試みたほうがいいか？」

　メアリはかぶりを振った。「いちばんいい方法は、しばらくそのままにしておくことだってわかってます。意識はひとりでに戻るでしょうから。そのあいだ……待って、ダイアナはどこかしら？」

「黄泉《よみ》の住人たちと遊んでおりましてよ」ローラが言った。窓のひとつの前に立っている。「ほら」

　メアリは窓辺に近づいた。赤毛の少女がひとりと白い大型犬が二頭、まだ中庭にいて、ぐるぐる駆けまわってうなったり吠えたりしている。いちばん大きくうなったり吠えたりしているのはダイアナだった。

「あの子に危害は加えませんから、大丈夫ですわ」とローラ。「恐ろしげな見かけでも、ハデスとペルセフォネーはとてもおとなしくて、赤ん坊を預けても平気なぐらいですの！　もちろん、この家の一員を傷つけようとする相手におとなしくはしておりませんけれど。でも、ダイアナはお友だちと認めたようですわね」

「むしろ、ダイアナがあの犬たちを傷つけるのを心配してるんです！」メアリはぴしゃりと言った。重要なことを話し合わなければならないのに――いったいルシンダの身に何が起こっているのかというような――

ダイアナは犬と遊んでいるときている！

「ねえ、メアリ」ローラが片手を腕にかけてきて言った。「説明しなくてはいけないことは忘れておりませんわ。でも、きっとくたくたでしょう。もう出発するには遅すぎますわ――森の中で暗くなりますもの――ですから、今日は休んで元気を取り戻すべきですわ。あしたの夜明けにここを出ましょう。食べたあと、ミセス・マダールに何かお茶を頼みますから。カーミラと一緒に知っていることをお話しするつもりよ、ブダペストでどうなっているか心構えをしていただくために。あちらで待っている状況は、間違いなく楽ではありませんわ。錬金術師協会はわたくしたちの言うことに耳を貸したがらないでしょう――それなのに、なんとか聞かせなければなりませんのよ。でも、今そのことを気にしていても仕方がありませんわ。三十分でお茶の用意ができるはずですわ。そのあいだに手や顔を洗いたいのではなくて？」

そのとおりだ！　きちんと洗ったのはいつのことだろう？　それに実際、まともなお茶を飲んだのも？　どちらも天国のように聞こえる。

ミセス・プール　ヨーロッパを旅してまわるというのは、まったく野蛮なことのようですね！

メアリ　まあ、公平に言えば、わたしたちは誘拐されたのよ。普通はヨーロッパ旅行の最中に誘拐されたりしないと思うわ。ベデカーに書いてあるようなことじゃないし。

ローラの浴室はアイリーン・ノートンの浴室ほど豪華ではなかったが、水道があった――ひどく冷たかったものの、気分がすっきりするとメアリは思った。ラベンダーの香りの石鹸で顔と手を洗ったあと、ふわふわの厚いタオルで拭く。そのタオルを湿らせ、服からできるだけ埃を払い落とした。せめて見苦しくないようにしなくては。

いくらか人心地のついた気分で応接間に戻ると、ジュスティーヌがソファの上で身を起こし、格子縞の毛布の下に脚を伸ばしていた。花模様の陶器のカップで何かすすっている。

ローラは向かいの肘掛け椅子に腰を下ろしていた。その前には低いテーブルがあり、お茶を載せたお盆が置いてある。注いだばかりらしく、ティーポットを手にしていた。

「どうぞ入って、メアリ」と言う。「カーミラはすぐ戻ってきますわ。ダイアナが犬と乱暴に遊びすぎて、事故があったようですの」

「あの子は無事ですか？」メアリは訊ねた。「何があったんです？」

「ああ、ダイアナは問題ありませんわ。でも、ハデスの耳をちょっと強く嚙んでしまいましたの。カーミラが包帯をしに行ったのですけれど、ダイアナも一緒に行くと言い張って。ここにお座りになって、お茶を一杯淹れますから。それにサンドウィッチもありますわ——ハム、それとも卵がよろしくて？　パプリカを入れずに作るよう説得できなくて、ロンドンで食べ慣れているものとは少し違いますけれど。でも、シュタイアーマルク版と思ってくださいな」

今じっくり観察してみると、その説明は応接間そのものを表現するのにもよさそうだった。じつにイングランド風だ。誰かが劇を上演することに決め、この特定の場面を〝典型的なイングランドの応接間、晩夏の午後〟として設定したように見える。しかし、枕にはイングランド式より暗く濃い色の刺繡が施されているし、絨毯はもっと毛足が長くて贅沢だ。イングランドらしい雰囲気にもかかわらず、どういうわけか室内はなんとも言えず外国風だった。

メアリはもうひとつの肘掛け椅子に座った。「気分はどう？」とジュスティーヌに問いかけたのは、たんに〝今の気分はどうか〟という意味だけではなかった。馬車の中でジュスティーヌはとても静かだった。もちろんふだんから静かではある――なにしろジュスティーヌなのだ。だが、アダムのベッドの脇に膝をつき、両手を握ってやっていた姿を覚えている。ふたりのあいだに何があったのだろう?

「回復したわ、ありがとう」とジュスティーヌ。「あの小さなケーキをもうひとついただけますか、ローラ? とてもおいしかったわ――アプリコット・ジャムがつめてあったと思います」つまり、あれがなんだったとしても、今話したくはないということだ。まあいい、もっとあとまで待とう。

サンドウィッチはおいしかったが、まったくイングランド風の味はしなかった――しかし、濃く熱い紅茶はたちまちパーク・テラス十一番地に引き戻してくれた。ミセス・プールのお気に入りのヨークシャー・ブレンドだ。おそろしくわが家が恋しかった。

「あたしたち抜きで始めたね!」ハデスとペルセフォネーを両側に従えて、ダイアナがつかつかと部屋に入ってきた。ハデスの片耳には白いガーゼの包帯がしてあったが、凶暴な野獣に襲われたわりに、ほかにひどいところはなさそうだった。

ダイアナ ちょっと!

近くで見ると、二頭の犬はいっそう恐ろしげだったので、身を守れるはずもないと知りつつ、メアリはつい椅子に体を押しつけてしまった。外で遊んで汚れたところ以外、毛並みは真っ白で、ダイアナの腰に届くほど体が大きい。ダイアナはそれぞれの背中に手を載せていた。

「それ、ほんとうに犬ですか?」メアリは訊ねた。

「まるで……」

「狼のよう?」カーミラがそのあとからすたすたと部

屋に入ってきた。大股で歩くにはたしかにズボンが必要だ。ペチコートを何枚も重ねていたら、すたすた歩きようがない。今回ばかりは颯爽と歩く人々がうらやましくなった。なんと自由に動くことか！　そうは言っても、しゃれたスカートとシャツブラウス姿で――上着は脱いでいた――お茶のお盆の前に座っているローラほど、レディらしく見えるひとがいるだろうか。レディらしい外見やふるまいにも価値はあるに違いない。

ミセス・プール　当然ですとも！

「狼だ、一部は」カーミラはソファに起き上がったジュスティーヌの足側に腰かけた。「この種はファルカシュクテュア――狼犬と呼ばれている。何世代にもわたってカルンスタインを守ってきたのだよ。だが、ハデスとペルセフォネーはとてもいい子だ。ほんの子犬のころ、名付け親からもらってね」愛情をこめてペルセフォネーの頭をくしゃくしゃとなでると、巨大な白い狼犬はカーミラの膝に頭を載せた。

「誰か食べ物くれる気ある？　おなかぺこぺこ」ダイアナは床にあぐらをかいて座った。驚いたことに、ハデスがその隣に寝そべった。ダイアナに耳を嚙まれたとして、自分だったらあんなに愛想よくはしないだろう！

「ハム、それとも卵かしら？」ローラが問いかけた。

「よろしくてよ――どちらもほしいと言うでしょうから。それにもちろんケーキもですわね。お皿に盛ってあげましょう。そのあいだに、ブダペストの状況についてカーミラから聞いたほうがよろしいと思いますわ。なぜルシンダの具合が悪いのかということも」

「ルシンダは今晩また血を摂取する必要がある」とカーミラ。「今は安定しているようだが、意識が戻る兆候がない。今夜はマグダかわたくしが交代で見守ろう。

きちんと面倒を見ると約束するよ。わたくしの血が役に立つといいのだが――せめて伯爵のもとへ連れていけるまでのあいだ」

メアリはカップと皿をサイドテーブルに置いた。

「どうしてあなたたなんです？　それに、なぜルシンダは血を飲まなくてはならないんですか？　ヴァン・ヘルシングは何をしたんです？」

ローラがダイアナにケーキとサンドウィッチの皿を渡した。〝山盛り〟と表現するのがいちばん正確だろう。そしてカーミラを見て言った。「最初からすっかり話したほうがよろしくてよ。あなたの、最初からね」

ダイアナ　あんたっていつも、こういうのをやたらと不自然にやるよね。現実の生活じゃ、そんな変なことにならないよ。ローラはただ「続けてちょうだい。みなさんにお話しして」って言っただけだし。それでカーミラが話したんだよ。

キャサリン　自分のほうがこの本を上手に書けると思うんだったら、どうぞやってみて！

カーミラはほほえんだが、それは悲しげな、苦さささえこもった微笑だった。女主人の気分を感じ取ったかのように、ペルセフォネーが手をなめてクンクン鳴いた。カーミラはその頭をなでた。

「君たちが望むなら」と言う。「わたくしの話をしよう」

19 カーミラの物語

「わたくしは一六八〇年に生まれた」カーミラは語り出した。「力ある一族の恵まれた娘として。この地方でカルンスタインの名を耳にしたことのない者がいるだろうか？　父、カルマン・カルンスタイン伯爵は、黄金を持たずとも土地をふんだんに持っており、レオポルト大公そのひとの相談役だった。そのころは戦《いくさ》の時代だった——おもに敵はトルコだったが、フランスとも戦うことがあった。それにカトリックはプロテスタントと、農民は地主と戦っていた。わたくしたちは、姉のミラーカとわたくしは、そのどれも見なかった。わたくしたちは一時間のうちに生まれた双子で、そのあいだに母はこの世を去った。ハンガリーのレディで、トランシルヴァニア出身のセーケイ人だったよ。娘たちの名をつけることが母の最期の行為となった——ミラーカとマーカラ——ミラとマイラ、とよく呼ばれていたものだ。当時は悪魔を混乱させるため、双子にそれぞれのアナグラムとなる名前を与える慣習があった。そうしないとどちらかが悪魔に盗まれてしまうかもしれない——そうした迷信が広く信じられていた。わたくしたちはつぎつぎと代わる乳母に育てられ、そのあとは家庭教師たちがつけられたけれど、あまり監視されてはいなかった。父はグラーツの宮廷にいるか、トルコとの戦に出ていて留守にすることが多かったから。ふたりとも美しいと言われ、有望な婚姻をするだろうと考えられていた。ひょっとしたら、相手は大公自身の身内かもしれないと。ミラはそうした期待を受け入れていたよ——姉は十五分年長で、したがってカルンスタインの世継ぎだった。わたくしより美しく、聞き分けがよくもあった——あのころ女性の人生と考えられていたものと、もっと折り合いをつけていた。絹に刺繍をして、リュートで伴奏をつけながら、ナイチンゲールのように歌い、風に揺れる樺の木さながらに踊った。そのうえ気立てがよかった、わたくしよりはるかにね。城の女主人の務めを引き受けたのは姉で、あのころ数えきれないほどいた貧しい者に施しをし、薬を与えた。だが、薬を調合したのはわたくしだった。

早い時期に父の図書室の本に惹きつけられたのだ——そこにはディオスコリデスの『薬物誌』やアンドレアス・ヴェサリウスの『人体の構造について』、血液の循環を説明したウィリアム・ハーヴェイの『心臓の動きについて』さえ所蔵されていた。ミラが音楽を学び、祭壇布を縫っているとき、わたくしは供を連れて田舎で馬を乗りまわしていた——安全上も体面上も、カルンスタインの娘がひとりきりで馬に乗ることはできなかったからね。求婚者候補に見せるため、わたくしたちふたりの肖像画が描かれた——わたくしのほうは見ただろう。昔からあれは気に入らなかったけれど、ミラの肖像画はわたくしの書斎の机の上にかけてある。もう二百年近くになるのに、いまでも姉が恋しくなる」

「じゃあ、教会の墓地にあったあのお墓——あれはお姉様の？」メアリは訊ねた。それなら綴りが間違っていると思ったことの説明がつく。

「ああ、悲しいことに」とカーミラ。「今日あれほど急いでいなければ、花を手向《たむ》けてきたのに」両手を見下ろしてから、膝を握り締める。先を続けたものの、溜まった涙で瞳がきらめいているのが見えた。「ある日、ミラの結婚が決まったと父から知らせが届いた——すばらしい結婚相手で、大公そのひとの甥だった。父の使者は、若く見目よい貴族、シュテファン・アレクサンダー・マティアス・フォルデンブルク男爵の肖像画を携えてきた。ミラは不安そうではあっても喜んでいた。ほどなくして、その貴族自身が到着した。本人に会っても眉目秀麗で、たいそう青い目をしていた。なんと曇りないまなざしかと思ったものだ！」

メアリ　たいそう青い目の男のひとを信じてはいけないわ。上流婦人のための取扱説明書にそう書いておくべきよ、馬車への乗り降りの仕方に関する章のすぐあとに。

ベアトリーチェ　ホームズさんの目をどう呼ぶの？

メアリ　まあ、どっちにしてもそんなに青くはないわ！　天気によって変わる感じよ。

「姉があの男に恋をしたのは一目瞭然だった」カーミラは続けた。「しかしある晩、ふたりの婚約を祝ったあと、男爵は礼拝堂まで散歩につきあってほしいとわたくしに言った。話がしたいのだと。『なんの話です？』わたくしは訊ねた。墓場を通り抜けている途中だった。墓場を恐れてはいなかった――聖なる土地ではないか？　あの墓に葬られている者たちはみな、天の父のもとに集うため目覚める日まで安らかに眠っているのだろう？　少なくともわたくしはそう教えられた。

　男爵は答えなかった。そこでわたくしは、なぜここに連れてこられたのだろうと不思議に思いながらそちらを見た――若くはあったが世間知らずではなかったから、この家の娘のひとりと婚約した相手が、もうひとりに別の種類の関係を求めているのではと思いついた。まあ、そんな関係を結ぶつもりはなかったが。

　けれど、その顔に見たものは好色な欲望ではなかった――狼のように歯を剥き出した威嚇だった！　悲鳴をあげる間もなく、男爵はわたくしを両腕で押さえつけ、肩に嚙みついた。皮膚に歯が食い込み、わたくしが恐怖とおぞましさに叫んでいるあいだ、あの男は血をすすり、なめまわした。そのとき相手の正体がわかった。われわれの迷信で語られていたからだ——ウーピール、言うなれば吸血鬼《ヴァンパイア》だ。言うまでもなく、愚かな考えだった——そんなものは存在しない」

「吸血鬼なんて存在しない？」ケーキを一切れ皿に残しておくほど夢中になって聞いていたダイアナが言った。ハデスが長いピンク色の舌をそっと突き出し、一度ぺろりとやった——次の瞬間、ケーキは消え失せた。ハデスは皿をきれいになめた。メアリは吹き出さないように片手で口を押さえた。ダイアナから食べ物を少々失敬できるのは、死者の守護者ぐらいだろう！

気がつくと、ローラも懸命に笑うまいとしていた。

「もちろん」カーミラは答えた。ペルセフォネーの耳をさすってやる。「というより、君の言うような意味では存在しないよ、ダイアナ。墓からよみがえり、血を堪能《たんのう》する死者の魂？　蝙蝠《コウモリ》や狼に姿を変え、十字架を恐れ、流れる水を渡ることができない存在？　ニンニクや野薔薇の小枝で打ち負かすことのできる相手？


なんとばかばかしい。多くの民間伝承や迷信と同じく、吸血鬼の伝説の中心には科学的事実がある。血液によって感染する病気があり、吸血鬼と関連づけられた特質の多くは、その病気の患者に発現するのだよ。感染した者はより強く敏捷な体になる。五感が鋭くなる。暗がりでものが見え、鳥の羽ばたきを聞きつける。ルシンダで見たように、犬歯が伸びて尖る。わたくしの名付け親は、吸血鬼病とは先祖返りだと信じている——初期の進化状態への修正だと。患者たちは普通の人間なら死ぬような傷から回復できる。病気や時の流れによる劣化に対する免疫は強力で、年を取ることなく何世紀も生きつづけることも可能だ。けれど、そうした能力を手に入れる代償は大きい——血を吸わなければ生きられず、精神機能の低下もある——正気を失っていくのだ。

　この病は男爵の供の者たちがグラーツからもたらした。時として、ウーピールの欲求が血を吸うことだけということもある。また、同類を生み出すことを望むときもある。とりわけ正気を失う最初の段階では。男爵の求めたのはそれだった。わたくしはおびえきって、力のかぎり抵抗した。相手のベルトからナイフを奪った――当時はあの階級の男は必ず武器を身につけていたものだ。胸を突き刺してやったのに、男爵は嬉々《きき》として笑い、口に血が流れ込むようわたくしの顔を傷に押しつけた。きっといくらか摂取してしまったのだろう――充分なだけ。

ダイアナ うわ、めっちゃ気色悪い。

ベアトリーチェ どんなに普通と違っていても、異なる食事方法を批判するのは失礼だと思うわ。個々の……食事制限があるひとはたくさんいるもの。たとえばわたしは植物性物質しか摂れないし、摂取するには液化した状態がいちばん楽なのよ。

ダイアナ それもめっちゃ気色悪い。

「次に覚えているのは、城のいちばん高い塔の小部屋で目覚めたことだ。夜になっていて――室内は暗かった。体が痛んだ――まるで高いところから落ちて手足がすべて折れたかのように、全身がずきずきしていた。とはいえ、骨は折れておらず、無傷のままだということは感じられた。恐れおののいてまわりを見ると、壁からひときわ濃い影が離れて近づいてきた。わたくしは悲鳴をあげて床にしゃがみこみ、逃げ道を探してあたりを見まわした。このうえ辱《はずかし》めを受けるより、必要ならば窓から飛び降り、みずから命を絶とうと思った。

『マイラ！』と影は言った。『かわいいマイラ、おびえないでおくれ』その男は、というのもあきらかにそれは男だったからで、ハンガリー語で話した。乳母たちから学んだ母の言語で。光のあたるところに足を踏み入れたとき、相手がフォルデンブルク男爵ではなく、カルパチア山脈に領地を持つわが名付け親の伯爵だとわかった。伯爵とは何度か顔を合わせていた——母の一族の長で、評判のいい裕福な男性だった。もっとも、型破りな考え方のために異端者と呼ばれることもあったが。『いとしい子よ、私はそなたのためにきたのだよ』伯爵は続けた。わたくしは何も言わなかった——話せなかったからだ。『おいで、この場所を離れねばならぬ、すみやかにな。ここが吸血鬼の溜まり場になっていると農民が聞きつけ、焼き払おうと向かってきている』

『ミラ！』わたくしは声をあげた。『ミラはどこです？』姉も救い出してもらわなくては——結局のところ、伯爵はわたくしたちふたりの名付け親なのだから。姉を置いて行くことなどできない。

『ミラは死んだ』伯爵はやさしく言った。『真実死んだのだ。そのほうがよかったであろう。あれは吸血鬼の血が血管に入ったとき、よみがえる者のひとりにはなるまい。遺体はワイン貯蔵室に残し、農民に見つからぬよう扉に鍵をかけてきた。暴動が収まったあと、必ず戻ってきて聖なる土地に埋葬すると約束しよう』

『でも、ケレスタパ』わたくしは叫んだ——ハンガリー語で名付け親のことだ——『わたくしたちはどうするのです？　この家の全員を見捨てるわけにはいきません！』

『マイラ』と伯爵はわたくしに言った。「誰も生き残ってはいないのだ。そなたでさえ、はたしていつまで……』

ちょうどそのとき、音が聞こえた——繰り返し唱える声で、まだ距離があった。伯爵は狭い窓から外を見た。『やつらがくるのが見える』と言った。わたくしは窓辺に這い寄った——ろくに立つ力さえなかったのだ。はるか遠く、丘を取り巻いて上ってくる無数の松明が見えた——松明の行列が。

『行かねば』と伯爵。『マイラ、私の背に上ってしっかりしがみつくことができるか？』

わたくしはできると答えた。伯爵が塔の石壁を這い下りていくあいだ、その背にすがりついていた。手足は震え、いつ自分が落ちるか――あるいは伯爵が落ちるかとおびえていたが、伯爵は蜘蛛のようにぴったりと壁に取りついているようだった。

『私の馬車が森の中で待っている』と伯爵は言った。

馬車に乗り込み、道の状態と暗さが許すかぎりの速さで城から離れはじめるとすぐ、城で何があったのか、どうやってあそこにきたのか教えてほしいとわたくしは懇願した。

偶然などではなかったそうだ。伯爵もグラーツにいて、大学の科学資料室でなんらかの調査をしていた。グラーツでは吸血鬼病が大発生しており、男爵が疑わしいと思われるような話を耳にしたらしい。そこで調査が許すかぎり急いで男爵のあとを追ったが、着いた時には手遅れだった。それから伯爵は、わたくしがかかったおぞましい吸血鬼病について説明してくれた。

そして、じつは自分もずっと以前にかかったのだと、そのときわたくしに告白した。伯爵もウーピールだったのだ。この先を続ける前に、もっと茶を飲みたい者はいるか？　ここの夜は冷える。ローラ、火を焚くべきだろうか？」

メアリははっとなった。あまりにもカーミラの物語に引き込まれていたので、どこにいるか忘れていたのだ。たしかに応接間は暗くなってきていた。カーミラが待っているあいだに、ローラはランプを持ってくるよう呼びかけ、すでに薪が用意してあった暖炉に火を熾した。家政婦がランプをふたつ持ってやってくると、いちばん光が届きそうな場所に置いた。ケーキと淹れたてのお茶のポットを載せたお盆を持ったメイドがついてくる。ダイアナが即座に小さなケーキをふたつ取り、メアリはジュスティーヌを説得して、ケーキを一個と、ローラが切子ガラスのデカンターから注いだシェリーを一杯受け取らせた。自分ではお茶をもう一杯もらい、そのぬくもりと濃さにほっとした。

「で、その先は?」ダイアナがケーキを口いっぱいにほおばって訊ねた。「さっさと話してよ」

たしなめるところだったが、メアリもカーミラに話を進めてほしかった。

カーミラはペルセフォネーの首筋の毛をなで、耳のうしろを掻いてやった。狼犬はカーミラの膝に首を伸ばし、もっとなでてと言わんばかりに一度だけ吠えた。

「残りの話と、ルシンダに何が起きたかということも理解するためには、吸血鬼病という病について少し話さなければならない。この病気は、ある意味で梅毒や結核に匹敵するほど恐ろしいものだ。つまり、吸血鬼病は患者の肉体を強化するが、精神を破壊する。数週間、ことによると数カ月で吸血鬼は正気を失う。動物とたいして変わらなくなる。吸血鬼は数世紀も生きることが可能だが、めったにそれほど長く生きつづけることはない。自分自身を傷つけるか、他人を、しばしば家族や村人を攻撃するからだ——その結果狩り立てられ、古い習わしによって殺される。名付け親はわたくしも正気を失うだろうと考えた——けれど、そうはならなかった。この病にかかって正気を保つ者はほんのわずかだ。理由はわからない。ほかにひとり、錬金術師協会の会員が完全変移できたと名付け親は教えてくれた——イングランド人のグレナーヴォン卿ジョン・ルスヴンだ。ルスヴンは月となんらかの関係があると信じていた。定期的に月光を浴びて横たわる必要があると確信していたな」

「それが理由だったのですか?」ジュスティーヌが訊ねた。「月光と何か関係が?」

「いや、まったく関係ない」カーミラはうんざりした声を出した。「結果に再現性がなかった——わたくしたちは農夫を何人かそうやって失った。ルスヴンが信じやすい夢想家だったか、故意にこちらを欺《あざむ》いたかだ。

名付け親は後者だと考えているが、ルスヴンがギリシャ独立のために戦って死んだことを思うと、わたくしは前者の説に傾いている！」

「待って、あなたの名付け親は錬金術師協会の会員なんですか？」メアリは仰天して問いかけた。

「かつてはそうだった」カーミラは答えた。「現会長が力を握ったとき除名されたのだ。彼女は伯爵の手法を認めなかったが、おそらくそれは正しかっただろう。わたくしでさえ、実験の一部にはぞっとしたものだ、曇りなき良心を持つ身でもないのに——わたくしもローラに会う前にはそうした道を追求したものだ。ローラのおかげで……より情けを知った」

ダイアナはカーミラに不信のまなざしを向けた。

「アグネスはあんたが若いままでいようとして処女の血を浴びたって言ってた。それってほんと？　あと、隠喩ってなに？　ジュスティーヌは吸血鬼が隠喩だって言ったけど……何かのモンスター？」

カーミラは声をあげて笑った。「尊敬すべきミセス・マダールは間違いなく、わたくしが浴槽に血を満たせばかんかんになるだろうよ！　いや、それもまた、ウーピールに関するばかげた迷信のひとつだ。わたくしが浴びるのはメイドのユリアが運び上げた水で、普通の石鹸を使う。とりわけ贅沢な気分になりたければ、風呂にハンガリー水で香りをつける。それだけだ。わたくしが年を取らないのはこの病のせいで、動物の血を飲んでいる——少なくとも今は。さっき言ったように、ローラがわたくしによい影響を与えてくれた」

「錬金術師協会の会長は女性なんですか？」メアリはティーカップを下ろして身を乗り出した。聞き違いかもしれない。

「意外か？」カーミラは問い返した。「協会のすぐれた会員の多くは女性だった。とくにこの一世紀ほどはな。最初の女性会員はアレクサンドリアのヒュパティアであったと噂されているが、協会の記録はそこまで遡っていない。むろん、わたくしがはじめて吸血鬼病を患ったときには、女性会員はもっと少なかった。ある時点で、わたくし自身が協会に加わることを名付け親が望んだが、富と不死性を求める退屈な老人ばかりで構成されているように思われてな。今世紀前半になら入会したかもしれない。バイロン卿とその仲間のおかげで活気づいていたときだ——英語ではこの表現だったな？」

ローラがうなずき、おもしろがるように微笑した。

「ええ、たいそう英語的ですわ」

「待ってよ、混乱しちゃった」ダイアナが眉をひそめて言った。「あんたは名付け親の伯爵と馬車に乗ってたんでしょ。それからどうしたわけ？　錬金術師協会の歴史なんか誰も聞きたくないよ」

「実を言えば、わたしは聞きたいわ」メアリは言った。実際、とても聞きたかった。協会に対抗するつもりなら、できるだけ情報を得る必要がある。

だが、カーミラはすでに話を続けていた。「では、続けよう。わたくしたちは馬車の中にいた。名付け親はわたくしが正気を失うと確信していた。それでも、わたくしがルシンダに与えたように、自分の血を与えてくれた。一週間後、わたくしたちはトランシルヴァニアの伯爵の城に到着した。わたくしは長年そこであのかたとともに暮らした。ほかに行く先はなかった——家も財産も失ったのだから。名付け親はわたくしが病に順応するのを助けてくれた。吸血鬼病は患者にとって楽なものではない。最初は常に、貧血症のように血を欲していたよ。だが、伯爵の小作人は、自分たちが食べるために動物を殺したときには、血を集めてボヤール——その地方では貴族をそう呼んでいた——のもとへ持っていくべきだと知っていた。伯爵の正体を心得ていたが、そうした男に仕えることを誇りに思っていたのだ。小作人の両親も、そのまた両親も城にいるボヤールを思い出すことができた。あのかたはすでに何世紀も生きていたからだ。人間だったとき、伯爵はトルコ人を撃退し、キリスト教徒のために国境を守ったうちのひとりだった。小作人たちは伯爵を戦の英雄と考えていた。

わたくしたちは正気を失う徴候が現れるのを待ったが、そうした症状は現れなかった。発病したとき、わたくしがどうやって正気を保ったまま生き延びたか？　名付け親はトルコの地下牢で吸血鬼病に感染した――当時はトルコでも、神聖ローマ帝国を防衛する側でも、それがありふれた拷問の形態だったのだ。兵士が感染させられ、そのあと味方のもとへ戻って感染を広めるように解放される。病気の初期には、名付け親は部下の兵士を感染させて体を強化し、殺されにくくしようと試みた。けれど、ほぼ即座に精神の崩壊が始まってしまった。二、三週間でけだもの同然になった。催眠術を使えば有用な期間を長引かせることが可能だと発見したものの、催眠状態の兵士は命令に従う以上のことをしなかった。みずから考えることができなかったのだ。

わたくしはみずからが変異する前には薬や病気に関心があったから、その現象に興味を持った。ふたりで瀕死の対象者を使って実験する期間が始まった。そのころ田舎を襲った疫病のせいで、そうした被験者は大勢手に入った。わたくしたちは直接血液の実験をおこなった。ある症例ではうまくいくのに、別の症例では失敗するような、まだ知らない要因があるのだろうか。たとえば受け手を殺す例のほうが多いとはいえ、命を救うこともある輸血のように？　名付け親は血液そのものを理解したがった。比較的トルコとの平和が保たれていた時期に、ヨーロッパよりはるかに人間生理学の理解が進んでいるトルコの科学者と連絡を取ったものだ。スルタンの捕虜だったあいだに、トルコの医者と出会ったことをまだ覚えていてな。トルコは敵だったが、そのひとり、ムスタファ・アフメット・ビン・

アブドゥラーという名の医者は特別な友人となり、病気が発症したとき手厚く看護してもらったそうだ。もともと名付け親は、自分が精神を保ったまま生き延びたのは、トルコ人のほうが病気についてよく知っていたおかげではないかと考えていたが、わたくしも危機を逃れたのを見て、ほかに理由があるはずだと気づいた。コンスタンティノープルの大宰相の侍医に手紙を書いたものの、またもや戦になったため、返信を期待してはいても、実際にくるとは思っていなかった。ところが、なんと返事が手に入った——トルコ人も無敵の戦士を造り出そうと試みて、やはり成功には至らなかったらしい。なぜわたくしたちふたりが正気を失わずに済んだのか、大宰相の侍医にはわからなかった」

「その兵士たちや、疫病で死にかけていた農民たちは、病気に感染させられてどう感じたでしょう?」ジュスティーヌが問いかけた。非難するように口元がきゅっと引き締まっている。

「わたくしもまさに同じことを訊ねましたわ」ローラが言った。同意と共感を伝えるようにうなずきかける。「そう、わたくしたちのしたことがなぜ間違っていて人倫にもとるのか、なぜ実験対象に必ず許可を得なければならないのかを、ローラは長々と説明してくれた」カーミラは言った。とりたてて悔いているようには見えない。「とはいえ、あれは十八世紀のことだ。ほぼ絶え間なく戦いが続き、田舎には病がはびこっていた。現代に暮らす者にはどのような状況だったか想像もつくまい。ジュスティーヌさえ啓蒙思想の子なのだから。異なる時代の尺度をもって批判しないでもらおう。わたくしはそうした事情のもとで最善と思われることをした。きみは、自分なら違うやり方をしたと言うことができるか?」

ジュスティーヌはとがめるような表情のままだったが、返事はしなかった。

「それで、その実験のどれかはうまくいったんですか？」メアリは訊ねた。もちろんジュスティーヌの言うとおりだ——カーミラと名付け親のしたことは受け入れがたい。だとしても、その行為がルシンダを助ける情報をもたらしたのなら、ふたりは知っているはずだ。

「いや、ひとつたりとも」カーミラは不満げに眉をひそめた。苛立っているのは科学の上での失敗であって、疑うことを知らない対象者に実験したという倫理的な問題ではないのはあきらかだった。どう考えるべきか判断がつかない。カーミラはこちらを助けてくれているが、それでも——ラパチーニやモローよりましなのだろうか？「部分的に成功したのはたしかだ」カーミラは続けた。「マグダがそのひとりだ——あれは戦闘で致命傷を負った伯爵の兵士のひとりだった。命を救うため、伯爵はみずからの血を与えた。マグダを見れば、ありふれた中年の女だと思うだろう。けれど、百年以上前に生まれているのだよ。最初わたくしたちは、マグダが吸血鬼病の異常性を完全に免れたと考えた。残念ながら、そうではなかった。ときおり悲鳴をあげて起きたり、まだ戦場にいると信じ込んだりして、拘束しなければならないことがある。まあ——すべては過去のことだ。この地方が以前より安定し、トルコが撤退したとき、わたくしは自分の城に戻った。あまりあちらで暮らしてはいない——思い出が多すぎるから。たいていはブダペストの名付け親のもとにいる。けれど、ある夏、生まれた地方に戻りたくてたまらなくなり、もう一度足を延ばした——ローラに会ったのはそのときだ」

ほほえみかけられて、ローラは思わずといったように笑い返した。このふたりのあいだに何があるのだろう、とメアリはふたたび考えた。ただの友人同士ではないようだ。

「ローラはわたくしをありのままに受け入れてくれた。怪物ともカルンスタイン女伯爵とも見ず、たんなるカーミラとして見てくれる。それがわたくしの選んだ名だ——生まれ変わった女への新たな名。そのときわたくしは、名付け親がまたもや吸血鬼病の伝染に関する実験を始めたことを知らなかった。輸血の科学が現れたことで、血を浄化できるだろうと考えたようだ。そうすれば、血液を通じて伝染《うつ》るものを制御できるのではないかと。失敗のひとつを見ただろう——あの正気を失ったレンフィールドだ」

「レンフィールド！」メアリは言った。あのずる賢い奇妙な小男を思い出す。パーフリート精神科病院の自分の部屋に座り、永遠の命が得られると信じて蠅を食べていた姿を。

「そう、レンフィールドはソシエテ・デザルキミストの会員仲間だった。感染した血を輸血するという、名付け親の最初の実験に参加を申し出た。結果は見たはずだ——病気の利点をひとつも得ることなく正気を失った。五感の向上も並外れた力も、永遠の命も——ただ精神が退化しただけで、精神科病院に閉じ込められることになった。セワード医師とヴァン・ヘルシング教授が伯爵と連絡を取ったのは、それが理由だ。病院の院長となったとき、セワードはレンフィールドの書類を通して読んだ。セワードとヴァン・ヘルシングも寿命を延ばす手段を探していて、名付け親の実験によって前進する方法が手に入ると信じたのだよ。その時点であのかたはすでに協会から除名されていたが、トランシルヴァニアの自分の城で独立して研究を続けていた。ふたりはイングランドにきてほしいと頼んできた。名付け親は手を貸した——はじめのうちは。だが、事故が起きた。恐ろしい事故だった。若い娘が死んだのだ。もはやそんなやり方も、やつらの目的も、支持することはできないと判断した伯爵は、それ以上ともに研究することを拒んだ。今ではあの連中の力を弱め、協会に実験を禁止させて、ふたりとも除名に追い込むことが伯爵の目的だ」

「だからミナと協力し合っているんですか？」メアリは訊ねた。いくつかのことが腑に落ちはじめた。

「まあ、それが理由のひとつですわ」ローラが言った。おもしろがっているように見える――なぜなのかよくわからない。「でも、そのことはあしたミナが自分で話してくれるでしょう。この時間にベッドに入ることは流行りではないと知っておりますけれど、お茶とケーキは食べ終わりましたから、そうするようにお勧めしますわ。カーミラは事情を話すと約束して、そのとおりにいたしましたもの。日暮れまでにブダペストにたどりつくつもりでしたら、夜明けには出発しなければ」

「日暮れ！」とジュスティーヌ。「どうしてそんなことができるんです？　まだブダペストまで数日かかるところにいるんでしょう？　馬車で、ということですけれど」

「ああ、でもわたくしの馬を見ていないだろう！」カーミラが言った。あきらかに自分だけの冗談を楽しんでいるらしく、愉快そうに声をたてて笑う。

「教えてあげなさいな！」ローラがティーカップを集めてお盆に載せながら言った。

「驚かせる楽しみがなくなるだろう？」とカーミラ。

「明日、直接たしかめてもらおう。わたくしはルシンダに血を与えてくる。マグダがついていたが、自分で容態を確認したい。それにもちろん、あの娘には血が必要だ」

「わたしも大丈夫かどうか見に行きたいです」とメアリ。

「わたしも」とジュスティーヌ。

「上で会いましょう。お部屋にご案内しますわ」とローラ。「もっとも、ダイアナは犬小屋のほうがよろしいかもしれませんけれど！」

メアリは下を見た。ダイアナは絨毯の上でハデスの脇腹に頭を載せ、ぐっすり眠り込んでいた。白い狼犬は〝なんだい？　別に見るものはないよ〟と言いたげに頭をもたげた。この数分間、ダイアナがあんなに静かだったのも不思議はない。

ダイアナ　あんな犬がいればいいのに。猫なんてつまんない。寝てるかネズミを捕まえるかしかしないんだもん。

キャサリン　失礼ですけど？　犬は自分の場所をわきまえてお行儀よくしてるけど、猫は自然が造った完璧な肉食獣なんだから。足の先と口の中に必要な武器を全部備えてるの。どんな人間からも命令は受けないし。生まれついての殺し屋よ。猫はつまらなくなんかない。

ダイアナ　自分たちがどんなにすごいか、延々としゃべってるときは別だけどね！

ルシンダの状態に変化はなかった――カーミラの血を熱心に飲みはしたが、まだ意識は戻らない。

「まあ、死にかけてはおりませんわ」ローラが脈を確認して言った。「少なくとも、それはいい兆候ですわね。伯爵のところに着くまでこの安定した状態を保てるなら、助けられるかもしれません」

上掛けの下で、ルシンダはひどく痩せて蒼白く見えた。誰か、たぶんマグダが新しいナイトガウンに着替えさせ、髪を梳かしてもつれないように編んでやっていた。

「世話をしてくれてありがとうございます」メアリは言った。ミクローシュ・フェレンツを信用したりしなければ！　とはいえ、どうして知っていたはずがある？　やはりハイドのせいだ！　そもそもミクローシュ・フェレンツに誘拐させたりしなければ……。しかし、それならもっと誠実な、いい父親でなければならなかった。もし、もし――いくらでも〝もし〟とは言えるが、そうしたところで何も得られない。空気のようなものだ。ハイドがもっといい父親なら、メアリや、とりわけダイアナが必要としていたような父親だったら、まるで別人で、子どものとき知っていた父親に近い人物だったに違いない。だが、そのときでさえほとんど父のことは知らなかったのだ。今どんな人間であるにしろ、昔からそうなる可能性は潜んでいたということだ。そう考えると、恥ずかしくて胸がむかむかした。

「いらっしゃい」ローラが腕に手をかけてきた。「カーミラがしばらくルシンダについておりますから。部屋にご案内しますわ。ほんとうに、少し眠ったほうがよろしくてよ」

ローラがジュスティーヌを連れていったのは、黒っぽい木の羽目板が張られ、片側に天蓋つきのベッドがある薄暗い部屋だった。「ここは昔、父の部屋でしたの」と言う。「父の寝間着の中に、体に合うものがあるかもしれませんわ。整理簞笥をご覧になってみて。

数年前に亡くなったのですけれど、持ち物を捨てる気になれませんでしたの」

メアリが案内された部屋はずっと明るい雰囲気で、花をつけた枝のあいだに鳥たちが止まっている図柄の壁紙が貼ってあった。色を塗った家具と狭いベッドが二台置いてある――ダイアナがすでに一方にまるくなって眠っていた。服を着たままだ。

「ミセス・マダールにここへ運び上げてもらいましたの」とローラ。「枕の上にあなた用のナイトガウンが出してありますわ――わたくしたち、だいたい同じサイズだと思いますの。きっと疲れ切っているでしょうけれど――メアリ、お風呂に入りたくて？ ユリアにお湯を持ってくるよう言っておきましたの。旅の埃を洗い流したいかもしれないと思ったものですから。さっきジュスティーヌにもどうするか訊いたのですけれど、とにかく眠りたいと言われましたわ」

お風呂！ 世界じゅうの何よりもお風呂に入りたい、

と急にメアリは気づいた。この数日のできごとをすべて洗い流し……一週間ぶりにすっきりと清潔な気分になれる！

「ああ、どうかお願いします！」意図していたより熱烈な言い方になってしまった。

ふいに、前触れもなくローラが力をこめてさっと抱き締めてきた。「きっと大丈夫ですわ」と言う。「そうでしょう、もうわたくしたちと一緒にいるのですもの。ブダペストに行ったら、伯爵が助けてくださるわ――ルシンダを救えるひとがいるとしたら、伯爵ですから。あのかたは少し……恐ろしいですけれど、そのうちに慣れますわ。ひとなつっこいライオンのようなものですのよ――友人のそばでは爪を収めておきますの。それに、ミナもあちらにおりますし。この世にミナほど心強い相手がいるかしら」

メアリは声をあげて泣きたかった。泣くかもしれないと思ったほどだ。もう何日もこんなにやさしい言葉をかけてくれたひとはいなかった。ほんとうに疲れた！　旅にも、みんなの面倒を見ることにも疲れてしまった。友人に囲まれているというのはすばらしい。

「ありがとう」と言い、もっとしゃべり続けるところだったが、ローラに廊下の先の浴室へ引っ張っていかれた。そこでは陶製のストーブにもう火がついていた。古めかしいエナメルの浴槽に湯が張られ、湯気があがっている。空気にはハーブと花を束にしたような芳香が漂っていた。ラベンダーとミント、レモンの香りがわかる……

「どうぞ」ローラが勧めた。「鉤《かぎ》にローブがかかっておりますし、戸棚に歯ブラシと歯磨き粉があって、抽斗《ひきだし》にはコールドクリームが入っておりますわ。なんでも好きなものをお使いになって。扉の外に服を置いておけば、ユリアが処理いたします。それに、バケツにもっと水がありますから、必要ならストーブで温めてくださいな。このシュタイアーマルクの田舎では、お湯が出る水道なんて贅沢はありませんけれど、充分うまくやっておりますの、ご覧のとおりね！　あしたの早朝、明るくなったら起こしにきますわ」ローラが最後に「ぐっすりお眠りなさいな！」と言い残して扉を閉めたとき、メアリはひそかに感謝した。力を貸して元気づけてくれる、ローラ・ジェニングスのような人々がこの世にいるのはありがたい！　自分もそのひとりになりたいものだ――まわりの人々がゆったりとくつろいだ気分になれるような人間に。

ベアトリーチェ　あなたはそういう女性のひとりよ、メアリ。どんなふうにここをわたしたちの家にしてくれたか、見てごらんなさいな。

ダイアナ　あたしはくつろいだ気分になってない。ミナは好きな服を着させてくれるし、ひっきりなしに文句を言ったりしないのにさ。

ベアトリーチェ　ダイアナ、あなたを――わたしたち全員を家に迎えてくれたお姉さんに、ほんの少しでも感謝してはいないの？

ダイアナ　一週間おきの火曜日にだけ。

濡れていい香りをさせながらメアリが浴室を出たのは、一時間近くあとだった。あまりにも眠くて、お湯の中で眠ってしまうのではないかと心配したほどだ。浴槽で溺死したら、冒険の終わり方としてはひどく期待はずれだろう！　暗い廊下を戻っていくと、ジュスティーヌの寝室の扉の下から光がもれてきていた。ランプがつけっぱなしなのだろうか？　ジュスティーヌが眠り込んでしまっていないかどうかたしかめるべきだろう。

そっと扉を叩くと、「どうぞ入って《コメン・ジー・ヘライン》！」と声がした。扉を開けて中をのぞく。ジュスティーヌは本を手にしてベッドに起き上がっていた。

「寝てしまったのかと思ったの」とメアリ。「ランプをつけっぱなしにしてないか気になって、確認したほうがいいと思って」

「メイドに言ったつもりだったの」とジュスティーヌ。「残念ながら、疲れてはいるけれど、眠れないの。本を読んでいただけよ」

メアリはローブをもっときつく体に巻きつけた。素足に床が冷たかった。ベッドまで歩いていくと、ジュスティーヌの持っている本を見る。革綴じの大きな本で、表紙には『聖書』と書いてあった。「話したい？」と問いかける。

ジュスティーヌは聖書を隣の上掛けに置いた。「あなたが言っているのは……」

「アダムの身に起きたことよ。なんだか知らないけれど、わたしが父に対処しようとしているあいだにあなたたちふたりで話したこと。父ってハイドのことだけど。銃声が聞こえる前よ」

ジュスティーヌは自分の手を見下ろした。長いこと黙っていたので、そもそも口を開くだろうかとメアリは思った。するといきなり、ジュスティーヌは両手に顔をうずめてすすり泣きはじめた——全身を震わせる、息がつまるような激しいむせび泣きだった。驚きのあまり、メアリはどうしていいかわからなかった。こういう場面は得意ではない——仲間たちはみんな知っている。みんな感情的な安心感ではなく、論理的な思考を求めてくるのだから。いったいどうすればいいだろう——何を言えば？　それから、（ローラだったらこういう状況でどうするかしら？）と思った。もちろん……ベッドにいるジュスティーヌのそばに腰かけ、すぐ隣まで身を寄せると、泣いている〈女巨人〉に腕をまわす。

ジュスティーヌははっとして顔をあげた。まるで、ほかならぬメアリがここで何をしているのだろう、と不思議がっているかのようだ。だが、それからまた泣きはじめた——さっきより静かで穏やかな泣き方だった。やがてすすりあげ、目をぬぐってから、鼻を拭いた。「ごめんなさい。こんなことをするつもりじゃなかったの」
「ジュスティーヌ、何があったの？　あのね、話したくなければ話さなくていいのよ。でも、誰かに話すだけで少し楽になることもあるわ。時には……」まったくもう、どうすればいい？　こういうときの規則を書いた本があってしかるべきだ。普通の人間らしい思いやりがどうしてこんなに難しいのだろう。
　ジュスティーヌは騒々しく洟《はな》をすすると、両手で顔を拭いた。赤くまだらになっている。大泣きしたあとはぜったいに魅力的に見えないものだ。

ダイアナ　ベアトリーチェは見えると思うな。

キャサリン　それはベアトリーチェが植物に似てるから。植物って嵐のあと、たいしてひどくなってるように見えないでしょ。しなって元に戻るだけ。

ベアトリーチェ　キャサリン、それはまったく筋が通らないわ。嵐が草木を破壊することはありうるのよ。枝が折れたり、葦《アシ》がなぎ倒されたり……

キャサリン　あたしは詩的な言い方をしてたの。

「話すのは難しいわ」ジュスティーヌは言った。しばらく何も言わなかったので、それで終わりかもしれないとメアリは思った。おやすみなさいと言って自分のベッドに行くべきだろうか。夜も遅いのだ。
　だが、そのときジュスティーヌが口を開いた。「許してくれと言われたの。一緒に祈ってほしいと頼まれて、許しを請われたのよ」
「それって……アダムらしくないわね」メアリは自信のない口調で言った。
「ああ、愛してくれなかったと糾弾はされたわ――糾弾、というのは正しい表現よね？　なぜわたしが選ばれた伴侶として自分を見なかったのか、アダムには理解できなかったのよ。俺たちのように造られたら、いったいほかに誰が求めてくれるんだ、と言われたわ」

「ええ、そのほうがあいつらしいわ！　なんて――」メアリは正しい言葉を思いつこうとした。極悪人？　モンスター？　アダムのような唾棄すべき残酷さを持つ人物をなんと表現すればいいのだろう。

「でも、許してくれとも言われたの。まだ体が回復するんじゃないかと期待しているのよ――ルシンダの血が充分あれば、治るかもしれないと。どうしてまだ治っていないのか、わからないんですって。でも、もし死ぬならわたしの許しを得て死にたいそうよ」

「それで？」ジュスティーヌの顔には、涙が顎まで伝い落ちた痕が幾筋も残っていた。ハンカチがあればいいのに、とメアリは思った。かわりにナイトガウンの袖でジュスティーヌの頬をぬぐってやる。「許してあげたの？」

ジュスティーヌは赤く腫れた目でこちらを見た。

「どうして許せて？　あれだけのことをされて……わたしは嘘をつけなかったの、メアリ。心に許しがなければ、唇にも乗せられないのよ。アダムにそう言ったわ。計り知れない慈悲の心を持っておられる神の許しを請うべきだと。神ならアダムをお許しくださるでしょう――人の弱さを持つわたしにはできなくても。アダムに一緒に祈りましょうと言ったわ。だからふたりで祈っていたの。これまでにアダムが信心深かったためしなんてないけれど」

「じゃあ、あなたを迎えに行ったときに見たのはそれだったのね。不思議だったの……」

「ええ、もっとも、わたしの手を握りたかっただけかもしれないと思うけれどね。メアリ、許さなかったのは間違っている？　聖書を読んでいたら、われわれに対して罪を犯した者を許すべきだと、あらゆるところに書いてあるの。アダムの罪を許さないことで、わたし自身も罪人《つみびと》になってしまったのかしら？」

「そんなはずないでしょ、ばか！」しまった、こんなふうに口走るつもりではなかった。「いいえ、もちろんそんなことはないわ」もっとやさしくつけくわえる。「どっちにしても、もし神様が七人の女性を殺したアダムを許せるんだったら――もっとかもしれないわ、あいつの犯罪の全貌を知ってるわけじゃないもの――あなたがそこまで寛容じゃなくても、許してくださるはずだと思うけれど。アダムはあなたの許しにも同情にも値しないわ」

ジュスティーヌは弱々しくほほえんだ。「報復の天使みたいな言い方ね」

メアリは自分のその姿を想像してついにっこりした。「あなたのためなら、喜んで炎の剣を持つわ……誰の剣か思い出せないけれど。エデンの門を守る天使か、そんなところよ。ともかく、問題はね、あなた自身を許す必要があるということよ。それに、寝る必要もね。夜明けにブダペストに出発するってローラが言ってたわ。わたしたちふたりとも、少し休んでおかないと」

「わかったわ」ジュスティーヌは枕にもたれかかった。もちろん幸せそうとはいえないにしろ、さっきより心穏やかな様子に見えた。「ありがとう、メアリ。この旅に出て、お互いをずっとよく知ったような気がするわ」

たしかにそうだ！　誘拐されて一緒に逃げ出すことほど、人への理解を深めるものはない。メアリは少し黙った。それから言った。「ジュスティーヌ、こんなことを訊くべきかどうかわからないけれど……ローラとカーミラ。あのふたり――」

「連れ添っているか？」とジュスティーヌ。「ええ、あのふたりは恋人同士よ。サッフォーを読んだことがないの？」

「ギリシャ語でしょう？　ギリシャ語を教わったことはないの。女性詩人だってことは知ってるわ」メアリはぼんやりと上掛けをなでつけてから、それが母のしぐさだと気づいた。まだ幼かったころ、ちょうどこうして夜にメアリを寝かしつけてくれたものだ。ふいに、ジュスティーヌを寝かしつけてやりたいという衝動を覚え、気を悪くするだろうかと考える。「ふたりにお互いがいてよかったわ。わたしたちにお互いがいるのと同じでね——ダイアナでさえよ！」ジュスティーヌの手を握り締めて言う。「おやすみなさい。ランプを持っていってもいい？　廊下がすごく暗いの」ジュスティーヌはうなずくと、上掛けを引き上げて目を閉じた。メアリは上掛けを最後にぽんと叩いてから、廊下を通って自分の寝室へ向かった。

ようやく自分のベッドにもぐりこんだときには、ダイアナがそこでいびきをかいていた——ふだんならいらいらしただろうが、今夜はその音にほっとした。三人とも自由の身で、一緒にいて、安全だ——少なくとも一晩は。あしたになればまた危険や障害と遭遇するだろうが……残りの思考は夢の中に消えていった。

ローラに揺さぶられて目が覚めた。「お気の毒ですけれど、起きる時間よ。道が見えるほど明るくなりしだい出かけます。ユリアが全員に新しい服を出しましたし、下でペストリーとココアが待っておりますから。ダイアナはもう朝食をとっているところですわ」

そうだろう！　メアリはふらふらと起き上がり、曖昧におはようとつぶやいた。ローラが部屋を出たあと、一度使われたことが明白な洗面器で顔を洗う——ダイアナだろう。まわりじゅうに水が飛び散っていたし、タオルはくしゃくしゃだったからだ。それから、出してあったウォーキング・スーツを着た。こんなにおしゃれな服を着るのははじめてだ——どんな装飾もなかったが、ほとんど絹のような手触りの紺色のカシミアで、細心の注意を払って仕立ててある。ローラのだろうか？　おまけに新しい下着もあって、じつに贅沢な気分になった。一階に下りていくと——ゆうべ会わなかったメイドが居間に案内してくれた——ジュスティーヌとダイアナがどちらもテーブルについて朝食をとっていた。ダイアナがまた男物の服を着ているのを見て、あまりいい気分はしなかった。たぶんカーミラの服だろう。ズボンの裾が折り返しのところでまくりあげてあるのをのぞけば、体にぴったりだったからだ。

もちろんジュスティーヌも男装していた。「おはよう」と穏やかに声をかけてくる。昨夜より気分がよさそうで、体力も戻ったように見えた。「ローラがお父様のスーツを一着貸してくれたの」ズボンは短すぎたし、ほっそりした体に上着がだらりと垂れ下がっていたが、まあまあ合っている。ふたたび三人とも清潔になり、きちんとした恰好だ——ひどく疲れてはいるとしても。いつもあれほど活動的なダイアナでさえ、あくびを嚙み殺していた。どちらかよくわからなかったが、犬の一頭がテーブルの下に座っており、ダイアナを見あげて自分も朝食がほしいと言わんばかりにクンクン鳴いた。

何か甘いチーズをつめたペストリーを半分食べ、濃い色のとろりとしたココアをカップ半分飲む時間しかないうちに、ローラが部屋に入ってきて告げた。「さあ、支度ができました。カーミラが玄関の外で待っておりますわ」

「でも、食べ終わってないのに」ダイアナがたった今つめこんだものでいっぱいの口をぽかんと開け、がっかりして言った。

「なんでも好きなものを持っていらっしゃいな」とローラ。「ただ、急いで——エンジンがかかっておりますから」

何が？　しかし、シュロスの外に出て、円形の私道に足を踏み入れたとき、ローラが今晩じゅうにはブダペストに着くと言っていた意味をメアリは悟った。カーミラが自動車の前に立っている！　もう一頭の犬が脇にいた。ダイアナを見て、ひと声吠える。

といっても、自動車を見たことがあるわけではないが、ほかに何があるだろう？　馬車のクラレンスと少し似ていて、前に運転手用の開放された座席があり、後部は覆いのある乗客用の乗り物になっているが、引き綱はまったくついていない。かわりに運転席の前の床から輪が突き出ているのは、たぶん舵を取るためだろう。それに車を動かすためと思われるレバーも何本かついている。黒い色で、新品のようにぴかぴかだ。自分の目が信じられなかった。自動車？　シュタイアーマルクの荒れ地で？

「すっげえ最高！」ポケットに手を突っ込んだダイアナがすたすたと横を通り抜け、自動車の周囲をめぐってあらゆる角度からほれぼれと眺めた。狼犬の片割れがその隣をゆったりと歩いている――居間からきたほうだろうか？　そうだ、ダイアナにくっついて外にきたに違いない。白い狼犬が二頭ともそこにいて、犬がやるようにぐるぐるまわったりにおいを嗅いだりしていたからだ。

「まさにカーミラに必要なものですわね！」正反対のことを話している口調でローラが言った。「貴重な財産に感心してくれる相手ですわ。いったいこの妙な機械がいくらしたかご存じ？　そもそもカルンスタイン城をハイドに貸すことに同意したのは、それが理由ですのよ！」

「またこの美人の文句を言っているのか？」カーミラが微笑して言った。「日没までにブダペストに到着したら不満は言わないだろうよ！　馬の三倍速く走ることができ、決して疲れない。きのう城へ運転していくつもりだったが、救出作戦にはうるさすぎるとローラに言われてな」

「あの値段でしたら、馬を十数頭とヴィクトリア女王にふさわしいランドー馬車が買えましたわ！」とローラ。「すでに一回壊れておりますのよ、覚えていて？」

「いつの日か誰も馬を使わなくなるだろう。誰もが自動車で移動するようになる」とカーミラ。「この娘《こ》を見においで、メアリ、ジュスティーヌ。美しくないか？　ベルタ・ベンツ自身がわたくしのために設計したベンツ・フェートンだ。ほかの誰もこんな自動車は持っていない――今のところは！　ベルタの設計の特許を取得しているのはカール・ベンツだとしても、ベンツの会社の、英語で言うなら背後にいる頭脳はベルタだ。マグダがルシンダを下に運んできている。中に三人乗れるが、ひとりはわたしたちと一緒に前に座る必要がある」

「あたしが前に行く！」ダイアナが言い、学校で質問の答えがわかったときのように手を挙げた。なぜあんな前の席に座りたがる人物がいるのか想像もつかない。正面に馬がまったくいない状態で、ひどく危なっかしく見えるのに。あの機械に乗ってはるばるブダペストまで行くことを考えて、メアリはかすかに身震いした。

「ご覧、ガソリンがどこへ行くか見せよう」とカーミラ。

ちょうどそのとき、犬の片方がうなりだし、走って行ったりきたりしはじめた。もう一頭より少し大きいので、ハデスに違いない。ペルセフォネーはじっとしていたが、耳がピンと立っている。こちらに背を向けてシュロスに続く道のほうを見ていた。ハデスはカーミラを振り向き、警告するように吠えた。

「どうしたんです？」ジュスティーヌが訊ねた。「何を感じているんでしょう？」

カーミラも耳を澄ましているかのように身じろぎもせず立っていた。それから言った。「馬車がこちらへ向かってきている。ローラ、マグダにルシンダをただちに連れてくるよう伝えてくれ。なるべく早く出なければ。数分でくるぞ」

「ここにおります、女伯爵《イット・ヴァジョック・グロフネ》」マグダが言った。メアリはその声に振り返った。マグダはルシンダを腕にかかえてすぐうしろに立っていた。

「全員乗ってくださいな!」とローラ。「ハデスとペルセフォネーはむやみに警告を発したりしませんわ。おそらく……」だが、おそらくなんなのかは口にしなかった。かわりにハンガリー語でマグダに何か言う。直後にルシンダがフェートンの後部につめこまれた。

「わたしたちが両側に座ったほうがいいと思うわ」メアリはジュスティーヌに言った。「もしかしたら、つめればダイアナも座れるかも……」

「やだ!」とダイアナ。「あんたたちや気味の悪いルシンダとあの息のつまるうしろに座ったりするもんか。前に座る、わくわくすることは全部あっちにあるんだから」前に座らせるのは嫌だったが、言い争っている場合ではない。カーミラはすでにレバーのひとつで何かしていた。急に、ライオンが森から飛び出して襲いかかろうとしているようなすさまじい音が響いた。ちょうど自動車に乗ろうとしていたメアリは、驚きのあまりうしろに落ちそうになった。音の出どころを求めて荒々しくあたりを見まわしてから、自動車そのものが発したのだと気づく。手の下で車が地震の真っ最中のように振動していた。

「大丈夫よ、メアリ」すでに中に座っていたジュスティーヌが言った。声を聞かせるために大声を出さなければならなかった。「ただうるさいだけ。ほら、ここはとても快適だわ!」

「でも、これでわたくしがこれを嫌いなわけがおわかりでしょう!」とローラ。「この騒音。それにガソリンはひどいにおいですし……まあ、進歩の邪魔をしてはいけないのでしょうけれど!」前の席にいるダイアナの隣に腰を下ろす。自動車が動いているあいだにダイアナがばかな真似をするのを止めてくれればいいが!

　メアリはしぶしぶ自動車の後部に乗り込んだ。ブダペストまでずっと、こんなふうにガタガタ揺れつづけるのだろうか？

ローラが振り向いて、うしろにいる乗客が運転手と会話できるように設けた窓越しに言った。「ふたりとも居心地はよろしくて？　ルシンダは問題ありませんわね？」

まあ、問題がないわけではない——まだ意識が戻らず、目を閉じたままジュスティーヌの肩にもたれかかっている。唇にはまだ新しい血の染みがついている——今朝すでに与えられたのだろう。だが、この状況で期待できる程度には元気そうだった。ゆったりとした部屋着のようなものをまとっており、マグダが格子縞の毛布でしっかりくるんでくれていた。たぶんゆうべ応接間のソファにあった毛布だろう。

そのとき、それが聞こえた。自動車の轟音越しにさえ——馬車の車輪の響き、そして馬のいななき！　ミクローシュ・フェレンツを馭者席に乗せて道を近づいてくる乗り物は、すぐに見分けがついた。誘拐されたときに乗っていた馬車だ！　その馬車が円形の私道に入ったとき、ライフル銃を持ったデーネシュ・フェレンツが荷物入れの上の座席にいるのが見えた。開いた窓から顔を見せているのはハイドだ。

「いつ姿を見せるかしらと思っておりましたの」とローラ。「カーミラ！　行かなくては！」

「じゃあ、くるのは予想してたんですか？」メアリは訊ねた。

「もちろん！　もっとも、どれだけすぐにまた対決することになるかは見当がつきませんでした。わたしたちが助け出したことはフェレンツ親子が伝えたでしょうから——できるだけ早く追いかけてくるとはわかっておりましたわ。夜は安全です——このあたりの道は暗い中では危なくて移動できませんから。峡谷の底に落ちるか、木に衝突するのがおちですもの。でも、向こうは夜明け前に出たようですわね。カーミラ、出ませんの？」

「まだだ」とカーミラ。「もう……少し……かかる。守備隊は位置についたか？」

いったいどういう意味だろう？　メアリはシュロスのほうを振り返った。正面扉から現れたのは、ミセス・マダールと、たぶんユリアだろう、ゆうべ案内してくれたメイド、それに別のメイド、さらにもうひとり、そして料理人と思われる人物だった。拳銃にライフル銃、槍らしき代物と、全員がなんらかの武器を携えており、ハデスとペルセフォネーを両脇に従えたマグダの背後に列を作っている。腕組みして仁王立ちになったマグダの姿は、全身で通すものかと宣言しているようだった。どういうわけか、二頭の犬は記憶にあるより大きく獰猛に見えた――いまや狼の血を引いているのが歴然としている。両方ともハイドの馬車に向かってうなっていた。昨夜こんなところを目にしていたら、さわる勇気などなかっただろうし、襲われるのではと恐れてダイアナを遠ざけようとしただろう。

馬車が止まった。デーネシュ・フェレンツが座席から飛び降り、一瞬前にハイドの顔がのぞいていた扉へと歩いていった。ハイドは降りてくるだろうか？　カーミラは立ち向かうつもりなのだろうか？　これからどうなるのか見当もつかなかった。

「今だ！」カーミラが言った。レバーのひとつを動かすと、いきなり自動車が飛び出した。まっすぐ馬のほうへ向かっている！　うなりをあげる機械におびえて馬は棹立ちになった。一頭はやかましい音から逃れようとし、もう一頭は轍の中へあとずさった。馬車はうしろによろめいてから、ぐらぐらと左右に揺れた。デーネシュ・フェレンツは走って脇に寄った。自動車は馬にぶつかるだろうか？　いや、最後の瞬間、カーミラが右にそらし、馬車をよけた。通りすぎるとき、窓にハイドの顔が見えた。何か叫んでいるようだが、言葉は聞こえなかった。それから、一同は轟音をあげて私道を進み、野花の咲き乱れる土手にはさまれた道へ出ていった。

完全にシュロスが見えなくなると、カーミラはほんの少し速度を落とした。ありがたい。車の動きと騒音で吐き気がした。ジュスティーヌを見やると、蒼ざめていたものの毅然とした顔つきだった。

「大丈夫？」と訊いてみる。

「将来誰もが自動車で移動するようになるなら」とジュスティーヌ。「わたしはそんなに長く生きていたくないわ」

メアリ　でも、たぶんそうなるでしょうね。わたしたち全員のうちで、じつはあなたがいちばんそこまで生きる可能性が高そうよ。

ジュスティーヌ　あんまりそのことは考えたくないわ。

読者のほとんどは自動車に乗ったことがなく、おそらく見たことさえないだろうから、メアリとジュスティーヌが自動車に乗ってシュタイアーマルクの地方を通り抜けたとき、どういう気分だったか描写すべきだろう。

ダイアナ　ちょっと、あたしはどうなのさ？

キャサリン　あんたにとっては、ただの最高に愉快なひとっ走りでしょ。そういうことが好きなんだから！　誰かが本物の空飛ぶ機械を作り上げたら、あんたが最初に乗るに決まってる。

ダイアナ　そりゃそうだよ、ぜったい！　鳥みたいに空中を飛べるなんて最高じゃない？

ジュスティーヌ　またはイカロスのようにね。

自動車に乗るのは、馬車に乗るのとも、大型遊覧馬車《シャラバン》に乗るのとさえまったく違っていた。馬の蹄がパカパカ鳴るかわりに、エンジンの轟音が途切れず続く。

速すぎて田舎の景色をゆっくり眺めることもできない――森も野も湖も、列車に乗っているときのようにぱっと流れ去っていく。だが、列車なら立ち上がって通路を歩いたり、連れと話をしたりできる。自動車ではどれも不可能だった。しかも動きは列車より馬車に似ている。数時間たつころには、あまりに揺さぶられたせいで、車が止まったときに歩けるかどうか自信がなかった。お尻が痛い。

メアリ　わたしの体の構造をあなたの本に書かないでくれる？　どうして人生の卑俗な面に触れることを求めるのかわからないわ。

キャサリン　おもしろいから？　とくにあんただとね……。はいはい、出版前にここを取るって約束するわ。あんたはこの本の中でお尻なしで歩けるから。天使のひとりみたいにね。

ダイアナ　天使にお尻がなかったらどうやって座るわけ？

キャサリン　神への信仰で？

メアリ　まるっきりわけがわからないわ。だいたい、それは冒瀆じゃないの。

一行は昼ごろ牧草地で止まり、数頭の牝牛にじろじろ見られながら、外で籠に入った昼食をとった。カーミラはふたたび、みずからルシンダに血を与えた。メアリは目をそらした――自分でも与えたことはあったが、その光景に心をかき乱されたからだ。ルシンダの状態になんの変化もなかったので、なおさらだった。ルシンダは昏睡状態のまま、自動車に戻るとメアリにぐったりともたれかかった。

いまや森を出て農地を抜けており、ときには村を通ることさえあった。村では車がくるとどよめきや驚愕の声があがり、母親が子どもをつかんで遠ざけ、びっくりした鶏が道の脇に羽をパタパタさせながら逃げていった。一度、スカーフを巻いた老女が十字を切っているのがちらりと見えた。メアリはその衝動的な行動に共感した。村に近づいたときどんなにカーミラが速度をゆるめても、自動車の通行はこうした農夫や妻たちにとって、何か神話の獣が――ずんぐりした黒いドラゴンか、金属の人食い鬼が出現したように思われるに違いない。

一回故障したので、カーミラが一時間かけて車体の下で何かを修理した。ダイアナがさまざまな道具を渡してやり、残りのみんなは羽虫をぴしゃりとやりながら籠に残っているものを適当に食べていた。メアリはロールパンをいくつかとサラミの端をダイアナに残しておいた。そうしないと文句を言われるとわかっていたからだ。午後の半ばごろで、暑かった。毛布にくるまれて自動車の中に横たわっているルシンダが気がかりだったが、体温を確認に行くと、氷室《ひむろ》に座っていたかのように皮膚がひんやりとしていた。ローラとジュスティーヌはオーストリア＝ハンガリー帝国の政治について言葉を交わしており、英国の政治同様退屈だとメアリは思った。だが、ジュスティーヌが話しているのを聞いてうれしかった――車に乗っているあいだひどく静かで、ゆうべの会話を気まずく感じているか、もしかしたら腹を立ててさえいるのかもしれない、と不安だったのだ。もっとも、ジュスティーヌが腹を立てたことなどあるのだろうか？　しかし、ローラと前世紀に起きた何かしらのこと、おそらくなんらかの戦争について楽しく議論しているようだ。何時間も続けて自動車に乗ったせいで、くたびれて何も考えられなかったので、メアリはひたすら周囲の畑や遠くの山々を見つめていた。とうとう、カーミラが自動車の下から埃まみれになって現れた。左の頬に黒い油の筋がついていたものの、エンジンはまた動き出した。

その遅れがあっても、日暮れまでに一同は大きな都市の郊外にきていた。狭い庭に囲まれた家々が、通りに面した階に店のある共同住宅へと変化していく。ロンドンの灰色の建物とも、ウィーンのもっと明るい色の建物とも違い、色とりどりに塗ってある――薄い黄色、灰緑色、一種の赤褐色、空色。
「なんてきれいなのかしら！」ジュスティーヌが言った。ずいぶん速度が落ちていたので、窓から外をのぞいて建物をよく観察することができたのだ――実際、そのときは荷車のうしろで止まっていた。また街の往来の中にいるのはなんと奇妙な感じだろう！　騒がしくてにおいが強くて――それなのに恋しかったのだと気づいた。結局のところ、メアリは街の娘なのだ。広い大通りを車で進んでいくと、街燈がつきはじめ、通行人があわただしく歩いていった――おそらく会社や工場から戻る男性や、店や個人宅で働いていて、夕食の支度をしに家へ帰る女性だ。みんな自動車に注目するほど世慣れていないわけではなかったが、ときどき好奇心をこめてちらちらと視線をよこした。家！　ロンドンとパーク・テラス十一番地がなつかしい。キャサリンとベアトリーチェ、アリス、それにミセス・プールは今ごろ何をしているだろう？　きっと座って夕食に向かっているはずだ。メアリは腕時計を見やり、グリニッジ標準時間にするために一時間引いた。そう、安全な家にいて、食堂で夕食をとっているだろう――あるいはベアトリーチェの場合、雑草のお茶を飲んでいる。みんな何事もなく一緒にいてくれてよかった。道の標識さえ読めないこんな外国で、肩にルシンダ・ヴァン・ヘルシングがもたれかかって眠っているなどという状況ではなくて！　ジュスティーヌにそう言おうとしたが、〈女巨人〉もうつらうつらとしていた。まあいい。

キャサリン　もちろんあたしたちはウィーンに向かう列車に乗ってたから、そっちの状況とそんなに変わらなかったけどね！

ベアトリーチェ　ただし、わたしたちは誘拐されなかったわ。
キャサリン　まあ、そうか。いつだって誘拐されないほうがいいしね。じゃあ、こっちのほうが有利だったかもね。

ちょうどメアリが窓から外を振り返ったとき、自動車は緑豊かな公園と一列の華麗な建物にはさまれた狭い通りへ曲がった。建物のひとつの前でカーミラは止まり、座ったままエンジンをふかした。自動車の動きにすっかり慣れていたメアリは、停止したのでびっくりした。ローラが車から降り、大きな馬車用の扉の脇にある呼び鈴を鳴らしてから、また中に戻ってきた。数分後、扉がさっと開いた。カーミラは道からアーチ形の入口をくぐり、通路を進んで建物の奥にある中庭に入った。そこで片側に自動車を止める。
「着いた」と言う。「おいで、ミナを探しに行こう」

しかし、ゴムのようにふにゃふにゃの脚で、いつ倒れ込んでもおかしくないと思いつつ、メアリが自動車から降りると、ミナがそこにいた。最後に会った七年前とちっとも変わらないようだったが、少し疲れた様子だったかもしれない。あのころとまったく同じ、やさしく思慮深い姿だった。膝が崩れそうだと感じたとき、両腕を差し伸べて支えてくれ、メアリを抱き締めて言った。「ああ、無事にここにきてくれてほんとうにうれしいわ！　それにまあ、なんて大きくなったこと！」

20 ブダペストの朝

オリエント急行は夜を徹してブダペストへと走りつづけた。

キャサリンは時計を見た。あと二時間で到着する。くたびれていると認めざるをえなかった——一度も目を閉じなかったし、生まれつき夜行性だとはいえ、睡眠不足がさすがに響きはじめている。時計仕掛けのように一時間ごとに起き上がり、列車の通路を歩いたのだから。一度、通りすがりの車掌にうなずきかけると、相手はフランス語で何かとてもうやうやしく響く言葉を口にした。ピューマ女ではなく、修道服と左の胸ポケットのロザリオで修道女とわかるシスター・キャサリンへの台詞だ、と自分に思い出させたものだ。右のポケットには、アイリーンが貸してくれた連発拳銃が入っていた。その重みは心強かった。もっとも、おかげさまで実際には自分でちゃんと身を守れる。なんといってもピューマなのだ。しかし、そろそろまたベアトリーチェの毒に影響を受けないよう通路を歩く時間だった。クラレンスと同じ間違いをするつもりはない！

ベアトリーチェは窓際の隅っこで毛布にくるまって寝ていた。まあ、眠らせておこう。二時間後にはブダペストに着き、ミナ・マリーが送ってよこした住所にどうやってたどりつくか考えなければならない。ロンドンやパリやウィーンにあったように、ブダペストにも辻馬車はあるだろう。文明的な都市ではないか？辻馬車の馭者に住所を見せれば、正しい場所に連れていってくれるはずだ。英語は理解しなくても、住所はわかるだろう。

だが、立ち上がって伸びをしていると、ベアトリーチェが首をめぐらして目を開けた。まだ半分眠っているかのようにもごもごとつぶやく。たぶん「うーん、何も問題はない？」と言ったのだろう。

「うん、大丈夫。しばらく歩きまわってこようと思っただけ。ただ……」ひとつずっと気になっていたことがある。「セワードもプレンディックもプラットホームで見かけなかったから、ちょっと気になってるの。列車の切符の件については、ヴァン・ヘルシングの家政婦が正しければいいけど。あたしたちが着く前か着いたあとに乗ったかもしれないし、どうせプラットホームは人通りが多すぎて、同時に乗ったとしても見逃したかもしれないけどね」

「ブダペストのプラットホームで見かけるのではないかしら」とベアトリーチェは言ったが、すでに瞼が閉じかけていた。硬い座席でもっと寝心地よくなろうとしているように肩を動かす。「確実に見張りましょう。それに向こうから見られないようにしないと……」


よし、通路の新鮮な空気の中で散歩する時間だ。睡眠が取れないなら、せめてコーヒーが一杯ほしいと思ったが、食堂車が開くのは降りたあとだろう。次善の策として、小さな化粧室で冷たい水をばしゃばしゃと顔にかけた。化粧室の鏡に顔を映してぎょっとする。髪をうしろにひっつめ、黒いヴェールの下で白頭巾に囲まれた顔は、まるで自分らしくなかった。まあ、状況を考えれば、それはいいことだ。

通路を通って食堂車のほうへ向かう。列車は暗かった――月はすでに沈み、客室の扉の下からも光はもれていない。誰もが眠っているようだった。いや、そうではなかった――客車のいちばん端にある客室の扉から、光の筋が廊下に射している。キャサリンはそちらへぶらぶらと歩いていった。足の運びがゆっくりだったのは、客車の突き当たりに到達すれば、そのまま引き返してくるだけだったからだ。間違いなく誰かが起きている――パイプの甘いにおいが濃く立ち込めていた。

その光の筋に近づくと、声がした。少なくとも、この列車で自分以外の誰かが起きている。いや、複数かもしれない。別の声が返事をするのが聞こえたからだ。ふいにキャサリンは、真夜中のアンデス山脈で山の鹿が一頭ねぐらの近くに迷い込んできたかのように、完全な警戒態勢になった。なるほど、ヴァン・ヘルシングの家政婦は正しかった――教授はこの列車に乗っている。扉の下から光がもれてくる客室にいるのだ。少なくとも、あれはセワードの声で、何か話している。理解しようとしたが、列車の音越しに聞き取るのは難しかった――ちょうどそのとき、汽笛ですっかりかき消されてしまったのだ。ぞっとするような甲高い響きが止まると――ヴェールの粗い布越しに敏感なピューマの耳をさする――頭をくるんでいる白頭巾をめくって片耳を出し、扉のすぐ隣に押し当てた。これでもっとはっきり聞こえる。


「ヴァーンベーリ教授の共同住宅に直接行くべきだと思いますな」セワードが言った。「荷物を置いて朝食をとってから、教授が説明した例の大修道院に足を延ばせばいい。あなたへの手紙の中で、小規模な軍隊を集めたと書いていたでしょう。さて、私としてはこちらの部隊を調べておきたい。ヴァーンベーリを信用していないわけではありません――そう言っているつもりはないですよ。だが、この目で状況を見ておきたい、わかるでしょう、ヴァン・ヘルシング。そのあと、味方になる可能性がもっとも高いとヴァーンベーリが判断した会員たちと会うよう手配すればいいでしょう。それはあしたで充分間に合う」

「しかし、ルシンダを捜すべきでは？」プレンディックが問いかけた。「精神科病院から連れ出した者が誰にしろ、ブダペストへ運んだのではないかとおっしゃったでしょう。あの症状が悪化していたらどうします？　あの娘を閉じ込めたのは、つきっきりで世話を受けられるからだとご自分で言われたんですよ。あなたはもう何週間もルシンダに会っていない。せめてどこにいるか見つけ出す試みをすべきではありませんか？　だいたい、あの娘なしでどうやってあなたの——その、派閥を——説得するつもりなんです？」

（ルシンダはこいつらのところにいない！）キャサリンは耳を扉に押しつけて懸命に聞こうとした。ルシンダがこの連中の手中にないのだとすれば、メアリとジュスティーヌとダイアナも捕まっていないのかもしれない。しかし、それならメアリたちはいったいどこにいる？

「どこにいるかは知っている」とヴァン・ヘルシング。「ともかく、いるはずの場所はな。あれを見張らせていた男どもからは、誘拐した相手についてほとんど情報を得られなかった——おおかたは取り返しがつかないほど正気を手放してしまったのでな。話ができる者はひとりしか残らなかった——誰に襲われたのかと訊ねたとき、その男は一文だけ繰り返した——『フラウ・ミット・アイナー・ピストーレ』。拳銃を持った女、となし

「きっとミセス・ハーカーでしょう」とセワード。「あのくそいまいましい、でしゃばりの——」

「まさに」とヴァン・ヘルシング。「私の娘をブダペストへ連れていったのはあの女に違いないが、それなら必ず伯爵の庇護を求めるだろう。あの男の本拠地ではその影響力が強すぎて手が出せない。せめて協会の力という後ろ楯を得るまではな。そうなればブダペストから伯爵を追い出す。あの男はカルパチア山脈の先祖伝来の城へ帰ればいい。そこにいればわれわれになんの害も及ぼせないだろう」

「それは認めるとしても、ミス・ヴァン・ヘルシングがいなければもっと面倒になりますよ」とセワード。「実験がたとえ完全な成功ではないにしろ、少なくとも継続する価値のあるものだと目の前で示す実例にな

るはずでしたからな。あなたが考えているように伯爵のもとにいるなら、ヴァーンベーリが交渉できませんか――」

「できるとは思わんが」とヴァン・ヘルシング。「ヴァーンベーリがわれわれに協力していると伯爵は知っているし、こちらの試みの助けとなることはするまい。いや、その筋からの支援は期待できん。マッチを擦ってくれないか、セワード？　パイプの火が消えてしまった」

つまり、ヴァン・ヘルシングはルシンダを手に入れておらず、そのうえメアリとジュスティーヌとダイアナが救出に関わっていたことも知らないらしい。（いったいそのミセス・ハーカーって誰なの？）キャサリンはいぶかった。（錬金術師協会の別の会員？）それが論理的な説明だ。メアリたちがブダペストへ向かう途中で姿を消し、ヴァン・ヘルシングがそのことについて何も知らないのなら、錬金術師協会の仕業に違いない。

「まあ、それでは、とにかく説得するしかないでしょうな、ロンドンのレイモンドを説得したように」またセワードだ。あの声が大嫌いになってきた。自信たっぷりでうぬぼれていて、ジョン・セワード博士たるもの、一度たりともおのれの判断を疑ったことはないと言わんばかりだ。「協会はわれわれの実験に自由裁量を認めるべきです――ご立派な女性会長《マダム・プレジデント》の気まぐれで実験を取りやめることはもうやめさせなければ。重要なのは、総会でなるべく早く投票の動議を持ち出すことですよ。そしてもし否決されたら、そのときこそ増援部隊を呼ぶ」

「可能なら円満に目的を達成したいが」とヴァン・ヘルシング。「むろん、それが不可能なら――」

「しかし、大事なのは達成することです」とセワード。「肝心なのは結果であって手段ではありませんからな」

「手段が死と破壊であるとしても？」ああ、あれはプレンディックの声だ。過去に臆病だと非難したことがあったが、元来穏やかな人間だということにも、ある程度の価値はあると認めざるをえなかった。少なくともプレンディックは流血の惨事を目論んでいない！

それに、ルシンダがどうなるか気にしている。

「投票によって動議が否決されたら、結果の責任は持てないな」セワードが例のうぬぼれたひとりよがりな調子で言った。あの目を掻き出してやりたい。

「プレンディック君、まさか決意が揺らいでいるわけではあるまい？」ヴァン・ヘルシングが問いかけた。

「われわれの研究は人類に計り知れない利益をもたらす。それは客観的に見ればどんな代償でも払う価値があるものだ。そのことはモローから学んだはずだろう。われわれふたりの若かりしころ――ああ、そんな時代もあった！　生体解剖反対連盟がイングランドの科学から活力を奪う前のことだ。モローの態度は正しかった――どんな犠牲を払おうと知識の向上をめざすべきだ。厖大《ぼうだい》な知識と並べれば、個人の命などなんだというのだ？　蛮族の軍勢がローマを荒らしまわったさいにどれだけのものが失われたか。考えてみるがいい、エドワード、友よ、あたかも煉瓦をひとつひとつ積み上げてアレクサンドリアの図書館を建て直すかのように、失われたものを再発見するのにどれほど時間がかかったかを。そして今世紀と次の世紀において、いかに多くのものを生み出せるかを！　生物的変成突然変異は計り知れない可能性を開く。命の可塑性について、夢にも思わなかったようなことを学べるかもしれんのだぞ！　その行く手に立ちふさがるのは誰だ？『否』とのたまう女ひとりだ。そもそも、われわれに対して『ならぬ』と言う女とは何者なのだ？　かつてはコールの女王だったかもしれないが、ここではソシエテ・デザルキミストの会員のひとりにすぎん。たしかに会長ではあるが、そう長くその座にはとどまるまい。ソシエテの会員は喜んで説得されると思うがな」

「むろん、それが正しいことを期待していますがね」とセワード。「だが、もしそうでなければ、こちらの準備を整えておきたい。しゃんとしろ、プレンディック。以前はそんなにびくついていなかっただろう。モローに協力したエドワード・プレンディックはどうなった？」

「ぼくをモンゴメリーと混同しているよ」とプレンディック。「ぼくがモローに協力していたというのは事実誤認で――まあ、言い争っても意味はない。あなたたちのどちらにも、崇拝の対象がある。ヴァン・ヘルシング教授は知識の探求、そしてきみにとっては、セワード博士、権力の追求だ。ぼくは生来謙虚ではないが、環境によって謙虚になった――もはや幻想はいだいていないんだ。もうよろしければ、失礼して空気にあたってきますよ」

だが、ということは……


プレンディックが客室から出てきて後ろ手に扉を閉めるまでには、通路の途中まで進んで、できるだけ顔を隠せるように白頭巾とヴェールを整える余裕しかなかった。ポケットからロザリオを出してその場に立ちつくし、祈っているふりをする。そもそもどうやって祈るのだろう？　両手を組み合わせて唱える……何かを。ジェフリー・ティベット卿や夫人と教会へ行っていたとき耳にした主の祈りを思い出そうとしたが、浮かんできたのはモローの島で覚えたばかばかしい繰り返しだけだった――造る手は彼のもの、傷つける手は彼のもの、癒す手は彼のもの。キャサリンを破壊し、別の姿に造り直したのはモローの手だった。稲光は彼のもの、塩からくて深い海は彼のもの。モローよ地獄へ落ちろ、永久に、アーメン。

「おはようございます、シスター」プレンディックが隣に立っている。「お早いですね」ひどく疲れた声だった。ソーホーで錬金術師協会の元イングランド支部にいたときよりくたびれているようだ。その声には自暴自棄の諦観《ていかん》めいた響きがこもっていた。英語を話せないふりができるだろうか？　だが、話せるのは英語だけだ。

「おはよう、息子よ」と答える。修道女はこんなふうに話すのでは？

ほぼ即座に、何か変化したのが感じられた。相手は動いていない——むしろ不自然にじっと立っている。鹿があとを尾《つ》けていたピューマのにおいに気づいた瞬間のようだった。動きを止めた様子に緊張感が漂っていて、気づかれたのがわかるのだ。プレンディックはしばらく口を開かなかった。それから言った。「罪を犯したとき、許しは得られると思いますか、シスター？」

いったい何が言えるだろう？「深く悔いているならば、誰しも神のお許しを得られるでしょう」ジュスティーヌがこんなふうに言っているのを聞いたことがあるはずだ。

「ですが、魂を永遠に穢すほどの罪なら……そうです。私は知りました、シスター。地獄とは人の心の中にあるのだと。神がお許しくださっても、私が不当に扱った女性が許してくれても、自分自身が許せない」

どう反応すべきか見当もつかない。気づいているのだろう。こちらが誰なのか知っているのだ。セワードとヴァン・ヘルシングのもとへ引き返して伝えるだろうか？　ポケットの拳銃に右手をかける。撃つこともできる……エドワード・プレンディックを射殺するという考えは好まないとしても。自分をモローの島に置き去りにして死なせようとした相手なのに、どういうわけか、拳銃を向けて引き金を引くことができるかどうかわからなかった。真っ向から射つのは無理だ。

「いいえ」プレンディックは続けた。「今できるのは罪滅ぼしだけです。こんなふうに話しかけて申し訳ありません、シスター——会ったこともない見知らぬ男なのに。暗がりが私に勇気を与えてくれました。祝福を――もし神が存在するのなら、あなたを祝福し、何事もないようお守りくださるように」その言葉はむせぶような音で終わった。プレンディックは向きを変え、通路を歩いて食堂車のほうへ戻っていった。

キャサリンは立ち去る背中を見つめた。結局、自分だとわからなかったのだろうか？　いや、気づいていたはずだ。だが――罪滅ぼしをしているらしい、それがどういう意味にしろ。今のところ、警告を発するつもりはないということだろう。

急ぎ足で自分の客室に戻る。ベアトリーチェはまだ眠っていた。毛布にくるまっており、まるで半月のように顔の一部しか見えない。誰か話す相手がほしくて起こしたかったが、いや――〈毒をもつ娘〉は眠らせておこう。手が震え、頭がずきずきした。まるでそうすれば役に立つかのように、両手に顔をうずめる。今何時だろう？　もうすぐ四時。ほんの数分だけ目を閉じよう……

目を覚ましたときには、窓越しに太陽が輝いていた。ベアトリーチェが体を揺さぶっている。

「起きて、キャット」と声をかけてきた。「あと十五分でブダペストに着くと車掌が言っているわ。そこで何をするか考えないと。どうやってヴァン・ヘルシングを見つけたらいいかしら？　列車に乗っているかどうかさえ知らないのよ。それに、どのぐらい眠っていたの？　体は大丈夫？　起こしてくれれば、あなたが休めるようにしばらく通路に立っていたのに」

「あいつは列車に乗ってる」キャサリンは身を起こして言った。くらくらしている。一晩じゅう窓を開けっ放しにしておいてさえ、これがベアトリーチェの毒の効果だ。どのくらい眠っていたのだろう。意図していたより長かったのは間違いない！　（クラレンスのことを言えないじゃない、まったく。しかも口実はもっと少ないし）もっと心得ているべきだった。「それに、どこに行くかもわかった。アルミニウス・ヴァーンベーリ教授のところに滞在するんだって。覚えてるでしょ──ホワイトチャペルの殺人を解決してたとき、ダイアナが盗んだ手紙の中でヴァン・ヘルシングが名前を出してた。協会の会員のひとりよ」

「それなら、ヴァーンベーリ教授をどうやって見つけるの?」ベアトリーチェが訊ねた。「どこに住んでいるかなんて知らないのに」

「ヴァン・ヘルシングを追いかければいいんじゃないかな」とキャサリン。「ロンドンで誰かを追跡するときみたいに。でも、あいつはルシンダも誰も捕まえてないわ。ルシンダを助け出したのがメアリたちだってことさえ知らないもの。ゆうべヴァン・ヘルシングとセワードがそのことを話してたのを聞いたの」

「ゆうべ?」とベアトリーチェ。ブダペスト西駅に到着するころには、キャサリンは昨夜のできごとをすべて伝えていた。ベアトリーチェは不安げにこちらを見た。「プレンディックがほかのふたりに話すと思って?」と問いかける。

「さあ」とキャサリン。「一か八《ばち》か賭けてみるしかないんじゃない。しばらく荷物を置いておける場所がないかと思ってるんだけど。あとで取りにこられるように、駅のどこか。ヴァン・ヘルシングたちを追いかけるんだったら、旅行鞄をひきずって歩きたくない」

「車掌と話してみるわ」とベアトリーチェ。「英語が少し通じるけれど、フランス語のほうが得意らしいの。見て、今駅に入るところよ」

「なんであたし、それを思いつかなかったのかな? あんたのほうがずっと目が覚めてるみたいね」キャサリンはベアトリーチェのスーツケースから金の入っている財布を引っ張り出した。「ほら、チップ用に一クローネ。それとも、これじゃ多すぎる? アイリーンがヘラーを何枚かくれたの──このちっちゃいのはヘラーって呼ぶんだと思う。まあいいか、とにかくクローネを渡してやってよ。メアリがいたら為替相場を知ってたのに！」

車掌は荷物を預かると請け合ってくれ、オリエント急行の乗客用の保管場所に置いておくことになった——ともかくベアトリーチェはそう解釈した。だが、チップを渡そうとすると、車掌はかぶりを振って何かフランス語で言った。ベアトリーチェは十字を切り、それからラテン語を唱えた——ともかくラテン語らしく響く言葉を。車掌は感謝した——まあ、感謝しているように見えた。それに「マスール」と呼ばれたが、キャサリンでさえそれがフランス語の〝シスター〟だと知っていた。

「いったいあれはなんだったの？」階段を降りてプラットホームへ出たとき、キャサリンが訊ねた。

「祝福してほしいと頼まれたのよ」とベアトリーチェ。「ラテン語が正しかったかどうか、完全には自信がないのだけれど——わたしのラテン語の知識は科学的なもので、会話ではないから。でも、祝福が場違いになることはないと思うの。ヴァン・ヘルシングか仲間を見かけた？　わたしはどういう外見か知らないわ」

もちろんキャサリンもヴァン・ヘルシングがどういう容貌か知らなかったが、そう——人混みの中で先頭に立って駅を出ようとしているセワードがいた。隣に白い髪でやはり白い顎鬚《あごひげ》を生やし、フロックコートと山高帽姿のがっしりした男がいる。あれがヴァン・ヘルシングに違いない。プレンディックは見当たらなかった。ああ、あそこにいる——セワードに歩み寄って通りのほうを示している。辻馬車を見つけたのかもしれない。こちらも見つけなければ。

「急いで！」キャサリンはベアトリーチェに声をかけ、袖を引っ張った。「あそこにいるの——逃がしたくないから」アーチ形をした駅の正面扉から出てくると、セワードとヴァン・ヘルシングが街角に立って話し合い、その一方でプレンディックが荷運びを監督しているのが目に入った。有名なロンドンの唸り屋《グロウラー》のような辻馬車に鞄を載せている。辻馬車乗り場が――乗り物はおおむねハンサム馬車のようだったが、中には軽量の二輪馬車もいくつかあった。キャサリンは手近な一台に近づいた。馭者はこちらを見ると一礼して、ハンガリー語で何か理解できないことを言った。

「英語は話さないのよね?」と訊いてみる。相手はただかぶりを振った。

「イタリア語は話せますか《レイ・パルラ・イタリアーノ》?」ベアトリーチェは訊ねた。「フランス語は話せますか《パルレ・ヴ・フランセ》? ドイツ語は話せますか《シュプレヒェン・ジー・ドイチュ》?」

「はい《ヤー》、少し《アイン・ビスヒェン》」馭者は答えた。しげしげとこちらを見る――このふたりはあきらかに外国の修道女だ。

「よかった《グート》。この車《ディーザー・ヴァーゲン》……わからないわ。どうしましょう、〝追いかける《フォルゲン》〟というのはどう言うのかしら? ついていく。ラテン語も下手だけれど、そのほうがまだドイツ語よりましだわ」

だが、馭者は理解したらしい。いや、ひょっとしたらキャサリンが必死で指さしてクローネを見せたのを理解したのかもしれない。一分後、ふたりは往来の流れに乗っていた。馬はロンドンの馬とまったく同じように石畳の道をパカパカと走っていく。前方にはプレンディックが雇った馬車がいた。

一行は豪華な共同住宅の建物が並ぶ広い大通りを走っていった。道には馬車や荷車がいたが、そう多くはなかった――静かな夏の朝に見える。ブダペストはパリを思い起こさせたが、建物はより色彩豊かで、どういうわけか日の光がもっと明るかった。修道服の黒い布の下で窒息しそうな気がした。

行く手に橋が見えた――川に近づいているのだ。アイリーン・ノートンが見せてくれた地図で、ドナウ川が街をふたつに分けていたのを思い出す。橋を渡るのだろうか? いや、ヴァン・ヘルシングの馬車は左へ曲がり、川沿いに続いている道を進んでいった。

「どこへ行くのかしら?」ベアトリーチェが問いかけた。

「ええと、ブダのほうへ渡ってないから、まだペストにいるかな」とキャサリン。「ごめん、たいして役に立たないけど」

「そうでもないわ」とベアトリーチェ。「ミス・マリーの住所はペストですもの――ムゼウム通り《ウッツァ》五番地、国立博物館のそばよ。離れ離れになったときに困るから、念のため覚えておいたの。進みが遅くなっている気がするけれど?」

そう、なぜなら前方の馬車も速度を落としていたからだ。川に面した共同住宅の建物の前にある縁石に寄せて止まった。ベアトリーチェが後部のガラスを叩いた。「ここで止まって《アンハルテン・ヒーア》、お願い《ビッテ》!」

辻馬車は縁石のところで止まった。まだ前の馬車から充分距離があったので、気づかれないといいのだが。ふたりが外に出て馭者に代金を払うころには、ヴァン・ヘルシングとセワードは道を渡って建物の正面玄関に消えていた。自分の小型スーツケースに加え、ほかの誰かの荷物も一緒にかかえたプレンディックは、もっとゆっくりヴァン・ヘルシングたちを追っていった。キャサリンたちの辻馬車が客を置いてまた通りを走り出したとき、その真ん前をよこぎる。そして、プレンディックの姿は暗い戸口へと消えた。

キャサリンとベアトリーチェは道の端に立った。背後にドナウ川へ下っていく階段がある。その少し先では、川の堤防に小舟やはしけがつないであった。上流で何か建設しているのが見える――別の橋を造っているのだろうか? もう橋は充分あるようなのに。工事は始まったばかりのようだ。川向こうにはブダの森に覆われた丘がそびえ、頂上に大宮殿が建っていた。じつに荘厳な眺めだ。川のこちら側はそれほど立派ではない――荷馬車ががらがらと通りを走り、はしけの上で人夫が互いに呼び交わしている。そして、通りの先、共同住宅の建物の向かい側には、縁石に座った女の物乞いが目の前の地面に帽子を置いていた。陽射しが全員に降り注いでいる。明るく暑く、埃っぽい日だった。

「さあ、どうする?」キャサリンは訊ねた。これ以上は考えていなかった。複雑な計画を立てるのはメアリだ。ピューマは計画など立てない――衝動的に動く傾向がある。セワードとヴァン・ヘルシングを追跡するという衝動でここまできたものの、これからどうしたらいいかよくわからなかった。

「ミス・マリーの住所に直接向かうこともできるわ」とベアトリーチェ。「次の橋まで歩いて左折すれば、国立博物館に着くと思うの。長く歩くことになるけれど、別の辻馬車を見つけるより簡単でしょう。街のこのあたりには辻馬車乗り場がなさそうよ。でも、セワードが――どういう表現だったかしら――部隊を調べたいと言っていなかった? どこかに部下を置いているのよ。味方として戦う訓練を受けた私兵をね。また出てくるのを待って、あとを尾けるべきかしら? いわば配下の軍隊というべきものの所在を探れたら、役に立つと思うわ。でも、向こうが朝食を先にとるなら、しばらく待たなければならないかもしれないし。どう思って、キャサリン? このままミス・マリーのところへ行く? それともここで待機して、もっと情報を集められるかどうか確認する?」

「メアリそっくりね、その言い方」とキャサリン。「メアリはそういうふうに説明するもの――一方ではこう、もう一方ではこう、みたいにね。どっちかって言えばあいつらが出てくるのを待ちたいけど、こんな恰好でぼさっと通りに突っ立ってるわけにはいかないでしょ!」心底嫌いになりはじめた修道服の布を広げてみせる。暑くてむずむずした。「それに、あたしも朝食をもらいたい気分」

「たぶん白頭巾を取れば――ほら、やってみせてあげるわ」ベアトリーチェはピンを抜いて白頭巾から黒いヴェールをはずすと、白頭巾と細いリボンを取り去った。それをポケットにつめこみ、ヴェールをスカーフのように頭に巻きつける。まだ両手に手袋をはめていたが、指は素手のように機敏に動いた。「ね？」と言う。「こうすれば田舎から出てきた貧しい未亡人みたいでしょう」

キャサリンはたちまち真似をした。それほどすばやくはできなかったが。以前ピューマだった欠点のひとつだ――かつての前足は人間の手ほど器用ではない。ああ、これでずっと楽になった！修道服の袖をまくりあげる。そう、このほうがいい――少なくとも首と腕に空気があたる！「じゃ、ただここに立って、貧しい未亡人みたいに見せるわけ？物乞いができるかもね、ただしその役はもうやってるひとがいるけど――」まだ座ったまま帽子を見下ろしている物乞いの女を指さす。「――何か施しを入れてもらうものがあればね！バケツでもいいから」

「建設中のあの橋の横を通りすぎたとき、見たと思ったのだけれど――待って、すぐ戻ってくるから」反対する間もなく、ベアトリーチェは通りを建設現場のほうへ走っていった。キャサリン自身はそこをよく見ていなかった――辻馬車のベアトリーチェ側だったし、今目に入るのは、石材が引き上げられていく細長い板の建造物だけだ。人夫たちが声をかけあって現場を歩きまわっている。ベアトリーチェはあそこで何を見たのだろう？「誰も毒にあたらないようにしてよ！」と呼びかけたくなった。だが、もちろんベアトリーチェは気をつけるだろう。

これからどうする？とりあえず待機して、ヴァン・ヘルシングかセワードが出てきたときのために建物を見張っているしかない。もしかしたら、ベアトリーチェがいないうちにもっと探り出せるのでは？建物に侵入してアルミニウス・ヴァーンベーリの住まいを見つけられれば、列車でやったように扉に耳を押しつけ、けて、連中が何を企んでいるか盗み聞きできるかもしれない。もちろんベアトリーチェは危険すぎると思うだろうが、ベアトリーチェはここにいないのだ。
キャサリンは修道服をたくしあげて全速力で通りを渡った――男物のズボンのほうがどんなに実用的だったことか！ 向こう側に並ぶ共同住宅の陰になり、上の窓から見えない位置を移動して、セワードとヴァン・ヘルシングが入っていった建物へ近づく。正面玄関の取っ手を握って下にまわすと――開いた！ いや、簡単だった。狭い待合室に入ると、上り階段が二番目の扉まで続いていた。壁には郵便受けが一列に並び、そのひとつにヴァーンベーリの苗字が書いてあった。ここまではうまくいった！ さて、次の入口だ。
だが、二番目の扉には鍵がかかっていた。何か持っていただろうか……髪は白頭巾と細いリボンで押さえてあったので、今回はヘアピンがないが、ヴェールを留めていたピンが二本あった。手早く一本をS字形に曲げる――正直、長さが足りなかったが、できるだけのことはした。それから錠前に差し込む。回転させようとしたとたん、挿入した半分がぽきんと折れて取れてしまった。残りの金属片を持ったまま立ちつくす。（まったくもう！）二本目のピンで試してみた。それも最初のと同様、折れて取れてしまった。自分に腹を立てながら、キャサリンはまた陽射しのもとへ出ていった。

ダイアナ　あたしがいてくれたらって思ったでしょ！

キャサリン　手元にあれしかなかったんだし、あんたがいたってもっとうまくやれたとは思わないけど。

ダイアナ　冗談はよしてよ。あたしだったらたちまちその建物に入れたのに……

ベアトリーチェは大きな籐《とう》の籠をかかえて、さっき立っていた場所で待っていた。「これは女のひとふたりから買ったの――お母さんと娘さんかしら？　建設現場の人夫にジンジャーブレッドを売っていたのよ。喜んで一籠まるまる売ってくれたわ！　残ったジンジャーブレッドを売りながらここに立っていればいいでしょう――そうすればあまり目立たないもの。それにほら」白い布切れを引っ張り出してキャサリンによこす。「腰に巻きつけて。わたしのドイツ語をわかってもらえたとは思わないけれど、時としてクローネは言葉におとらず効果的よ！」

それはエプロンだった。背中で紐を結ぶと、だぶだぶの修道服がいくらか動きやすくなった。キャサリンは言った。「あの建物の鍵が開けられるかどうか見に行ってたの。ほら、ヴァーンベーリの住んでるところを見つけようとして」

「あなたが何をしに行ったかちゃんとわかっているわ」ベアトリーチェはとがめるような声を出した。「ここにいたらやめておくように言ったでしょうに。あとを尾けているとセワードかヴァン・ヘルシングに知られたら、わたしたちにとっても、メアリたちにとっても、いったい何の役に立つの？　必要もないのに身を危険にさらすことになるのよ。もっと悪いわ、ミス・マリーのためになる情報をもう集められなくなってしまうでしょう。ほんとうに、キャサリン、あなたには驚いたわ！　ほら、籠を持ってちょうだい」

キャサリンは心底悔しい思いをしながら無言で立ち、そのあいだにベアトリーチェは別のエプロンを籠から出して腰に巻いた。手袋をはずし、ポケットのひとつに押し込む。農婦は上流婦人のように手袋をはめたりしない！　それから言った。「あのね、お昼にソーセージを持ってきた男のひとから一本買ったのよ。おなかが減ったって言っていたでしょう？」その台詞のせいでキャサリンはいっそう落ち込んだが、パプリカで味つけしたとてもおいしいソーセージだったので、ピューマらしく歯で食いちぎると、いくらか気分が浮上した。

ないのは水だけだったが、背後を流れる緑の川以外、あたりにはまったく見当たらなかった。ベアトリーチェは何も必要としないらしかった――太陽のもとに数時間立ったまま、毒のある雛菊のように潑溂として、ドイツ語か身ぶりで通行人にジンジャーブレッドを売っていた。一度もしおれて見えなかった。どんどん喉が渇いてきたキャサリンは、ついに危険を冒してドナウ川から何度か水をすくった。まあ、少なくともテムズ川よりはきれいに見える！　とはいえ自分はピューマで、泥だらけの水たまりやマラリアの危険のある小川から飲んでいたのだ――まあ、この水にあまり害がなければいいのだが。

そろそろ持ち場を放棄して、ミス・マリーを探しに行かなければ――結局セワードは今日部隊を調べに行かないことにしたのだろう――と思ったちょうどそのとき、ベアトリーチェが言った。「馬車に乗っていたうちのひとりがいるわ。あれはセワード、それともプレンディック？」

セワードだった。一緒にいるのは見覚えのない男で、黒い顎鬚と口髭を生やし、薄い夏用スーツを着ている――アルミニウス・ヴァーンベーリに違いない。ふたりの男は建物の戸口から姿を現すと、川下のほうへ曲がった。

「早く」ベアトリーチェに声をかけ、エプロンを引っ張る。「見られずにどこまであとを尾けられるか試してみるから」物乞いの女の前を通りすぎたとき、ベアトリーチェは籠をその隣に下ろし、残ったジンジャーブレッドを置いていった。女は低くうなっただけだった――ありがとうとでも言ったのだろう。

見つからないよう充分距離を取ろうと努めながら、急いで男ふたりを追いかける。しかし、セワードとヴァーンベーリは熱心に話し込んでいて、一度も振り返らなかった。ドナウ川に沿って走っている道からそれ、迷路のように曲がりくねった狭い通りを何本も足早に抜けていく。そこでは建物が陽射しをさえぎり、バルコニーから洗濯物が下がっていた。すぐれた方向感覚があってさえ、迷いかけているのではないかとキャサリンは不安になった。だが、そんなことはない——まだ川のにおいがする。川のにおいが嗅げるうちは大丈夫だ。

急にベアトリーチェがこちらの袖をつかみ、どこかの戸口のところに引き込んだ。

「なに?」キャサリンはささやいた。「いたっ!」ベアトリーチェがうっかり腕にさわったのだ。ひりひりした。

「大修道院に行くって言っていたでしょう」ベアトリーチェがキャサリン同様そっと言った。「見て!」

通りの突き当たりに黄色い化粧漆喰で覆われた高い塀が見えた。その向こうに、赤い瓦屋根と飾り立てた銅の小塔つきの鐘楼がそびえている。

「どうしてあれが大修道院だってわかるわけ?」キャサリンは手首のベアトリーチェがさわって火傷した箇所をなめた。

「もしかして——ああ、ほんとうにごめんなさい!」ベアトリーチェは動揺した様子で言った。

「大丈夫——そりゃ痛いけど、今はそんなこと重要じゃないから。なんであれが大修道院? ただの塀でしょ」大修道院に関する経験は——まあ、なきに等しい。修道士と修道女が住んでいるところなのでは? ラドクリフ夫人のゴシック小説に出てくるように。

「イタリアにはあんな大修道院がたくさんあるの。すぐ上に教会の塔が見えるでしょう? それにほら、セワード医師とお友だちが門の前で立ち止まっているわ」そう言ってポケットから手袋を出し、またはめる。

キャサリンは戸口から少し踏み出した。たしかに正面の門がある。ちょうどそのとき、カーンと低い音が響いた——ヴァーンベーリが呼び鈴を鳴らし、それが通りにこだましたのだ。まもなく、たぶん修道士のひとりだろう、茶色いローブを着た男が門のところにきた。ヴァーンベーリがハンガリー語で何か言い、門が開かれる。セワードとふたりで通り抜けた。背後でもう一度カーンと音を立てて門が閉じた。

そして静かになった。狭い通りは塵《ちり》と日の光をのぞいて空っぽだった。（きっともうお昼ごろだ）とキャサリンは思った。

「さあ、次は？」と問いかける。「この場所がなんなのかわかるように、もっと近づいてみるべき？」

「ここがイタリアの修道院みたいなところなら」とベアトリーチェ。「あの塀にすっかり囲まれているはずよ——出入りできるのはあの正門と、たぶん裏にある小さな門だけ。考えがあるの。あまり良識ある考えではないけれど。もしかしたら、一緒に旅行していたせいで、少しあなたみたいになりつつあるのかもしれないわ、キャサリン」

キャサリンは顔をしかめた。「それ、悪いことみたいに言ってるけど。わかった、その考えって？」

「まず、また聖なるシスターに戻らなければならないわ」

ううう、ぜったいにやりたくない。だが、興味をそそられていた——ベアトリーチェが主導することはまずない。いつも控えめで、いい助言をしてくれるのだ。今はどう導いてくれるのだろう？　そこでキャサリンはふたたび白頭巾をかぶり、ベアトリーチェにうしろで結んでもらうため背中を向けてから、今度はベアトリーチェのほうを結んでやった。続いて細いリボン、最後にヴェールだ。折れたピン二本でどうやって留めよう？　だが、尖っていないほうの端をポケットに取ってあったので、それが粗い布地に通り、なんとか留まった。

「エプロンはどうする？」と訊ねる。

「道に置いていけば、干してあったバルコニーから落ちたように見えるでしょう」とベアトリーチェ。「ついてきて、口を利かないでね――ロザリオを持って沈黙の誓いをしたふりをしてちょうだい。中には入れないわ――こういうところには男性しか入れないの。でも、少なくとも情報を求めることはできるわ。きて《ヴェニ》、豹《パンテーラ》」

いったいなぜラテン語を話しているのだろう？　だが、キャサリンは通りの突き当たりまでベアトリーチェについていった。そこは小さな広場になっていた。一方の側に門のある黄色い塀が続いている。門から塀と同じ色の教会が見えた。今しがた目にした赤い瓦屋根と鐘楼がついている。その隣に、宿舎らしき大きな長方形の建物があった。

ベアトリーチェはセワードがしたとおりに綱を引き、さっき聞こえた呼び鈴を鳴らした。ほどなくして、同じ茶色いローブの修道士がやってきた――ともかく、似たような茶色い恰好の修道士だ。どうやって見分けるのだろう？

「神の名において《イン・ノミネ・ディ》、ごあいさつします《サルヴェーテ》、ブラザー《フラーテル》」ベアトリーチェが言った。それからラテン語で話を続ける。キャサリンのラテン語はずっと初歩的なものだけだった。島でプレンディックが少し教えてくれたが、そのほとんどは自分の学生時代の朗読だった。ベアトリーチェの発言で理解できたのは一語だけだ――水《アクア》。

修道士は返事をすると、うなずいて宿舎のほうへ戻っていった。戸口を通って姿を消す。

「見て、あそこ！」キャサリンはシスター・ベアトリーチェの耳にだけ届くように声をあげた。教会の正面にセワードとヴァーンベーリが立っていた。教会から茶色いローブを着た別の修道士が現れ、何かの話し合いをしている――修道士はたくさん身ぶりを交えていた。ついてくるようにとセワードたちに合図し、三人とも教会の大きな扉の中へ入っていく。

そのとき、ベアトリーチェが話していた修道士が錫《スズ》のカップふたつに――ああ、ありがたい！　澄んだ冷たい水を入れてきてくれた。この出会いでなんの情報も得られなかったとしても、水をもらえただけで価値がある。

ベアトリーチェは修道士とさらにいくらか言葉を交わすと、空のカップを返し、おそらく感謝と思われる台詞を伝えた。キャサリンはベアトリーチェに従って塀沿いに歩いていき、別の狭い通りに入った。ここなら大修道院に聞こえない。

「ここは聖イグナティウス大修道院と呼ばれているの」とベアトリーチェ。「四十人ぐらい修道士がいて、完全に世間から隔絶して生活しているそうよ。修道院長はまさに聖人のようなかたですって。セワードやヴァン・ヘルシングのような連中とつきあいがあるなら、どの程度聖人なのかしら？」

「それに、セワードが話してたあの部隊についてはどう？」キャサリンは訊ねた。「軍隊は見かけなかったけど。ここは――ええと、教会みたいに平和に見えるけど」

「あれは修道士のことだと思って？」ベアトリーチェは当惑した顔つきだった。「でも、修道士の一団がなぜヴァン・ヘルシングのために戦うの？　わからないわ――」

「中に入って様子を探ってみてもいいけど」とキャサリン。「この壁沿いにあたしが登れる場所があるかもしれないから……」

「だめよ」とベアトリーチェ。「キャット、ひとりで出かけていって調べるのが好きなのは知っているわ。あなたはキプリング氏のリッキ・ティッキ・タヴィみたいね――〝走っていって見つけよう〟が座右の銘なの。でも、今はミス・マリーを探しに行くのが先決よ。ミス・マリーなら、こういう事柄がどんなふうにつながっているかとか、その中でいちばん重要なことを教えてくれるかもしれないわ」

「いちばん重要なことって？」キャサリンは問い返した。空気のにおいを嗅ぐ。川は右側だったが、最初に思ったほど遠くはない。

「ミセス・ハーカーというのは誰なのかしら？　そのミセス・ハーカーがメアリたちを確保しているのなら、まずはそのひとを見つけて、みんなが無事かどうかたしかめるのがわたしたちの務めよ。このまわり道がこんなに長くなると知っていたら、まずミス・マリーに連絡を取ってから、セワードとヴァン・ヘルシングを調べるように勧めていたのに。今ではあなたの本能がこっそり追跡することだとわかったわ――それでずいぶん説明がつくもの」

「ありがたく思うべきでしょ」とキャサリン。こっそり追跡する本能があるのは当然だ――ピューマなのだから。〈毒をもつ娘〉はなんの権利があって批判してくるのだろう？「ミセス・ハーカーが誰なのか知らないけど、あたしがいなかったら、そのことさえ知りもしなかったじゃない。次を右に曲がって、数区画歩けば川に戻れるはずよ。川に着けばフランツ・ヨーゼフ橋が見つかるわ。その橋と交差してる道が国立博物館に行くから」

たしかに期待していたほどは探り出せなかったが、わかったこともある。今はミス・マリーと合流して、お互いに持っている情報を合わせ、メアリとジュスティーヌとダイアナを――それにもちろんルシンダも――そのミセス・ハーカーと錬金術師協会から助け出さなくては。

21　パーフリートの吸血鬼

メアリはやや圧倒され、怖じ気づいた気分で豪華な階段を下りていった。昨夜はあまりにも疲れていたので、ミナに迎えられて軽い夕食をもらったあとはそのまま寝たのだ。もっと話し合うことはたくさんあったが、ミナは言った。「時間はあした充分あるわ。それに伯爵が戻ってくるでしょうから――今晩遅く帰ることになっているけれど、あなたたちが起きて待っているには遅すぎる時間よ。全員がそろってからいろいろ話したほうがいいわ」

今朝は、ほぼ人心地がついた気分だった――おまけに空腹だ！　ゆうべは周囲にあまり注意を払っていなかった。大きな寝室のベッドにありがたくもぐりこんだのは、この旅行ではじめて自分ひとりで寝室が使えたからだ。ダイアナのいびきで目が覚めることもない！　今朝その寝室を見まわして仰天したものだ。室内はたいそう広く、彩色された高い天井ではギリシャの神々とさまざまなニンフが異教徒らしく奔放に楽しんでいるようだ。塗料がひどく色あせ、ところどころ漆喰がひび割れていたので、絵柄を見分けるのは難しかった。ベッドは立派だったが、覆いがやはり色あせており、かつて深紅だった金襴《ブロケード》はいまや淡紅色になっていた。ほつれた端やすりきれた箇所から日の光が射し込んでいる。だが、リネンは古く上等で、ラベンダーの香りがした。並んだ窓の前にある洗面器は手描きの薔薇模様だった。その窓からは国立博物館を囲む公園の菩提樹《ボダイジュ》が見え、葉の茂った枝越しに、新古典主義の白い建物がかろうじてうかがえた。頭が痛くなるほど騒々しく鳥がさえずっている。

顔を洗って手早く着替えてから、ふたたび階段を見つけた。灰色の大理石に彫刻が施され、意匠を凝らした手すりの支柱がついている。下りていきながら、壁の絵画の大きさに、どうやって掛けたのだろうと不思議になった。兵士たちが剣や槍で突き刺し合い、目を血走らせた馬がいななく戦争の場面を描いた絵、前景でちっぽけな猟師たちが肩にライフル銃を担ぎ、舌をだらりと出した犬の群れが追っていく森の風景画。猟は成功したらしく、鴨や鹿の死骸を運んでいる。あちらこちらで、フリルの襟をつけた険しい顔の男女がこちらを見下ろしていた。きびしく非難されている気がした。

この旅で滞在した家の中で、間違いなくここがいちばん立派だ。アイリーンの共同住宅は近代的で趣があった。カーミラの城は――まあ、中世の廃墟だ。あれはそもそも家に入るのだろうか？ ローラのシュロスは快適だった――シュタイアーマルクの田舎にイングランドの田舎の邸宅を移したかのように。だが、ここは本物の宮殿だ。町の宮殿のようなもので、伯爵のもとに滞在しているのなら理屈に合う。伯爵たちはこんなふうに飾りつけるのだろう。そこかしこに鉢植えの植物ではなく甲冑《かっちゅう》が置いてある。それにしても、かなりがらんとした印象だった。誰かに行き会うか朝食が見つかるか、その両方であることを期待して二階の廊下を歩きながら、メアリは何もかもがひどく古いことに気づいた。壁際に寄せてある半月形のテーブルは前世紀の様式だし、その上の鏡は曇っている。開いた入口が目に留まった――扉さえ自分の背丈の二倍はある！ そして、そこでミナとジュスティーヌとダイアナが朝食中だった。

「おはよう！」ミナが言った。「よく眠れたかしら。あなたの部屋は公園側で、いつも夜明けに鳥の鳴き声で目が覚めるの。わたしは早起きが好きだけれど、あなたが起こされていないことを祈るわ」ほぼ覚えているとおりの姿だ――襟と袖口の白い上品な灰色の服をまとい、焦げ茶色の髪をうしろで簡素なお団子《シニヨン》にしている。それほど年を取ったようには見えなかった――目の下に皺が増え、前よりさらに落ち着いた物腰になっただけだ。パーク・テラス十一番地の食堂のテーブルを取り仕切っていたように、バロック様式の装飾が施されたダークウッド製の大きな長方形のテーブルを取り仕切っている姿を見ると、なんだかとても安心できた。

「よく寝たわ、ありがとう。でも、たぶん戦闘の最中でも眠りつづけたと思うけれど――大砲が撃ち込まれてもね！」メアリはあくびをもらし、急いで片手で口を押さえた。どれだけ眠ったにしろ、どうやら足りていないらしい。「ご一緒してもいい？ 卓上鍋があるようだけれど」テーブルと同様にバロック様式のサイドボードにずらりと並んでいる。この部屋にもかつて豪華だったという雰囲気が漂っていた。

「なんでもあるよ」ダイアナが口いっぱいにほおばりながら言った。「卵もソーセージもパンケーキも。やたら薄くてクレープみたいだけど、ミナがこれはパラチンタって言うんだって。それにつけるジャムも、上からふりかける砂糖もあるし、コーヒーとココアと紅茶と、すごくおいしい魚の揚げものも。あと野菜もあるけど、あたしは食べてない」

「伯爵は食べないの――だからいつでもこんなにたくさん食べ物を出すのかもしれないわ！」とミナ。「いらっしゃい、座って。コーヒーを注ぎましょうか？ それとも紅茶のほうがいい？ そうしたら今回の旅について何もかも話してちょうだい。ジュスティーヌの話だと……お父様に会ったそうね。きっとつらかったでしょう」

メアリはただうなずいた。今はハイドの話をしたくなかった。こちらが自動車で立ち去るのを見送って、どんなに失望したことだろう！ いや、今朝はそのことを考えまい。すばらしい日で、友人と一緒にいて、長いサイドボードに置かれた卓上鍋には食べ物が入っている。繊細な陶器の皿を一枚取り、卵とトースト、焼いたトマトを盛りつけた。銀器類はずっしりと重い銀製で、ぴかぴかにみがいてあった。

ジュスティーヌの隣に腰を下ろす。ダイアナはアルファとオメガの滑稽な行動を含めたロンドンでの生活について話し、ミナを楽しませていた。その皿を見たところ、すでに結構な量の朝食をとったようだ。

「調子はどう?」メアリは小声でジュスティーヌに訊ねた。

ジュスティーヌはためらいがちにほほえんでみせた。「よくなった、と思うけれど? 心労のもつれた絹糸をときほぐしてくれる眠り……(ウィリアム・シェイクスピア『マクベス』第二幕第二場、小田島雄志訳、白水Uブックス)」

それはシェイクスピアでは? なるほど、ジュスティーヌはよく眠ったらしい。

「あなたは?」ジュスティーヌが問い返す。

「まだかなりもつれてるわ」メアリは答えた。「たぶん朝食でときほぐせるんじゃないかしら」トーストにバターを塗る。

「メアリ」ミナが声をかけた。「あなたたちふたりが食べ終わったら、話がしたいのだけれど」

「あたしともね!」とダイアナ。

「もちろんよ」ミナはいつもの感じのいい理性的な声で言った。「それより下の厩に行きたければ別だけれどね。伯爵の狼犬の一頭が最近出産して、藁をつめた籠に子犬が五匹いるのよ。もちろん、遊びたくないとしてもよくわかるわ——子犬はほんとうに厄介ですものね。こちらの会話はたいそうおもしろくなるでしょうし——あれこれ計画を立てたり、責任を割り振ったり」

メアリはにっこりした。そう、これが記憶にあるミス・マリーだ。とてもいい先生で、優秀な家庭教師だった。同じように巧みにメアリを扱っていたのだろうか？

「ふーん、まあ、そっちはあんたたちで引き受ければいいよ」とダイアナ。「子犬を見に行きたい。ハデスとペルセフォネーに似てる？」

「ええ、でももっと小さくてふわふわよ」とミナ。「アッティラにあなたを下へ連れていくように言うわ」テーブルの上の銀の呼び鈴を鳴らすと、壁の扉から下僕が現れた。まったく扉には見えなかった――壁の一部に見えるように細工してあったのだ。呼ばれたときのために隣の部屋で待機していたのではないだろうか？　ずいぶん若く見え、ダイアナより少し年上なだけだ。じつにおかしな恰好をしている――膝丈ズボン？　今の時代に？　笑い出したくなったものの、少年がいかにも堂々とした態度だったので、急いで手を口にあてた。

ミナは、メアリの耳には流れるようなハンガリー語に聞こえる言葉で話しかけた。下僕はダイアナに一礼して言った。「こちらです、フロイライン」《ヒーア・エントラング》ダイアナは得意げに笑うと、パラチンタの残りをフォークで口に押し込み、少年のあとについて部屋を出ていった。

（あの子、鼻持ちならなくなりそう）とメアリは思った。ダイアナを貴族扱いする下僕などぜったいに必要ない！

「ハンガリー語を話すのね」と言う。「いつ覚えたの？」

ミナは苦笑いした。「ほんの少しよ。それにあまり上手でもないしね。お嬢さんを厩まで連れていってちっちゃな犬たちに会わせてあげて、という感じのことを言っただけよ。命令形を使ったかどうかさえ定かではないわ。アッティラはいい子よ、訓練中の下僕というか――お父さんが伯爵の召使頭で、言ってみれば執事ね。ダイアナぐらいの年頃だから、英語を通じさせようとして楽しめるでしょう。ダイアナが何か困らせるかもしれないけれど、少なくともこちらで話す時間ができるわ。話し合うことが山ほどありますもの。心配しないで、メアリ、急がなくても大丈夫——コーヒーをがぶ飲みする必要はないわ。いつでも食べ終わったときにわたしの書斎へ行きましょう。錬金術師協会の会合が三日後にあるから、どうするか考えないとね」

「おはよう！　ミナ、客人と計画を立てているようだな」

メアリは驚いて顔をあげた。入口に全身黒ずくめの服装をした男が立っている。外国人に見えたが、もちろん外国にいるのだから当然だ。人目を引く顔立ちだった——黒い目、高い頬骨、鷲鼻。黒髪が顔からうしろに流れて肩にかかっている。眉目秀麗とは言わないが、間違いなく印象的だった——部屋に入ったとたん注目を集めるような人物だ。発音はカーミラを思い出させたが、もっと訛りがきつく、その太い声では顕著だった。とりたてて背は高くないが、軍人のように背筋がぴんと伸びている。

「ヴラド」ミナがそちらを向いて言い、手を差し伸べた。「ちょうど話をしたり計画を立てたりするのに、わたしの書斎へ行こうとしていたの。参加する時間はありますか？」

男はミナの椅子に歩み寄ってその手を取った。「むろんだ、いとしいひと《ケドヴェシェム》。それに、どのみちミス・ジキルに会ってみたい。あれほど噂を聞いているのでな——すべていい話だとも」メアリに向かって頭を下げる。「また、ミス・フランケンシュタインにお会いできて非常に光栄だ。ヴィクターがソシエテ・デザルキミストの一員だったときにはよく知らなかったが、ジュネーヴの会議で一度会ったことがある」

「父に会ったことが？」ジュスティーヌは訊き返した。その声は——びっくりして、困惑しているようだった。皿の端にカチャッとフォークがぶつかった。

「才気あふれる学生だった」黒衣の男は言った。これが伯爵に違いない。なにしろ、何百年も生きている吸血鬼の伯爵とはこんなふうだろうという予想そのものだったからだ。あるいは、カーミラの好む言い方をするなら、吸血鬼病に感染している伯爵だが。どう考えたらいいのかさっぱりわからない。なぜこの男はミナの手を握っているのだろう？　ケドヴェシェムというのはどういう意味なのか？　カーミラが前にシュロスでローラにその言葉を使っていた。伯爵とミス・マリーのあいだに何かあるのだろうか。

伯爵はジュスティーヌにも一礼した。「あの実験はばかげていると信じる者もいた。命の材料そのものには決して手を出すべきではなかったと。だが、あれは違う時代のことだ――われわれとしては、いまだ中世的慣習の暗愚に染まった世界に光をもたらしているつもりだったのだ。それは間違っていたとミナは論じるだろうが、どうして現在の尺度で過去を批判できる？　ヴィクターは優秀な若者だった。死んだと聞いたときには残念だったよ。これほど魅力ある知的な娘を持って、誇らしく思ったことだろう」

「ありがとうございます」と言ったジュスティーヌは、うれしそうでもあり、気まずそうでもあった。

「ほんとうにごめんなさい」とミナ。「きちんと紹介していなかったわ。メアリ、ジュスティーヌ、こちらはヴラディミール・アールパード・イシュトヴァーン、ドラキュラ伯爵よ。みんな食べ終わったようなら、わたしの書斎に移動してこの話を続けましょうか？　しばらく時間がかかるでしょうし、書斎のほうが居心地がいいと思うの」

「すばらしい」と伯爵。「では――何をお飲みになるかな、コーヒーかね、ミス・フランケンシュタイン？　そしてあなたには、ミス・ジキル？　では、追加のコーヒーを客間に運ばせよう」

「ほんとうは書斎よ、客間ではなくて」おそらくコーヒーの追加を命じるために伯爵がいなくなったあと、ミナは言った。「伯爵はある意味で時代遅れなの。わたしのことを一六〇〇年ごろの貴婦人みたいに扱わないように、ときどき気をつけないといけないのよ！　冗談抜きで、あのひとのせいで社会主義者になりそうだわ。いらっしゃい、中庭の向こう側にあるの」

メアリはミナのあとについて食堂から廊下へ出た。片側に窓が並び、昨夜カーミラが自動車を駐めた中庭を見下ろしている。反対側には扉が続いており、おそらく今出てきたような部屋に通じているのだろう。この館は中庭を囲んで配置されているようだった。どう思うべきかよくわからないまま、廊下を歩いていく。ミナはロンドンで知っていたミス・マリー、掛け算表やヨーロッパの主要な首都を教えてくれた家庭教師と変わらないように見えた。それでいて、ブダペストの老朽化した古い宮殿でこの貴族の男性と一緒に暮らしており、お互いになんらかの諒解《りょうかい》があることがはっきりしているのだ。ふいに、イングランドとミセス・プールが恋しくなった。

背の高い窓から陽射しが流れ込んでいる。メアリはミナと並んで歩き、ジュスティーヌは一歩遅れて絵画を眺めていた。

「ブダペストの建物は、たいていこんなふうに建てられているの」ミナは続けた。「中央に馬車が向きを変える中庭があって、裏手に馬車置き場と厩があるのよ。この廊下は建物内を一周しているから、迷ったら廊下をたどっていって――最終的にはどこでも行きたいところに着くわ。もちろん、たいていいつでも案内してくれる召使はいるけれど。正直なところ、こんなに大勢いるのにどうしても慣れないの。下僕が三人に訓練中の子がひとり！　どうしてこんなに下僕がいるのかヴラドに訊いたら、夕食のときの飾りとして席の背後に立たせるためと、あのひとのワインで酔っぱらわせるために必要なんですって！　たぶんからかっているんでしょうけれど、昔からなんでも大まじめな顔で言うから、よくわからないのよ」

「応接間に座って一緒にストッキングを繕ったあのころから、ずいぶん変わったものね！」メアリは言った。にっこりしたのは、自分の発言が批判的に響くのではないかと気になったからだ。ミナが誰と交際してもこちらには関係ない。少々当惑を感じたとしても、とりあえず、顔に出さないようにしなければ。

「あらまあ、わたしがストッキングを繕うのをやめたと思ってはいないでしょうね？」ミナは衝撃を受けたようだった。「こういうものはみんないいけれど――――」大理石の階段や渋い顔つきの先祖たちの肖像画、下僕を含めた宮殿全体を表すかのように、ぐるりとまわりを示す。「――わたしはほとんど一文なしなのよ。ヴァン・ヘルシングはルシンダの付き添い役のお金を一度も払ってくれなかったし。ほんとうは誰のために働いていたのかが露見したとき、できるだけ早くウィーンから出ようとして、最後のクローネを使い果たしたの。そちらの雇い主からささやかな収入をもらっているけれど――それだけではストッキングや紙おしろ《パピェ・プー》い《ドル》を手に入れるのがやっとよ。運よくここに滞在させてもらっているけれど、どれもわたしのものではないの。ご覧なさいな」動きを止めてかがみこみ、裏が見えるように服の裾を持ち上げてみせる。この服が裏返しにされているのはあきらかだった――ほどいて前に表地だったのを裏地にして作り直したのだ。内側は今見えている側より大幅に色あせていた。この服があんなに洗練されて上品に見えたのも無理はない！

「でも、あなたと伯爵は……」どう言えばいいのか今ひとつわからない。もしかしてふたりの親しげで気安い様子を誤解したのだろうか？　大陸ではそういうことに違う意味があるのかもしれない。

「ああ、そのこと。そうよ」メアリがそんなに遠慮がちな態度を取っているのをおもしろがるように、ミナは微笑した。「あなたの考えているとおりよ――わたしたちのあいだには諒解があるの。だからあのひとからはいっさいお金を受け取らないのよ。言ってみれば、矜持《きょうじ》の問題ね」

ああ、これこそ昔のミス・マリーだ！　少なくともそのことは心強かった。

「ジュスティーヌ？」ミナが振り返って呼びかけた。「ここの絵をどう思って？」

「とても興味深いです。ありがとうございます」とジュスティーヌ。

ミナは声をたてて笑った。「ねえ、あなたにもいろいろ得意なことがあるのでしょうけれど、嘘をつくのはそのひとつではないわね。みんなひどいものでしょう？　いかにもドラキュラ家らしい行列ね、大部分は不愉快なひとたちだったもの。まあ、当時は貴族のほとんどが不愉快だったのよ――お互いに殺し合って、領地を襲撃しあって、土地や金のために娘たちを嫁がせて」

「あの風景画は好きなんです」ジュスティーヌはもう一度会話に加わり、弁解するように言った。「スイスのことを思い出すものもあって。もちろん、狩猟の場面がないほうがいいですけれど。遊びで動物を殺すのは理解できません」

「あなたってほんとうに、わたしたちの中でいちばんいいひとね」メアリは低い声で言い、ジュスティーヌの手をさっと握り締めた。これだけ知らないものに囲まれていると、見慣れた顔、なじみ深い価値観がありがたかった。ジュスティーヌはいつでも頼りになる。

「ああ、ここよ」とミナ。「わたしの書斎」伯爵が入口の隣の壁に寄りかかって手紙を読んでいる。その隣には仕着せ姿でぱりっとした白い帽子をかぶったメイドが立ち、コーヒーポットとカップを載せたお盆を持っていた。「わたしがいなくても入ってよかったのに」ミナは扉を開けながら言った。

「ここは君の部屋だと言っただろう、いとしいひと――

――許可なく入るような真似はしない」伯爵は答えたが、少し堅苦しい口調だとメアリは思った。

ミナはメイドからお盆を受け取り、「ありがとう《ケセネム》、カティ」と言って部屋に入った。伯爵は扉の脇に立ち、全員がぞろぞろと中に入るのを待ってから、自分も入って後ろ手に扉を閉めた。

ミナの書斎は大きくなかったが、きっちり積み上げた紙束に覆われた机と、暖炉の前に肘掛け椅子二脚を置ける広さはあった。どの壁面にも本棚があり、ありとあらゆる分野の書物がぎっしりと並んでいた――本格的な科学の研究書もあれば、旅行案内も、小説もある――機関誌や雑誌の列もだ。ひとつだけの大きな窓から日の光が射し込んでいる。イングランドの陽射しより明るく、ウィーンの陽射しよりきつくない。

キャサリン　旅行中に見た部屋のうち、あたしがうらやましかったのはミナの書斎だけよ。

「どうぞみんな座って」ミナは肘掛け椅子にはさまれた低いテーブルにコーヒーのお盆を置いた。

メアリは片方の肘掛け椅子に腰を下ろし、もう一杯コーヒーを注いだ。ふだんなら二杯は飲まないが、今朝は必要だった。ジュスティーヌは逡巡して立っていたが、ミナが机から椅子を引き出して座ったので、残った肘掛け椅子にかけ、あたりを見まわして本の題名を確認した。伯爵は立ったまま机に寄りかかった。

「カーミラとローラはどうしました？」メアリは訊ねた。「あのひとたちもここにいるべきじゃないんですか？」

「あのふたりは私の仮説を検証している」と伯爵。「あとで説明しよう。まず、ミナから話を聞く必要があると思う。いとしいひと《ケドヴェシエム》、話を始めてくれないか？　私に話してほしいと言うなら別だが……」

「いいえ、わたしから始めたほうがいいわ」ミナは言った。急にひどくまじめな顔になる。「ひとつ話を聞かせるわ。残念ながら、ふたりともいい話だとは思わないでしょうね」

いったいどういう意味だろう？　メアリはもう一方の肘掛け椅子に座ったジュスティーヌを見やった。膝の上で手を組んでじっと聞き入っている。なるほど、あれを見習おう。背中のクッションにもたれ、もう一口コーヒーを飲んで——実際、大陸の冒険にはコーヒーがふさわしい飲み物のようだ、なにしろ紅茶は濃さが足りない——耳を傾ける態勢になった。

「まず知ってほしいのだけれど、わたしの父は大学教授だったの」とミナ。「ダーウィンの進化論と自然淘《とう》汰《た》説の初期の支持者だったのよ。もっとも、ウォレスとともに、人間の意識は神に与えられたものだと考えていたけれど——自然淘汰だけではこれほど複雑な現象を起こしえない、と主張してね。心霊主義を信じてもいて、そのせいでときどき科学者仲間と衝突していたわ。母はわたしが幼いころ、ふたりめの子を産んで亡くなったの。その子も助からなかった。父が霊界を信じていたのは、いつか母と交流できることを願っていたからだと思うわ。せめて母の意識だけは、なんらかの形で生き延びていてほしいと。母が死んだあと、父はそれまで教えていたロンドン大学を辞めて、田舎にできた新しい女性の大学のひとつに移った——一八七〇年代にそこを設立したユージニア・ブラックウッドの名を取って、ブラックウッド女子大学と呼ばれていたわ。羊毛商の未亡人で、熱心な婦人参政権論者だったひとよ。母は女性への教育を強く支持していて、時代に先んじた〈新しい女〉だったから、その思い出に敬意を表したかったのね。わたしは高等教育を経験することを許された女性たちの興奮に沸き立つ空気の中で育った。父は学生をわたしの子守役や家庭教師に雇って、自然科学を教えることはみずから引き受けたわ。時がくると、わたしは入学を許された——ブラックウッドで過ごしたときが人生でいちばん幸せだったとためらいなく言えるわ。古い煉瓦の建物でほかの女性たちと暮らし、学び、文学や哲学や芸術を論じながら芝生を散策して……。わたしたちは若かったし、ロンドンで社交シーズンを迎えている上流婦人だろうと、マンチェスターの工場で働く娘だろうと、姉妹たちにとって新しい時代が訪れるはずだと心から期待していたの。時が流れてみると、部分的には正しかったわね」

つかのまミナは口をつぐんだ。唇に微笑をたたえ、はるか遠いところにいるような、また大学の青々とした芝生の上に戻ったような目つきになっていた。うらやましく思わずにはいられなかった。自分にそんな教育を与えようと考えてくれたひとは誰もいなかったのだ。

「大学の最後の年に」ミナは続けた。「父が肺疾患で体調を崩したの。一年間大学を離れて看病すると言ったけれど、許してもらえなかった——機会を与えられたことを決して当然と思うな、それができなければ目的のために取り組むのをやめろ、と言われたわ。まもなく卒業というときに父は死んだ。わたしの学位記を見ることはできなかった」すばやく、ほとんど人目を忍ぶようにミナは目をぬぐった。伯爵がなぐさめるようにその肩に手をかけた。

「そういうわけで、ブラックウッド女子大学を出てこの世にひとりきりになったわたしは、これからどうすべきか迷っていたの。うちの収入源は父の給料だけで、医療費を払うのに使い果たしてしまった。働く必要があるけれど、こういう階級と学歴の女にとって、それは家庭教師か女学校で教えるということだったの。どこへ行ったらいい？　わたしは職業紹介所に申し込んで、返事を待つあいだに、あれほど長く父と過ごした家をすっかり片付けて、所有物を売りに出すために分類したわ。持ち物の大部分を売ればお金になって、緊急時のために銀行に預けておける。家の賃貸契約は月末までだった。わたしは心の中で、自分の人生を歩んでいく心構えをしていたの。

ある日、玄関の呼び鈴が鳴った。少しして、わたしが古い旅行鞄を確認していた屋根裏部屋に、通いで手伝いにきていたミセス・ヒギンズが上がってきて言ったわ。『ミス・マリー、紳士のかたがお見えになりました。ロンドンでお父様と知り合いだったそうですよ』

わたしは応接間に下りていった。そこで暖炉の脇に立っていたのは、白い頰髯《ほおひげ》を生やして古風なフロックコートを着た年配の男性だったわ。

『ミス・マリー』とそのひとは言った。『このたびはお悔やみ申し上げる。マリー教授のご逝去をお聞きし、返す返すも残念でならない』

『父をご存じでしたか？』わたしは訊いた。『ミスター……』

『ファラデー博士だ。シメオン・ファラデー、どうぞよろしく。そう、われわれはふたりとも王立協会《ロイヤル・ソサエティ》の会員だった。かつてお父上は、わしが議長を務めていた小委員会で活躍していた——書誌引用形式小委員会だ。君にその話をしたことはなかろうな？』

もちろん父が王立協会の会員だったことは知っていたわ。ただ、もう何年も会合に参加したり、活動したりはしていなかったけれど。それに、書誌引用形式小委員会というのは、いかにも父が参加しそうな団体だった——昔から研究方法の正確さと厳密さにこだわるひとだったから。

わたしはファラデー博士にどうぞおかけくださいと勧めて、ミセス・ヒギンズにお茶を持ってくるよう頼んだ。しばらく社交辞令や父の思い出話を口にしたあと、博士は膝に両肘をついて身を乗り出して言ったの。『ミス・マリー、わしはお悔やみを伝えるためだけにやってきたわけではない。君に雇用の機会を提供するためでもあるのだよ。悲しんでいるところに仕事の話で申し訳ないが、こちらの申し出を聞いてくれるつもりはあるかね？』

『ファラデー博士』わたしは答えたわ。『わたしはこの世にたったひとりで、ぜひとも自分が役に立つことを示し、自立した生活を送りたいと思っております。わたしのような資格の持ち主を求めているところをご存じでしたら、どんな情報でもありがたいですし、推薦状をいただけるようなら心から感謝いたします』

『実のところ、ここにきたのはその資格のことがあったからなのだよ』博士は言った。『書誌引用形式小委員会の会員たちがわれわれの考えている職の候補者を探していたとき、わしはすぐさま、マリーの娘はどうかと提案した。小委員会は満場一致で、君にこの職を提示すべきだと可決した』

ミセス・ヒギンズがお茶を持ってきたので、わたしは注ぎながら、いったい王立協会の小委員会がどんな雇用の機会を提供できるのかしら、と考えたわ。

少しのあいだ、博士はもじゃもじゃの白い眉の下から真剣にこちらを見ていた。それから口を開いたの。

『ミス・マリー、ソシエテ・デザルキミストについて聞いたことがあるかね？』」

メアリは身を乗り出した。今なんと言った？　聞き間違いではないだろうか？

「それでは、メアリの家庭教師になる前から、錬金術師協会のことをご存じだったんですね」ジュスティーヌが言った。

「ええ」ミナはあっさりと言った。「知っていたわ」

「わからないのだけれど」とメアリ。「今までずっと錬金術師協会のことを知っていたということ？　わたしの家庭教師をしていたあいだじゅう？　それに、父のことも知っていたと……」

「ええ」ミナはふたたび言った。「知っていたわ。説明するには、あの春の朝にファラデー博士から聞いたことと、そのあと小委員会のもとで働きながら知ったことを話す必要があるわね。ほら、十七世紀に王立協会が設立されたとき、会員の中にはほとんど最初から、偽の科学、あるいは道義に反する科学と考えるものに対して闘い、対抗する必要を感じる一団がいたの――不正を暴き、悪用を調査して止めようとする一団がね。本物の有益な科学の正当性を保つには、それしかないもの。そうした会員の一団は、そのような型破りな活動は科学の評判を貶《おとし》めるだろうと心得ていたわ。そこで、そういう目的のために委員会が作られたのよ――剝製の怪物や、効果のない特効薬の仮面をはがすために。けれど、偽りを暴くことが委員会のいちばん重要な役目というわけではないの――もっと大切なのは、科学の悪辣な目的への使用に反対すること。その意味で、いちばん継続的に委員会と敵対しているのは、ソシエテ・デザルキミストなの」

「それで、その委員会は――」とジュスティーヌ。

「当初は〝科学の不正と悪用調査委員会〟という名称だったわ。でも、今世紀初期、フランケンシュタインの不祥事のあと――ソシエテ・デザルキミストは会員のひとりがモンスターを造ったという噂を完全にもみ消すことができなかったから――委員会の活動を秘密にしておいたほうがいいということになったの。科学は以前より立派になったけれど、より強力にもなったし、王立協会は、発見と知識の名のもとにあれほど非道なことがおこなわれたと知られたくなかった。公衆に気づかれないよう、ひそかに処理したほうがいいでしょう。だから書誌引用形式小委員会と改称したの、使命は前と変わらなかったけれど」

「いったいなぜ――」メアリは言いかけた。

「そういう名前になったか？　なぜって、書誌引用形式小委員会の会合があると聞いたら、参加したいと頼むかしら？　まあ、あなただったら頼むかもね、精密な頭脳の持ち主のあなたなら！　でも、たいていのひとはそんなことをしないと請け合うわ。あの日ファラデー博士は、小委員会はある特別な任務を遂行するため、若い女性が必要だと言ったの。教育を受けた若い女性がね。わたしにそれを説明してくれて、やる気があるかどうか訊ねたのよ」

「その任務というのはなんだったんです？」ジュスティーヌが問いかけた。メアリは驚いてそちらを見やった。ジュスティーヌがあんな口調で話すのを聞いたことがあっただろうか？　なんだか……怒っているようだ。ジュスティーヌが怒ることなどありうるのか。

「わかってもらわなくては」とミナ。「小委員会の目的は、真の科学的成果の評判を守ることなの。頻繁には干渉しないわ。何をするかというと、観察して、必要ならなるべく目立たないように是正するの。コーンウォールの海岸を女巨人がうろついているという噂を聞いたとき、小委員会は調査員を送って調べさせたわ。ウィリアム・ペンゲリーは、その女巨人が打ち捨てられた領主館で果物や野菜を食べながら平和に暮らしているのを発見した」

「わたしの友だちのギョーム！」とジュスティーヌ。

「あなたが言っているのは、あの子が——」

「ええ」とミナ。「小委員会で働いていたの。あのひとの報告書を見たわ——二十枚タイプライターで打ってあって、最後に提言がしてあった」

「何を提言したんです？」メアリは訊ねた。この会話を聞いているうち、背筋がぞくぞくしてきた——両腕に鳥肌が立っているのを感じる。クックなら古いヨークシャーの迷信を思い出して、〝誰かがお墓の上を歩いているんですよ〟と言っただろう。

「〝ジュスティーヌをほうっておくべきだ、しかしできるかぎりの手立てを講じて秘密裏に保護したほうがいいという提言よ。小委員会はそうしたわ」ミナはジュスティーヌのほうを向いた。「どうしてあれだけ長いこと、誰にも邪魔されなかったと思って？　あなたにはわからないやり方で守られていたからよ。物見高い侵入者や、あの地所の限嗣《げんし》相続を破棄しようとする相続人たちから……」

ジュスティーヌは頭を振った。「なんと言っていいかわかりません。あれだけの期間ずっと……それに、ギヨームは友だちだと思っていたのに」

「友だちだったわ」とミナ。「あの報告書のおかげであなたは一世紀近く平穏に暮らせたのですもの」

「それで、ペンゲリーさんが違う提言をしていたら、小委員会はどうしていたの？」メアリは訊ねた。

「状況を是正していたでしょうね」ミナは穏やかに言った。「メアリ、抗議しようとしているのね。保証するけれど、小委員会はぜったいに必要なときだけ行動するのよ。ジュスティーヌに危害を加えるようなことは何もしなかったでしょう」

「でも、したかもしれないのでは？」とメアリ。

ミナは落ち着いて、真剣にこちらを見た。「ええ」

「それに、あなたの言った任務というのはどうなんです？」ジュスティーヌが訊いた。「それが――」

「ファラデー博士がわたしにしてほしいと頼んだのは」ミナは続けた。「故ヘンリー・ジキル博士宅での家庭教師の職に応募してほしいということだった。悪名高いハイド氏が戻ってくるかどうか見張ることになっていたの。ジキルの実験に関して教えてもらい、あの立派な化学者がどうしてハイドと同一人物なのか聞かされたわ。ちらりとでもハイドを見かけたら、ただちに小委員会に伝えるはずだった」

「わたしをこっそり見張っていたのね！」メアリは言った。信じられない思いでミナを凝視する。

「ええ、そうよ」ミナは答えた。「それに、謝るわけにはいかないわ、本心からの謝罪にはならないでしょうから。わたしは小委員会への責任を果たし、雇われた分の職務を遂行していたの――父が賛成したであろう仕事を。ごめんなさい、メアリ、こんなふうに打ち明けて動揺させてしまって。わたしに騙されていたと知るのはつらいでしょうけれど、残念ながら、それが事実なの」

「じゃあ、ずっと……」メアリはつぶやいた。何を信じていいのか、何が真実で何が違うのか、もはや確信を持てなかった。

「あなたに教えたことは全部――歴史も地理も文学も――何もかもほんとうのことよ。あなたへの愛情も本物だったわ。でも、半日休みだった木曜日には、王立協会の事務所があったピカデリーのバーリントン・ハウスへ足を延ばして、ファラデー博士に報告していたの。報告することがそんなにあったためしはなかったわ。あなたはかわいらしくて頭のいい子だった。もしかしたら良心的すぎたかもしれない――年のわりにあまりにも冷静で、落ち着いていて、分別があって。でも、ジュスティーヌと同様に、あなたはなんの危険も及ぼさなかったし、ハイドは一度もあなたと連絡を取ろうとしなかった。当時はダイアナのことを知らなかったの。知っていれば、聖メアリ・マグダレン協会の内部にも調査員を送っていたでしょう。お母様に常時看護婦をつけられるよう暇《いとま》を出されたときには、ほんとうに悲しいと思いながら立ち去ったわ。あなたを教えたのは人生最大の名誉のひとつよ」

「まあ」メアリは口にした。何を言えばいいのか見当もつかない。どう考えればいいのかさえ。何よりも、落胆の思いが強かった。行き場を失ったという思いもだ。自分の人生で、父の実験の影響を受けていない面はあるのだろうか？　もしかしたら、ミセス・プールが錬金術師協会のスパイだと発見するかもしれない。あるいはアリスが科学の実験で造り出されたとか！この世の中に、変わることのない普通のものはないのだろうか？

ミセス・プール　その反応はわかりますよ、お嬢様。きっとショック状態だったんです。それにしても、わたしをあの悪党どものスパイと思うなんて！　悪党と呼びますよ、ご立派な肩書があってもね——博士だの教授だの！　悪は悪ですとも。ここのお嬢さんがたが——まあ、どんなふうに生まれたとしても、今のあなたがたでよかったと思いますよ。でも、あの錬金術師協会の連中なんかには洟もひっかけやしませんからね。

アリス　あたしが錬金術師に造られたって考えるなんて！　あたしはごく普通の娘ですよ。

メアリ　完全に普通とは言えないわ。何よりも、普通の娘は姿を消したりできないもの。

アリス　でも、催眠術の力はまったく自然なんですよ。マーティンにはその力がありますけど、モンスターじゃありません——ただほかのひとと違うだけです。アトラスは背が高くて力が強いとか、ジェリコの双子が体を複雑に絡ませ合うことができるみたいに。

メアリ　あなたがそう言うならそうなんでしょうね、アリス。

「それで、まだその組織で働いているんですか？」ジュスティーヌが訊ねた。

ミナはコーヒーの残りを飲み干すと、カップを机に置いた。（引き延ばしてるんだわ）とメアリは思った。（何を言いたくないのかしら？）見るからに気の進まない様子で、ミナは口を開いた。「現在は書誌引用形式小委員会に雇われているわ。この仕事のおかげでささやかな給料が入るし、もちろんその理由でここに、ブダペストのヴラドのもとにいるの。メアリのところでの仕事を離れたあと、ルーシー・ウェステンラという生徒に目を配れるよう、ヨークシャー沿岸のホイットビー女子学院で教えてくれと小委員会から頼まれたの。お父様のウェステンラ卿は、錬金術師協会イングランド支部の資金支援者のひとりだったのよ。そのときには亡くなったばかりなのだけれど、奥様のレディ・ウェステンラが寄付を続けていたの。夫の死にとらわれて、レディ・ウェステンラは寿命を延ばす方法に興味を持った。そのひとがセワードを雇うようパーフリート精神科病院に勧めたのよ。気の毒なレンフィールドとあの蜘蛛や蠅の実験について、もっと調べることができるようにね。副院長のヘネシー博士も会員のひとりで、レンフィールドの異常な点をレディ・ウェステンラに話したの。セワードをヴァン・ヘルシングに紹介したのも彼女よ。ほら、ダンヴァーズ・カリュー卿の殺害で、錬金術師協会の存在と活動が世間にさらされそうになったあと、イングランド支部は解散したでしょう。でも、若手の会員の中にやめることを拒んだ一団がいたの——セワードとアーサー・ホルムウッドがその指導者だった。ホルムウッドは裕福な若い貴族で——今はゴダルミング卿になっているわ。もうパーフリート精神科病院の理事のひとりとして、間接的な形でしか協会には関わっていないの。セワードとホルムウッドに加わったのが、ホルムウッド家の代理人を務める会社の事務弁護士ジョナサン・ハーカーと、とくに科学には興味のない冒険家で、キンシー・モリスというアメリカ人よ。アメリカ西部で灰色熊や野牛を狩ったり、氷に覆われた北極地方まで旅をしたり、南アメリカのジャングルを踏破したりという経験があるから、永遠の命の秘密を探ってもいいのではないかと思ったのね。それもまた別の冒険というわけ。

わたしはルーシーと友だちになったわ。それも本物の友情だったのよ、メアリ、こんなふうに話したあとではわたしの誠意を疑われても仕方がないけれど。ルーシーはあなたとは違っていた。勉強はとくに好きではなかったわね。ドレスやパーティーや、結婚相手にふさわしい独身男性との遊びの恋に興味があった。どうしてそれではいけないのかしら？　若くてきれいで裕福で、社交界のレディになることが約束されていたのですもの。ひょっとしたら政治家の妻にさえなるかもしれなかったのよ。あの娘《こ》はまったく知的ではなかったわ——歴史や哲学より、雑誌やフランスの小説のほうが好きだった。同時に、ロマンチックで理想家で、あまりにも寛容だった——他人の苦しみに深く心を動かされてしまうの。いつか、通りで焼き栗を売っていて指先を火傷した女の子に、自分の手袋をあげたところを見たことがあるわ。荷車を牽《ひ》く馬の苦労に涙することもあって、馭者はお説教がこわくてあの娘《こ》のまわりでは鞭を使えなかった。世間については学ぶことがたくさんあったけれど、本能は健全だったの。自分の生まれついた生活圏でなら、人間としてほんとうの変化をもたらすことができたでしょうに。

　わたしたちは友だちになったわ。ホイットビー学院を離れるとき、ルーシーから付き添い役として雇うから一緒にきてほしいと頼まれたの。そこでわたしは、カーゾン・ストリートの邸宅でウェステンラ家の社会に入った。セワードとホルムウッド、モリス、それにやがて夫となったジョナサン・ハーカーに会ったのはそこよ」

「夫！」メアリは声をあげた。

「ええ、わたしは結婚しているの」ミナは手にしたコーヒーカップを見下ろした。メアリは指輪がはまっていないことに気づいた。「厳密にはミセス・ジョナサン・ハーカーよ。離婚してほしいと頼んだけれど、聞き入れてもらえなかったわ。夫を捨てて……不誠実な行動を取った証拠は充分にあるのに。わたしがいつか、夫が言うところの異常な状態を克服して、自分のもとに戻ってくるものと信じているのよ。エクセターの事務弁護士の妻に戻るだろうとね。わたしが何を目にしたか知っているのに——あの永遠に生きたがる男どもが、自説を証明するためなら、どんなものでも、どんな相手でも、喜んで犠牲にするやつらが何をしたか知っているのに」
書斎は静まり返っていた。日光が窓から流れ込み、塵をきらきらと光らせた。どういうわけか、この静けさの中では、この世界が田舎の市の乗り物のように傾いて回転しているように感じられる――とりわけミナに関するメアリの考えがぐるぐるまわっていた。

ダイアナ　メアリは田舎の市になんか行ったことないし。

キャサリン　そうだけど、ほら、あたしはあるの。イングランドじゅうを移動してたとき、サーカスのまわりでよく市が開かれてたから。

ダイアナ　あたしはただ、ここはメアリの視点で書いてるはずだって言ってるんだけど。

キャサリン　へえ、いきなりあんたが作者になったの！

ダイアナ　視点について教えたのはそっちじゃん。だいたい、どうせいつも破るんだったら、文章の規則なんてどうしてあるわけ？

「でも、ソシエテ・デザルキミストとの関係を知っていたのなら、どうしてハーカー氏と結婚したんです？」ジュスティーヌが訊ねた。

「どんな関係があるのか、そのときは気づいていなかったの」ミナは言った。「レディ・ウェステンラがヴァン・ヘルシング教授を、教授の地元のアムステルダムからイングランドへ招いたのは知っていたわ。教授はカーゾン・ストリートの家に数日滞在してから、パーフリートのセワード医師に合流したの。男性陣が精神科病院で何か企んでいるのも承知していたわ。ホルムウッドはしょっちゅうあそこへ出かけていたし、キンシー・モリスもそうよ。わたしはジョナサンがたんにホルムウッドの事務弁護士だと思っていたの。あんなに熱心で、仕事で出世しようと決意していて！ルーシーが婚約者のアーサー・ホルムウッドとハイド・パークで散歩するとき、わたしは表向き付き添う恰好でジョナサンと歩いていたわ。ジョナサンは当時の政治的なできごとや技術の発展に興味を持っていた。それにやはり両親を亡くしていた――そういう共通点があったの。わたしはだんだん恋に落ちて、向こうも同じだった。あのひとには無垢なところがあったわ、寂しそうで、何かを求めていて……わたしを必要としているし、わたしにもあのひとが必要だと思ったのよ。それまで恋をしたことがなかったの。新しい感覚が楽しかった――愛情を注いで応えてもらうこと、誰かと人生を過ごすのだと信じること。結婚してからは、もう書誌引用形式小委員会で働かないことにしたの。よき妻、前途有望な事務弁護士の助けになる伴侶になることに集中しようと思ったわ。わたしは――今より若くて、たぶん世間知らずだったのね。何かが起こっているという兆候を見逃してしまったのよ」

「どんなことです?」ジュスティーヌが問いかけた。

ミナは伯爵を見上げた。「ヴラドに話してもらわなければ――少なくとも一部はね。その時点ではわたしは知らなかったから。ただ、ヴラドの輸血の実験をセワードが知って――ほら、レンフィールドからよ。セワードが頭のおかしな男のたわごとをつなぎあわせて、ヴァン・ヘルシングがこっそり会員のあいだで訊いてまわったの。ソシエテ・デザルキミストの年配の会員の何人かは、まだ四十年前にヴラドが出した、吸血鬼の血を輸血する可能性についての論文を覚えていたわ。ヴァン・ヘルシングは協会の記録保管所からその論文を見つけ、そして……ヴラドに連絡を取った」ミナが差し伸べた手を伯爵が握る。「この部分はあなたが話さなくてはだめよ。わたしよりよく知っているでしょう」

伯爵は微笑したが、それは苦いほほえみだった。

「この話で私はあまりよく見られないだろう、いとしいひと？　まあ、そんなうぬぼれは気にしないでおこう。ヴァン・ヘルシングは共通の知り合いを通じて連絡をよこした。言語学者にして民族学者のアルミニウス──ハンガリー語ではアールミン──ヴァーンベーリだ。イングランドにきてほしいと請われた。ヴァン・ヘルシングは、自分の手法を使えば──なんでも長年輸血の研究をしてきて、この分野に関しては専門家と考えられているそうだ──ほぼ避けられない結果である異常性を伴うことなく、吸血鬼病の肯定的な面を移せるのではないかと考えていた。私はパーフリート精神科病院の裏手にある古い領主館を購入するよう手配した──カーファックス館と呼ばれていた。ハーカー氏がその譲渡証書を渡し、多くの帳面と精巧な器具をイングランドへ運ぶ手助けをするために、トランシルヴァニアの私の城までやってきた」

「わたしはそのとき見抜くべきだったのよ」とミナ。

「なんてばかだったのかしら！　何もかも正常に見えたの。ルーシーは結婚式の日の準備をしていたし、わたしもジョナサンが留守のあいだにわたしの結婚の用意をしていた。ルーシーの結婚式は大がかりな行事になるはずだった──ロンドンの上流階級の半分が招かれたようだったわ。白い絹にキャリックマクロスのレースを重ねたあの娘《こ》のドレスをまだ覚えているわ──ウェステンラ家の先祖はアイルランドのあの地域までたどれるの。おそろしく非実用的だったわ──あれをもう一度着る機会なんてあって？　でも、社交界の娘は誰もが白をまとって花嫁になるのよ、女王陛下がなさったようにね。わたしのドレスはずっと控えめな茶色い絹で、コーンウォールで取ろうと計画していたハネムーンのあいだ役に立つはずだったわ。ルーシーの結婚式のためにわたしがすることは山ほどあった──招待状の宛名を書いて、花や音楽を選ぶのを手伝って、六人の花嫁の付き添い《ブライズメイド》がそれぞれ自分を個別に引き立てるドレスをほしがるのをなだめる必要があったのよ。

それにもちろん、ルーシーの母親のことがあったし――レディ・ウェステンラは衝動的で世事に疎い女性で、娘をかわいがっていたけれど、完全にヴァン・ヘルシングの影響下にあったの。夫が信頼していたから、レディ・ウェステンラも信頼したのよ――運の悪いことにね。ファラデー博士はヴァン・ヘルシングについてわたしに警告したけれど、当時はその活動について、発表された論文以外ほとんど知らなかったの――わたしたちの知るかぎりでは、論文自体は比較的妥当なもので、医療の一環でおこなわれた輸血の不確実性を扱っていたから。なぜうまくいくときといかないときがあるのか？　ヴァン・ヘルシングは、まだ発見されていない要因があるのかもしれないと考えていたわ……。ほんとうに興味を持っていたことをわたしが知っていたなら！　やがて起こる惨事を避けることができたかもしれないのに。

ジョナサンが戻ってきたとき、わたしたちはひっそりと式を挙げて結婚した。ブライズメイドはルーシーひとりだった。最後の報告書を渡すと、ファラデー博士に情勢の観察を続けるようにと要請された。でも、いいえと答えたわ。わたしは妻に、いつの日か母になりたかった。誰かほかのスパイ役を見つけてもらうしかない。その晩、レディ・ウェステンラがわたしたちのためにささやかなパーティーを開いてくれた――ホルムウッドとセワード、モリス、ヴァン・ヘルシング、それに最近イングランドに引っ越してきたばかりのヴァン・ヘルシングの友人――ドラキュラ伯爵だけの」

「君を見たのはあのときがはじめてだった」と伯爵。

「あの晩ずっとわたしに眉をひそめていたわね」とミナ。「何度か顔を上げたのを覚えているわ――隣に座っていたモリスさんがブラジル共和国への狩猟旅行についてえんえんと話しつづけていたの。アマゾン川の岸沿いに山ほど獲物を――猿だのピューマだの蛇だのを撃ったという手柄話にわたしはうんざりしていた。目を上げるたびに、あなたがその黒い眉の下から、これ以上ないほど非難がましく睨んでいたのよ！」

「しかし、私は非難していたのだよ！」と伯爵。「目の前に美しく知的な女性がいるというのに、私が無害な愚か者と分類した男であるハーカーと、その日に結婚したばかりとは！　ああ、やつは紳士ではあった——法律の要点や《パンチ》で読んだものについてはそれなりに話ができたとも。トランシルヴァニアからロンドンへの旅の途中では、英国の政治や慣習について情報を与えてくれた。だが、一、二年のうちに君はあの男に飽きてきただろうな。知識の狭さ、田舎根性を見抜くことになっただろう。そのうえ、私はすでに君とは結ばれる運命だと決めていた。あの男との結婚は運が悪かったが、うまくいけば一時的な障害だ」

「運命！」ミナは言った。思わずといったように声をたてて笑う。「ロマンチックなハンガリー人の台詞ね！　それに、自分の望むものはなんでもあっさりと奪う、傲慢な伯爵の言葉でもあるわ。その問題にわたしの発言権はないと思っていたの？」

伯爵はやんわりと言った。「真実結ばれる運命なら、君自身が受け入れなければならないとは気づいたとも。私のもとにくるのは君が決めたときで、それより前ではあるまい。私はただ待てばよかった。どのみち、ほかに懸念すべきこともあったのでな。ヴァン・ヘルシングは私の血の検査をおこなっていた。まもなくルーシーに輸血を始めることになる。本人は進んでやると言っていたが——あまりにも若かったし、その判断には婚約者の影響があるのはあきらかだった。母親ならやめるよう忠告したかもしれないが、われわれが何をしているか知らなかったのでな。レディ・ウェステンラはヴァン・ヘルシングの研究の詳細を理解していなかった——たんに夫が始めたことを続けたかっただけで、実際、ヴァン・ヘルシング自身が情報を隠匿していたのだよ。レディ・ウェステンラは心臓病だ——たとえ目的に賛成していても、われわれの手法にぎょっとするかもしれないと言ってな」

「その手法というのはどういうものなんです？」ジュスティーヌが訊ねた。ああ、また声に怒りがこもっている。その下に深い嫌悪感も。はっとしたせいで、自分の喪失感からわれに返った。子ども時代を通じてずっと、どうしたわけか何も理解しないままに生きてきたのだという感覚にとらわれていたところだった。まず父の告白を聞き、今度はミナの告白だ。今まで考えてきたとおりのものは何ひとつないのだろうか。奇妙なほど何も感じなかった。神経が表面にあるため、あまりにも深い傷には感覚がないのと似ている。外側の傷のほうが内部の打撃より苦痛を与えるのだ。

ジュスティーヌの発言に対して、伯爵は手術のやり方を訊いたとき外科医が応じるように答えた――冷静で論理的な口調で。「私の血を抜いてから濾過《ろか》する――吸血鬼病で起こる異常というのは、自分が特定したある不純物が原因だとヴァン・ヘルシングは考えていた。そして、血に不純物が混じっていないと確認したあと、ミス・ウェステンラに注入する。すでにその時点で変化が起こりはじめていた――」

「パーティーでのルーシーを覚えているわ」手が冷たいかのように、ふたたびコーヒーカップを両手で覆って、ミナが言った。「ほとんど熱っぽいぐらいに見えた。結婚式が近づいて興奮しているせいだと思ったの。わかっているべきだった――残るべきだったわ！　兆候を見過ごしたこと、何かの実験対象になっているかもしれないと疑わなかったことで、いつまでも自分を責めるでしょうね。ヴァン・ヘルシングについてファラデー博士から警告を受けていたのに。でも、レディ・ウェステンラがルーシーに害を与えるような真似をするとは思わなかったし、そのときはまだ吸血鬼病の話を聞いたことがなかったの。翌朝ジョナサンと私はハネムーンに出かけた。そして一週間後、エクセターに戻ってきたわ。まだ家を買う余裕はなかったから、ジョナサンが借りた新築の二戸建て住宅にね。わたしは家具を入れたり飾りつけたりして、ふたりの家にするつもりでいた……」しばらくコーヒーカップを見下ろしたまま、無言で座っていた。「でも、手紙が待っていたの。ルーシーから三通——一通目は普通だったわ、いくらか注意散漫だったけれど、結婚式の前に気もそぞろにならない女の子がいて？　二通目は長くてとりとめのない内容だった——血の川の中を泳いでいる悪夢を見ると書いていたわ。三通目は——地獄にいる、地獄の業火に焼かれていると訴えていた。自分の血を飲んで魂を食らおうとする悪魔に囲まれていると書いてきたの。わたしはジョナサンに手紙を見せた。心配することはない、ヴァン・ヘルシングがそばにいるんだからと言われたわ——ルーシーが病気なら、当然治療するはずだと。ジョナサンの台詞そのものではなくて、言い方が気になったの——思い出すわ、まだ手伝いのメイドを雇っていなかったから、ふたりで台所に立っていて、ジョナサンはわたしから目をそらして窓の外の裏通りを眺めていた。疑いはじめたのはそのときよ、ヴァン・ヘルシングとセワードが何を試みているかあのひとは知っていて……あえて伝えなかったのではないかと。わたしはファラデー博士に電報を打って、次のロンドン行き列車の切符を買った。カーゾン・ストリートの家に着いたときには、もう手遅れだった」伯爵を見上げる。「この部分はあなたが説明するべきだと思うわ。あなたはその場にいたもの——わたしはあとから行ったのよ、ルーシーを救うには遅すぎる段階で」

「悲しいかな、私はその場にいたが、それでも救えなかった」伯爵は悄然《しょうぜん》と言った。「やりすぎだ、急ぎすぎだと伝えたのだが。ミス・ウェステンラが正気を失いつつあることは、私の目にはあきらかだった。補佐していたヘネシーも異議を唱えた——あの連中の手法と目的に疑問を感じはじめていたのだ。だが、セワードとヴァン・ヘルシングは実験を中止することを拒み、ヴァン・ヘルシングを信頼していたホルムウッドは、進めることを全面的に支持していた。モリスはそれが冒険であるかぎり、どちらであろうと気にかけなかった。あちらが聞く耳を持たなかったので、私はレディ・ウェステンラに話した。ルーシーと母親はふたりとも、ヴァン・ヘルシングの実験を円滑に進めるため、カーファックス館に滞在していた。もしレディ・ウェステンラに事態の深刻さが理解できれば、中止するようヴァン・ヘルシングを説得できるだろう。少なくとも資金を削減する力は持っているのだから。濾過した私の血をさらに注入している部屋へ連れていった日のことは、まだ覚えている。レディ・ウェステンラは娘が縛りつけられている椅子に視線を向けた——ルーシーは輸血のあいだ意識が混濁しており、しかも力が増していたからだ。その状態だとこちらを攻撃するのではないかとヴァン・ヘルシングは恐れていた。レディ・ウェステンラは娘を取り囲む男たちを目の当《ま》たりにした——尊敬すべき科学者たちを。自分の娘が瞼を開き、ヴァン・ヘルシングを見て絶叫するのを目撃した。心臓が弱かったという話をしただろう。その刹那《せつな》、レディ・ウェステンラは胸をつかんで石の床に崩れ落ちた。話そうとしたものの、言葉は出てこなかった。両手がむなしく空を掻いた。セワードが駆けつけたが、何もできることはなかった——数秒のうちにレディ・ウェステンラは死んだ。ヴァン・ヘルシングはかんかんになった。実験の邪魔をしたと私を責め立てた。モリスが常時身につけている革の鞘《さや》から大きなククリ刀を引き抜き、私の胸を突き刺した。その程度の傷では私を殺せないが、弱らせることは可能だ。やつらは私を地下室へひきずっていき、手当てもせず栄養も与えずに、かつて貯蔵室だった場所に鍵をかけて閉じ込めた。それから、上の実験室へ戻ったのだと思う……実際はわからないが、おそらくは。そして、ルーシーがいなくなったのを発見した。拘束を破り、死んだ母親の血を吸いつくして立ち去ったのだ。

私は三日間その地下室にいた。最後には飢えと失血で意識が朦朧《もうろう》としていた。もしミナが現れなければ……」

「四百六十三歳の誕生日を迎えることはなかったでしょうね」ミナがにこりともせずに言った。

「みずからの血を与えてくれたのだ」と伯爵。「ミナがいなければ、私は生きてはいなかっただろう」また手を握ろうとするかのように自分の手を伸ばす。「そら、ひと目見たときからわれわれは結ばれる運命だとわかっていたのだよ」

「恋物語みたいに話すのは許さないわ」ミナは言った。伯爵に応じて手を取ることはなかった。「これは悲劇よ。あのひとたちがしたこと——あなたたち全員がしたことは——擁護しようがないわ。ええ、あなたが止めようとしたのは知っているけれど、わたしは友人であり生徒であったひとを喪《うしな》ったのよ。かわいそうな、いとしいルーシー……」

「ルーシーはどうなったの？　つまり、逃げたあとってことだけれど」メアリは訊いた。しかし、知りたくないほどだった。ルーシーに何が起きたにしろ、ルシンダにも起こりつつあるのだ。歴史は繰り返すのだろうか？

ミナはコーヒーカップをテーブルに置いた。「まだ半分しかコーヒーを飲んでいないのが見える——しかもたぶん冷めているだろう。「首を斬り落とされたわ。ごめんなさい、どうやってこれ以上穏便に言えばいいかわからなくて。ルーシーはなぜかハムステッドへ向かったわ。たぶん何かの本能でロンドンに戻ろうとしたのでしょうね……。警察が喉元に嚙み傷のある子どもたちをヒースで見つけはじめたの。その子たちは白い服の美しい女のひとから散歩に行かないかと誘われたと話していたそうよ。ひとりの小さい女の子は、すごくきれいだったから、きっとおとぎばなしのお姫様よ、と言ったのですって。それを知っているのは《ウェストミンスター・ガゼット》で報じられたからよ。でも、あとになるまでその記事は見なかったの——わかっていたのは、ルーシーが逃げ出して、あのひとたちが追いかけたことだけ。わたしはヴラドになるべく早くイングランドを離れるように言ったわ——ヴァン・ヘルシングたちが戻ってこないうちにね。戻ってくるのは確実だった——なにしろ、あの悪魔のような実験にこのひとの血が必要になるでしょうから。そのあと、パーフリート精神科病院に行って、セワードがいつ帰ってくる予定か訊いたわ。明日だとヘネシー博士が教えてくれたから、その晩はロイヤル・ホテルに部屋を取ったの。次の日の朝、病院に戻って待った。お昼が運ばれてきて、下げられた——看護人がスープとパンをくれたから、患者の数人と食べたわ——夫を殺害したレディ・ホリングストンと、ほかに何人か心を病んだ女性《フェミナ・デリクウェンテ》の例とね。セワードがホルムウッドとモリスとヴァン・ヘルシングを連れて戻ってきたのは、午後の早い時間だった。病院の院長室に座って、疑わしげなセワードからどこにいたのか、何を見たのか訊かれたのを覚えているわ。わたしはルーシーの手紙で心配になったから、最初の列車で駆けつけて、みんなが病院にいなかったのでカーファックス館に行ったと伝えたの。そこで、用意されていた実験室を目にしたとね。伯爵を発見したけれど、襲われたと訴えて——証拠として、血をあげたとき手首についた痕を見せることができたしね。それから伯爵は逃亡した、と伝えたの。ルーシーはどこですか、とセワードに訊ねたわ。どうしてあの娘《こ》の手紙はあんなに奇妙で支離滅裂だったんでしょう？　わたしは自分たちが正しいと信じ込んでいる連中を見まわした——窓の外を眺めているホルムウッド、書類棚に寄りかかったモリス——みんな

動揺して心配そうだったわ。相手の正体がわかってい
ることを知られたくなかった。どんな実験に携わって
いるか、こちらが承知していることを。
セワードはわたしがそれ以上知らないと思ってほっ
としたのか、いたって合理的な言葉ですっかり説明し
てくれたわ。輸血の重要な実験をおこない、伯爵の恐
ろしい病気を治療しようと試みていた——血液疾患の
吸血鬼病で、患者は正気を失ってしまうのだと。ルー
シーとレディ・ウェステンラはたいそう興味を持って、
治療を見学しにきた。だが、伯爵の病気は予想より進
行していて、ルーシーを襲って感染させてしまったの
だ——お母上はその衝撃で亡くなった。いまや血管に
吸血鬼の血が流れるまま、ルーシーは野放しになって
いる。彼女まであの恐るべき代物——吸血鬼になって
しまう前に、止めなければならない！
わたしはその話を受け入れたふりをした。でも、内
心ではわたしが煮えくり返っていた。その瞬間、稲妻を呼び寄せてこの連中を打ち倒すことができたら、
そうしていたわ。くすぶる灰となった姿を見たらうれ
しかったでしょうね。そのかわり、ルーシーが戻るか
もしれないから、ロンドンに行ってカーゾン・ストリ
ートの家で待つと伝えた。セワードはほっとしたよう
だったわ。あの晩ルーシーを追いつめるつもりだった
とわかってさえいたら！　わたしはロンドン行きの列
車に乗った——フェンチャーチ・ストリート駅に着く
ころには夕方近くになっていたけれど、そのままブル
ームズベリーにあるファラデー博士の家へ向かった。
《ウェストミンスター・ガゼット》の記事を見せてく
れたのは博士よ。わたしが書誌引用形式小委員会に辞
表を提出したあとは、誰も直接ルーシーを見張ってい
なかったけれど、ハムステッド・ヒースに住む小委員
会のひとりがこの記事のことを知らせたの。博士はす
でに小委員会を招集していて、翌日集まることになっ
ていた。わたしは指定の時間にバーリントン・ハウス

に行くからと伝えて、カーゾン・ストリートの家まで辻馬車を使った。まだルーシーが家に帰ろうと決める可能性があったし、ほかにどうしていいかわからなかったからよ——ひとりで夜中にハムステッド・ヒースをうろつきまわっても役に立つとは思えないもの！　でも、あいつらがルーシーを殺したのはその夜だった」

「首を斬り落として！」ダイアナが言った。みごとな白い犬の首輪に片手をかけて入口に立っていたのだ。伯爵の狼犬の一頭に違いない。「何で斬り落としたの、そのあと地面に転がった？」

「いつからそこに立ってたの？」メアリは訊ねた。

「気づきもしなかったじゃん！」ダイアナはばかにしたように言った。「あんたたちの誰も、伯爵以外はね——そのひとはずっと知ってたよ。だからウィンクしてみせたんでしょ？」つかつかと部屋の中に入ってくると、ドラキュラ伯爵の前に立つ。「扉を開けたとたん気がついたよね。あんなに静かにやったと思ったのに！」

伯爵は微笑した。「君は狼犬と朝食の混ざったにおいがした。いいにおいだが、特徴的だ。そこのホーヴィラーグは君が気に入ったようだな。花の種類だよ、ホーヴィラーグというのは。雪のように白い」

「まあ、特徴的なにおいならね。ねえ、なんで首を斬り落としたの？　その部分が聞きたいんだけど」暖炉の前の絨毯に腰を下ろす。ホーヴィラーグが脇に寝転び、頭をダイアナの膝に載せた。女主人として受け入れたようだ。

「どこまで聞いたの、ダイアナ？」ミナが問いかけた。「話を繰り返したくないわ」

「首を斬り落としたってとこから。じゃ、そのひと、吸血鬼だったんだ？」

「吸血鬼病にかかったというほうが正確ね」とミナ。

「君は枝葉関節にこだわっているぞ、いとしいひと《ケドヴェシェム》」

と伯爵。「われわれを吸血鬼と呼ぼうが呼ぶまいが、たいした違いはない」

「枝葉末節」とミナ。「末節よ。あなたと言葉の定義について言い争うつもりはないわ、今は」苛立たしげで、少し腹を立てている口調だった。「問題は……」

「なんで首を斬り落としたのさ?」ダイアナがまた訊いた。メアリの足の右側に座り込んでいる。蹴ってやるべきだろうか? 魅力的な考えだ。

ダイアナ　やってみればよかったのに! ホーホーに足を食いちぎられてたから。

「首を斬り落としたのは、吸血鬼を殺すのが難しいからだ」と伯爵。「吸血鬼病は精神を破壊するが、体は強化する。人間なら死に至るような傷から回復できる。吸血鬼を殺したければ、たんに心臓を突き刺したり、頭を撃ったりするだけでは不可能だ。いや、絞首刑で首の骨を折ってさえ殺せない。決して治癒しないような手段で傷つけるしかないのだよ。首をはねることはそうした方法のひとつだ。あるいは、吸血鬼を焼き殺すこともできる。私の故郷のトランシルヴァニアでは、吸血鬼も魔女も、火あぶりにすることが伝統的な殺し方だった」

「魔女っているの?」とダイアナ。

「いいえ、もちろんいないわ」とミナ。「ほかの村人から恐れられたり嫌われたりして、悪魔と取引したと非難された気の毒なお年寄りの女性がいるだけよ。ダイアナ、あなたの好奇心はよく理解しているけれど、ルーシーに何が起きたか知りたいと思うなら――」

「わかった、静かにする」ダイアナは顔をしかめて言った。それから、もっと興味をこめてつけたす。「そのひとも火あぶりにされたの?」

「ウェステンラの地下墓所に眠っているわ」とミナ。「ヴァン・ヘルシング自身が死亡証明書に署名したの、お母様の分もね。わたしはお葬式のためにロンドンにとどまって、それからエクセターのジョナサンのもとへ帰った。ファラデー博士からは、ジョナサンの書類を調べるようにと言われたわ。ジョナサンは何も知らず、実験についての知識は何もないからと請け合ったのに。でも、わたしは間違っていた――ホルムウッドは、トランシルヴァニアに行ってドラキュラ伯爵がカーファックス館を購入するのを手伝うようにと指示する手紙の中で、何をするつもりか説明していたの。ジョナサンはすべてを知っていたわけではないけれど、必要な分は承知していた。その手紙を突きつけたりはしなかったわ――そんなことをすれば、小委員会との関わりを警戒されてしまうもの。ただ、結婚は誤りだったから出ていくと告げただけ。そうして……まあ、出てきたわ。わたしはヴァン・ヘルシングを止めようと決意して、ロンドンのファラデー博士と書誌引用形式小委員会のもとへ戻った。見張りながら隙をうかがって、いつか、なんとかして、ルーシーの死の復讐をしてみせると誓ったのよ」

「でも、ヴァン・ヘルシング夫人は首を斬り落とされたりしていないし、ほかのこともされていないわ」とメアリ。「喉を噛み切られて、すぐ死んだのよ。もし吸血鬼だったのなら――」

「輸血を通じて吸血鬼を造り出すことは、さらなる不確定要素を導入する」と伯爵。「レンフィールドは吸血鬼になることなく正気を失った。ルーシーは変化したが、その処置が吸血鬼病による異常の結果を早めた。ヴァン・ヘルシングが妻と娘に何をしたのか、またそれが変化の過程にどう影響したのか、われわれは正確には知らない。誰の血を使っていたのか？　輸血する前にどうやって処理したのか？　理論上、吸血鬼病に感染した血ならば、すべて同じように作用するはずだ。だが、ヴァン・ヘルシング夫人の変化が不完全だったのは明白のように思われる。この数日間、ルシンダはカーミラのものだけでなく、私の血も飲んでいた。目覚めたとき、吸血鬼病の力と正気をどちらも保っているようにと祈るしかない――われわれのうちで祈る者たちはな」

「ノックするつもりでしたけれど、扉が開いておりましたの。最後の台詞から判断するに、ちょうどいいときにきたようですわね」

今のは誰が言ったのだろう？　メアリは首をめぐらし、発言元を見つけようとした。それは入口に立っているローラだった。

部屋に足を踏み入れ、ぐるりと全員を見まわして言う。「ルシンダが目を覚ましましたわ」

22　エジプトの女王

ルシンダはベッドの上で上体を起こし、カーミラにもたれていた。女伯爵は少女に片腕をまわしている。ほんとうに目を覚ましていた。髪が肩にこぼれ落ち、おびえたまなざしをこちらに向けている。

寝室はメアリが眠った部屋に似ていた――古色蒼然たる四柱式ベッドに色あせた覆い、前世紀に描かれたに違いないフレスコ画、ベッドの脇に寄せられた、クリノリン、いやパニエをつけていても充分に座れそうな椅子。一方の壁には縁のほつれたタペストリーがかかっている。織り込まれているのは羽根飾りつきの帽子をかぶった男たちがユニコーンを狩る光景だ――槍で背峰を貫いており、白い体の表面から血が流れ出ている。そのうしろで犬たちが吠えたてていた。おそらく伯爵の部屋はどれも似たような装飾なのだろう。もちろん召使部屋は別だが。きっと伯爵というものは、少なくともハンガリーの伯爵は、こんなふうに飾りつけをするのだ！　その巨大なベッドの中で、ルシンダは小さくはかなげに見えた。

伯爵はベッドの脇まで歩いていくと、上掛けからルシンダの手を持ち上げ、一礼して口づけた。たぶん伯爵が若い淑女にあいさつするやり方なのだろう、少なくともハンガリーでは！

「わが城にようこそ、心から歓迎する、ミス・ヴァン・ヘルシング」伯爵は言った。「もっと快適に過ごしてもらうためにできることがあるなら、遠慮なく伝えてほしい」

ルシンダは相手を見上げた。痩せた顔の中で瞳が大きく見え、目の下には隈があった。「ごきげんよう、闇の公子様」と言う。「地獄からわたしを救うためにいらしたのですか？　わたしは悪魔に囲まれていました。あなたは悪魔たちの長ですが、天使でもあります。聖母様に御子が宿ったと告げた天使ガブリエルなのでしょう。あなたは神の御使いですが、わたしにどんな伝言をお持ちですか？　母は死にました、そしてふたたび立ち上がることはないでしょう、もう二度と」その口ぶりは「おはよう。朝食は何かしら？」と言ったのと変わらずに落ち着いていた。

「目を覚ましたって言ったでしょう」とローラ。「頭がはっきりしているとは言っていないわ」

「起きてからずっとこの調子で話している」とカーミラ。「だが、ともかく意識はある。まだ血は摂っていない。提供しようと言ったが、断られた」

「私の血は断るまいな？」伯爵は問いかけた。ベッドの片側に腰かけると、ルシンダの頰に手をあててやさしくなでる。「血を吸うことだ。栄養を摂らねば体は回復しないぞ」

「わたしは永遠に地獄の業火に落とされるのですか?」ルシンダは、いたって実際的な問題を――たとえば食費とか――訊ねるかのように訊き返した。

「いや、そうではない。そなたの信仰する神はすべてを許し、すべての罪を贖《あがな》う。そのことは知っているはずだ。母の膝で学んだのだろう? ほかの者は罰せられるかもしれないが、そなたは潔白だ。約束しよう――それが私の伝える言葉だ、そなたが望むなら神からのな。さあ、きて飲みなさい」片手をルシンダの後頭部にかけ、体を引き寄せる。ルシンダは前かがみになり、口をその首筋にあて、それから……

うぷっ、もうやめてほしい! 血を吸ったりなめたりするおぞましい音が響いた。メアリは口元を手で押さえた。

「あれ、ほんとに気色悪い」白い狼犬の首輪に手をかけていたダイアナが言った。狼犬の耳を引っ張る。ホーヴィラーグは気にしていないようだった。

「しばらくすると慣れるわ」ミナがこともなげに言った。慣れることがあろうとは思えない! いったいどうしてミナは……まあ、それはまた違う問題だろう。ミナと伯爵。だが、ミナはイングランドにいる別の男と結婚しているのだ。どうもよく理解できなかった。

「メアリ、ここで大丈夫ね?」ミナが訊ねた。「電報を二本打ってくる必要があるの――一本はアイリーン・ノートンに、一本はミセス・プールに、あなたたちが無事着いたと知らせるためよ。ゆうべ到着したときには電報局がもう閉まっていたの。でなければきのう送っただろうけれど。もう開いているころだわ。ミセス・プールをやきもきさせたらぜったいに許してもらえないでしょうし、ノートン夫人は気をもみはじめているはずよ――あなたたちがウィーンを出てから一週間ですもの。戻ってきたら買い物に行きましょう。考えることはたくさんあるかもしれないけれど、あなたたち全員、新しい服が必要よ。そういうわけで、ヴァーツィ通り《ウッツァ》へ出かけるべきだと思うわ」

「わたしたちが到着したのをホームズさんに知らせるよう、ミセス・プールに頼んでもらえる？　最新情報を定期的に送ることになっていたのだけれど、錬金術師協会に尾けられているのに気づいたあと、ウィーンからは電報を送らないほうがいいってアイリーンに警告されたの。さらわれたあとは連絡する手段がなかったし」自分で電報を送るべきだろうか？　いや、伝えることが多すぎる。今日、もっとあとで、腰を据えて長い手紙を書こう。ブダペストにたどりついたことはミセス・プールが知らせてくれるだろうし、追って詳細を伝えればいい。まだ手紙を書いていないことがいささかうしろめたかった――とはいえ、ほかに考えることが多すぎ、時間は少なすぎたのだ！

まだ、うぷっ、ルシンダの朝食の役割を果たしている伯爵に手を振って、ミナが部屋を出ていったとき、メアリはジュスティーヌを見た。今朝の新事実をどう受け止めているのだろうか？　なにしろジュスティーヌも――まあ、王立協会の監視下にあったのだ。メアリ自身は、どう思うべきかよくわからなかった。ここにいるミナは、もはや自分の知っていたミス・マリーと完全に同じひとではない。あのミス・マリーはそもそも存在していたのだろうか。

「わたしも同じ気分よ」ジュスティーヌは頭を振って言った。「何もかもやりきれない思いだわ」

「どうしてわたしの感じていることがわかったの？」メアリは訊ねた。

「しばらく口を開かなかったからよ。ミナが話しているあいだ、ほとんど何も言わなかったでしょう」

「あなたもね」

「何か言うことがあって？　この旅の道中、わたしたちの思い込みの中で正しいと判明したものがあるかしら？　わたしはアダムが死んだと思っていたけれど、死んでいなかった。あなたはミナがたんに自分の先生だと思っていたけれど、それだけではなかった。その小委員会については、どう考えればいいかわからないわ——ソシエテ・デザルキミストの活動に対抗するために何をしたというの？　ミス・マリーが説明した例では、とんでもなく無能だったように見えるけれど。ミス・ウェステンラを救うことも、それどころかヴァン・ヘルシング教授を止めることさえできなかった」

ジュスティーヌは頭を振った。「わたしにはほんとうにわからないの……」

そう、それはメアリが感じていることとぴったり同じだった！　ほんとうにわからない……あまりにも多くの事柄に関して。たとえば父だ。父の実験はどんなふうにメアリに影響を及ぼしたのだろう？　今の自分になったのは実験のせいなのだろうか？　幼いころ、ミセス・プールでさえ気づいたメアリの気質は、それが原因なのか？

ミセス・プール　あなたは完璧な子でしたよ、お嬢様。
メアリ　そこが問題なんじゃない？　子どもは本来、完璧であるはずがないのよ。

「そら、いくらか気分がよくなっただろう？」伯爵が訊ねた。ルシンダの頭をそっと枕に戻す。その口にはまだ血がついていた。

カーミラがハンカチで拭いてやった。「ともかくましに見える。ありがとう、ケレスタパ。さて、あなたの理論がうまくいくかどうか見てみよう……」

考えることは山ほどあったが、今はそのときではない。もっとも、そのときは決して訪れないようだった。いつでもなんだかんだと駆けずりまわり、一難去ってまた一難、さらにまた一難ときている！　またもや、パーク・テラス十一番地の家にある静かな部屋と、請求書の話をしているミセス・プールが恋しくなった。

冒険は結構なことだが、しばらくたてば、規則的な食事や、いい本を読んだり公園で散歩したりする時間がほしくてたまらなくなるものだ。

ローラがベッドの足側に腰を下ろした。「ヴラド、ルシンダを見ていていただけるかしら、それともわたくしがいたほうがよろしくて？　カーミラは一晩じゅう付き添っておりましたから、ひと休みしなくては。メアリとジュスティーヌとダイアナがここにいる必要はありませんわ。ミナが戻ってきたら、すぐ買い物に連れていく予定ですもの。そのあいだ――」

「今日の仕事の手配をするあいだルシンダに付き添ってくれるなら、戻ってきて午後はここで過ごそう」伯爵は言い、また立ち上がった。

「わかりました。では、わたくしが引き継ぎますわ」

ローラはベッドの反対側へ歩いていった。カーミラが立つと、長く一緒にいた恋人特有の、愛情がこもってはいるがおざなりなキスを唇にして告げる。「少しお眠りなさい、あなた！　わたくしは本気よ――信じられないほど強かったりすることは知っておりますけれど、あなたも不死身ではありませんのよ。それに、充分睡眠を取らなければ、いらいらして不機嫌になったりもするでしょう」そう言って、ルシンダの隣の位置を交代した。

「はい、先生《マ・グヴェルナント》」カーミラはからかうようにほほえんで言った。とくに不機嫌そうには見えなかったが、あくびをかみ殺したのはたしかだ。

「もう口を開かないで」ローラがかぶりを振って言った。「さっさとおやすみなさい！」ルシンダに腕をまわして頭を自分の肩に載せてやり、もつれた髪の毛をなでた。「お話をしましょうか？　それとも歌？　何をしてほしいか教えてちょうだいな」

答えがあったとしても、声が低すぎてメアリには聞こえなかった。

三人が伯爵とカーミラについて廊下に出ると、カーミラはこちらを振り返って言った。「命令を受けてしまった。七時間ほどしたら会おう、いいか？」

「行きなさい」と伯爵。「そなたは間違いなく務めを果たした。今度はわれわれが義務を果たす番だ。ミス・ジキル、ミス・フランケンシュタイン、ミナが戻るまで音楽室で過ごしたいのではないかな？　そう、君もだ、ミス・ハイド。それに、ああ、ホーヴィラーグを連れてきてもかまわない。狼《ファルカシュクテュアク》犬は普通よそ者になつかないが、君が気に入ったようだ」

メアリはただうなずいた。この瞬間は、どこへ行こうがたいして気にならなかった。とにかく腰を下ろして今朝起きたことを全部考えてみたかったのだ。

音楽室も二階にあり、朝食をとった部屋のすぐ先だった。そこにはハープシコードらしきものがあった――この時代にハープシコードを弾くひとがいるのだろうか。暖炉の脇には凝った装飾の堅めのソファと、肘掛け椅子がいくつかあった。

「さっき理論と言っていましたね」全員が座ると、ジュスティーヌが伯爵に言った。「あなたのその理論というのはどんなものですか？」

理論？　伯爵がそんなことを口にしたのは記憶に――ああ、そうだ、あった。何か吸血鬼についての理論だ。

伯爵はジュスティーヌに笑いかけた。魅力的な笑顔だった。このひとは四百歳を超えているのよ、とメアリは自分に言い聞かせなければならなかった。なぜなら見かけは――まあ、ミナぐらいの年恰好のようだったからだ。完全にヨーロッパ的な意味で、整った顔立ちをしている。というか、少なくともまったくイングランド的ではない。あの高い頬骨と、肩まで届く黒髪。黒い瞳ははるかに深みがあるようだ――そう、もっと淡い色の目よりも。たとえば青灰色の瞳はひどく謎めいている。ホームズ氏が何を考えているのかは、決して読み取ることができない。だが、伯爵は――ミナがなぜ惹きつけられたのか理解できた。もちろん、違う時代のものである、あの礼儀正しさもある。そのくせキリスト教世界の国境を守った武将だったのだ。伯爵には隠れた力強さが感じられた。そう選ぶなら、きわめて危険になることもできるだろう。

ジュスティーヌ　キャサリン、あなたは伯爵をロマンチックなヒーローに変えているわ。

キャサリン　何も変えてない。伯爵はロマンチックなヒーローだもの。小説家がどんなに重宝するか考えてみてよ！　クラレンスは分別がありすぎるし、ホームズはまるで感情を出さないし、アトラスはただの友だちだってあんたはずっと言い張ってるし。どんな小説にも何かしらロマンチックなヒーローが必要で、伯爵はまさにその役割にうってつけなの。実際に情熱的に行動してくれるんだから！　むしろくしゃみひとつするにも情熱的なんじゃないの。髪の毛も最高だし。

ジュスティーヌ　でも、ひとを殺したのよ、それも戦争でだけじゃなく。何人なのかわからないほど、男性も女性も吸血鬼病に感染させたわ。そのうちの誰かが今でも野放しになっていて、人の血を飲んだり感染を広げたりしているのじゃなくて？　本人も知らないのよ。それに、ルーシーが死んだのはあのひとのせいでもあるわ。

キャサリン　だからよけいロマンチックなヒーローとしていいんじゃない。そういうヒーローは危険なことになってるもの。ひとを殺したことがあって、また殺すかもしれないって思わせるのがお約束でしょ。マンフレッドとかモントーニのことを考えてみてよ。それに、後悔してるのがもっといいし。というか、後悔してるって公言してるのがね。言っとくけど、リック・チェンバースがあんなにしょっちゅう葛藤してなかったら、アスタルテ・シリーズはあんなに売れなかったはずよ。ロマンチックなヒーローは情熱的で葛藤してて、陰鬱じゃなきゃいけないんだから。

ベアトリーチェ　クラレンスは情熱的になれるのよ、知ってるでしょう。

「そう、私の理論だが」と伯爵。「吸血鬼病にかかって、患者が正気を失わなかった例はたった三例しかない。私、ルスヴンという名のイングランド貴族、そして名づけ子のカーミラだ。私は唯物論者でね。あれほど多くの者が正気を失った一方で、われわれが正気を保ったのは、血に含まれているなんらかの物質が原因に違いない、と長いあいだ信じていた。そこで実験をおこなった——血そのものと人間の男に対して——ときには女に対してさえ。カーミラに聞いたが、マグダに会ったそうだな。あれはうちの戦士のひとりだった——今と同様、あの時代、あの場所でも女が戦士になることはまれだったが、マグダはたいていの男より強かった。私の最大の成功例だ——しかし、あれの中にさえ精神の不安定がある。純粋に物質的な基準では、私に達成できたのはそこまでだ。ルーシーは最大の失敗だった。あの娘の場合、通常の吸血鬼病の症例よりさらに早く異常が発現した。その大失敗のあと、負傷し意気阻喪した私は、かろうじて生きてトランシルヴァニアの城へ戻った。それもミナの勇敢な行動があればこそだ——まさしく、あれほど勇気のある女性を私は知らない。それからふたたび、その問題に関する文献を手に入るかぎり読み漁った。文学的に書かれたものは臆測と迷信にあふれていた。それにうんざりすると、次に最新の科学機関誌を調べ、そこで新たな探求の道になりうると思うものを見つけたのだ。精神を科学的な方法で研究するようになったのはつい最近のことで、この領域ではイングランド人とドイツ人が傑出している。モーズレイ、マイヤーズ、クラフト＝エビング、フロイト――にはウィーンで会ったそうだな。私もいつか直接会ってみたい。フロイトの説は刺激的だと思う。完全に納得のいくものではないがな。そうした学者たちは、従来考えられてきた以上に、精神が肉体に影響を与えていると示した。トラウマは体の反応を変え、調節することがある。トラウマがそうであれば、逆もありうるのではないか。あいにく私の主張を表す単語は存在しない。そこで個人的に〝ユートラウマ〟――よい傷、と呼んでいる。愛情はユートラウマの経験だ。

私はもう一度自分やルスヴン、名付け子の変化について考えてみた。そして、共通する特徴があることに思い至った。いずれも一貫して継続的に人の世話を受けているのだ。私の場合には、変化のあいだ、オスマン帝国宮廷の若き医師であるわが友アフメットが連日連夜見ていてくれた。われわれは敵同士だった。ともかく、めいめい忠誠を誓った君主からはそう教えられたが、アフメットは兄弟のように私の面倒を見てくれた。話しかけ、詩を読み聞かせ、手を握ってくれたのだ。ルスヴンの場合はイアンテという名のギリシャの乙女で、かたわらに付き添ってみずからの血を与えた。ルスヴンがギリシャ独立のために戦って死んだのは、イアンテの死の遺恨を晴らすためだった。そしてカーミラの場合、私は飢えと極度の疲労で倒れそうになっても、一度もそばを離れなかった。あの子がひとりで死ぬのではないか、私がいないあいだに異常が訪れるのではないかと恐れていたからだ。吸血鬼病に感染した者はめったに看病されることがない――家族でさえ、おのれの命と正気を失うのではないかと恐れ、吸血鬼にまつわる迷信におびえて、病人を見捨てる。マグダの場合は長時間仲間からほうっておかれた。看護するようにとは命じたが、包囲戦のただなかにあって、私自身が面倒を見ることはできなかった。戦士たちはマグダの力と飢えた際の凶暴性におびえていたのだ。こうしたできごとを顧みたとき、欠けている要素とは精神的なものではないか、と思いついたのだ――気遣われている、大切にされているという自覚だな。そういうわけで、われわれのひとりが、いついかなるときでも必ずルシンダに付き添うことにしようではないか。手を握り、話しかけ、必要なら歌ってやろう。願わくは私が正しいことを神に祈りたい――公正な、あるいは慈悲深き神を信じるには長く生きすぎたが、もし神が実際に存在するのならば」

「少なくとも、説得力のある理論だわ」ミナが言った。メアリは顔を上げた。ミナは帽子と手袋をつけて入口に立っていた。「ホルヴァス・ウールが頼信紙を持っていたから、アッティラに電報を預けて、ケレペシ通りの電報局へ持っていってもらったの――おかげで買い物に割ける時間が増えたわ。なんとかルシンダを助けましょう。どうせ何があろうと面倒は見るつもりですもの――ルーシーと同じ目に遭わせたりするものですか」その表情は険しかった。「でも、ヴァン・ヘルシングがこんな実験を続けることを確実に止めたくもあるの。ほかにどんな犠牲者を見つけ出してくるか、どこの若い娘を説き伏せて、成功するか実験をやめるまでこの輸血を受けさせるつもりか、わかったものではないわ。もっとも、やめるとは思わないけれど。不死になるというのは強力な動機ですもの」

「でも……どうやって止めるつもりなの?」メアリは訊ねた。「あなたは協会の会合があるって言ってたでしょう。それにルシンダのことも何か――」

「われわれには直接止めることができるほどの力はない」伯爵が答えた。「協会自体が止めねばなるまいよ。事実上、それはアッシャということだ」その名前をアッ・シャと発音する。

「そのアッシャというのは誰ですか?」ジュスティーヌが訊いた。

「協会の会長だ」と伯爵。

「とてもそれだけでは済まないわ！」ミナが帽子を取ってハープシコードの上に置き、手袋をはずした。

「アッシャは――そうね、あのひとが現れたのは……」伯爵のほうを向く。「いつごろだったかしら？」

「十五年ほど前だったのではないかな？」と伯爵。「すまない、日時については必ずしも正確ではない――この年頃になると以前と同じ意味合いではなくなるのでな。とはいえ、カリューが殺された前の年だった――ミス・ジキル、過去を思い出させて苦痛を与えるつもりではなかった。だが、アッシャが協会の会長になったのは、イングランドの不祥事と呼ばれている事件が起きた直後だ。イングランド支部を解散させ、自分の特別許可がないかぎり生物的変成突然変異の実験を禁じた。不祥事から隔離するためのさらなる手段として、協会本部はウィーンからブダペストへ移転された。アッシャ自身については……どう表現したものか」

「女性なんですね」とメアリ。「驚きました。今は九〇年代ですけれど、ヴァン・ヘルシング教授やセワード医師のような男性が女性の会長を受け入れるなんて。あのひとたちはどう見ても……まあ、わたしだったら全国女性参政権協会に寄付してくれとは頼まないでしょうね！」

「アッシャは……侮りがたい」と伯爵。「卓越した美貌と力を兼ね備えた女性だ。また、かつて協会に加わった中でもっとも偉大な錬金術師でもある。協会において、死を超越した会員は三人しかいない。いちばん最近では、君を造り出したヴィクター・フランケンシュタインだな」ジュスティーヌに向かって一礼する。

「われわれが知っているとおり、彼は例のモンスター、アダムに殺された。それ以前では、セバスチャン・メルモスという中世の錬金術師がみずからの命を引き延ばす方法を獲得した。何世紀も生きたが、人間の苦しみを目の当たりにすることに疲れ果て、最終的には自殺した」

「それで、アッシャは？」メアリは訊ねた。「そのひとはどうなんです？」

「わたしは会ったことがないの」とミナ。「だから、どれだけ侮りがたいのか――あるいはどれだけの美貌なのか――知らないけれど。でも、本人は古代エジプトのイシスの女祭司だったと主張しているわ。あの地域の歴史や宗教についてどの程度くわしくて？　わたしが教えていたようなことではないわね、メアリ――それにどうせ、この数年で、最新の考古学資料によって以前よりずっと多くのことが判明しているしね。イシスというのはエジプトの偉大な女神のひとりで、国じゅうの神殿に祀られていたの。いちばん有名なのはヌビアのフィラエにある遺跡ね。イシスは夫オシリスを死からよみがえらせたと考えられていて――イシスの女祭司たちも生と死の秘密を学び、死そのものを打ち負かせると噂されていた。ストラボンやプトレマイオスの文献にそうした力への言及があるわ。ともかく、アッシャは十五年前、ふたりのイングランド人とともに現れた――レオ・ヴィンシィ氏という人物と、その友人で以前後見人でもあったホーレス・ホリー教授よ。教授は大学時代から協会の会員だったの。ふたりは英領東アフリカで探検旅行をしているとき捕まってしまい、なんらかの手段でアッシャに救われたそうよ。なぜヨーロッパへ戻るふたりについてきたのかわからないけれど、ここに着くと協会に入ったの。イングランドの不祥事が起こって会長が辞任したあと――イングランドの状況をもっとよく監督していなかったことで、あちこちから責められてね――アッシャはみずから会長に立候補することにしたわ。今までに三期連続で当選を果たしているのよ」

「古代エジプト！」ダイアナが声をあげた。「ミイラとかの？　前にミイラの本を読んだことがある。そこの墓が呪われてて、中に入ったやつは全員死んだの。

すごくいい本だったよ——血とか虫とかいっぱい出てきてさ！」

「まさか、そんなこと不可能よ」とメアリ。「古代エジプトのイシスの女祭司だったとしたら、何千歳にもなるはずでしょう」もっとも、どの程度不可能なのだろう？　まさに今、百歳の女性や、さらに年上の、数世紀生きてきた男性と会話しているのだ。しかし、数千歳？　いくらなんでもそんなに長く生きられる人間はいないだろう。

「ファラデー博士はその話を信じたけれど、騙されやすいひとではないわ」とミナ。「書誌引用形式小委員会は、アッシャの話をいたって真剣に受け止めたわよ。どうやら何世紀も失われていた科学技術の知識を持っていたらしいの。でも、さっき言ったように、わたし自身は一度も会ったことがないから」

「会えば疑うまい」と伯爵。「彼女が自分のいた場所について語ると、まるで自分もその場にいたような気分になる——スフィンクスが若かりし時代のエジプトに、あるいは帝国時代のローマにいて、カエサルたちと歩いていたかのようにな。そのうえ、アッシャはじつに端正なギリシャ語を話す。ともかくアルミニウスはそう言っている。私は言語学者ではないが」

「ええ、そうね」とミナは懐疑的に言った。「美しい女性のまわりにいると、男性は途方もなく騙されやすくなるものだし」

「でも、あの生物的変成突然変異の実験——あれがおこなわれたのは、そのひとが協会の会長になってからです」とジュスティーヌ。「モローがキャサリンを造ったのはたった十年前です。協会がその実験に許可を出したはずでしょう。なぜヴァン・ヘルシングのほうは禁止したんです？」

「南洋の孤島で獣人を造り出しても、協会を脅かしはしないわ」とミナ。「でも、ロンドンやウィーンの真ん中で吸血鬼病に男女を感染させるですって？　それはまったく別のことよ。ヴァン・ヘルシングがルーシーで実験する前に許可を申請して、却下されたことはわかっているわ。あの男はそれでも始めたの。わたしたちの知るかぎり、ルシンダへの実験に許可を求めたことはない。協会の規則を破っているのよ。そのことをアッシャに示さなくては。でも、そのためにはルシンダを見せなければならないわ。ヴァン・ヘルシングが何をしているか見てもらう必要があるの」

「じゃあ、どうしてそうしないの？」メアリは質問した。「会合の前にそのひとに会えれば……」

「ああ、それが難しいところだ！」と伯爵。「そら、アッシャが会長に立候補したとき、対立候補がいないわけではなかったのだよ。アッシャはそうした実験を管理し、監督することを約束したが、私は――当時は実験が許されるべきだと信じていた。そこでアルミニウスと協会の重要派閥に推され、対抗馬として立候補したのだ。激論が交わされ、駆け引きがおこなわれ……私は必ずしも正々堂々とはふるまわなかった。あちらが会長の地位を勝ち取ったあと――接戦で、最後にはわれわれ七人の投票となったが――私は除名された。ヴァン・ヘルシングが連絡をよこしたとき、私は面目を失っていた。あの男に手を貸したのは、科学的な興味からと同じくらい、アッシャとソシエテ・デザルキミストに復讐するためでもあった。ルーシーの変化と死を経て、私は自分がいかに愚かしい行動を取ったか、いかに非難に値するか思い知った。しかし依然として、汚名をそそぐこともなく、協会から追放されたままでいたのだ。アッシャの目からすれば、私は君の父親と変わらないのだよ、ミス・ジキル」

「ちょっと！　あたしの父さんでもあるんだからね」ダイアナが口を出した。ホーヴィラーグの耳のうしろを掻いてやると、狼犬は頭をダイアナの膝に載せた。

「それじゃ……これからどうするんですか？」メアリは訊ねた。混乱していた――これだけの歴史、これだけの人々。いちばん大切なのは、ヴァン・ヘルシングを止め、こうした実験をすっかりやめさせることだ。唯一止められるのがそのアッシャなら、話をして説得しなければならない。「伯爵と話す気がないなら、どうやってアッシャを見つけるんです？」

「だから協会の会合がそれほど重要なの」とミナ。「この年次会合は――会員が論文を発表したり、公開討論会で話したり、本会議を開いたり、そういうことをする場よ。王立協会が会合ですることとそんなに変わらないわ。初日にはいつも会員総会があるの。全員が出席して――ヨーロッパじゅうから何百人も会員が集まるわ。協会はどんどん国際的になっているから、もっと遠くからくるひともいる。そこなら充分人混みにまぎれられるだろうし、そのあと会員全体にこちらの証拠を示す機会もあると思うの。アッシャはその総会でわたしたちの意見を聞くことを断れないはずよ」

「それは月曜日ね」とメアリ。「つまり、準備する時間が二日あるということだわ」

「二日よ、やることがものすごくたくさんあるわ」とミナ。「でも、一方であなたたち全員服が必要よ。まだブダペストを見てまわっていないし。買い物に行きましょう！」

キャサリン　あれはあたしたちがブダペストに着いた日だった。あんたたちがもっと早くブダペストに到着して、ミナが一日前に電報を送れてたら、あんなに気をもまずに済んだし、ヴァン・ヘルシングの計画をもっと探れたかもしれなかったのに。

メアリ　カーミラがあれ以上速く運転したら、生きてたどりつけなかったと思うわ！

三十分後、一同は店舗と共同住宅にはさまれた幅広い大通りを歩いていた。ウィーンを歩くのと似ているところも、違うところもあった。建物はもっと低く色あざやかで、個性的だった——建物の装飾の仕方についてそれぞれ独自の考えを持つ、別々の建築家が設計したようだ。どれも前日見たような色合いに塗ってあった——黄色、緑、青、桃色、一種の黄土色。古典のモチーフを用いたものもあれば、曲線的なアールヌーヴォー様式の例もある。ニンフやガーゴイルが角やバルコニーの下からのぞいている。路上はどこもかしこもにぎわっていた——商品を運び、売り歩く荷車、鼻を鳴らして足踏みする馬、乗合馬車のがらがら鳴る音。老女が一ヘラーで買えるラベンダーの束を差し出してくる。いや、ここハンガリーではフィレールと呼ばれている、とミナが教えてくれた。歩道は通行人でいっぱいだった。みんなロンドンより明るい色の服を着ている——女性のサマードレスは花柄や薄い綿に蔓草《つるくさ》や花の模様が刺繍してあり、とりわけ魅力的だった。だが、オーストリア＝ハンガリー帝国を調べていたとき目にした民族衣装にはあまり似ていないようだ。仕立てや色合いは普通のイングランドの服に近かった。

ベアトリーチェ　そういう衣装はお祭りの日しか着ないのよ。たいていは田舎でね。都市の住民はどこへ行ってもほとんど同じよ——ロンドンでもパリでもウィーンでもブダペストでも。

鳩の群れが通りを練り歩いたり頭上で旋回したりしている。ロンドンよりまぶしくてウィーンより暖かい陽射しがあらゆるものに降り注いでいた。この数日間、それにこれから起こることを考えても、普通の人々に交じって普通の通りを歩き、買い物のような当たり前のことをするのはすてきだった。

「あれは大市場よ」ミナは言った。「あなたの左側。右に曲がってヴァーツィ通りに入らないといけないけれど、まずは——ドナウ川を見たい？」

みんなドナウ川を見たいと意見が一致した。ただしダイアナはしきりと鳩に餌をやりたがったが。残念ながら通りで人に餌をもらわなくても、鳩には食べるものが充分あるのよ、とミナは言った。まるで観光客になって、この外国の街の名所を見て歩いているようだ。カルンスタイン城にベデカーを置いてきていなければ、とメアリは思った。

「それじゃ、まっすぐ進んで」ミナが言った。まっすぐ進むと、川に華麗な鉄の橋がかかっていた。「あれがフランツ・ヨーゼフ橋――フェレンツ・ヨージェフ・ヒードとここでは呼ぶわ。去年完成したばかりなの――ありがたいことにね。この地区の建設工事のおかげで、交通事情が耐えられないほどひどくなっていたから。いらっしゃい、橋の上から街の中心が見えるわ」一行は鉄でできた橋の欄干まで歩いていくと、川の上流を眺めた。ドナウ川はテムズ川より川幅が狭かったが、船やはしけがウィーン、ブラチスラバ、ブダペスト、ベルグラードの港を行ったりきたりしていて、二倍も混雑していた。テムズ川が暗く波が荒いのに、ドナウ川は穏やかな淡い緑だ。くねくねと街を抜けていく翡翠《ひすい》の蛇のようだった。

「街のこちら側はペストと呼ばれているの」とミナ。「ペストは商取引がおこなわれ、政府の会合があって、大学が置かれているところよ。向こう側がブダ。あちらでは貴族の別荘や庭園が見られるわ。ほら、あれが王宮の丘で、ハンガリー王の宮殿があるの」川上を指さす。たしかに遠くにうかがえた――頂上に宮殿を戴《いただ》いた高い緑の丘が。

「飛び降りたらどうなるかな?」ダイアナが訊ねた。

「重力についてたくさん学ぶことになるわ」子ども時代に聞いたのと同じ冷静な口調で、ミナは言った。「ほとんどは不愉快な知識でしょうね。わたしたちはここではあまり高級な地域に住んでいないの」と続ける。「でも、ヴラドはそのほうが好きなのよ。ブダは眠っているようなものだし、オクタゴンの近くにあるペストの高級地区は、人目につきすぎるの。同輩とつきあったり、政治談議に参加したりしなければならなくなるわ――ヴラドはそういうことが大嫌いだから。ここなら街にいてもある程度人目を避けられるわ。行きましょう、川沿いに歩いても帰れるけれど、今はカーミラの女性仕立屋と約束があるの。カティをやって、今日の午後行くからと知らせておいたのよ」

ヴァーツィ通りは店やレストランが並ぶ狭く混み合った通りで、数ブロックごとに教会があった。ブダペストにはずいぶん教会がある、とメアリは思った――ロンドンより多いのはたしかだ。しばらく教会に行っていないのを思い出す――大陸へ出発して以来だ。あれからどのくらいたったのだろうか。

「わたしたち、いつロンドンを発ったかしら?」隣を歩いているジュスティーヌに問いかける。ダイアナはミナと先を歩いていた。はぐれたり一軒ごとに店の窓をのぞきこんだりしないように、ミナが手を握っている。少なくとも、ホーヴィラーグを連れてくることができなかったことでぶつぶつ言うのはやめてくれた!

「二週間前よ」とジュスティーヌ。「ちょうど二週間前の今日」

たった二週間! それほど短いあいだに、どうやってあんなにたくさんのことが起きたのだろう? まるで二年間旅をしてきたようだ。

「ところで、調子はどう?」ジュスティーヌに訊ねる。これだけの騒ぎの中では、とりあえず目下の問題や個人的な懸念に集中するほうが楽だった。だが、この数日はメアリに負けずおとらずジュスティーヌにとってもつらかったはずだ――もっとかもしれない。ハイドもひどいものだが、アダムは……

ジュスティーヌは力なくほほえんだ。「平気だと思うわ。たぶんあなたと同じような気分よ。ようやくソシエテ・デザルキミストに慣れたところなのに、今度は王立協会とあのばかげた名前の小委員会でしょう。

でも、あなたはどんな気持ちなの、メアリ？　ミス・マリーは何年も一緒に住んでいたんですもの。しかもそのあいだずっと……」

「そのことは考えないようにしてるの」メアリは言った。手を振って、籠に入ったリボンを売ろうとした少女を遠ざける。「急いだほうがよさそう――前のふたりと距離があきすぎているわ。ブダペストで迷いたくないもの。わざわざ考えなければ、そんなに気にならないかもしれないしね」

「それはどうかしら」とジュスティーヌ。「人の心はそんなふうに動かないわ、そのほうがいいかもしれないけれど。考えることも感じることも止められないのよ。わたしが悩んだときには、信仰と哲学になぐさめを見つけるけれど――」

「行きましょう」メアリはその腕をつかんで言った。「あのふたり、もうぜんぜん見えないわ。店に入ったのかしら？」現地の言葉を話せないまま知らない街で迷子になったら、信仰や哲学のなぐさめはたいして意味がなくなるだろう。

ミナがある店の入口でふたりを待っていた。ダイアナはすでに入ったのだろう。扉の上に〈イロナ・クチュール〉と書いてある。「こっちよ」とミナ。「マダム・イロナに直接紹介したいの。あなたたち全員にぴったりの服を考えてくれるはずよ」

マダム・イロナというのは、年配のハンガリー女性だった。とても小柄で鳥を思わせ、白い襟と袖口のついた、無地だがたいそう仕立てのいい黒い服を身につけている。ミナの両頬にキスしてあいさつした。「三着服《コスチューム》がほしい、そうでしょう？　一着は女性用《ラ・ファム》、一着は紳士用、あと一着は男の子用に？」ジュスティーヌとダイアナはまだ男物の服を着ていた――きっと男性と思われたのだろう。

「女性《ファム》三人よ、マダム。それにひとりにつき三着、必要な下着もすべてそろえてちょうだい。女物が二着、男物が一着でしょうね」ミナはメアリとジュスティーヌのほうを向いた。「それで間に合うでしょう？ それぞれに三着よ――ドレスとウォーキング・スーツと男物の服と」

「男物の服は必要なの？」メアリは訊ねた。「正直なところ、いらないと――」

「あのね、この先何日か、男物の服が必要になるかもしれないことをやる必要があるのよ。融通が利くようにしておかないと」

「まあ、あたしは女の子の服なんかほしくないけどね！」とダイアナ。「なんでスカートなんか穿かなくちゃいけないのさ？ いつだって脚に絡まるのに」

「どうしてかというと、スパイになるなら、あるいはたとえ泥棒でも、人を騙せなければならないからよ」とミナ。「それはつまり、その時々で男の子になってみせたり、女の子になってみせたりするということなの。女の子の恰好をしていなかったら、ルシンダをひとりで助け出すことはできなかったでしょう？」

ひとりなどではなかった！ （みんなその場にいたのに）メアリは考えた。（こっちも手伝ったのよ。わたしたちがいなかったら、ダイアナはぜったいにクランケンハウスから逃げ出せなかったわ）

だが、ダイアナは「ああ、まあね」と言い、それ以上ミナの選んだ服に文句をつけなかった。これはまさに、ミナがこの手のことに長《た》けているのを証明している――厄介な子たちも含めて、女の子の扱いがうまいのだ。ちょっと手品のショウの舞台裏をのぞいている気分だった。パーク・テラス十一番地でも、これほど説得力があったのだろうか――思いどおりに操っていた、という表現を使うべきかもしれないが。（でも、こういうのは全部、いい家庭教師だったってことかもしれないわ）とメアリは思った。実際いい家庭教師だったのだ――少なくとも、ほかの誰よりも多くのことを教えてくれた。間違いなく実の母親や父親よりもだ。

そのことに感謝すべきだろう。

マダム・イロナはミナと生地について話し合っていた。同じ黒い服の店員らしい女性がジュスティーヌの寸法を測っている。それから、メアリの寸法を測る番になった――首のまわり、肩幅、腕の長さ、胸囲と胴囲、背丈、腰からくるぶしまで。いまだかつてこんなに徹底的に測ってもらったことはない。

「マドモワゼルにすてきな服《コスチューム》が用意できましたよ――ほんの少し直すだけです」とマダム・イロナ。

「マダムは着る人に合わせて仕立て直せる既製服を売っているの」とミナ。「注文に合わせて服を作るだけでなくね。男物の仕立てはご主人が全部やっているわ。ひとりひとりに昼間から夕方まで着られる服を一着と、シャツブラウスつきのウォーキング・スーツ一着と、男性用スーツを一着頼んだわ。もちろん下着一式もね。ここの用事が済んだら、新しいブーツを手に入れないと。それから帽子、手袋、ハンドバッグもね。それで間に合うでしょう」

「すごくお金がかかるわ！」とメアリ。「そんなに手持ちがないと思うの――」

「わたしもよ！」とミナ。「でも、今日買うものは全部伯爵が持つわ。そう言い張ったの。これは今後の……なんだかわからないけれど、この先のことへの援助物資だと考えて。戦闘用の物資とでも言っておきましょうか？」

「でも、あなたはあのひとからお金を受け取らないんでしょう」とメアリ。「それははっきりさせていたわ」

「あのね、それはまったく別の話よ。わたしは……そう、あのひとの愛人ではないもの。書誌引用形式小委員会に雇われている身だから、自分のお給料から自分のものは払うわ。あなたたち三人は違う立場でしょう。あのひとの名付け子の友人で、その名付け子が不運なできごとであなたたちの持ち物をなくしたのよ。必要なものを提供するのは、いい主人役の務めだわ」
「なんだか長ったらしい無駄話に聞こえるけど」とダイアナ。「この単語って好き？　キャサリンに教わったんだよ。無駄話」

ミセス・プール　そんなことじゃありませんよ。まったくミス・マリーの言うとおりです。その場に礼節について考えるひとがいてよかったですとも。あなたがたが伯爵からそういう援助を受けられるとしても、ミス・マリーはもちろん無理ですよ――レディと思ってもらいたいならね！

キャサリン　レディに何ができて何ができないかの規則って、べらぼうに複雑なんだけど。

ミセス・プール　今のがまさに、レディなら決して使うべきではない表現ですよ。

キャサリン　くそいまいましい。お上品なレディって、この世界でどうやって何かをやってのけるのかわからないけど。

ミセス・プール　ミス・マリーはとてもよくやってのけていますよ、悪態もつかず、愚痴もこぼさずにね。お手本にしてもいいんですよ、お嬢さん！

最後の段階は、男物の上着とズボンの仕立てを検討できるよう、マダム・イロナの夫――ミハイ・ウールとミナは呼んだ――に会うことだった。それから四人は、マダム・イロナと夫と、どうしても名前の聞き取れなかった――ハンガリー語ではどこが単語でどこが名前なのかよくわからないのだ――店員の女の子に別れを告げ、ヴァーツィ通りを進んで、まずブーツ店に、それから帽子屋と小間物屋に行った。そのころにはもう午後の半ばで、みんな疲れ切っていた。ダイアナさえミナの腕にしがみついて無言で歩いている。
「あと一軒よ」とミナ。「でも、この店は気に入ると思うわ。ロンドンだったらちょうど今、お茶をいただいているでしょうね。ブダペストにイングランドの喫茶店はないけれど、ジェルボーへ連れていくわ」

「ジェルボってなに？」ダイアナが訊ねた。ミナはそういうふうに発音したのだ。

「あれよ」ミナは広場の向かいにある大きな白い建物を指さした。華麗な古典様式で、一階の店舗の上にあと四階重なっている。最上階のすぐ下に、目立つ文字でGERBEAUDと書いてあった。「いらっしゃい、おなかが減ったわ」

「パティスリーね！」正面の扉から入ったとき、ジュスティーヌが言った。一同が立っている部屋の窓には赤いビロードのカーテンがかかっており、天板が大理石の小さなテーブルが全体に散らばっている。紳士淑女がそのテーブルにつき、コーヒーやココアを飲んで、繊細な陶器の皿に載ったペストリーやケーキを食べたり、クリスタル・ガラスの器からアイスクリームを食べたりしていた。部屋の向こうにはやはり大理石張りの長いカウンターがあり、店員が立って注文を受けている。カウンターの一方の端にガラスのケースが設けられ、客が購入できるようにさまざまな種類の切り分けたケーキやペストリーが並べられていた。金箔とダークウッドがふんだんに使われている。

「どこか座るところを見つけましょう」とミナ。「コーヒーがほしくてたまらないわ」

四人はテーブルを見つけ、そのあとミナがみんなにメニューを教えてくれた――みんなというのはメアリとジュスティーヌのことだ。ダイアナはもちろん、すぐさまガラスのケースのところへ行き、まるで裁判官が殺人の裁判で証拠を検討するように、注意深く中身を検討していた。

「これまでにハンガリーのお菓子を食べたことがなければ――いいえ、ウィーンのお菓子と同じではなくて、まったく違うのよ――分け合って全部の味見ができるように、切り分けたのを何個か注文することを提案するわ。ひとつには、ハンガリーのお菓子はそんなに甘くないし、それに風味が……イングランド人の味覚には独特だと感じられるものがあるでしょうから」

「わたしたちのかわりに選んでくださいな」とジュスティーヌ。「正直なところ、メニューにあるものはどれもわからないんです。たぶんクグレーは別ですが。これはドイツ語でしょう?」

「わかったわ。ドボッシュ・トルタを一切れ、エステルハージー・ケーキを一切れ、ジェルボーを一切れ――これはぜひとも食べないと――リゴ・ヤンチ、というのはとてもロマンチックなケーキだと思うわ。恋したお姫様のためにこれを作ったジプシーのヴァイオリン弾きの名前からつけられたの――あとは何にしようかしら?」

「まあ」とメアリ。「四人分ならそれで充分だと思うけれど」

「あのいっぱい層があるケーキがひとつほしい」とダイアナ。腰を下ろして大理石の天板に肘をつく。メアリは蠅でも叩くようにその腕をぴしゃりとやった。

「なに? ああ、わかったよ。レディらしくすることになってるって」ダイアナはわざとらしくきちんと膝に両手を置いて背筋を伸ばした。

「それはドボッシュ・トルタよ」とミナ。「それを二切れ注文して、全員にコーヒーを頼むわ。ああ、あとクレーメシュね――ナポレオンに似ているの。これで最低限のハンガリーのガトーを紹介することになるわ」給仕が近づいてくると、流暢なハンガリー語に聞こえる言葉で注文する――だが、ミナに言わせると流暢などではないらしい。それから、チョコレートクリームの詰め物やアプリコット・ジャム、挽いた胡桃、上に流したカラメルなどが山ほどやってきて、濃く甘いコーヒーもついたので、メアリは三十分後なら単独でソシエテ・デザルキミストに勝てるかもしれない、という気分になった。

ケーキの屑の散らばった皿や、空になったコーヒーカップを残して食べ終わるころには、すっかり満腹になっていた。ここしばらくなかったほど幸せな気持ちだ。あれだけのチョコレートを食べたせいか、それともブダペストのカフェでジュスティーヌとダイアナと——ミナと一緒に座っているせいなのだろうか。このミナはメアリが覚えているミナだった。ローマの都市アクインクムだった時代からエリーザベト皇后の即位まで、ブダペストの歴史を語って聞かせてくれた。昔から歴史をおもしろく話すことができるひとだったのだ——たんなる年代の羅列ではなく、ほんとうに生きていた現実の人々の説明として。

目に見えてぐすぐずしているダイアナを連れて——いちばん食べたし、いちばん疲れた様子だった——ジェルボーを出るとき、ミナは言った。「戻る前に、あとひとつ見せたいものがあるの。遠くはないから」ほんの数ブロック先で、狭い通りは高い木の並ぶ公園になった。左側にはドナウ川にかかる別の橋が見え、その上に王宮の丘がそびえている。ずいぶん遠くまで歩いてきたに違いない！「あそこよ」ミナは公園の向こうを指さして言った。「あれがハンガリー科学アカデミー。現在のソシエテ・デザルキミスト本部でもあって、月曜日から始まる会合が開かれるところよ。その前に偵察をしておかないと——入口がどこか、どうやって見られずに出入りするかたしかめておくの」

「そして月曜日に——いったい何を？」ジュスティーヌが訊ねた。

「それはルシンダにかかっているわ」とミナ。「そのときまでにどんな状態になっているかしら？　あした起きて少し歩きまわれるといいのだけれど。充分体力をつけてもらう必要があるもの……何が起こるにしても」気がかりそうに眉根を寄せる。「行きましょう、もう何時間も出ているわ。戻ってルシンダの様子を見て、計画を練りはじめましょう」

ミナが約束していたとおり、一行はドナウ川沿いに歩いて帰った。道筋の大部分に水面まで下りていく石段が設けられていた。ダイアナはそこを駆け上ったり駆け下りたりしてから、くたびれたしブーツが痛いと不平を鳴らした。

ある地点でミナは足を止めた。「あの建物が見える？」と訊く。「植木箱にゼラニウムがある白い建物よ。あそこがアルミニウス・ヴァーンベーリの住んでいる共同住宅――たしか二階だったと思うわ」

「ヴァン・ヘルシングの友人でしたね？」ジュスティーヌが訊ねた。

「今のところはね。ヴァーンベーリが情熱を傾けているのは知識よ――言語、文化、わたしたちを人間にしているすべてのもの。ヴァーンベーリはトルコとペルシャを広く旅した数少ないヨーロッパ人のひとりよ。イスラム教の信者に変装して、ヒヴァ、ブハラ、サマルカンドまで足を延ばしたの。ソシエテ・デザルキミストがウィーンを出ることになったあと、ハンガリー科学アカデミーを説得して、協会の会合や会議をあそこの本部で開く許可を取りつけたのはヴァーンベーリなの。あのひとはもっと情報を与える、より理解を深められると約束されたら、誰とでも手を組むでしょうね。昔はヴラドの友人だったし……この先もう一度友人になるかもしれないわ。でも、目下のところはヴァン・ヘルシングの協力者ね」

共同住宅の建物の向かいでは、川に下りていく石段のてっぺんに老女が腰かけて、ひどいにおいのパイプをふかしていた。正面に汚い帽子が置かれ、脇には全財産が入っていそうな籠がある。服はぼろぼろで、煙のにおい越しにさえ、長いこと体を洗っていない人物の悪臭がはっきりと嗅ぎ取れた。通りすがりにミナが言った。「こんにちは《ヨー・ナポット》、マリア・ペトレスク。今日は《ホジ・ヴ》お元気《アン・マ》？」

「いいよ《ヨー》、いいよ《ヨー》」老女はうなずき、口から煙を吐き出した。その顔は褐色で、くしゃくしゃにしてから広げた紙のように皺だらけだった。林檎《リンゴ》の種のように黒くて小さな瞳がじっとこちらを眺めている。

ミナが身をかがめ、聞き取れないほど低く老女に何か言った。相手が答えると、ミナは帽子に一クローネ落とした。

「いらっしゃい」という。「ここから出ないと。ヴァン・ヘルシングとセワードが今朝到着して、ヴァーンベーリのところに滞在しているの。王宮の丘にある協会の宿泊施設に行くと思ったのだけれど、どうやら違うらしいわ。ここで出くわしたくないのよ——ひと目でわたしだと気づかれてしまうから」

急いで通りを戻っているとき、メアリは訊ねた。

「あの女のひと——あなたの知り合いみたいね。スパイか何かなの？　伯爵の下で働いているの？」

「あれはマリア・ペトレスクで、わたしの下で働いているのよ」とミナ。「ここではツィガーニと呼ばれる、ロマ民族のひとりよ。あのひとたちに対しては大変な偏見があるの——ロマだと仕事を見つけるのが難しいから、とても大勢のひとが物乞いになってしまうけれど、わたしはマリアにお金を払って目と耳になってもらっているわ。ヴァーンベーリの共同住宅を見張らせているの。何か企んでいるようだけれど、今までのところなんなのか探り出せていないのよ。ここにはウィーンほど使える要員がいなくて。わかっているのは、ふだんより頻繁に出かけているということだけ——大学へ行くわけではなくてね。それに、ヴァーンベーリは尾けられないようとても用心しているの。でも、どこへ行っているのかしら？　それはわからないわ。シャーロック・ホームズの使っているベイカー街の男の子たちが必要ね。そうではなくて、メアリ？」笑顔を向けられ、メアリはミス・マリーに腹を立てて失望しているのを思い出す前に笑い返していた。その時点ではミナはすでに前を歩いており、一同を連れてムゼウム通りへ戻っていった。

通りの反対側、公園を囲む高い金属の柵に覆いかぶさる菩提樹の下で、刺繍つきのエプロンをつけた田舎娘がラベンダーの束を売っている。一束買えたらと思ったものの、ヘラーを無駄遣いしたくなかった。

帰宅すると、その日の午前中に会った記憶のあるメイドが――カティという名前だった気がする――ハンガリー語でミナに何か話しかけた。

ミナは当惑した顔つきになった。「わからないわ。〝アパーツァ〟というのはどういう意味？　ミット・イェレント・アズ・〝アパーツァ〟、カティ？」

ちょうどそのとき、上の階段から予想もしていなかった存在が現れた。もっとも、カトリックの国ではそんなに驚くことでもないのだろうが――黒い修道服を着た修道女が二階から下りてきたのだ。何か慈善の寄付でも頼みにきたのだろうか？

「キャサリン！」ジュスティーヌが声をあげた。「どうしてこんなことが？　ベアトリーチェまで！」

（なんですって？）メアリは修道女たちをもっとよく眺めようとして、ダイアナにつまずきそうになった。当然のように邪魔な位置にいたのだ。「キャット！　ビー！　ここで何をしてるの？　どうやってブダペストにきたの？」

「同じことを訊いてもいいけど」とキャサリン。「アイリーン・ノートンというたしかな筋から、あんたたちが姿を消したって聞いたの。だから捜しにきたわけ。それに、ヴァン・ヘルシング教授が軍隊みたいなものを集めて、錬金術師協会が思いどおりにならなければ攻撃するつもりでいるってミス・マリーに警告しにね。セワード医師は流血の惨事になるって言ってたわ」

うな気がしなかった。見当もつかない。だが、それなら今の自分は何者だろう？

「しかも、ミセス・プールからの電報を受け取ってないの？」とキャサリンは訊ねた。「あたしたちが行くって電報を打って、セワードとヴァン・ヘルシングの計画についてもちょっとぼかしてほのめかしたのに。まあ、まだその会合で何をするつもりなのか、完全にはわかってないんだけどね」

「その電報は確実に受け取っていないわ」ミナはかぶりを振りながら答えた。「住所を間違えたということがあるかしら？　もっとも、どんなことでもミセス・プールが不注意だったなんて記憶にないけれど――あんなに良心的な家政婦はいないわ。もしかしたら、たんに紛失したのかもしれないわね。ブダペストの電報局はたいていあてになるけれど、そういうことは得てして起こるものよ」

「キャサリン、ミセス・プールはあの電報をジミー・

23

カフェ・ニューヨークで

「協会に警告しないと」メアリは言った。

「どのように警告するのかわからないが」と伯爵。「アッシャは決して自分のいるところに私が入ることを許すまいし、協会の中でアッシャに忠実な者もすべて同様だろう。実のところ、われわれは誰が忠実で誰がそうでないのかさえ知らない。では、誰に警告すればいいのだ？」眉根を寄せて窓の外を眺める。

一同はふたたび食堂に座り、朝食をとっていた。前の晩は遅くまで起きていて、ロンドンで別れてからの冒険をお互いに話していたのだ。そのあいだになんといろいろ起きたことか！　メアリはもはや、安全なパーク・テラス十一番地をあとにしたミス・ジキルのよバケットに渡して、電報局に持っていかせたのではなかった?」ベアトリーチェはヴェールと白頭巾をはずしていた。あからさまに安堵の息をついて、キャサリンもその例にならった。「ワトスン先生があの子のことをベイカー街の男の子たちの裏切者だと特定したのを覚えているでしょう? ジミーのような子にそんな言葉は使いたくないけれど。あの子の行動の動機がなんだったのか、どんな理由があったのかはわからないのですもの」

ゆうべキャサリンは二階への階段を上っているとき、メアリを脇に引っ張った。「言っておかないと――ホームズが行方不明になってるみたいなの。あんたとジュスティーヌが発ってすぐ、何かの調査に出かけてったのよ。極秘の政府案件だったみたい。なんの用なのか、どこへ行くのかワトスンに言っていかなかったの。もちろん今ごろはもう戻ってるかもしれないし――心配させたくないけど。ただ、知っておいたほうがいいと思って」

メアリはジミーの裏切りとホームズの失踪を知って動揺した。どこへ行ったというのだろう? きっと無事に違いない――なにしろ偉大な探偵なのだから。腰を据えてホームズに長い手紙を書くつもりでいた――だが、ベイカー街221Bにもいないのなら、書いても無駄だ。故郷で何が起きているのか、と思い悩みながら眠りにつくのは難しかった。

今は朝食をついて、卵とマッシュルームに興味を持とうとしている。ほんとうに絶品なのだ。だが、今朝はまったく食欲がないようだった。ジミーがその電報を奪ったのなら、それをどうしたのだろう? もっと重要なのは――ホームズ氏はどこにいる?

そのことを考えるのはやめて、手近の問題に集中しなくては。今朝はここに全員がまた集まった――キャサリンとベアトリーチェは昨夜、鉄道駅から旅行鞄を取ってきたので、自分の服を着ている。ジュスティーヌは朝〈イロナ・クチュール〉から届いた真新しい服だ。メアリは女仕立屋が届けてきた自分の服を見下ろした。縫製の美しいやわらかな青い綿のボイルで、厄介な問題やホームズ氏の謎の失踪にもかかわらず、少し気分が明るくならずにはいられなかった。新しいドレスの力はすばらしい。マダム・イロナが縫ってくれた新しい服を着るのを拒み、男の子の服装をしたダイアナは、ホーヴィラーグにこっそりソーセージの切れ端をやっていた。

「でも、警告してみなくては」とジュスティーヌが言った。「流血を防ごうと試みるのは、わたしたちの道義的責任でしょう」

「それに、こちらが味方で、助けようとしていることを協会の会長――アッシャがわかってくれたら、ああいう実験をきっぱりやめさせてくれるかもしれないわ」とメアリ。「ヴァン・ヘルシングが目論んでいることを前もって伝えることができれば――でも、そもそも何を企んでいるの？　実際に知っているわけじゃないわ」

「あの男は支持者と部隊と言っていたわ」ベアトリーチェが例のなんだかわからない煎じ汁をすすった。住人の一部が血を飲む家では、もはや必要な栄養源としていちばん変わっているのがあの汁というわけではない。「支持者というのは、ヴァン・ヘルシングの言うとおりに投票すると約束したソシエテの会員たちでしょうね。部隊については――セワード医師が軍隊と呼んだものだわ。あなたたちがウィーンで戦った男たちということはあるかしら？　ここブダペストに、もっとあんな連中をかかえているという可能性はあって？」

「ヴァン・ヘルシングの管理下で吸血鬼病に感染した男どもか」と伯爵。「それが事実なら、昔ながらの戦術を使っているということだ――私自身があの男に説明した方策をな。そうした男どもを二、三人ほうりこむだけで、集まったソシエテ・デザルキミストの会員は大混乱をきたすだろう。科学者の集団であって、兵士ではないし、この会合には論文を提出し、研究を議論するためにきているのだからな。ヴァン・ヘルシングがそんな集まりに正気を失った吸血鬼を放てば、皆殺しになる」

「つまり、警告しなければならないということですね」とメアリ。「アッシャがあなたと会おうとしないのなら、なんとかして伝言を送れませんか?」

「ヴィンシィ氏を通じてというのはどう?」ミナが訊ねた。「アッシャが危険にさらされていると伝えれば……」

伯爵はかぶりを振った。「いとしいひとよ、レオは、もしそんなことが可能だとすればだが、アッシャ自身より私を軽蔑している。アッシャになりかわって私を蔑んでいるのが、いっそう強い動機となっているのだよ」

「とにかく、何かしないと!」とメアリ。「せめて、誰だか知りませんが、そのヴィンシィというひとと連絡を取ってみることはできないんですか? それがうまくいかなければ、別の方法を試しましょう。二日しかないんです。ご自身で皆殺しになると言った状況を避けられるなら、どんな可能性も無視していられる場合ではないと思います」

「ヴァン・ヘルシングが勝てば、何もかも元どおりなんでしょ?」とキャサリン。「生物的変成突然変異の実験をやりたければ誰でも、ぜんぜん監督なしでやってよくなる——死体を生き返らせようが、女の子に毒を持たせようが、ピューマを人間の女にしようが。まあ、勝たせるつもりはないけど。何がなんでも」断固たる決意をこめて、薬味の効いた赤い鶏肉のかたまりを嚙み締める。

「あの男が目的を達したら、それだけでは終わらないでしょうね」とミナ。「ゆくゆくは、力を持つ男たちが永遠の命を得て、今はまだ想像もつかないようなやり方でこの世界を支配する、という野望と向き合うはめになるかもしれないわ。ヴラド、わたしはメアリに賛成よ。働きかけてみなければいけないと思うわ――レオ・ヴィンシィではだめなら、ホリー教授に」

「ホリーが私の言うことに耳を貸す可能性は、レオよりさらに低いな」と伯爵。「あの男とは、科学のある点で意見が一致しないのだ――わかるだろうが、それは知性のある人間にとって、あらゆる意見の相違の中でもっとも重要なことだ。よかろう、レオ・ヴィンシィに連絡を取って、どう答えるか見てみるとしよう。ご婦人がた、それでは失礼する……」全員に向かって一礼したあと、ブーツの踵が寄木張りの床をカツカツと鳴らして遠ざかっていった。

キャサリンが身を寄せてささやきかけた。「ミス・マリーはどこであんなひとに会ったわけ？　まるで若いころのサー・ヘンリー・アーヴィングが、それっぽくドラマチックな作品を演じてるみたい――『島の花嫁』か『マクベス』か！」

もう、勘弁してほしい！　吸血鬼の伯爵にうっとりしている場合ではないのに。「あのひと、血を飲むのよ」メアリはささやき返した。「たぶん人間の血よ。もちろん、ただの鶏かもしれないけれど」

キャサリンは肩をすくめた。「だから？　あたしは肉を食べる。なんの違いもないでしょ。あの髪、自然にあんなふうにパタパタ動くんだと思う？」

「まあ、少なくともあなたより四百歳は年上よ！」全員が集まるとどんなにいらいらするものか忘れていた――まるでパーク・テラス十一番地の家に戻ったようだ！　それでも、キャサリンとベアトリーチェがブダペストにきてくれてよかった。一緒にいるほうがみんな強くなる。いざこざは増えても、強くなるのだ。

ミナがナプキンをテーブルに置いて立ち上がった。「さて、ルシンダの様子を見てくるべきだと思うわ。

ヴラドとわたしがゆうべ遅くに寝てからずっと、ローラとカーミラがついているの。きっとくたくたでしょう。そのあとで、今日の残りをどう過ごすか決めないとね。錬金術師協会の会合の前にすることが山ほどあるわ」

メアリも席を立った。きのうは一種の空白期間のようだった。今日はいろいろなことがずっと速く動いているようだ——何が起こっているのか、これからどうなるのかよくわからない。ロンドンの家では、物事がはるかにきちんとしていた。

ミセス・プール　それはそうでしょうよ！

アリス　まあ、普通の日なら。でも、もうあんまり普通の日ってないんじゃないですか、ミセス・プール？

ミセス・プール　精一杯やっていますよ。まともに家を切りまわすために、わたしたちが最善をつくしていないとは言えませんとも。

寝室に入っていくと、ルシンダは体を起こして枕にもたれかかっていた。カーミラがその隣でベッドに腰かけている。ローラはベッド脇の肘掛け椅子に座っており、あまり疲れた顔をしていたので、メアリはすぐさま言った。「誰かに引き継いでほしい？」

「ああ、そうしていただけて？」ローラがほっとしたように言った。「ヴラドとミナが夜中までここにいらして、それからカーミラとわたくしが交代しましたの。正直なところ、床に倒れてそのまま眠ってしまいそうですわ！」

「それで、今朝はどんな調子なの？」ミナが訊ねた。

間違いなくルシンダはよくなってきたようだ——おそろしく頬がこけていたのが回復している。さまざまな絵柄のカード一組で遊んでいるところだった——頭の上に星が輝く女性、逆さまに吊るされた男性、白馬に乗った死神。

「ご自分でお訊きになってみて」とローラ。「もっとも、まだあまり意味の通じないことを言いますけれど」

「調子はどんなふうか伝えてごらん」カーミラがルシンダの腕に手を置いて言った。「少しよくなった、そうだね？　ミナとメアリとジュスティーヌはわかるだろう――それにむろんダイアナも、あんなに大変な状況で会ったのだから。だが、お客が数人いるようだね？」

「ほんとうに失礼しました」とメアリ。「ミセス・プールはわたしの行儀作法に愕然とするでしょうね。こちらはキャサリン・モローとベアトリーチェ・ラパチーニです。キャット、ビー、こちらはカルンスタイン女伯爵とお友だちのミス・ローラ・ジェニングスよ。それにもちろん、ルシンダ・ヴァン・ヘルシング」

ルシンダは顔をあげた。まだ熱があるかのように、頬が赤くまだらになっている。「とても元気です、ありがとう。ほんとうに、まるで天使の領土にきたかのよう。ルシファーが天国を支配するなんて、不思議ではなくて？　それでも、ルシファーもかつては天使だったのよ。もしかしたら、いつか翼を取り戻すかもしれない……」

「いかれてるのは前と変わらないじゃん」ダイアナが頭を振って言った。「行こ、ホーホー。ベッドの上に乗ろう」

「その犬はベッドに乗せません」メアリは悠然と脇を通り抜けた狼犬を捕まえようとしたが、ホーホーの首の豊かな白い毛を握りたくなければ、つかむところがなかった。狼犬に手を伸ばしたころには、ホーヴィラーグはすでにベッドに飛び乗り、ルシンダの足に頭を載せていた。まあ、少なくともルシンダは気にしていないようだ！　謎めいたカードを見下ろしたままだ。ダイアナは狼犬のあとからよじ登ると、同じようにカードに目を通しはじめた。

「この部屋の外の世界から、何か知らせは入りましたて？」ローラが問いかける。「あなたの計画は、ミナ？　わたくしたちは何をする必要がありますの？」

「今日、とくに必要なことは、睡眠を取ることだけよ」とミナ。「日曜日には公共の建物はみんな閉まるから、あした科学アカデミーの建物が閉まったら、少し偵察をする必要があるわ。どうやって入って、うまくいけば出たらいいかしら？　いろいろな扉はどこにあるの？　どういう種類の鍵がかかっている？　開けるのはどのくらい簡単？　そういうことよ。ヴラドは建物の中に入ったことがあるけれど、何がどこにあったかは、とてもぼんやりとしか覚えていないの。廊下を歩いていたのに、全体の配置を思い出せないなんて！　人間を不死にする計画で頭がいっぱいだと、そういうことになるんでしょうね」

「するべきことはそれだけじゃないはずよ」とメアリ。

「聖イグナティウス大修道院を調べる必要があるわ。セワードとヴァーンベーリ教授はそこで何をしていたの？　ヴァン・ヘルシングが部隊と呼んでいる男たちを大修道院か、その近くに置いているのなら、もっとあれこれ探り出さないと。そこに何人いるの？　わたしたちが疑っているように、ほんとうに吸血鬼病に感染しているのかしら？」

「吸血鬼病に感染している男たち！」とカーミラが言った。「ローラとわたしは大事な話し合いを逃したようだ。ブダペストにそんな連中がいるのなら、所在や人数を知りたいところだな。その大修道院を探る人員が必要なら、わたくしが志願しよう」

「それには塀を登るか、鉄の門を通り抜ける手立てが必要ですわ」とベアトリーチェ。「塀は石に漆喰が塗ってあるんです――足も手もかける場所がありません。メアリがゆうべあなたの能力を説明してくれましたけれど、女伯爵、あなたでもあの塀は登れないと思います。

すわ」

「鍵開けならできるよ、楽勝！」ダイアナがカードから目をあげて言った。

「正気を失った吸血鬼がもっといる場所になんて、ぜったいに行かせないわ」とメアリ。「この前のことを覚えてないの？　ウィーンのあの路地で殺されていたかもしれないのに。逃げられたのはこっちの人数が多かったのと、アイリーンが馬車であそこにいたからよ」

「誰があんたを女王様にしたのさ？」ダイアナはうんざりした顔つきで言った。

「門の棒が鉄なら曲げられるかもしれないわ」ジュスティーヌらしい控えめな言い方だった。鉄の棒を曲げるのは、サーカスでジュスティーヌの見世物のひとつだった――〈女巨人〉にとっては子どもの遊びだ。

「それに、その吸血鬼の男たちがわたしを傷つけるとは思わないいし。わたしは、ほら、もう死んでいるから……」

「では、わたくしと行こう」とカーミラ。「いや、ローラ、休む必要はない！　申し分ない体調だ。それと、よかったら、ジュスティーヌ、ベアトリーチェ――カーミラと呼んでほしい」

「計画を立てているようだな」伯爵が言った。入ってくるのは聞こえなかったが、すぐうしろに立っていた。

「レオ・ヴィンシィは折り返し電報で返事をよこした――なぜそれほど急いだのだろうな？　カフェ・ニューヨークで会うことに同意してきた。ミス・ジキル、よろしければ同行を願えまいか？　レオが私ひとりの言うことに耳を傾けるとは思わないが、あなたの知っていることや、イングランドでの会員たちの不穏な動きについて何を発見したかを伝えてくれるなら……それに、ミス・モローにも同行してもらい、立ち聞きした会話のことを話してやってほしいのだが」

「もちろん」とメアリ。「でも、ルシンダはどうしま

「わたしが付き添えるわ」とベアトリーチェ。「つまり、この体質でルシンダを危険にさらさなければといいうことだけれど。ご存じのとおり、わたしは……たいていの動物の命に対して毒になるから」

「ミス・ラパチーニ、こちらに手を」と伯爵。「素手だ、手袋をはずしてもかまわなければ」

「いいえ、だめです――」ベアトリーチェはあとずさった。

「断言しよう、問題はないはずだ」伯爵は片手を差し出した。ベアトリーチェが一方の手袋をはずし、何が起こるか恐れているかのように、おそるおそる慎重にその手を取る。伯爵は身をかがめると、ベアトリーチェが不安になって引っ込めるまで手の甲に口づけた。

身を起こして微笑すると、自分の手のひらを示す。少し赤かったが、見ているうちに赤みは引いた。唇からも手からもあっという間に痕が消える。

「君の毒は有効ではあるが、ゆっくりと働く」伯爵は言った。「真の損傷をこうむる前に体が修復する余裕があるのだ。カーミラも同じ性質で、ルシンダもまもなくそうなる――ほぼ完全に変化しているからな。今でも、君がほんとうに害を与えることはできない。心配せずとも、われわれに触れること、そばにいることは可能だ」

ベアトリーチェはとまどいながらも安堵したようだった。きっと新しい感覚に違いない――人にさわっても傷つけずに済むというのは。一緒にいてもベアトリーチェの毒に対して安全なのは、これまでジュスティーヌしかいなかった。「ありがとうございます」と伯爵に言う。「実証してみせてくださってありがとうございます。喜んでここにいますわ。それに、窓を開けておけばダイアナも残れるのでは？　この部屋は広くて風通しがいいですから。ルシンダに何かのカードゲームを教えているようですし」

「誰もあたしを連れていきたくないからね！」ダイアナはぶつぶつ言った。

メアリは無視した。ダイアナは不満かもしれないが、少なくとも今日のところは無事でいられる。

「そしてわたしは、ファラデー博士に長い手紙を書いて、この状況に関して最新情報を伝えるわ。さて、それでは」とミナ。「全員にとって大変な一日になるでしょうね。ローラは別として——あなたはね、ほかのみんなの面倒を見るのに時間を使いすぎよ。寝てきなさい——家庭教師の命令よ！」

ダイアナ　すごくつまんなかった。あたしがまったく新しいカードゲームを発明したとこ以外はね。ルシンダはあたしに負けないぐらい強いよ。ベアトリーチェはいろんな話をずっと読んでて……

ベアトリーチェ　声に出して読むと役に立つかもしれないとローラに言われたの。ミナが童話の本を一冊くれたのよ。『あおの童話集』？『あおいろの童話集』？正確な題名は覚えていないわ。子どものころ童話は読ませてもらえなかったの、科学論文だけよ。きっと楽しめたでしょうに！まあ、どうして王国じゅうでたったひとりしか履けない靴があるのかは理解できないけれど。

ダイアナ　魔法の靴だったから。

ベアトリーチェ　それでも論理的ではないわ。カボチャが馬車になったり、トカゲが下僕になったりするのは受け入れられるけれど、靴は同じサイズの女性なら、履けるひとが大勢いるはずよ。王子さまはどうやって正しい相手を選んだとわかるの？

十五分後、メアリとキャサリンは外出用にきちんと帽子と手袋を身につけ、一階の馬車の入口で待っていた。

「ブロアムのほうがランドーより速くて目立たないと思う」と伯爵。「ランドーのほうがよければ別だが？　三人乗るとブロアムは少々きついだろう」

「いいえ、ブロアムでまったく問題ありませんわ、ありがとうございます」メアリは言った。ちらりとキャサリンに視線をやる。キャサリンはあきれた顔をしてみせた。気づかれたかどうか不安になって伯爵を見たが、すでにこちらに背を向けていた。手綱を持って鹿毛の牝馬を押さえている馬丁らしき相手のほうへ歩いていくところだ。メアリはキャサリンのあばらを肘でつついた。

「何よ！」キャサリンがささやいた。「なんで叩くの？」

「叩いてないわ。これは叩いたわけじゃないし。とにかくお行儀よくしてよ！　伯爵に向かってあきれた顔なんてしないものよ、まったく。陰でだってしないわ。ともかく、あのひとはわたしたちをもてなしてくれているんだし、ミス・マリーの……その、お友だちなんだから」

「〝あら、ミス・ジキル、ブロアムがお好み、それともランドーかしら？〟」キャサリンは甲高い気取った声で誰かの真似をした――たぶんレディ・ティベットだろう。キャサリンが最初にロンドンに着いたとき、しぶしぶ受け入れたものの、そのあと飼い犬のペキニーズに嚙みついたので、家からほうりだした女性だ。「あなたは伯爵を気に入ったんじゃないの――あのパタパタ動く髪の毛がサー・ヘンリー・アーヴィングみたいなんでしょう！　どうして笑いものにするの？」

「とくにあのひとを笑いものにしてるわけじゃなくて――ブロアムとランドーを両方持ってる人たちを笑いものにしてるだけ。だいたいランドーってなに？　あたしたちみたいに貧しいサーカスの人間は、そういう上流社交界とのつきあいなんてないの」

「公園で乗るときに使う、幌がはずせる馬車よ。それから、こんなふうに続けるつもりなら、カルンスタイン城で何があったかも、わたしがハイドと話した内容も教えないから――ミナと伯爵の前では言いたくなかったことよ。冗談抜きで、お行儀よくして――これは遊びじゃないのよ、キャサリン。ヴァン・ヘルシングが使っている男たちを見るべきだったわ。わたしたち、ウィーンで殺されるところだったのよ」

「はい、先生！」とキャサリン。「ねえ、あんたがどんなに頭にくるか忘れてたわ」

「あなたもよ。でもやっぱりあなたとベアトリーチェと会えてうれしいわ。正直に言えば、またみんな一緒になって、今度のことに関して何もかもずっと気が楽になったの。ベアトリーチェが前にロンドンで言ったように、わたしたちは離れ離れになっているより一緒にいたほうが強いのよ。お互いに殺し合わなければばってことだけれど」

「たしかにね。それに、あんたたち三人が忽然と消えちゃったんじゃないかって、あたしたちほんとうに心配したんだから。あんなふうになんの痕跡も残さず行方不明になるなんて！　いったいどういうつもりだったの？」

「だって、あれはわたしたちのせいじゃないわ」とメアリ。「誘拐されたのよ、忘れないで！　誘拐されたっていうのは、どこへ行くか口を出す権利がないってことよ」

「ミス・ジキル、ミス・モロー、準備ができているようなら？」伯爵がブロアムにふたりを乗せようと待っていた。

「お先にね、ミス・モロー」メアリはできるだけレディ・ティベット風の口調にしようとして言った。キャサリンはまたあきれた顔をした。

きのうはブダペストの裏通りを歩いて通った。今日は華麗な建物が両側に並ぶ広々とした大通りを馬車で進んでいる。メアリがこれまでに見た場所はもっと狭くて質素だったが、ブダペストのこの区域はウィーンのように壮観だった。

「いったいあれはなに?」キャサリンが問いかけた。

中央に座っていたメアリは、身を乗り出してキャサリンが指さしているほうを見た。実際、なんだろう? 鉄道の車両が独立して通りの真ん中の線路を走っているように見える。あれは——きっと——「路面鉄道よ」とメアリ。「でも、車両を牽いている馬がいないわ。どうやって動いているのかしら?」

「電気だ」伯爵が言った。「車両に電気を伝えているケーブルが道路に埋めこまれているから、まるで魔法で走っているように見える! とはいえ、むろんあれは科学だ」

「ロンドンにはあんな路線はないわ」とメアリ。

伯爵は微笑した。「私はイングランドにいたとき、イングランド人が概して、東方を未開で技術革新の能力のないところだと考えているのに気づいた。だが、そうではないのがわかるだろう。ここハンガリーには、君たちの国にない技術革新がある。ジョナサン・ハーカーがトランシルヴァニアを訪れたとき、目に留めたのは色あざやかな服装の農民たちだった。われわれの最新式の農機具や高度な灌漑《かんがい》技術には気づかなかった」

メアリは路面電車をまじまじと見た。あれが馬車や荷車と一緒に通りを走っているのはなんと奇妙なことか! とはいえ、カーミラの自動車があんな珍妙な機械は一度も見たことがないような村々を走り抜けていったことほど奇妙ではないかもしれない。

「あたしもイングランドのそういうところに気がついたわ」とキャサリン。「最初の短篇を書いたとき——『アスタルテと蜘蛛の神』よ、今長篇にしてるところなの、ただ題名を変えなきゃいけないと思うけど——なんでもイングランド式がいちばんだと考えてるイングランド人のリック・チェンバースを創作したの。アスタルテと恋に落ちるまでだけどね、もちろん！」

「ああ、ミス・モロー、君の物語はとてもおもしろかった。ミナが《リッピンコット・マガジン》に載っているのを教えてくれた。とくに気に入ったのは、リック・チェンバースが蜘蛛の神からアスタルテを救おうとして、逆にアスタルテがリックを救わなければならなかった箇所だ！」

「あたしの話を読んだの？」キャサリンは問い返した。妙に抑揚のない声だった。

「ああ、そしておおいに楽しんだとも！　ミナがあの号を取ってあるはずだ。よければ今晩サインをしてもらえないだろうか？」

メアリはキャサリンの顔がゆっくりと赤くなるのを見た。おやおや、〈猫娘〉がこんなに赤くなれるとは誰が知っていただろう？　キャサリンは「もちろん」というような言葉をつぶやき、断固として窓の外を見つめた。作家というのはじつにおかしな生き物だ！

褒められたらうれしがるものではないだろうか。

だが、キャサリンはカフェ・ニューヨークに到着してブロアムから降り、正面の入口から入っていくまで、それ以上口を開かなかった。それから言った。「うわ。すごい。これはなに、コーヒーを祀る神殿とか？」

古典的な場面の描かれた高い天井へ向かって、大理石の円柱がそびえている。智天使《ケルビム》が大勢いた。中央のホールからは、小さなテーブルでいっぱいのフロアがふたつ見える。そのテーブルに座っているのは、スーツや、ときには軍服を着た男性たち、曲線を描く羽根飾りのついた帽子をかぶり、ビーズをあしらった手提げ袋《レティキュール》を持つアフタヌーン・ドレスの女性たちだ。話し声、煙草の煙、行ったりきたりする給仕――それに金色の輝きがあらゆるところに存在している。一種の黄金色の靄が客に投げかけられ、神秘的な場所、コーヒーのオリュンポス山にでも腰かけているかのようだ。コーヒーと煙草、香水のにおい。猫の鼻を持つキャサリンにはこれがどんなふうに感じられるのだろう、とメアリはふいに思った。

キャサリン　最悪。どうして人間はあんなふうに自分のまわりに悪臭を放っていられるのか、理解できないわ。

「ここは……ちょっと圧倒されるわね」メアリは曖昧に言った。

「暗い隅っこでまるくなっててもいい?」キャサリンが訊ねた。「誰だろうと、こんなやかましい中でどうやって音なんか聞き取れるの」

「カフェ・ニューヨークは数年前に開店した」伯爵が言った——言ったのか叫んだのかは判断しがたいところだった。「ここはブダペストでもっとも人気のあるコーヒーハウスだ。イングランド人が言うように、人を見て、人に見られる場所だよ。私自身はこうしたところにこないが、レオがここで会いたいと言ったのでね」通りすがりの給仕に早口のハンガリー語で何か言うと、給仕は奥のほうを示した。「こちらへ」伯爵は言い、ついてくるように手招きした。あの騒がしさと目を見張るような光景の中を通り抜けていく。コーヒーハウスの奥にたどりつくと、いくらか静かだったので、メアリはほっとした。

「そこだ」と伯爵が指さした。「だが、ひとりではないな」

指し示されたテーブルにはふたりの男が座っていた。片方、若いほうは三十代後半か四十代前半だろう。通りで出会ったらどんな女性でも思わず振り返るような、並外れた美男子だ——まるでベルヴェデーレのアポロンが台から降りて現代のスーツを着込んだようだった。だが、額と目の下に皺ができはじめており、金色の巻き毛には灰色が交じっている。もうひとりは二十ほど年上で、どこから見ても正反対だった——背が低く、広い胸に好戦的な顔つき、濃い顎鬚を生やしており、鼻は以前折れてきれいに治らなかったらしい。連れがたいていの男性より魅力的なのに対し、この男は公平に見ても醜いと言えるだろう――ただし、人目を惹きつけるような形でだ。ずいぶん大きなパイプをふかしている。

「やあ、ドラキュラ」金色の髪の男が言った。「連れがいるようだね。ご婦人がた？」席を立って一礼する。同時に同伴者が礼儀を保つ程度に立ち上がってうなずいた。とはいえ、パイプは灰皿に置いている。

「ミス・ジキル、ミス・モロー」伯爵がアポロンを示して言った。「こちらはレオ・ヴィンシィ。そして連れの方は、ここで会うとは予想していなかったが、ケンブリッジ大学のホーレス・ホリー教授だ」

「ジキル！ モロー！」ホリー教授が声をあげた。「では、あんたがたがあの呪われた実験の成果か」

「ホリー！」とレオ・ヴィンシィ。「礼儀作法はどこへ行ったんです？」

「お許しを、ご婦人がた」教授は言ったものの、とりたてて後悔している口ぶりではなかった。「レオがお伝えできるだろうが、私は社交性に欠けていてな。科学者として、お会いできてじつに光栄だ――とりわけミス・モローには。私自身、昔からなかば類人猿のようなものだと感じていた――ある意味で先祖返り、隔世遺伝だとな。したがって、半分猫の若いご婦人とお会いできるのは非常に喜ばしい。おそろしく無作法でなければ、人相を調べたいとお願いするところだが……」

「だが、それは実際、おそろしく無作法ですよ」とヴィンシィ。「ドラキュラ、きみの連れは魅力的かもしれないが、興味があるのはあの伝言だよ――ヴァン・ヘルシングがアッシャに危険をもたらすというのはどういうことだい？ それと、ヴァン・ヘルシングは先手を打っていたと伝えたほうがいいだろうな――きの

う の朝、向こうから連絡がきた。きみが精神科病院からヘルシングのお嬢さんを誘拐したと考えているようだぞ。お嬢さんには被害妄想があるそうだ——自分の父によって吸血鬼にされつつあると信じ込んでいるとか。どうやら母親の精神的な不安定さを受け継いだらしい。それは事実なのか——実際にミス・ヴァン・ヘルシングを誘拐したのか？」

「ぜったいに真実ではありません！」メアリは言った。「あのひとはほんとうに娘さんを吸血鬼に変えていたんです——ともかく変えようとしていました！　セワード医師と一緒に生物的変成突然変異の実験をおこなっていたんです。ふたりの目的は、ソシエテ・デザルキミストのイングランド支部を復活させることでした。話してあげて、キャサリン」

「もし協会が投票で生物的変成突然変異の研究を元どおりに許すと決めなければ、あいつは協会を乗っ取るつもりです」とキャサリン。

「乗っ取る？　どうやって？　ヴァン・ヘルシングに投票権はないよ」ヴィンシィは懐疑的な様子だった。

「吸血鬼の軍隊を使うつもりです。なんらかの催眠術を通じて、その吸血鬼たちを支配しているんです」とメアリ。「少なくとも、わたしたちはそうすると考えています。アルミニウス・ヴァーンベーリが手を貸しているんです」

ヴィンシィはつかのまこちらを見てから、ぷっと吹き出した。「いや、ミス・ジキル、それは三文ホラー小説のプロットのように聞こえますよ。ヴァン・ヘルシングを信じているわけではありませんが、彼は紳士ですし、科学者でもあります。お訊きしてよろしければ、なぜその男を信じなければならないのでしょう——」伯爵を指し示す。「——過去に僕らを裏切った男と、あなたがたふたりを？　ひょっとしたら、ドラキュラがあなたがたを操っているかもしれませんし、あなたがたがドラキュラをいいように動かしているのかもしれない。ジキル博士のお嬢さんを信じる理由はありませんね――ご指摘しておくと、博士も協会を裏切ったうえ、所在がわからないままです――モロー博士を殺した生き物についても同じことです。あなたがたのどちらでも、その吸血鬼の軍隊とやらを実際に目にしたのですか？」

「いいえ、でも――」とメアリ。

「それに、治療を受けていた精神科病院からルシンダをさらったのはあなたがたですか？」

「ええ、でも――」

「そして、ルシンダは実際に正気を失っていましたか？」

「まあ、そうです。でも――」

「それなら、あなたやその非常識な話を信じるべき理由をひとつでも与えていただきたい」

「あなたがたを助けようとしているからです！」メアリはこぶしを握り締めた。古代の彫刻のように整った、あのレオ・ヴィンシィの鼻を殴りつけてやりたい。「君このふたりの話を聞くべきだ」とドラキュラ。「君は実際に何が起こっているか知らない。アッシャも知らない――」

「アッシャは君よりはるかによく心得ているさ」ヴィンシィは答えた。そして立ち上がる。「ホリー、もう充分聞いたと思う。君のことだが、ドラキュラ、ミス・ヴァン・ヘルシングを父親に返すか、きちんと世話をしてもらえるような施設に入れることを勧めるよ。これ以上僕に連絡をよこしたり、アッシャと連絡を取ろうと試みたりしないでくれ。それでは、ご婦人がた」

「せめて伝えてくれませんか？」メアリは訊ねた。「会長に……アッシャに、ヴァン・ヘルシングが何をしようとしているか伝えてください」

「そんなことはしませんよ。アッシャは会合を運営しなければならないし、演説内容も書かなければならない——くだらないことで煩わす必要はありません」ヴィンシィは椅子を押し込み、「行こう、ホリー」と言うと、小さなテーブルのあいだをぬってカフェの受付へと歩み去った。ホリー教授はこちらを一瞥してからあとを追った。

「うわ、最高の結果じゃない」とキャサリン。

「努力はした」伯爵は頭を振って言った。「あちらが耳を貸さないなら、このうえどうしようがある？」

みんなそれ以上何も言わなかったが、家に帰る途中で、キャサリンがいきなり言い出した。「モローは自業自得よ、そうでしょ。あたしがしたことは当然の報いだった」

メアリはキャサリンの手に自分の手を重ね、励ましが伝わるようにと願いながら、一度ぎゅっと力をこめると、ブロアムがムゼウム通りへ戻っていくあいだずっと握りつづけていた。これからどうする？　ドラキュラ伯爵邸へ戻ったら、例の吸血鬼の軍隊について、ジュスティーヌとカーミラが新たな事実を持ち帰ってくるかもしれない。

24 謎の大修道院

「あのうち何人が吸血鬼なんでしょう?」ジュスティーヌはささやいた。

「信者席にいる連中は全員だ」カーミラがささやき返した。「においでわかる。だが、祭壇のそばにいるふたりは違うと思う。まだ感染していない」

ジュスティーヌは無言で下の信者席にひざまずいている男たちを数えた。二十四人。カーミラの言うとおりならすべて吸血鬼だが、おそらく正しいのではないだろうか。

今朝、ジャスティン・フランク氏と颯爽とした若いカルンスタイン伯爵は、ムゼウム通り五番地を出て聖イグナティウス大修道院へ向かっていた――ハンガリー語ではセント・イグナーツだとカーミラは教えてくれた。家を出てドナウ川のほうへと通りを歩きはじめるとすぐ、カーミラは言った。「フランス語で話したほうがいいか? きみの母語だろう。わたくしが子どものころ、フランス語は貴族の言葉だった」ジュスティーヌがうなずいたので、ふたりの会話はその言葉で続いた。危険で困難な用向きだったが、母語で話ができるのはうれしかった。ロンドンではフランス語を話す機会があまりにも少なかった!

男装することにしたのは、大修道院に侵入しているところを見つかったとき、何かの悪ふざけとしてやり過ごせる可能性があったからだ――若い男はそういったことをやるものではないだろうか? 若い女が修道士でいっぱいの大修道院に入り込もうとしたら、もっと疑われるだろう。

大修道院に侵入すること自体は簡単だった。小さな裏門を見つけてジュスティーヌが鉄柵を押し開き、通り抜けたあとまた曲げて元に戻しておいたのだ。

「何が起きているかおおよそわかるような、見晴らしのいい地点が必要だ」とカーミラは言った。さいわい鐘楼の裏の化粧漆喰はあちこちはがれていた。そこを手がかりにして鐘楼に登り、カルンスタイン伯爵の上着の下で腰に巻きつけてうまく隠したロープを垂らした。ちょうど正午を過ぎたところで——誰も近くにいないようだった。修道士たちは昼食をとっているのでは？ ジュスティーヌはロープをよじ登った。鐘楼の大きな真鍮の鐘の下でふたりは待機した。四方に窓があり、そこから行き来する人々が誰でも見えた。

長く待つ必要はなかった。予想より早く修道士の列が宿舎から出てきて、下の教会へ向かった。なぜ今？ ジュスティーヌが知るかぎり、礼拝で祈る時間ではない。窓台から上に頭しか出ないようにしゃがみこむ——修道士たちに見られたくなかった。

「修道士たちと一緒に男がふたりいる」隣にかがんだカーミラが言った。「つまり、修道士ではない男という意味だ」

ジュスティーヌは見なかったが、カーミラほど視力はよくない。いまや修道士全員がぞろぞろと教会に入っていった。鐘楼の一角から狭い石の階段が螺旋状に下っている。カーミラはその階段に足を踏み入れ、つかのま姿を消してからまた現れた。ジュスティーヌもくるようにと手招きする。一回転分下りたところに隙間があり、下で何が起こっているかのぞくことができた。修道士のうちふたりをのぞき、全員が信者席に座っている。だが、茶色い司祭平服《カソック》を着ている男たちはとくに凶暴そうにも吸血鬼風にも見えず、はたしてカーミラは正しいのだろうかとジュスティーヌはいぶかった——すぐれた嗅覚があれば、ほんとうにあんなに遠くから吸血鬼だとわかるものだろうか？ ほかのふたりは待っているかのように祭壇の両側に立っている。

何を？

側面の扉が開き、あきらかに修道士ではない男が入ってきた。服の上から上祭服《カズラ》らしきものを羽織ってはいたものの、普通のフロックコートとズボンという姿だ。キャサリンの昨夜の説明から、たちまち誰なのかわかった——〝現代の服を着たサンタクロースみたいだった〟。では、これがヴァン・ヘルシング教授か！白い顎鬚を生やし、白い髪がふわふわと顔を囲んでいる。上からは頭のてっぺんの禿げた部分が見えた。

そのあとからもうひとり男が歩いてきた——もっと若くすらりとしている。セワード医師だろうか？　髭をきれいに剃っているが、キャサリンはヴァーンベーリ教授には顎鬚も口髭もあると言っていた。プレンディックなら、この前のあの恐ろしい夜、エーテルを投与されたときに見たから、それとわかるだろう——どうやっても手に入らなかった愛情を得られると考えて、アダムが別の女性とジュスティーヌの脳を取り替えようとしたときに。その考えを払いのけるように頭を振る——今そんな時間はないのだ。下で起きていることに集中しなければ。もうひとりの男はセワードに違いない。聖体拝領に使われる豪華な聖杯らしきものを運んでいる。

いまやヴァン・ヘルシングが祭壇の前に立っていた。セワードだと思われる男が聖杯をその前に置くと、後陣のほうへあとずさり、石の円柱のひとつに寄りかかって腕組みした。一瞬、ヴァン・ヘルシングは聖杯を見下ろした。それから、両手をあげて話し出した——ドイツ語だったので全部はわからなかった。しかもあまり意味をなさないようだったからだ。〝血の川——和解の日——異端者や冒瀆者どもをおおいに楽しんでやろう〟。頻繁に講演する人物らしく、朗々たる声が石の内陣全体に響き渡った。何が起きているのか、女伯爵は自分よりはっきり把握しているのだろうか、と考えながらカーミラを見やる——なにしろドイツ語を話すのだから。だが、カーミラは〝わたくしにもわからない〟と言いたげに肩をすくめてみせた。

ヴァン・ヘルシングが聖杯を掲げた。何か唱えている――いや、あれはラテン語だ。〝われらが主の血――永遠の命を与えられる――受けて飲むがいい〟。あれは聖体拝領の祈りの言葉ではない！　いや、そうだとしても、違う順序で違うことを言っている――謙虚さもなければ、教会の人々に加わるようにという呼びかけもない。永遠の命、血を通じて獲得される、とこしえに栄光を与えるといった言葉ばかりだ。ジュスティーヌは身震いした――これほど不穏な予感ははじめてだ。あんなに大勢殺したアダムにさえ、こんな戦慄は覚えなかった。誰であろうと、おのれの目的のために聖なるものを冒瀆するとは……

ヴァン・ヘルシングの演説は終わった。いまや信者席の修道士がひとりひとり立ち上がり、祭壇の手すりまでやってきて、クッションにひざまずいている。ヴァン・ヘルシングはめいめいに近づいて聖杯を唇にあてがった。飲んでいるあいだ、それぞれの目をじっとのぞきこんで何か言ったが、声が低すぎてこちらには聞き取れなかった。

「ワインではない」カーミラがささやいた。「血だ。ここからでも嗅ぎ取れる」

しかし、なぜかジュスティーヌには推測がついていた。この偽のおぞましい聖体拝領の儀式と完全に一致している。モローの島でどんなふうにゆがんだ宗教があったか、キャサリンが説明していた。ここにいるヴァン・ヘルシングは、ヨーロッパの帝国の首都の真ん中でそれをおこなっているのだ。

「あの男が何を話しかけているか聞こえますか？」とささやきかけたが、カーミラは首を振った。

二十二――二十三――二十四。どの修道士も飲み、おのおの信者席へ戻っていく。とうとう、ヴァン・ヘルシングはふたたびドイツ語でしゃべった。「今もこの先も、とこしえに汝らの内におられる、父と子と聖霊の名において。アーメン」

セワードはまだ円柱にもたれかかったまま、これは芝居で、自分は観客にすぎないと言わんばかりに無造作に眺めていた。

それから、信者席の修道士たちはひとりずつ教会から出ていき、残ったのは祭壇の両側にいるふたりだけになった。そのふたりはなおもカソックに両手を入れたまま立っている。

ヴァン・ヘルシングが一方のほうを向いた。「ご助力に心から感謝申し上げる、近いうちに多額の寄付をすると大修道院長に伝えていただけるかな？　どうやら何もかも計画どおりに運んでいるようだ」少なくとも、ジュスティーヌに訳せるかぎりではそんなところだ。シュペンデ――寄付か支払い。フォアハーベン――事業か計画。それで正しいはずだ。

修道士は頭を下げて何か小さくて聞き取れない言葉をつぶやいた――教授の声が講堂に響き渡るほどだったが、この修道士は日々静かな瞑想にふけっているに違いない。

「ここはもう済んだのですか？」セワードが英語で訊ねた――おそらくドイツ語を話さないのだろう。

「性急だな、ジョン君」とヴァン・ヘルシング。「だが、われわれの部隊にふさわしい考えを徹底的に植えつけることは重要だ。時がきたとき、望みどおりにふるまうようにな。忘れてはいけない、二日後にはわれわれのために戦い、ひょっとしたら死ぬようあの連中に求めねばならんのだぞ」

「ああ、そうですね」とセワード。「しかし、言っておきますが――科学者として、あのばかげた儀式は不愉快ですよ。なぜ単純に傭兵を雇ってはいけないんです？　どうしてこんな苦労をしなければならないんですか？」

「どんな傭兵を雇おうと、相手側が金を払ってわれわれを裏切らせる可能性がある。君はわしほどアッシャを知らん。あの女は常に用心深いうえ、女の狡猾さと、もっともすぐれた種類の男が持つ、客観的かつ合理的な精神を併せ持っている。恐るべき組み合わせだ。人々がなんの疑問も持たず従うには、戦いの大義を信じていなくてはならん。ソシエテ・デザルキミストにおけるわれわれの支持者は、科学の有望さを信じている——今まで想像もつかなかったような力と利益を人類にもたらしうるものだとな。そこでわれわれは、そのようになると説得したのだ。君がそれほど不愉快だと感じる生き物は、神と神の与える永遠の命を信じている。精神が病に侵されていても信じつづけるのだよ。そのために戦うのだから、裏切ることはない。だが、きたまえ、言い争うのはやめておこう。会合の始まりまでにまだ必要な準備がある。総会で何が起きようと、会合の残りは続く。そして君は論文を発表する予定だ。もう一度私が目を通して、修正が必要だと思うかどうか知らせよう」ヴァン・ヘルシングはセワードの腕に手をかけ、ふたりは信者席を通って教会の奥へ歩いていった。大きな両開きの扉から出ていく。

ジュスティーヌが見ていると、ふたりの修道士が低い声で会話を交わした。それからひとりが聖杯を取り、おそらく聖具保管室に続いている扉から出ていった。もうひとりは祭壇布を畳んでからそのあとを追った。

ふたりがいなくなると、カーミラは言った。「あれほど好人物に見えるのに！　両親に余裕がなくて聖名祝日の祝いがもらえない孫に、おもちゃの列車かぬいぐるみの熊でも買ってやる祖父のようだが」頭を振る。「すぐに報告しに戻ったほうがよさそうだ。何に直面することになるのかミナは聞きたいだろう。だが、どう戦うか——それが問題だ。きみは強い、そしてわたくしも、わたくしの名付け親もな。しかし、わたくしたちは三人しかいない。ほかの皆は銃やナイフを持っている——だが、吸血鬼に対してそれがなんの役に立つ？　それに、ヴァン・ヘルシングが吸血鬼どもを支配するやり方――あれはかつて名付け親が、特定の考えを頭に植えつけることによって、吸血鬼の兵士を統制していたやり方だ。やつらは戦いの場では命じられたことをなんでもするだろう」

ふたりは登ってきたのと同じ方法で鐘楼から下りた――ジュスティーヌがロープを使い、地面にたどりついたあとカーミラがそれをはずして、塔から逆さまに這い下りた。だが、ふたりで門に近づいたとき、叫び声が聞こえた。

修道士のひとりが急ぎ足で芝生をよこぎってくる。移植ごてを持っているので、庭で作業していたに違いない。何を言っているのか、ジュスティーヌにはまるでわからなかった――ハンガリー語でぽんぽん言われたからだ。

「やあ《ハロ》！　やあ《ハロ》！　ここはビアガーデンかい《イスト・ダス・デア・ビアガルテン》？」カーミラが言った。不明瞭でろれつのまわらない口調だ。ジュスティーヌの腕をつかんでもたれかかる。「ビア《ヴィァ》ガーデンを探しているんだ《・ズーヘン・デン・ビアガルテン》」

修道士は驚いてカーミラを見た。「ビアガーデンはない《ナイン・ビアガルテン》。ここにビアガーデンはない《ナイン・ビアガルテン・ヒア》。どうやってここにきた《ヴィー・コムスト・ドゥー・ヒア》？」あきらかにドイツ語の知識は初歩的らしい。どうやってこの質問に答えたらいいだろう？　鉄の棒を曲げて入ったと説明するわけにはいかない……。

どう見ても泥酔しているカルンスタイン伯爵を支えて、ジャスティン・フランク氏は言った。「門が壊れ《ダス・トーア・》ています《イスト・カプット》。見えますか《ゼーエン・ジー》？」門がほんとうに壊れているのを示すため、手のひらで強く押す。その力に負けて金属の掛け金がへし折れたのが聞こえないといいのだが。

「行け《ゲー》！　行け《ゲー》！」修道士は言い、鶏を追いたてるようにこちらへ向かって両手を振ってみせた。「ここはビアガーデンではない《ダス・イスト・ナイン・ビアガルテン》！　おまえはここにいない《ドゥー・ビスト・ヒア・ニヒト》！」

ジャスティン・フランク氏とカルンスタイン伯爵は急いで壊れた門から出たものの、その前に伯爵は怒った修道士に酔っぱらった礼を返してみせた。

ジュスティーヌ　カーミラはそのうえ、たぶん失礼なしぐさみたいな身ぶりをしてみせたけれど、そういう身ぶりのことはよく知らないから、どういう意味かわからないわ。

ダイアナ　知りたきゃ教えてあげるけど。いっぱい知ってるし！

メアリ　そうね、堪能よね、みんな知ってるわ。

ダイアナ　ほら、これがひとつ！　それにこれがもうひとつ。

ジュスティーヌ　ダイアナ、ほんとうにそんな下品で洗練されていないやり方で気持ちを表現する必要があると思う？　そのがさつな態度の裏で、あなたは頭がよくて愛情深い女の子なのよ。

ダイアナ　何が言いたいのさ？

ジュスティーヌとカーミラがムゼウム通りの邸宅に着くころには、メアリとキャサリンがカフェ・ニューヨークから戻っていて、どちらも険しい顔つきで音楽室に座っていた。

「計画がうまくいかなかったのね？」ジュスティーヌは訊ねた。すでに玄関で下僕に帽子と手袋を預けていた。

「話を聞こうともしなかった」とキャサリン。ソファにまるくなって両足をクッションに載せている。メアリのほうは肘掛け椅子のひとつに行儀よく腰かけていた。「レオ・ヴィンシィ――なんて傲慢な間抜けなの――しかもあのばかげた髪。ルネサンスのキューピッドの真似でもしてるみたいにくるくる縮れてて！」

「ヴィンシィ氏があそこにいなければ、ホリー教授は話を聞いてくれたんじゃないかと思うわ」メアリが言った。「あの人は失礼だったけれど――誰にでも失礼なんじゃないかしら。ところで、ベアトリーチェはこの二時間ミナと一緒にいるわ――何かの極秘計画に取り組んでいて、わたしたちには教えてくれないの。それからダイアナはあの下僕見習いとどこかへ出かけたわ、あの名前はフン《Hun》族のアッティラから取ったんでしょうね。納得がいくわ、ここはハンガリー《Hungary》ですもの！ ルシンダは眠っているの――ローラと伯爵がついているわ。ローラは二役こなしていると思うの――ほかのみんなの二倍ルシンダに付き添っているみたい。そしてわたしたちは――その、どうしていいかよくわからなくて。何を計画するかがわからないのに、どうやって計画できるというの？ でも、あなたたちふたりで何か探り出してきたんでしょう。ジュスティーヌ――吸血鬼の軍隊は存在するの？」

「残念ながら存在するわ」ジュスティーヌは聖体拝領のワインであるかのように血を飲んだあの修道士たちを思い出した。「カーミラが吸血鬼だと特定した男が二十四人いるの。その男たちが――そうね、ひどくばかばかしいけれど、とても不安にさせられる儀式をおこなっているのを見てきたわ。カーミラはヴァン・ヘルシングが暗示の力――一種の催眠術で彼らを支配下に置いていると考えているの」

「ああ、ローラにはそういうところがある」カーミラが頭を振って言った。「召使が病気になると看病するし、シュロスの近くにくる怪我をした動物はすべて面倒を見る。薬はわたくしが作るが、世話をするのはローラだ。無理をしないように言っておこう。ここにはその務めを分かち合える者がたくさんいるのだから」

「二十四人なんて、たいした軍隊には聞こえないけど」キャサリンが言った。

「それでも、二十四人の吸血鬼は普通の兵士の一個中隊を殲滅《せんめつ》し、一個大隊を大混乱に陥れるだろう」カーミラが現在の議論に注意を戻して言った。もうひとつの肘掛け椅子に腰を下ろす。一方でジュスティーヌは、ハープシコードの長椅子に座った。「伯爵がまだ吸血鬼の兵士を造っていたころ、国境の攻防戦でじかに目にした。伯爵もまた兵士に催眠術をかけていたから——継続不可能になるまで戦うようにと。アルミニウス・ヴァーンベーリは、歴史研究からその技術にくわしいはずだ」

「おそろしい行為ね」とミナが言った。入口に立っている。「みんな無事帰ってきてほんとうにうれしいわ。そうすると、わたしたちの考えていたとおり、ヴァン・ヘルシングは思いのままに使える吸血鬼の部隊をかかえているのね。まあ、それはまずいことだわ。その一方で、わたしの見積もりでは、ソシエテ・デザルキミストの中には三、四十人しか支持者がいないようよ。心配していたよりも少ないわ」

「支持者の数がどうやってわかるの?」メアリが訊ねた。

「今朝、マリア・ペトレスクが通りの向かいから見ていたら、だいたい同じころ、アルミニウス・ヴァーンベーリの共同住宅の建物に男女がぞろぞろと入っていったのですって。人数を数えてくれたわ——三十六人いたと。何人かは住人かもしれないけれど、ほとんどはあきらかにヴァーンベーリを訪ねていた。つまりヴァン・ヘルシングを、ということよ。マリアが座っていた場所からでも、ヴァーンベーリの住まいの動きが見えたのですって。ヴァン・ヘルシング自身があとで馬車までお客を送っていったそうよ。そのお客が帰ると、ヴァン・ヘルシングとセワードが出かけたの」

「そのとき大修道院に行ったのね」とジュスティーヌ。

「もちろん、支持者がそれだけとはかぎらないわ」とミナ。「今晩もっと会うかもしれないし、もしかしたら、安息日だけれど、あしたかもしれない。だとしても過半数だとは思わないわ、だから勝利を収めるために力に頼っているのでしょう。ヴラドの話だと、この年次会合には世界じゅうから会員が参加するそうよ。百人から百五十人は出席するだろうと推定しているわ。

ヴァン・ヘルシングの派閥は三分の一以上にはならないでしょう。それでも、わたしたちの計画に関しては、その事実が重要かどうかわからないわ。ヴァン・ヘルシングが勝てば、こちらが行動しなければならない。負けても行動する必要がある。そして、そのために――――ベアトリーチェとわたしで、あなたたちに見せたいものがあるの。食堂にきてくれれば、作戦会議の頃合いだと思うわ」

作戦会議！　ジュスティーヌはその言葉の響きが気に入らなかった。戦争が人類に利益をもたらしたことがあるだろうか？　実際、歴史自体、長々と流血の記述が続くだけで、ほとんど意味もなければ得るものもないと思われることが時としてあった。しかし、それでもヴァン・ヘルシングのような人間は止めなければならない――この宇宙には善があり、悪と戦わなければならないのだと知っているように、はっきりとそのことはわかっている。もしその善が自分を使うことを選んだのなら、戦いを拒みはするまい。

メアリ　ちょっと大げさじゃない？　つまりね、ジュスティーヌの考えていることを描写しているのはわかっているけれど、でもやっぱり……

キャサリン　ジュスティーヌとあたしは何年も一緒にサーカスにいたの。まさにこんなふうに考えるんだってば。ジャンヌ・ダルクがわかりにくいドイツ語の哲学書を山ほど読んで、六フィート以上の背丈だって想像してみてよ。ジュスティーヌそのものだから。

ジュスティーヌ　キャサリン、買いかぶりすぎよ。わたしはあなたがそう見せようとしているほど善人でも雄弁でもないわ。

キャサリン　ほらね？　言ったとおりでしょ？

食堂ではベアトリーチェがテーブルのそばに立って

いた。その上にはさまざまな武器が並べてある——拳銃にナイフ、それに加えて長い鋼索《ケーブル》のようなもの。そのうしろにはガラス瓶の一群があり、いくつかはあざやかな赤い液体がいっぱいに入っていた。あれも何かの武器なのだろうか？　どうやって使うのか想像もつかない。

「ふたりが戻ってきたのを見て、とてもうれしいわ！」ベアトリーチェはジュスティーヌとカーミラに声をかけた。「あなたたちの用事は、メアリとキャサリンのほうよりうまくいっていればいいけれど。出かけても無駄だったと愚痴をこぼしているの」

ジュスティーヌはテーブルに近づき、奇妙な取り合わせを見下ろした。「うまくいったと思うわ。ヴァン・ヘルシングに吸血鬼の手下が二十四人いるのがわかったの——もっとも、むしろ侍祭に近いけれどね。あの罰当たりなミサに全員が出たわけじゃないなら別だけれど……」

「全員あの場に置きたがったはずだ、自分の支配力を強めるためにな」とカーミラ。「ヴァン・ヘルシングは、あの男たちを催眠術で誘導し、一種の宗教的催眠状態に置いていた」

「キャサリンの物語に出てきそうな話ですね」とメアリ。「いったいどうやって、催眠術にかけられた吸血鬼の群れと戦うんですか？」催眠術にかかっていようがいまいが、吸血鬼の群れとどうやって戦うのだろう？　見当もつかない。

「あたしだってそこまでは思いつかなかったわ」とキャサリン。「蜘蛛の神なら思いついたけど。ミイラの呪いももちろん。催眠術にかけられた吸血鬼？　それはどうかな」

「十字架はどうだろ？　ニンニクは？」ダイアナがホーヴィラーグを連れて入口に立っていた。いったいあの狼犬に何があったのだろう？　煤《すす》でほぼ真っ黒だ。ダイアナはおおむねきれいだったが、片頬と首の横に黒い筋がついていた。「アッティラが石炭室に閉じ込められてるよ。出してあげたらいいかもね。しばらく扉を叩いてるから」

「それで、なぜアッティラが石炭室に閉じ込められているのかしら、そもそも？」まだ扉の近くに立っていたミナが訊ねた。

「男の子より頭のいい女の子なんていないって言ったからさ。同じぐらいってことはあるけどもっと頭がいいなんてありえないって。だから、それぞれ石炭室に閉じ込められてみて、早く出たほうが頭がいいはずだって言ってやったわけ。あたしは最初に入ってさっさと出てきたよ。あいつ、もう充分長くいたんじゃないの。すぐ出してやったら、また男の子のほうが頭がいいって言いたがるんじゃないかと思ってさ。そうなったら別のことで納得させなくちゃいけないじゃん」

「つまり、ホーヴィラーグの体じゅうにくっついているのは石炭の粉ということね？」とミナ。

「なに？　ああ、うん。ハンガリー語で石炭の花ってなんて言うの？　この状態じゃそう呼んだほうがいいと思う。この子、大はしゃぎであの中を転がりまわってさ」

ホーヴィラーグが哀れっぽく吠えた。

「いらっしゃい、おまえ」ミナは狼犬に言った。「どれかの絨毯の上で転がらないうちに体を洗いましょう。まあ、絨毯はそんなに傷まないでしょうけれど。ダイアナ、あなたは伯爵の狼犬《ファルカシュクテュアク》の一頭にまで悪い影響を与えてのけたわね。アッティラを出してやったらすぐ戻るわ。ベアトリーチェ、わたしなしで続けられて？」

「もちろん」ベアトリーチェは答えた。ミナが煤だらけの狼犬の首輪をつかんで部屋から出ていくと、わたしたちがあれ以来〝ベアトリーチェの講義口調〟と認識するようになった言い方で説明した。「吸血鬼病に感染した人々と戦うにあたって厄介なのは、相手の力が異常に強く、ほぼどんな傷からも回復できるという点です。ナイフと弾丸の傷は動きを遅くできますが、殺すことはできません。ほんとうに止めるには、首を斬り落とすか、体をばらばらにするか、燃やすしかありません」

「十字架はどう――」ダイアナがまた言った。

「この特定の吸血鬼たちは十字架が好きだ」とカーミラ。「また、個人的にニンニクは好まないが――定期的にニンニクを食べている者は血にその味がする――それが吸血鬼に痛手を与えることはない」

「ダイアナの提案はそれほどばかげていません」とベアトリーチェ。「今言ったでしょう、あなたは血にさえニンニクの味がわかります。付き添っていたとき、ルシンダが特別に敏感なことに気がつきました――光と音とにおいに対して。こうした感覚すべてが吸血鬼では強くなります。そのせいで、より弱体化しうるのです。力は強く、怪我も早く治りますが、もっとも感受性の強い部分で傷つきやすくもなるということです」

「ほら、あたしの言ったとおりじゃん」とダイアナ。「あたしが正しかったってベアトリーチェが言ってる」

「たとえば」ベアトリーチェは続けた。「メアリ、実際にやってみせるのを手伝ってくれないかしら?」

メアリはベアトリーチェが立っているところへ近寄った。いったい何を実際にやってみせるのを手伝うのだろう? さっぱりわからない。ベアトリーチェはテーブルから何か取り上げた――拳銃のひとつに隠れていた金属の筒だ。それを唇にあてがって息を吹き込む。いきなり中庭から遠吠えが聞こえてきた。あれは伯爵の狼犬たちだろうか?

「いったいなんなの?」と問いかける。狼犬は何に反応しているのだろう?

「それ。最、悪」キャサリンは両手で耳を押さえていた。

何が起きたのだろう、と不思議がるようにジュスティーヌがそちらを見やり、ダイアナが言った。「今の、どういうこと?」だが、カーミラはやはり耳に両手をあて、身をふたつに折っていた。

「ごめんなさい!」ベアトリーチェが申し訳なさそうに言った。「こんなに強い効果があるなんて思ってもみませんでした。カーミラ、大丈夫ですか――」

「すばらしい」もう一度体を起こしてカーミラが言った。耳から手をはずす。指には血がついていた。「痛い、おそろしく痛いが――しかしすばらしい」

「でも、なんのことです?」メアリは訊ねた。キャサリンとカーミラは何を話しているのだろう。

「これはありふれた犬笛です」とベアトリーチェ。「伯爵の馬丁から借りたのですが、狼犬に合図をするのに使われています。人間と動物の聴覚能力の違いを調べるため、サー・フランシス・ゴルトンによって最初に発明されました。人間の耳では聴き取ることができません――みなさんご覧になったように、メアリは ぜんぜん影響を受けていません。でも、犬の耳には――もしくは猫でも、吸血鬼でも、この音が聞こえます。猫には犬より高い音を聴き取ることができますし、吸血鬼の場合、推測するに、いっそう高い音が聞こえるようです。ヴァン・ヘルシングの部隊の注意をそらして動けないようにするために、この犬笛が使えます。でも、この中でとりわけ聴覚の鋭いひとたちは、音から身を守るのに、天然ゴムの耳栓を携帯しなければならないでしょう」

「それで、あのガラス瓶はなに?」ジュスティーヌが訊ねた。「あれも何かの武器なのかしら?」

ベアトリーチェは瓶のひとつを持ち上げた。それには霧吹きが取りつけられていた。「この中にはハンガリー料理でよく使う香辛料の唐辛子《パプリカ》をアルコールに溶かしたものが入っています。目にかけてやれば痛むでしょう――それに、少なくとも一時的には目が見えなくなります。わたしが作ろうと思っているものを伝えたところ、ミナがこの瓶を香水店で見つけてくれました。これで唐辛子スプレーをむらなく効率的にかけられます」

カーミラが尊敬と、わずかな恐れをこめてベアトリーチェを見た。「悪魔のように賢いやり方だ！」

「それじゃ、霧吹きのついていない瓶は？」とジュスティーヌ。「透明な液体が入っているようだけれど」

「あれはクロロホルム」とベアトリーチェ。「やはり接触時にひりひりしますが、主として用いるのは吸入薬としてです。クロロホルムで濡らしたハンカチで鼻と口を覆えば、相手は意識を失います。きちんと効くか確認するために、伯爵は少し自分に試させてくれました。そうではないかと思っていましたが、吸血鬼はこれの影響も受けやすいのです。銃で撃つことや刃物で刺すことができるのと同様です。ただし、回復も早くなりますから――意識を取り戻す前に拘束しなければなりません」

「どうやってそんなことがわかったの？」メアリは訊ねた。みんなが出かけているあいだ、たしかにベアトリーチェは忙しかったようだ。

「原料のひとつはミナが薬屋で買ったの。もうひとつはただの洗浄剤よ――執事が大瓶で持っていたわ。でも、どちらも気をつけないと――吸血鬼病に感染した人だけではなく、普通の人間にも痛手になるから」

「あたしが拳銃を持っていってもいいよね？」ダイアナが訊いた。

「あなたはまともに撃ったことさえないでしょう」とメアリ。「拳銃の安全な使い方を覚えたら、戦闘に持っていってもいいわ」どんな戦闘だろうと、銃器を持つダイアナにだけはいてほしくない！　敵どころか味方まで撃ちそうだ。

ダイアナ　教えようともしないくせに。ホームズに教えてもらうはめになったんだから。
メアリ　ええ、あれはホームズさんの判断が間違っていたと今でも思うわ。拳銃なんか持っていなくたって、あなたは充分危険なんだから。
ダイアナ　それ、褒めてんの？　正直、褒め言葉だと思うからさ。

「この場合、拳銃はいちばん効果の薄い武器でしょうね」たった今扉から入ってきたらしいミナが言った――今回は狼犬を連れていない。「ナイフのほうがまだ役に立つわ。それに、会合にはソシエテ・デザルキミストの会員があふれているということを忘れないで。混雑した室内にいたら、拳銃を発射するのはとくに軽率よ。流血の惨事を避けたいのであって、引き起こしたいわけではないでしょう。あなたの目的は殺さないこと――どちらにしても難しいことなのに。ベアトリーチェ、拘束をやってみせてくれるかしら？」

ベアトリーチェはうなずいた。鋼索を一束テーブルから下ろす。それには何か錠のようなものがついていた。「これは伯爵にいただいたものよ。これなら吸血鬼を拘束できるらしいわ」

「少なくとも、理論上はね」とミナ。「王宮の丘に上がる鋼索鉄道の鋼索と同じ材料でできているの。ヴラド本人がリュックサックで運ぶ予定よ。誰がどの武器を使いたいかは、あとで話し合えばいいわ。誰か質問はあって？」

「ホーホーはどこ？」ダイアナが問いかけた。

「アッティラが洗ってやっているわ、ついでに本人も少しきれいになるといいけれど。さあ、クロロホルムと唐辛子スプレーで食事にしたくなければ、この品物を全部サイドボードに動かしましょう――みんな今日は走りまわってきて、おなかが空いているはずよ。あした科学アカデミーが完全に無人になって、アメリカで言う〝下見をする〟ことができるようになるまでは、これ以上何もできないもの。そのあいだは別の話をすることを提案するわ。少しのあいだだけでも、この件を忘れる必要があるのよ。そうでなければ、みんなルシンダみたいにおかしくなってしまうわ！」

しばらくほかの話ができてメアリはほっとした。ドラキュラ伯爵宅の食事は毎回だが、じつに美味な夕食が供されているあいだ――主人役自身は食べないのだから皮肉なものだ――キャサリンはマダム・ゾーラ、〈ズールー族の王子〉、〈犬少年〉サーシャなど、さまざまなサーカスの芸人と演目について説明した。一同はサーシャがなぜアイリーン・ノートンの電報を取ったのか考えた。ソシエテ・デザルキミストが賄賂を使って盗ませたのか、それとも、ひょっとしたら脅迫されたのか。そうだとしたらどんな理由で？　サーカスはちょうど今ウィーンで公演しているとキャサリンは指摘した――土曜の夕方の公演が終わりに近づいているころだろう。ときどき〈女巨人〉だったころがなつかしくなる、とジュスティーヌは言い、ベアトリーチェはサーカスの芸人としての時間を楽しんだことを認めた。キャサリンがクラレンスのことでベアトリーチェをからかいはじめたが、メアリはやめさせた――〈毒をもつ娘〉はあきらかに居心地が悪そうだったからだ。ベアトリーチェはアイリーン・ノートンの共同住宅に話題を移した。これまで目にしたうちでいちばん優雅だったことや、パーク・テラスの家に帰ったら応接間のどんな模様替えを提案したいかという内容だ。ジュスティーヌは、ハイド氏から逃げていないときにもう一度見ることができたら、シュタイアーマルクの田園地帯を描きたいと口にした。カーミラはいつでもシュロスを訪ねてほしい、とジュスティーヌを招待し、いまだにハンガリーの農村地域に残っているさまざまな吸血鬼に関する迷信について説明した。催眠術のことについてもっとなにか知りませんか、とキャサリンが訊ねる――アリスはどうやって姿を消す、というか消したように見せるのだろう。ベアトリーチェがアーチボルドの描写をすると、ダイアナはすっかり惹きつけられていた。「きっとあんたたちよりおもしろいね」と言う。

夕食が運ばれてくると――ジャガイモ麵《クルンプリス・ヌドリ》とミナが呼んだ炒め麵のようなものに、豆のスープとキュウリのサラダ、キャサリンには豚の腿肉《ももにく》、ベアトリーチェには菩提樹の花のお茶――ミナは暗くなってきたので石油ランプをつけるよう下僕に頼んだ。ヌドリを自分の分より多く食べたあと、ダイアナは立ち上がり、退屈で死にそうだから、ホーホーが風呂の衝撃から立ち直ったかどうか見に行く、とみんなに告げた。出ていく途中でサイドボードから拳銃を一挺取っていこうとしたのを、メアリはすかさず止めた。この子の泥棒癖は矯正できそうもない！

静かだったのはミナだけだった。メアリは問いかけるように見やったが、ミナはほほえんでスープのおかわりはどう、と申し出ただけだった。メアリ自身は、ホームズ氏についてこんなに心配していなければ、もっと夕食を楽しめただろう。どこへ行ってしまったのか、まだワトスン博士のもとに戻っていないのだろうか？　どうすることもできないのだから、気をもんでいても無駄だとひたすら自分に言い聞かせる。そのかわり会話に集中しようとした――なんとも心地よくふだんどおりで、まるでアテナ・クラブに戻ったかのようだ！　だが、ベイカー街221Bで何が起きているのかと思わずにはいられなかった。

ちょうど夕食が終わるころ、カティが入口から首を突き出して、ミナに「カトリン・モロー」という言葉を含む何かを言った。

ミナは当惑した様子だった。「キャサリン、誰かがあなたに会いにきているとカティが言っているわ。その男性は入ってこようとしなくて――外で待っているの。ほんの少ししか時間はかからない、島での知り合いだと言っているけれど？」

キャサリンはフォークを取り落とした。ガチャンと大きな音を立てて皿にぶつかる。

「どうしたの？」ミナが鋭く訊ねた。

「エドワード・プレンディックね」とベアトリーチェ。

「キャット、大丈夫？」

キャサリンはつかのま自分の皿をじっと見つめた。それから椅子を押しのけて立ち上がった。「平気」と言う。「行って話してくる」

メアリ　ええ、たしかにこれは書かないとだめよ！　わたしたちに起きたつらくて恥ずかしいことは全部書いたんですもの。わたしのハイドとの会話も書いたでしょう。ジュスティーヌとアダムのことも。ベアトリーチェとクラレンスのことも。それにダイアナは――まあ、ダイアナはどんなことも恥ずかしいと思わないから、数に入らないわ。自分のことも同じように書かなければ不公平よ。

キャサリン　自分がどんなにばかだったかってことは書いたでしょ、ゾーラが電報を盗んだって考えたこと。それじゃ恥ずかしさが足りないってわけ？

ジュスティーヌ　でも、プレンディックとの会話は重要よ――あのひとが提供した情報のせいだけではなくて、それがあなたにどういう影響を与えたかという理由でね。キャサリン、これはわたしたちの冒険の物語というだけではないのよ。わたしたち自身の物語なの――わたしたちの感じたことやひととの関係についての。それがなければ、ほんとうにアスタルテ・シリーズの一冊と変わらないでしょう。

キャサリン　アスタルテ・シリーズに悪いところなんてないし！

ダイアナ　ただし、リック・チェンバースはちょっとばかみたいだけどね。

プレンディックは馬車の入口で待っていた。正面玄関についている石油ランプの光では、列車にいたときとまったく同じに見えた――プレンディックらしいが、もっと疲れていて、やや年を取ったかもしれない。灰色になったのは髪だけではなかった。まるでゆっくりと幽霊に変わりつつあるかのように、本人自体が灰色になってしまったのだ。

「キャサリン」プレンディックは切り出した。「ヴァン・ヘルシングがドラキュラ伯爵の名を出したとたん、どこできみが見つかるかわかったよ。あちらはぼくがここにいるのを知らない。きみがぼくに会いたくないのは知っている。おそらく二度と話したくないだろうが、警告しなければならなかった。どうか、どうかこの戦いに近づかないでくれ。きみはどんな相手に立ち向かおうとしているのか知らないんだ」

キャサリンは話をさえぎろうとするかのように片手を上げたが、プレンディックはその手を取って胸元に、心臓の真上にあてた。「きみがぼくを憎んでいるのは知っている。島に置き去りにしたことでいつまでも憎まれるだろうということも。だが、頼むから聞いてくれ」

「憎んではいないわ」キャサリンは言った。それは真実とは言い切れなかったが、どう感じているか認めたくなかった。伝えれば、自分に対してあまりにも大きな力を相手に与えてしまう。かつてプレンディックに愛情を捧げたことが、やはり相手に強すぎる力を与えることになったのだから。教訓は得た。「あんたを卑怯者だって軽蔑してるだけ」と言う。それも完全な本心ではなかった。

「好きなだけ軽蔑するといい」相手は静かな絶望のようなものをこめて言った。「ぼくが自分を軽蔑する以上にはなりようがないよ。だが、ひとつだけ言っておく。きみを置き去りにして生き延びる気はなかった――自分で作った筏《いかだ》に乗ったときには、死ぬことになると信じていたんだ。助かったのは偶然だった。ロンドンでまたきみに会ったとき――」

「モローみたいに獣人を造り出してたところでね！」

「キャサリン、信じてくれ、あいつらに強制されなければ決してそんなことはしなかった」

キャサリンはその痩せてこわばった顔をじっと見つめた。憐れむものか――いや、ぜったいにかわいそうに思ったりしない。「あんたは自分で選んだの。鞭を持った主人になることをね。アーチボルドを――あのオランウータン男を――地下室に鎖で縛りつけたまま立ち去ることを選んだじゃない」

プレンディックは驚いたようだった。「どうやってそれを――」

「何がしたいの、エドワード？　どうしてここにきたの？」

「戦いに加わらないようきみを説得したいんだ」まだ胸の上にあてていたキャサリンの手を両手で握り締める。「いとしいひと……」

キャサリンは腕を引き抜いた。「あんたが何を言おうと、あたしにやれともやるなとも説得できない――この件でもそうだし、ほかのどんなことでもね」

「それなら、きみにこれを渡したい」プレンディックは胸ポケットから紙片を引っ張り出した。「きみが会ってくれない場合を考えて、全部書いておいた。頼む、キャサリン。気をつけてくれ」

キャサリンはしぶしぶ差し出された紙切れを受け取った。ひとことも発せず、あたかも陸地の見納めをする男のように、最後の一瞥をよこしたきり、プレンディックは背を向けて暗い通りに消えていった。

キャサリンはその姿をのみこんだ暗闇を凝視した。そのあと、紙片を開いて、ギザギザした筆跡で書かれた文章を読んだ。ずっと前にあの島で、プレンディックに字を教わりながら見た筆跡だ。それは、ヴァン・ヘルシングの計画を詳細に説明したものだった。

25　ソサエティの会合

次の日の朝、朝食の席で、ルシンダがローラの腕につかまって食堂に入ってきたのを目にして、メアリは驚いた。ルシンダが着替えている！　しかもベッドから出た！　いや、これは明るい展開だ。

「今朝の患者の様子はどうかな？」席を立って一礼した伯爵が言った。前と変わらず慇懃だったが、驚いて心配しているのが見て取れた。

ミナが立ち上がってそちらへ行った。「大丈夫なの、ねえ？　今朝起きているのを見て、とてもうれしいわ。もちろん、疲れ果ててしまわなければということだけれど」

「ずっとよくなってきておりますわ」とローラ。「今朝は教会の鐘の音を聞いて、教会に行きたいと言いましたの。ともかく、そう言いたかったのだと思いますわ」

「天の聖歌隊で歌いたいの」ルシンダが全員に真摯なまなざしを向けて言った。「天使や大天使と声を合わせたい」

「ケチュケメーティ通り《ウッツァ》にカトリック教会があるわ、ここからほんの数ブロックよ」とミナ。「あいにくここは神を信じない人の家なのだけれど――ヴラドもカーミラもミサには参加しないの。あなたたちの中で誰か――」

「わたしが連れていきます」ジュスティーヌが言った。

「この前ミサに参加してから何週間もたっていますから――ロンドンを出て以来行っていないわ。行ってみたいです」

「わたしもです」とベアトリーチェ。「ジュスティーヌとわたしで連れていけます。あの、ルシンダの体がもてばということですけれど？」

「気分が悪くなってきたら、いつでも抱きかかえて帰れるわ」とジュスティーヌ。

「ブダペストに英国国教会はないでしょうね」メアリはにっこりして言った。「わたしも教会に行きたいけれど、カンタベリー大主教がここで幅を利かせているとは思わないわ」

「カルビン派の礼拝はどう、非国教徒の教会でもかまわないなら？」ミナが訊ねた。「カルビン広場に教会があって、ときどきローラが行っているの。あなたとダイアナをそこの礼拝に連れていけるわ。もちろん、ハンガリー語になるけれど……」

メアリは気にならなかった。ダイアナは気にしたが、どちらにしろ、本人が言い渡したように、どんなろくでもない教会の礼拝だろうが、ひきずっていかれるのはまっぴらだったに違いない。それでもメアリは、あなたのためだからと主張した。ミナが一緒にいたので、ダイアナは顔をしかめたり前の席を蹴ったりするかわりに、意外にも行儀よくしていた。ローラがハンガリー語の説教をなるべく上手に訳してくれた――オーストリア＝ハンガリー帝国のオーストリア側で育ったので、ハンガリー語はとくに流暢ではないらしい。「フランス語とドイツ語は問題ありませんの」と言う。「でも、ハンガリー語なら、ほんとうに必要なのはカーミラですわ！」

帰宅したとき、音楽が階段の下へ流れてくるのを耳にしてメアリはびっくりした。あれは音楽室のハープシコードだろうか？

ふいにミナが腕をつかんできた。「ああ、よかった。あれはいいしるしよ。いらっしゃい、見に行きたいの――」

何を見に？　何がいいしるしなのだろう？　ミナはほとんど階段を駆け上がっていた。ローラを見やると、自分と同じようにびっくりした顔をしている。「誰かがあの楽器を弾いているのは聴いたことがありませんわ」とローラ。「調律してあるのかどうかさえ知りませんでした」

完璧には調律されていなかった――だが、二階から流れてくる音楽は、いくつか音が外れていても耳に心地よかった。

メアリはミナのすぐあとから音楽室に入っていった。ハープシコードの長椅子に腰かけているのはルシンダだった。鍵盤の上で指を踊らせ、顔のまわりで巻き毛を激しく揺らして、まるで命がかかっているかのように真剣に弾いている。ベアトリーチェとジュスティーヌがハープシコードのそばに立ってその演奏に聴き入っていた。

「戻ってきたとたん、ここに上がってきたいと言ったのよ」ベアトリーチェが言った。「前にこの楽器を見たことがあったのね、部屋を通りすぎたときに」

「ルシンダ」ミナが長椅子の脇に膝をついて声をかけ

た。「ねえ、体は大丈夫なの？」

ルシンダの指が鍵盤の上に叩きつけられた。長椅子の上でこちらを向くと、涙が顔を伝っていた。

「わたしのお母さん《メイン・ムーデル》！」と言う。「わたしのお母さん《メイン・ムーデル・》は死んだわ《イス・ドート》」ミナは長椅子に座ってルシンダの体に両腕をまわした。少女はその肩にすがって胸も張り裂けんばかりにむせび泣いた。おそらくほんとうに張り裂けてしまったに違いない。だが、なぜ今になって？　アイリーンの共同住宅にいたあの日以来、母の死に涙したことはないのに。あまりにも正気を手放しすぎていた……

ゆっくりとすすり泣きが収まってきた。ルシンダはミナの肩から顔をあげた。「ここはどこ、ウィルヘルミナ？」と問いかける。「この場所はなんなの？　森の中のお城を覚えているわ、そこで棘《とげ》を突き刺されていたの。いいえ、違う、それはおとぎばなしよ。わたしはまだウィーンにいるの？」

「ブダペストにいるのよ、わたしのところに」ミナは髪をなでてやりながら言った。「何が起こったか、どのくらい覚えていて？」

ルシンダはかぶりを振った。「夢。悪夢よ。影たちがわたしを迎えにきたわ。王がお母さんを閉じ込めている地下室へ連れていかれた。いいえ——それもおとぎばなしね。お母さんは——」まだその顔を涙が流れ落ちていた。「でも、覚えているわ——そのひと。そのひとはわたしに血をくれた」メアリを指さす。「それにあの子も」今度は入口を示す。そこに立っていたのは、いつものようにぐずぐずしていたダイアナだった。「あの子が城を焼き払って、わたしを自由にしてくれたの」

「まあそんなところかな」とダイアナ。「その子——正気に戻ったの？」

「しっ！」メアリは制し、妹を睨みつけた。

「どうやってこうなったの？」ミナがベアトリーチェ

を、続いてジュスティーヌを見て訊ねた。「ルシンダはどうやって回復したの――そうね、落ち着きを、と言っておきましょうか」

「オルガンの演奏が始まったんです」とジュスティーヌ。「そして聖歌隊が歌い出して――天使みたいな歌声の小さな男の子たちが。そうしたらいきなり、手をつかまれたのを感じて。ルシンダがこっちに目を向けたとき、はじめてほんとうにわたしを見ているのがわかりました。奇跡だと言うところでしょうけれど、わたしは音楽だと思います」

「ルシンダには昔から音楽の才能があったわ」ミナが言った。「アムステルダムで有名な作曲家に師事していて、お母様はいつかピアニストになるかもしれないと思っていたの。もしかしたら、音楽で自分が誰なのか思い出して、夢の中から呼び戻されたのかもしれないわね」またルシンダのほうを向く。「ねえ、こんなことを訊いてごめんなさい、でもあなたの父親について何か思い出せる？　その実験について？」

ルシンダが両手で目を覆ったので、メアリは一瞬、答えないのではないかと思った。それから、ルシンダは言った。「父はわたしの血を抜いたわ。そして――針で、英語でなんていうのかわからないけれど。わたしに血を入れたの。わたしを変化させて、力を与えるという血を。永遠に生きるようになる血を。でも、わたしは影がまわりに集まるのを感じた。心の中に。わたしは暗い森で迷子になった……」

ミナはルシンダの腕に手をかけた。「それを説明できると思う――ほかの人たちに？　大勢の人たちに？　とても大きな会合で」

ルシンダはおびえたように目を見開いてそちらを見た。

「まさか、そんなつらいことをさせるわけにはいかないわ」メアリは言った。ルシンダはあまりにも若く無防備に見えた。「ようやく――その、あなたの言葉では落ち着きを取り戻したばかりなのよ。錬金術師協会の会合に連れていくことでまたひどくなる危険があるんじゃないの？　もう一度あんなふうに――わかるでしょう」

「頭がおかしくなる」とダイアナ。

「メアリの言うとおりですわ」とローラ。「この状態で、それだけたくさんの人の前に出なさいというのは無理な話でしょうに。ほかに方法はありませんの？」

「いいえ、ないわ」ミナの声は意外なほど鋭かった。「この子をここに連れてきたのはそれが理由よ。総会に出るというのが肝心なことなの。ルーシーを殺したとき、ヴァン・ヘルシングは自分の犯罪の証拠を始末したわ。死の責任を問われることは決してないでしょうね。でもルシンダ自身が証拠よ――両腕の輸血の痕、吸血鬼病の異常。ヴァン・ヘルシングが何をしてきたか、会員に――それにアッシャに――聞いてもらうだけでなく、見てもらわなくてはならないの。ルシンダが元に戻った今――まあ、完全に元どおりではないけれど、それならなおさら、ルシンダが自分で話を伝えられるわ。わたしが話すよりずっと力があるはずよ。ヴァン・ヘルシングが何を画策しているか、プレンディックさんが教えてくれたわ。ヴァン・ヘルシングが動議を出したらすぐルシンダが話せば、最大の効果が得られるでしょうね。ルシンダ、それができる？　そうすれば同じ目に遭って苦しむ女の子たちを救い、父親が非道な行為に走ることを止められるのよ」

これはメアリが見たことのないミナだった。まだ完全には王立協会の目的を理解できていないが、そのためにスパイとして雇われたミナ。どんな犠牲を払おうとヴァン・ヘルシングを止めることに意識が向いているミナなのだ。はたしてこの先、このミナを自分の知っていたミス・マリーと思うことができるだろうか。心が痛んだ。

その日の午後、ハンガリー科学アカデミーに侵入したときにも、メアリはまだ気落ちしていた。
ダイアナ　侵入したのはあたしじゃん。あたしが鍵を開けたんだよ、ルシンダを助けてやったときみたいに。少なくともルシンダはあたしを認めてくれたもん！
キャサリン　あんたがあたしたちを入れて、そのあと絵を見たり鬘《かつら》の男連中をからかったりしてうろついてるあいだに、メアリが地図を作ったの。ベアトリーチェは上のバルコニー部隊のための計画を練って、ジュスティーヌとあたしは会議場の階にいるあたしたち用に計画を立てたし。だから全員を評価すべきだと思うけどね。

アカデミーは外側におとらず内側もすばらしかった。会合そのものが開かれる大広間や、二階へ上っていく大階段、議決権のない参加者が下の様子を見守ることのできるバルコニーがある。明日、廊下は錬金術師協会の会員であふれ、会議場は論文を発表する科学者でいっぱいになるだろう。その研究内容のうちどれだけのものが、なんらかの形で生物的変成突然変異に関わっているのだろう？　そして……父はメアリやダイアナに関する論文を発表したことがあるのだろうか。どこかにラパチーニやモローの論文の写しがあるに違いない……フランケンシュタインの論文さえ。彼らはなんと言うのだろう。

ムゼウム通りの邸宅に戻ると、ミナは言った。「今晩はみんな休んでほしいの。ソシエテ・デザルキミストのことは考えないで、何かしてちょうだい。よく寝たほうがあしたは頭が働くし、心構えもできるわ」
メアリ　まるでわたしたちが眠れるみたいな言い方！　あの晩はほとんどずっと、そわそわ歩きまわっていたと思うわ。寝室の絨毯に穴が開いたかもしれない。それにもちろん、ホームズさんのことが心配だったし。

ジュスティーヌ　ベアトリーチェとわたしはミナの書斎で本を読んだわ。一緒にくればよかったのに。神経質になっているときには、カントの『美と崇高との感情性に関する観察』を読むといつでも心が落ち着くの。

ベアトリーチェ　わたしは《ラ・ヌーヴェル・モード》を読んだわ。ファッション誌ぐらいしか集中できなかったの。でも、キャサリンはどこにいたの？

キャサリン　屋根の上。いろいろ考えることがあったし、山にいるといつも気分がすっきりするから。

メアリが寝ようとする直前、扉をノックする音がした。「どうぞ！」と呼びかける。

ミナだった。「メアリ」と言い、ベッドに歩み寄ってマットレスの縁に腰かけた。「あなたに話しておきたいことがあるの」

「はい？」とメアリ。何年ものあいだ書誌引用形式小委員会のためにスパイをしながらジキル家で暮らしていたことについて、まだ何か言うことがあるのだろうか。自分はその話を聞きたいのだろうか？

「あした、協会の前でわたしたちの言い分を説明するのは、あなたにやってほしいの。あなたはメアリ・ジキル、あなたの父親が生み出した娘よ。わたしにはない信憑性があるわ。できる？」

「たぶん」とメアリ。「でも、何を言えば――」

「ただルシンダに話をさせて、それからアッシャに論理的に説明して。もう実験はだめだと。モンスターは造らせないと」

メアリはその単語にたじろいだ。使う必要があったのだろうか？（ミナはわたしがそういうものだと思っているの？）

「わかったわ」と言う。やろう——だが、ミナに頼まれたからではなく、ヴァン・ヘルシングのような連中を止めるためだ。二度とルシンダのような存在が出てこないように……

ミナはほほえんだ。「いい子ね、あなたは昔からお気に入りの生徒だったわ。おやすみなさい、ぐっすり眠って」

（そしてあなたはお気に入りの先生だったわ）メアリは思った。（実際、唯一の先生だった）ミナが部屋を出たあと、夜中まで何度も寝返りを打ち、やがて夢も見ない深い眠りについた。

翌朝、今日はどうなるだろうとおびえながら目を覚ました。ふだんどおり朝食が用意されていたが、食欲があるのはダイアナだけらしかった。キャサリンでさえぼんやりとベーコンをかじっている。

メアリはテーブルを見渡した。ダイアナ以外全員が疲れて不安そうに見える。伯爵でさえ気がかりそうだったが、伯爵はこの場の誰よりも、何に立ち向かっているのか心得ているのだ。

ルシンダはベアトリーチェをのぞいて唯一ドレスを着ていた——白いモスリンで、メロドラマのヒロインのように見える。ミナが効果を狙って選んだのだろうか？　もちろんそうだ！　くたびれた顔ではあるものの、毅然としたミナをこっそり見やる。つかのま、ミス・マリーが友人で話し相手だった日々、この世でもっとも尊敬する女性だったころがなつかしくてたまらなくなった。このミナはあまりにも違う！　メアリと同様、動きを制限しないウォーキング・スーツを身につけている。ほかのみんなは男物の服装で、ソシエテ・デザルキミストの立派な一員に見えるよう最善をつくしていた。

「これから言うことを心に留めておいて」とミナ。「まず、警備員はいるけれど、科学アカデミーの通常の警備員よ。こちらの知るかぎりでは、ソシエテ・デザルキミストは余分な警備員を自分たちで雇ってはいないわ。警備員は見ただけではわたしたちと会員を区別できない。何を確認するかというと、これよ」小さなバッグを開け、金属の物体をいくつかばらまく。

「わたしがまだルシンダのお目付け役《シャペロン》だったとき、蠟でヴァン・ヘルシングが持っていた印章の型を取っておいたの。これは、わたしたちの中で正面の入口を通る必要のある人用よ」

メアリはひとつに手を伸ばし、すぐに気がついた。これを最初に見たのは、ホワイトチャペルで殺された女の体の上だった――かわいそうなモリー・キーン、シャーロック・ホームズと組んだ最初の事件だ！　金属の印章で、懐中時計の鎖につけたり、ペンダントとして首にかけたりするのにふさわしい。表面にS・Aという文字が刻まれていた。

「ダイアナ、ヴラド、ローラ、ベアトリーチェ、あなたたちは入口で身元証明をしなくていいように、きのう入った裏口から侵入することになるわ。直接バルコニーに行ってほしいの――ほかのことに気を取られないでね、ダイアナ！」

「取られないっての！」ダイアナはメアリにしか聞こえないように小声で言った。

「ヴァン・ヘルシングが合図を与えないうちに、配置された吸血鬼どもを見つけて始末してちょうだい。ほかにも見るだけの参加者がいるかもしれないわ――ヴラドの話だと、議決権のない臨時会員がときどきバルコニーに座っているそうなの。うっかり誰かにクロロホルムを使わないようにして。そちらに行くのは鍵を開けるためにダイアナ、クロロホルムを使うためにベアトリーチェとローラ、拘束するためにヴラドよ。ものすごく力が強い連中だということを忘れないで。それに、嚙みついてくるから。

メアリとわたしはルシンダを連れて正面のロビーか

ら中に入るわ。会議場の入口のそばに座る場所を見つけて、ヴァン・ヘルシングが投票を求めるまで名乗り出ないでおく。最初にアッシャが会長として会員に歓迎のあいさつをするの。次に会員たちが新旧の議題を話し合う——ヴァン・ヘルシングが生物的変成突然変異の問題を出してくるのは、そのときでしょうね。わたしたちが声をあげようと思っているのもそこよ。キャサリン、ジュスティーヌ、カーミラも正面から入って、会議室周辺で位置についてちょうだい。キャサリンとカーミラはにおいで吸血鬼を見つけられるわ。ジュスティーヌ、ふたりの指示に従って。もし襲ってきたら——今回の会合がどうなるかわからないし、さまざまな事態が起こりうるから——吸血鬼どもに対処して、できるだけまわりの会員を守らないといけないわ。なるべく早く動けないようにして——鋼索で拘束するバルコニーの作業が終わりしだい、ヴラドが駆けつけるわ。質問は？」

メアリはテーブルを見まわした。キャサリンが首を振っており、ほかのみんなも質問はなさそうだった。ふいにダイアナが訊ねた。「ホーヴィラーグを連れてってもいい？　ぜったい吸血鬼に嚙みついて役に立ってくれるよ！」

「だめよ」とミナ。「ほかに質問は？」

なかった。

「よろしい」ミナは言った。「今は七時ね。第一団はドナウ川沿いに、第二団はヴァーツィ通りから、第三団はケチュケメーティ通りから行くわ。八時十五分前には配置についていてちょうだい。会合は八時きっかりに始まるの。まず第一団が出て、五分待ってから第二団、という感じよ。準備はいい？」

(いいえ、よくないわ) メアリは思った。とはいえ、誰もほんとうの意味では、人生の困難なことへの準備などできていないのだ、と学びはじめていた。そういうことは起こるもので、難局に際して底力を発揮するか、失敗するかのどちらかだ。大切なのは、それぞれの場面でなんとかうまく対処することなのだ。

メアリは第三団だった。十五分後、メアリとミナとルシンダは、ムゼウム通りを歩いていた。公園の柵に覆いかぶさった菩提樹の中で、鳥たちが互いに呼び交わしている。ラベンダー売りがいつもの場所に立っていた。「ラベンダー《レベンドゥラ》！　レベンドゥラ一《エッジ》フィレール！」と呼びかける。これが終わったあと、一束買おうか？　それぐらいご褒美があってもいいはずだ。

三人は広場をよこぎった——きのうカルビン派の教会に行ったとき、ミナがカルビン広場と言っていた。それからケチュケメーティ通りを進んだ。店や共同住宅のあいだを走る狭い通りで、また複数の教会があった——いったいブダペストにはいくつ教会があるのだろう。空気はさわやかですがすがしく、月曜の朝にしては街が静かなようだった。ブーツの踵がカツカツと石畳にあたる。何か変装するべきかとミナに訊いてみたが、いらないと言われたのだ。この面々は協会の前で話すことになる。自分自身として話し、会員の——そしてたぶんアッシャそのひとの信頼を獲得する必要があるのだ。三人は武器を持たず、変装らしきものといえば、ルシンダのヴェールつきの小さい帽子だけだった。おしゃれな女性なら誰でも、陽射しから顔を守るために夏にかぶるような帽子だ——しかし、これでヴァン・ヘルシングが群衆の中にいる娘に気づくのを防げるだろう。

狭い通りが開けて広場になり、ふたたびジェルボーが見えた。一日目の午後にミナが連れていってくれたコーヒーハウスだ。これが普通の朝で、ブダペストの名所をまわったり、足を止めてアイスクリームでも食べたりという行動しか取る必要がなければよかったのに、とメアリは思った——どんなにそう願ったことか！　しかし、三人はコーヒーハウスを通りすぎ、両側に豪華なホテルが並ぶ通りを公園まで進んでいった。

その向かいに科学アカデミーが見える。昨日とまったく同じような外観だ――公的な雰囲気で堂々としており、ロンドンの外科医学院をもっと飾り立てたようだった。

ミナがルシンダのほうを向いた。「体は大丈夫？」

ルシンダはうなずいたが、緊張しているのがわかった。メアリは腕を伸ばしてルシンダの手を取った。

「ただ自分の話をすればいいだけよ」

「それはできると思います」ルシンダが言った。小さな冷たい手が、メアリの手をぎゅっと握り締める。

「それであなたは、メアリ？　準備はいい？」ミナが問いかけた。

「覚悟はできているわ」とメアリ。拳銃の心強い重みが恋しかった。

ミナが時計を見た。錬金術師協会の印章を鎖につけた懐中時計だ。「八時十五分前。あと五分したら入るわ。ちょうど公園を通り抜けるのに充分な時間ね」

ほんとうに心配だったのは建物に入ることだったが、蓋を開けてみれば驚くほど簡単だった。三人のすぐ前にはインド人らしきターバンを巻いた男がふたりいて、メアリにはわからない言葉を話している。男たちは印章を見せて大理石のロビーへ進んでいった。そのあとミナとメアリが受付の机に近づいた。メアリはルシンダを引き寄せた――少し遅れていたのだ。机の警備員はこちらの印章を見てうなずいた。すると、もう中だった。階段を上り、右へ――それが覚えている道順だ。

会議室の外の廊下は、コーヒーを飲んだりあいさつを交わしたり、お互いを紹介し合ったりしているソシエテ・デザルキミストの会員であふれていた。メアリははじめて、父が所属していたこの組織の片鱗をうかがった。父にとってあれほど大きな意味のあった組織だ――除名されるまでは。

人々がさまざまな言語でざわざわと話している――ドイツ語とフランス語はわかるし、あれはきっとイタリア語ではないだろうか？　それからあれは——いや、見当もつかない。もしかしたら中央ヨーロッパの言語のひとつかも？　そして会員たち！　男性も女性もいる。ただし女性の数のほうが少ない、と考えた。ロンドンで見かけるようなフロックコートを着ている人もいるが、刺繍で飾られた長い上着姿もいれば、チュニックと色あざやかな絹のゆったりしたズボン姿もいる。女性の数人はインドのサリーらしきものをまとっていた。毛皮の帽子をかぶった男性も何人かいる。トルコかギリシャの服装ではないかというものもあり、東洋からきたのではないかという会員の一団も——日本だろうか？　もっとも、ああした東のほうの国々の違いなど、実際には知りはしない。ビルマがあって、清と、インドシナと……ミス・マリーと地理を勉強していたのははるか昔のことだ。急に、自分がおそろしく世界について無知だという気がした。

ミナはふたりを連れて会議場まで人混みを抜けていった。広々としてダークウッドの羽目板が張ってあり、人があふれている以外は昨日とまったく同じように見える。まだ動きまわっている会員も多かったが、すでに腰を下ろしている面々もいた。ミナは入口の隣に三つ席を見つけた。このほうが人目を引かない気がして、メアリはありがたく腰かけた。あたりを見まわす。会議場の前のほうには壇があり、その上に演台が設けられ、両脇にそれぞれテーブルが置いてあった。レオ・ヴィンシィが片側のテーブルについているのが見える——大きな窓から入ってくる陽射しを受けて、金色の髪が輝いていた。ホリー教授が隣に立っている。壇上でほかに見覚えのある相手はいなかったが、全員が見るからに重要人物という雰囲気だった。錬金術師協会と各国支部のさまざまな幹部に違いない。会議場そのものは椅子がぎっしり並んでいた——少なくとも百、たぶんもっとあるだろう。つまり、これが錬金術師協会の会合がどんなふうに見えるかということだ！

ドン。ドン。ドン。きっかり八時に、会議場の前のほうで小槌を打ち下ろす音がした。メアリは演台を見た。女性がひとり立っている――あれがアッシャだろうか？　あまりイシスの女祭司らしくは見えない。実のところ、少しアダムズ看護婦を思い出した――同じようにきびしく決意を固めた雰囲気を漂わせている。もっとも、アダムズ看護婦はもっとぽっちゃりしていて、この女性は白髪だった。手をつかまれるのを感じる――ルシンダがまた触れてきたのだ。安心させられたらいいが、と願いつつ、ルシンダの手をぎゅっと握ってやる。

「メダム・ゼ・メッシュ、ダーメン・ウント・ヘレン、紳士淑女の皆さん。ソシエテ・デザルキミストの年次会合にようこそ。よろしければ、席におつきください……」その声には強いドイツ訛りがあった――まあ、そこはたしかに、生まれも育ちもロンドンなのを自慢に思っていたアダムズ看護婦とは違う！

残りの会員がぞろぞろと会議場に入ってきて席を見つけているあいだ、がやがやしていたが、やがて室内が静まり返る。

「申し上げておきたいのですが、会合の期間中、廊下にコーヒーが用意してあります。この毎年恒例の行事にご提供くださったカフェ・ジェルボーに今一度感謝したいと思います。どうぞ二階で会合用バッジと予定表を受け取るのをお忘れなく。会長による歓迎のあいさつで開会し、続いて協会全体の議題に移ります。最初の論文発表は午前十時三十分ちょうどに始まります。司会のかたがた、あとで討議ができるよう、講演者が割り当てられた時間内で終わるように気をつけてください。昼食は食堂で提供されます。そのあと午後の論文発表があり、それから公開討論会です。今晩の歓迎会は午後五時三十分に始まり、食堂の外の広間でえりすぐりのハンガリー産ワインとチーズをお出しします。翻訳サービスは前もって手配する必要がありましたことをお忘れなきよう。別の言語があらかじめ承認されていないかぎり、論文はすべて英語、フランス語、ドイツ語のいずれかで提出しなければなりません。どんな会合の行事にも、参加にあたってお手伝いが必要でしたら、わたくしはリウマチを患う者として申し上げておりますが――」ぱらぱらと笑い声があがった。「――どうぞわたくし自身ないしレディ・クロウにご相談ください。さあ、それでは、前置きはこのくらいで――女性会長《マダム・プレジデント》」

女性は演台からしりぞいた。アッシャが交代する。

この人こそアッシャだとひと目でわかった。まさにイシスの女祭司ならこうだろうと予想するとおりの外見だ。背が高い――ジュスティーヌとほとんど変わらない。ヌビア人の褐色の皮膚、高い頬骨、エジプトの墳墓の絵画でなじみ深い大きな黒い瞳を持っている。その髪は百もの黒く長い三つ編みとなって体を囲み、腰の下まで垂れていた。ファラオの時代から存在していたかのような、金糸織の生地でできた服をまとっている。

ベアトリーチェ　実を言うと、あれはハウス・オブ・ウォルトのエジプトのドレス《ローブ・アレジプシャンヌ》よ。フリンダーズ・ピートリー教授の最近の考古学上の発見で、服だろうが家具だろうが建築だろうが、エジプトのものがなんでも人気になるだろうとウォルト氏が言っていたの――たしかにそのとおりだったわ!

アッシャは優雅に、そして王者の風格を示して演台に移動した――コブラが攻撃する直前の動きだ。

メアリ　それはちょっと手厳しい言い方じゃない?

キャサリン　実際、そういうふうに動くでしょ。

それにコブラは美しい生き物よ。すごく役に立つしね——猫と同じで、齧歯類《げっし》の数を抑えてるんだから。

メアリ　蛇にたとえるのが褒め言葉だって考えるのはあなただけよ。

キャサリン　あのひとはコブラみたいに危険でもあるもの。それは否定できないでしょ。

「ようこそ」アッシャは言った。「ヴィルコメン。ビアンヴニュ。そして、最新の会員のかたがたに、コンニチハ」どの言語でも発音は非の打ちどころがないようだった。もっとも、声に音楽的な響きがあるせいで、少なくとも英語は外国風に聞こえた。深みのある声が会議場いっぱいに響き渡る。「わたしの言葉を聞きにきたわけではなく、互いの話に耳を傾けるためにきたのであろうから、発言は短くしておこう。今年はわたしが会長の栄誉を賜ってから十五年目じゃ。その間にヨーロッパにおいても、これまでソシエテ・デザルキミストの支部がなかった国々においても、会員数の拡大がいちじるしく進んだ。ここにローデシアと大日本帝国における新支部の設立を告知することを喜ばしく、また誇らしく思う。錬金術の業績においてはヨーロッパの国々よりさらに古く、称賛に値する長い伝統を持つ国じゃ。日本とローデシアの代表団はご起立願えるか？」

会議場の両側でふたつの集団が立ち、頭を下げた。盛大な拍手が起こった。ほかのひとたちが拍手しているとつい機械的に拍手してしまうものだが、そのときメアリはまだルシンダの手を握っていた。

「感謝する。また、会員と研究への女性の参加が増えたと報告することも誇りに思う」ここでまた拍手があり、「謹聴！　謹聴！」と女性の声が口々に言った。

「われわれは二十世紀を見据えた社会を創り出している。わたしが会長として在任した期間には、錬金術の研究における指針を維持しつつ、人類に計り知れない利益をもたらしうる数々の発見があった。この研究は継続せねばならぬ——人間の発見の過程を押しとどめることはできまい——しかし、協会の高い評判を保つような形でおこなわれねばならぬ。わたしは協会が長い歴史の中で達成してきた、そしてまた、今後も達成しつづけるであろう成果を誇らしく思う。新たな世紀がまさに訪れんとしている。今週おこなわれる会合では、互いの話に耳を傾け、学び合い、仲間とともにいかに人間の知識の範囲を広げうるかを考えるよう求める。今一度、この本部の共有を、とりわけこの年次会合のために許可してくれたことに対し、ハンガリー科学アカデミーに感謝したい。ヴァーンベーリ教授、アカデミーにわたしの感謝をお伝えいただけようか？」

右側のテーブルについている男性陣のひとりを見やる——口髭と先の尖った顎鬚を生やしている、あの男に違いない、とメアリは思った。男はうなずいてにっこりした。

「さて、過去の件について何か？」

男がひとり立ち上がった——ただの男ではない——セワード医師だった。

「協会のイングランド支部を復活させることを提案したいと思います」

セワードの隣に座っている男も立った。もっと年配で、白髪頭に穏やかな風貌をしている——ヴァン・ヘルシングだ。「女性会長。わしもセワード博士の動議を支持する。そしてまた、生物的変成突然変異の実験における承認手続きの廃止も提案したい」その発音がオランダ訛りだとわかったのは、ルシンダの話し方ときわめて似ていたからだ。「このふたつの件は密接に結びついている。こうした実験に対する制限が課されたのは、イングランド支部が、なんと言うのだったか、解散したのと同時期であり、同様の理由からだった——ヘンリー・ジキル博士の行為によってだ。あれ以来問題は生じておらず、ひとりの男の行為のためだけに、本協会がこうした手続きを踏むことを余儀なくされる理由はないものと考える。わし自身、何度か提案を却下された――」

「まことか、ヴァン・ヘルシング教授？」アッシャが言った。「どちらの提案にせよ、現在どの委員会においても審議されておらず、協会本部において検討中でもない以上、新たな件として紹介されるほうが適切ではないかと思われるが」

「しかし女性会長、われわれはこの問題に関して何度も以前に話し合っている――」ヴァン・ヘルシングは苛立った口調だった。

「とはいえ、これらの動議が提出されたからには、むろんこの場で審議することは可能じゃ。まず、その提案に支持者はいるか？」

「支持する」とアルミニウス・ヴァーンベーリ。

「さて、それでは」とアッシャ。「いずれの動議も会員の前に提出された。ヴァン・ヘルシング教授、そのような実験が前もって協会の承認を得ることなく進められるべき理由を、ご説明いただけようか？　承認手続きはさほどに煩わしいものであろうか？」

その声には何かが含まれていた――鋭い響きだ。ふいにメアリは、（アッシャは猫がネズミをいたぶるように相手を弄《もてあそ》んでいるんだわ）と考えた。

ヴァン・ヘルシングは答えながら室内に話しかけるようにあたりを見まわし、ほかの会員に自分の言い分を主張した。「この手続きは厄介で不必要なものだ。ジキル博士の不適切な一件以来、生物的変成突然変異に関する問題は起こっていない。本協会の会員たちがそうした実験を遂行して成功し、大きな成果を収めている。私自身、そのような実験をおこなうべく請願したことがあるが、その書類作成には――」

「モロー博士の研究を安全で効果的だと呼ばれるか、教授？　あの実験を認可したのは地理的範囲が限られており、明確な実験目標と方法論があったからじゃ……それがどうなったか見てみるがよい」

「枷を破った野生動物に襲われたからといって、まさかモローの責任とは言えますまい！」とセワード。「女性会長、科学の追求とは、ほぼ確実に不慮の結果を伴うものです。時に危険な領域へ向かうからというだけで、知識の追求への熱意を抑えるべきでしょうか？　あなたご自身がおっしゃったではありませんか――」

「わたしが過去にどのような発言をしたにせよ、充分に承知している」アッシャは鋭く言った。「この会議場内において、ほかに本案に対しての意見はあるか？」

今だ。メアリは立ち上がった。「あります、女性会長！」どうやってこれをするか、夜の半分を費やして考えていたのだ。理性的に。説得力をもって。冷静に、はっきりと話すこと。どんなにびくびくしているか見せてはならない。

「して、そなたは何者か？」アッシャが問いかけた。

「本協会の会員として見覚えはないが」

「わたしは会員ではありません」とメアリ。「でも、父は会員でした。ただ今の質問に関連する証拠を持っています」

会員のあいだにざわめきが起こった。きっとこの女は誰で、なぜ話しているのかと疑問に思っているのだろう。

「どのような証拠か？」アッシャは訊ねた。

「ヴァン・ヘルシング教授のご令嬢、ルシンダという証拠です！」メアリははっきりと答えた。

「立って」メアリはルシンダの手首を引いてささやいた。「立ってヴェールを取って！」ルシンダは気の進まない様子でふらふらと立ち、片手を伸ばして顔からヴェールをはずした。一瞬メアリは、ルシンダが倒れるか、気を失いさえするかもしれないと思った。おびえているだけだろうか、それとも具合が悪いのか？

もしここで失敗したら……

「ほほう？　ミス・ヴァン・ヘルシング、こちらへ近づいていただいても？　何か発言があるなら聞いてみたい」

ルシンダは強風にあおられた木の葉のように震えていた。帽子を斜めに曲げてしまったので、たしかに粋《いき》ではあるが、危なっかしくかしいでいる。ひとりではぜったいにあの壇にたどりつかないだろう。

「いらっしゃい！」メアリは言った。聴衆の会員たちが好奇心をこめてこちらを見つめ、邪魔にならないよう足をよける中で、ルシンダを引っ張って列を移動すると、中央の通路を進んでいく。

これだけの数の――そう、父と同じ錬金術師たちの前を歩いていくのは、奇妙な感じでもあり、興味深くもあった。誰もが好奇心や不信や驚愕の目を向けてくる。例外は、英語を話さないのか、何が起きているのか訳して説明してくれ、と連れに頼んでいる面々だけだ。

ルシンダを引っ張りつづけて、とうとう壇と演台の正面に立つ。アッシャが無表情にふたりを見下ろした。壇の高さがなくとも堂々として見えただろう。メアリはほんの少し怖じ気づいた。

ダイアナ　まさか！　ぜんぜん怖じ気づいてるようになんて見えなかったよ。

メアリ　まあ、怖じ気づいていたけれどね。それも少しじゃなかったわ。ルシンダにつかまれた手も痛かったし。

「して、そなたは何者か？」アッシャがメアリを見て言った。

「わたしはメアリ・ジキル、ジキル博士の娘です」聴衆が息をのむ音が聞こえた。「ルシンダ、みんなに話して」とささやく。

「異議あり」とヴァン・ヘルシング。「娘は正気を失っている。完全に正気ではないとウィーンの著名な専門医に診断されたのだ。一週間前、治療を受けていた精神科病院から誘拐されたのだぞ。ここに連れてこられ、こんなふうに皆の前に引き出されるとは。この子の精神衛生上、また治療の進捗にとっても、きわめて有害だ――」

「もうよい、ヴァン・ヘルシング教授」とアッシャ。「異議は承った。ミス・ヴァン・ヘルシング、そなた自身は何か言うことがあるか？」

メアリはルシンダの手をぎゅっと握った。励ます気持ちが伝わればいいのだが。

ルシンダはアッシャを見上げた。口を開く……しかし、言葉は出てこなかった。恐怖に満ちた瞳でメアリを見る。話すことはできないだろう。どう見てもおびえきっている。ふたりの発言は却下されるだろうか？

信用してもらえないのでは？　しかも、いかにも品行方正で高潔そうに見えるヴァン・ヘルシングがいる！いったいどうすればいい？

メアリは錬金術師協会の会長を見上げて言った。

「ヴァン・ヘルシング教授は、傷つくことのない不死の体にしようとして、お嬢さんに吸血鬼病感染者の血液を輸血していたのです。同様の実験を奥様にもおこなっていました。ヴァン・ヘルシング夫人が吸血鬼病に通常伴う異常の徴候を示しはじめると、教授は夫人をウィーンのマリア＝テレジア・クランケンハウスに監禁させました。その後、ルシンダもそこに閉じ込めたのです。そうした生物的変成突然変異の実験の結果、ルシンダのお母様は亡くなっておられます。ルシンダももう少しで死ぬところでした。わたしたちがあの精神科病院から助け出さなければ、死んでいたでしょう」

「その告発のたしかな証拠はあるか？」アッシャは訊

ねた。あるだろうか、メアリに？　ふたりに？　ルシンダの言葉が勝つか、ヴァン・ヘルシングの言葉が勝つかだ。

ルシンダはこちらを見てほほえんだ——あの蒼白い顔にはじめて認めた本物の微笑だ。穏やかで無邪気な笑顔だった。それから、身をかがめて跳躍した——壇上へ、テーブルの上へと。メアリが反応できずにいるうちに、ルシンダはアルミニウス・ヴァーンベーリに飛びかかり、首筋に嚙みついた！　ヴァーンベーリは金切り声をあげた——あれほどの大男にしては驚くほど甲高い悲鳴だ。ルシンダは頭をもたげて聴衆を振り返った。帽子は完全に片側に傾き、白いドレスの前面には長い血の筋がついていた。鮮血で赤い口を見せてアッシャに目をやり、歯を剝いてうなる。

会議場に息をのむ音と悲鳴が交錯した。会員たちは壇を見たりお互いに視線を交わしたりして、何が起こっているのか把握しようとした。

「こんなものは茶番だ！」ヴァン・ヘルシングが声をあげた。「わしが娘をこうしたという証拠はない！　その子を誘拐した連中はドラキュラ伯爵と手を組んでいる。娘をこんなふうに変えてしまったのは伯爵に違いない！」

「ヴァン・ヘルシング教授、その態度は当協会を侮辱している」とアッシャ。「ただちに除名の手続きを開始する——」

ヴァン・ヘルシングは椅子の上に立った。「会長に対する不信任の投票を呼びかける！」とどなる。「わしに賛成する者は？」

手があがった——会員の三分の一程度だろう。アルミニウス・ヴァーンベーリはそのひとりではなかったが、それは首からの出血を止めようと両手で押さえているところだったからだ。ホリー教授が何か、たぶんハンカチを傷口に強くあてている。ハンカチは急速に赤く染まりつつあった。会員の大部分は、度肝を抜かれて反応もできないようだった。

「協会は瀕死の状態だ！」ヴァン・ヘルシングが叫んだ。「なぜ生と死の秘密を発見できるというのに、些末なことを気にかける必要がある？　どうして人為的な選択によって人類の進化を早め、人間をより敏捷に、頑強に、知的にできるというのに、取るに足らない研究を引き受けなければならん？　なにゆえよりよい世界、科学と科学者の支配する世界の新たな統治者、真の立法者になりうるというのに、陰に潜まねばならんのだ？　人間は進化することをやめた——われわれのうち、もっとも賢明で正直な者はそれを認めている。もしも、みずからを立派な科学者と呼んでいる無知な愚か者どもも含めて、ほかの人間より自然の過程をよく理解しているわれわれが、人類を人類自身から救わねば、この慈悲深い力を人間とその機構に施さねば、人類は間違いなく退化し滅ぶだろう。さあ、兄弟姉妹たちよ、わしに同意するのは誰だ？」

聴衆の中から、「そのとおりだ！　ヴァン・ヘルシングの言うことを聞け！　新しい会長を選ぶときだ！」と呼びかける声がいくつか響いた。

「頭がおかしいぞ、ヴァン・ヘルシング」レオ・ヴィンシィがテーブルを叩いてどなった。「おまえは慈悲深い支配などを求めているのではなく、自分の力を求めているだけだ」

「そうだ！」少なくともひとつ会議場の隅から声がした。あきらかに会員のあいだで論争が起こっているようだ。ヴァン・ヘルシングに与《くみ》する者、アッシャに味方する者——おおかたは何が起きているのかさっぱりわかっていないらしかった。

「ヴァン・ヘルシング教授は投票を求めた」アッシャが冷静に言った。「当協会の規則によれば、どの会員であろうと不信任案をいつでも提出できる。思うに、わたしが退任に追い込まれたならば、セワード博士によってヴァン・ヘルシングが会長候補に指名されるのであろうな。ヴァン・ヘルシングが選ばれたならば、その提案が通る──監視なしでの生物的変成突然変異の実験への回帰、またイングランド支部が復活し、名目ばかりか、事実上の支部長としてセワード博士が就任することとなろう。採決をおこなおうではないか──今この場で。当協会の会員のかたがた、わたしに代わってヴァン・ヘルシングを会長に推すことに賛成ならば、挙手願いたい」

手があがったが、さっきより数が少なかった。ヴァン・ヘルシングの言葉には効果があったものの、本人が意図していた効果ではなかったのだ。

「して、わたしが会長としてとどまることに賛成のかたは？」

賛成に投票した数は反対に投票した数を圧倒した──アッシャへの支持は、過半数をゆうに超えていた。

「行きましょう」ミナがメアリの腕をつかんで言った。「ルシンダをここから出さないと。大騒ぎになるのはこれからよ」どうやって会議場の前方まできたのだろう？　とはいえ、メアリはアッシャとヴァン・ヘルシングの手に汗握る場面にしか注意を払っていなかった。

「攻　撃《アーンファレン》！」ヴァン・ヘルシングが叫んだ。

それが攻撃の合図だった。聴衆の中で男たちが立ちあがった──何人だろう？　全員は数えきれなかった。シューシューうなって歯を剝き出すと、まわりに座っている会員たちに襲いかかる。ひとりが男性の首に食らいついた──とつぜん血と悲鳴がほとばしった。会議場の前方にいる会員の一部がもっとよく見ようと首を曲げる。最初は用心から、続いてまだ状況はわかっていないものの、何かが起こっていると気づき、パニックに襲われて扉のほうへ動き出した会員もいた。脇の通路沿いにこっそり逃げ出した数人が目に留まる──何が起きるかあらかじめ伝えられていたのだろうか？　おそらくヴァン・ヘルシングが支持者に警告しておいたのだろう。

吸血鬼が壇に飛び乗ると、頭をそらして牙を剝き、金切り声をあげた。次の瞬間、あたかも鍋が急激に沸騰したかのように、会議場全体が大混乱に陥った。会員の大部分が立ちあがり、お互いに叫び交わしながら出口へ走っていく……

アダム・フランケンシュタインと決着をつけた倉庫での戦いのように、迫力ある戦闘を予想していた。だが、これは戦闘というより乱闘だ。悲鳴と叫び声、何が進行中かわからず、群衆の頭や肩が邪魔してあたりが見えない状況だった。ベアトリーチェとローラは上のバルコニーでどうしているだろう。それに、この人混みのどこかにカーミラとキャサリンとジュスティーヌがいる。みんな無事だといいのだが。しかし、今助けることはできない――ミナと一緒にルシンダをこの混乱から連れ出さなければ。

バルコニーでは、ヴァン・ヘルシングが話し出すまで、ベアトリーチェは後方、座席のうしろに立っていた。それから、できるかぎり急いで、ドラキュラ伯爵が吸血鬼だと指摘した男たちの背後についた。男たちの数は六人で、ごく普通の聴衆にまぎれて座っている。その会員たちが危害を加えられないよう守らなければならないのだ。メアリが話しはじめたとき、ベアトリーチェはクロロホルムを染み込ませた布切れをひとりの口にかぶせた。たちどころに男は意識を失って前のめりに倒れた。まあ、それほど悪くはなかったのでは？　だが、あたりを見まわすと、運がよかったことがわかった。ローラがクロロホルムを嗅がせようとした男はその手から布をむしりとり、振り返って反撃しようとしていた。ローラは男をよけてバルコニーの扉のほうへ後退している。バルコニーにいるほかの聴衆が、何か変だと気づいた。一部は出口に向かっているが、何人か隅に追い込まれている。伯爵は一度にふたりの吸血鬼と戦っていて手一杯らしく、ダイアナの姿はまったく見えなかった。ポケットの中には唐辛子スプレーがある。引っ張り出してローラを襲っている吸血鬼に駆け寄り、目にスプレーした。吸血鬼は顔をかきむしり、後退し、下がっていってバルコニーの縁に突きあたった。一瞬、不気味なかくれんぼの遊びでもしているかのように、両手で目を覆ったままよろめく――そしていきなり、手すりを越えてうしろ向きに落ちた。ローラはいまや別の吸血鬼にスプレーをかけて善戦している――ふたりが倒れ、ドラキュラはまだひとりと戦っていた。もうひとりのほうは手すり子の上に飛び乗って、猿のようにうずくまっている。ダイアナが矢のように隣を駆け抜けていった――片手にナイフを持っている。ベアトリーチェが「ダイアナ、やめて！」と言う前に、ダイアナはバルコニーの縁越しに男を突き刺し、その勢いで男ともども下の人混みに落っこちた。ベアトリーチェはあたりを見まわした。ローラの吸血鬼は鋼索で両手を縛られて床に座っている――ほかにもふたりその脇にいた。ドラキュラはさぞ忙しかったに違いない。つまり、まだあとひとり残っている。

ダイアナはどこに？　必死になって手すりの向こうを捜したが、その姿は見えなかった。なぜあの子はいつも言われたのと正反対のことをしなければならないのだろう？　下のどこかで無事でいてくれるといいが。

そのとき、自分の名前を呼ぶ声がした。振り向くと、濃い顎鬚を生やした、背が低く筋肉質でたくましい体格の男が目に入った。男は言った。「ミス・ラパチーニ？　私はホーレス・ホリーだ。ここからはわれわれが引き受けよう、感謝する。アッシャがあなたとご友人一同に、ドラキュラ伯爵も含めて――」ありったけの軽蔑をこめてその名前を口にする。「――図書室にお越しいただきたいと言っている。あの隅にいる生き物を拘束していただけるなら――あれもヴァン・ヘルシングの手下だろう――そこから先はこちらの仕事だ。

ついてきていただけるかな?」

下の階では、ダイアナがしがみついている男と一緒にバルコニーの縁から落ちてきて、会議場の裏口から逃げ出そうとしている一団の上に着地したのを、ジュスティーヌがちょうど目撃したところだった。

キャサリン ダイアナ、あたしがあんたを猿娘って呼んだら褒め言葉だと思わなくちゃ。なんでモローだのヴァン・ヘルシングだのって連中は進化がそんなにすごいと思ってるのかわからないわ。人間は進化の過程でいろんなものを失ってきたのに。尻尾があったほうがどんなにいいか、見当もつかないでしょ!

ダイアナ 尻尾ならあってもかまわないのに! あたしに縫いつけてくれるのってできそう? ちゃんと使えるやつってことだけど。モロー博士ならきっとできたよ!

メアリ 勘弁してちょうだい、それだけはぜったいにいらないわ。

一瞬気を取られた瞬間が仇《あだ》になった。さっき椅子で頭を殴りつけた大男の吸血鬼がふたたび立ち上がり、椅子の折れた脚を半分ほど、ジュスティーヌの脇腹に突き刺したのだ。ジュスティーヌはその衝撃でうしろによろけてから、手を下ろして椅子の脚を抜き取った。刺さった部分、あばらの下を冷静に検分する。痛みは感じるが、こんな怪我で痛手を受けることはないと頭でわかっていたので、今は無視しなければ。あの吸血鬼はどこだろう?

キャサリンが背中に飛び乗り、肩に嚙みついていた。吸血鬼は咆哮《ほうこう》し、キャサリンを捕まえようとして、自分の尻尾を追いかける犬よろしく左右に身をねじった。ジュスティーヌは椅子の脚を掲げると、キャサリンを刺さずに吸血鬼を突き刺せる場所を探した。胸がいいだろうか？　あんなにぐるぐるまわるのをやめてくれさえすれば！

「あたしは大丈夫！」キャサリンが叫んだ。「カーミラに手を貸して！　うしろ――」

ジュスティーヌは振り返った。三人の吸血鬼に囲まれたカーミラが、日本代表団の一員だった女性を守ろうとしていた。牙を剝いて嚙みつこうとしている目つきの悪い男の動きをさっとよけ、ひとりでなかなか善戦しているようだ。日本人の女性は飛びかかってきた吸血鬼の腹部を蹴り上げた。

ミナの言うとおりだ――この混雑の中では、拳銃は役に立たないどころではなかっただろう。もっとも、今では人が減りつつあった。大勢の会員がすでに二カ所の扉から脱出したか、逃げ出そうとしているかだ。どなり声と悲鳴、椅子がぶつかり合う音が交錯し、そのまっただなかに野生の獣の咆哮が響き渡った。こだまが鳴り響く室内では、頭の中の声さえろくに聞こえない。吸血鬼は何人残っている？　あの日本人女性を襲った連中のひとりが手の届く範囲にいた。ジュスティーヌは椅子の脚を突き刺したが、ほとんどこたえていないようだ――腹から木片が突き出ているのに、なおも近づいてくる。相手の首をつかんでやる。このままずっと強く握りつづければ、空気を遮断されて失神するだろう。そうすればしばらくは止められるかもしれない。顔が紫色になるのが見えた。ゆっくりと、だが確実に、吸血鬼は手の中で崩れ落ちた。

ちょうどそのとき、カーミラが声をあげた――胸を刺されている！　シャツの正面を赤い筋が流れ落ちているのが目に入った。カーミラを刺した吸血鬼は、見るからに物騒なばかでかいナイフを持っており、その柄《え》がいまやあざやかな赤に染まっていた。ジュスティーヌはカーミラの前に踏み出した。

「今度はわたしたちふたりを相手にしてもらうわ」と言い渡す。

きっと理解できないだろうと思っていた——相手の双眸《そうぼう》には、ウィーンの戦いで覚えている錯乱と理解不能の膜が張っていたし、どちらにしても英語を話さないに違いない——しかし吸血鬼はにやりと笑い、もう一度使うのが楽しみだと言わんばかりにナイフを振り上げた。ジュスティーヌは唐辛子スプレーの瓶をポケットから引っ張り出し、目を狙って吹きかけた。ああ、うまくいった！　吸血鬼は床の上で身悶えている。何人スプレーできるだろう？

何人近くにいる？　もうひとりこちらへ向かってきたが、そのうしろにあと三人いた。手持ちの中でもっとも強力な武器を取り出す——聞こえる者にとっては耳をつんざくような音の出る、ちっぽけな金属の筒だ。拳銃だろうとナイフだろうと武器は持たないと告げたとき、「それなら、あなたがこれを持つべきよ」とべアトリーチェは言った。だが、まず音から身を守れるよう、キャサリンとカーミラに警告しなければ。

「カーミラ！」と叫ぶ。「笛を使うわ！」だが、キャサリンはどこだ？　一瞬前には吸血鬼のひとりと戦っていた……

だが、キャサリンはもうそこにいなかった。戦闘のせいで会議場の反対側、壇に近いほうへ移動していたのだ。嚙みついた吸血鬼は倒れたものの、もうひとりがそちらへ突進している。キャサリンは牙を剝いてうなった。骨から肉を食いちぎってやる！　そのあとで木にひきずり上げて、何日も楽しもう。

「そのひとから離れろ！」

今叫んだのは誰だ？　キャサリンは歯を剝いてうなりながら振り向いた。エドワード・プレンディックが壇のところに立ち、キャサリンが嚙みついた吸血鬼に向かってどなっている。くそ、あの吸血鬼は倒したと思っていたが、違った——片腕がだらりと垂れて血まみれだが、身をかがめて今にも飛びかかってこようとしている。まあ、くればいい。八つ裂きにしてやる。

キャサリンはにやりと笑い、手招きした――さあ、やってみなさいよ。

吸血鬼が跳躍し、衝撃に備えて身構えたが、最後の瞬間、プレンディックが割って入った。なにをやっているのだろう？

プレンディックは跳躍の勢いをまともに受け、床にあおむけに倒れた。吸血鬼はよだれを垂らしながらその上にしゃがみこんだ。それから、牙を剝き出して嚙みつく。

あの鋭く甲高い音はなんだろう？　笛に違いない！　キャサリンは両手で耳を覆って膝をつくと、なんとかプレンディックに這い寄った。襲った吸血鬼のほうはさらにひどく影響を受けていた。動物が身を守るように体をまるめ、頭をかかえている。その隣でプレンディックが床に横たわっていた。まさか――いや、まだ生きている。できるだけ笛を無視してかたわらに膝をつき、血だらけの顔や首の惨状を確認した。傷はどれぐらいひどいのだろう。見分けるには血を拭き取らないと。プレンディックは目をあげてほほえんだ。きみが好きだ、とあの島ではじめて言ったときのように。

「キャサリン」と口にして、顔に手を伸ばしてくる。つかのま、その手が頰に触れた。気が散って集中できなくなったが、キャサリンはさわらせておいた。おかげでもっと重要なこと、どれだけ重傷なのかという見きわめが難しくなっても。やがて手がぱたりと落ち、プレンディックは動かなくなった。キャサリンも、ほかのどんなものも、二度と映すことのない瞳が天井を見上げていた。

「キャサリン、大丈夫？」笛を手にじっと見下ろしているのはジュスティーヌだった。

キャサリンは顔をあげた。顔に涙が流れているのを感じた。モローとあいつの島は地獄に落ちろ！　ピューマは泣かないのに。「死んだわ」と言う。「あたしを守ろうとしたの。ばか！　ほんとうにどうしようもないばか！　ほんとうにくそいまいましい……あたしのほうがずっと強いって知らなかったの？　なんであたしに戦わせなかったの？」見下ろしてプレンディックの髪をなで、指に血をつける。それから、虚ろに開いた目を閉じてやった。「あたしを造ったのはモローだけど、人間になることを教えたのはエドワードだった」まわりじゅうが大混乱だ——周囲で戦う音はまだ聞こえていたが、まるでモローの島ほど遠い、どこか別の場所で起きているように思われた。エドワード・プレンディックの死骸を持ちあげ、子どもでも抱くようにかかえて揺らす。

その脇で、身をまるめていた吸血鬼が体を戻した。プレンディックを殺した吸血鬼だ。立ちあがってあたりを見まわし、自分の動きを封じた、あのぞっとする音の出どころを探しているらしい。何も見つからなかったので、にやっと笑い、もう一度攻撃しようと身構えてかがみこんだ。

キャサリンはジュスティーヌを見上げて言った。

「あいつはあたしのよ」

ふいに、苦悶と驚愕の表情とともに吸血鬼は床に崩れ落ちた。背後に立っていたのはアッシャだった。片手を上げていたが、武器は持っていない。何をしたのだろう？　アッシャは状況を判断するようにキャサリンを見下ろしてから、向きを変えて会議場の中央へ戻っていった。まだ吸血鬼がひとり、日本人女性をおびやかしている。そうだろうか？　いくらなんでももっといるはずだ！　あれだけの吸血鬼に、ジュスティーヌとカーミラだけであんなに早く対処できるはずがない！　カーミラは日本人女性の近くにいたが、助けてやるのは無理そうだ——やはり笛の影響を受けており、頭をかかえて椅子のひとつに座り込んでいる。アッシャは吸血鬼に歩み寄り、腕を上げると、相手の頭から数インチ先に手を掲げた。何も起こらない。そのとき、吸血鬼は両手を頭にやり、苦痛に絶叫して床にへたりこんだ。そのまま立ち上がることはなかった。アッシャは手のひらを合わせて日本人女性に一礼すると、出口へ連れていった。

　キャサリンは仰天してジュスティーヌを見上げた。

「なんなの、あれ？」

　ジュスティーヌはエドワード・プレンディックを殺した吸血鬼の死体のかたわらに膝をついた。「傷はないわ。でも見て、両側のこめかみにそれぞれ赤い痕がついているの。まるで感電して電流が通り抜けたみたい」

「キャサリン！」それはカーミラだった。まだ両手でこめかみを押さえながらジュスティーヌのすぐうしろに立ち、シャツの前面に血が流れ落ちて上着とベストに染み込んでいる。「それはプレンディックか？　何かできることは？」

「もう助かりませんよ、女伯爵」

　キャサリンが振り向くと、さっきアッシャの前に壇の正面で話した白髪の女性がいた。「わたくしはフラウ・ゴットリープです。アッシャがあなたがたとお話をしたいと申しております」エドワード・プレンディックを見下ろす。「心よりお悔やみ申し上げます。プレンディック氏のご遺体は最大限の敬意を払って扱いますので、ご心配なさらず。さあ、みなさん図書室までついてきていただけますか？　女性会長がお会いしたいそうですので」

26　女性会長《マダム・プレジデント》

図書室は二階にあった。壁という壁に書架があり、科学書や機関誌らしきものが天井までつめこまれている広い部屋だ。梯子を上らないと、いちばん上の棚には手が届かない。

ジュスティーヌはメアリたちがすでにいるのを見て驚いた。メアリは巨大なオーク材のテーブルの前に立っている。ベアトリーチェとローラは、静かに顔を覆ってすすり泣いているルシンダと一緒にテーブルについていた。ローラがルシンダに腕をまわしている。ミナとドラキュラは、梯子の近くの片隅でひっそりと話していた。

「ああ、よかった」とメアリ。「あなたたちのことをすごく心配していたの！」

「何があったの？」ジュスティーヌは訊ねた。カーミラがローラに近寄って何かささやいた——たぶん無事かどうか訊いていたのだろう。キャサリンは椅子のひとつに座り、まだ飛び散った血がついている両手を眺めていた。ベアトリーチェが身を乗り出してハンカチを手渡す。

「よくわからないの」とメアリ。「蜂の巣をつついたような騒ぎになって、それから女のひとが——年配で頭が白くて、眼鏡をかけていたわ——ついてくるようにって言って、ここに連れてきてくれたの。ミナとルシンダとわたしはずっとここで待っていたわ。そのあと、ドラキュラ伯爵とベアトリーチェとローラがホリー教授と一緒にきたけれど、教授は何も説明しないでまた出ていってしまったの。外ではどうなっているの——それに、ダイアナはどこ？」

「ひょっとすると、こういったものを置き忘れたのではないかな?」

アッシャだった。すぐあとから入ってきたに違いない。ダイアナの襟首をつかんでいる。ダイアナは体をねじって暴れ、あきらかに錬金術師協会の会長の向こう脛《ずね》を蹴ろうとしていた。

「ダイアナ! いますぐやめなさい!」とメアリ。

ダイアナはしかめ面をしたものの、アッシャが襟首を放すと、テーブルに走ってきてほかの仲間に加わった。椅子にドスンと腰かけ、その脚を蹴りはじめる。

アッシャはとりわけ興味深い、一度も見たことのない種類の昆虫でも調べるかのように、一同を検分した。

女性がひとり、あとから入ってきた。年配で髪が白く、度の強い眼鏡をかけている。にっこりと笑いかけてきた姿は、ビスケットとためになる忠告を渡そうとしている、やさしいおばあちゃんのようだった。それから女性はアッシャのほうを向いて、上品な口調の英語で言った。「女性会長、事態は収束しました。負傷者十七名、ブレンディック氏を含め死者三名です。ヴァン・ヘルシング教授は地下の収納室のひとつに閉じ込めてありますが、セワード博士は逃げおおせました。ヴァーンベーリ教授は本日の件を知っていたことを否認しております――ヴァン・ヘルシングの拘束にあたってヴィンシィ氏に協力し、現在たちの悪い嚙み傷の手当てを受けているところです」

「まったくアルミニウスらしいことよ。あれの忠誠心に頼るとは、ヴァン・ヘルシングも愚かであった」アッシャはふたたびこちらに向き直った。「お怪我はいかがか、女伯爵?」

カーミラはシャツの襟のボタンをはずして胸元をのぞきこんだ。「すでに治りかけている、女性会長」

「よろしい」アッシャはひとりひとりじっくりと、冷静に見つめた。「今日はそちらに割く時間がない。負傷した会員の面倒を見て、この会合に秩序を取り戻さねばならぬ。最初の論文発表があと三十分で始まる。

ミス・マリー――」ミナのほうを向く。「書誌引用形式小委員会の調査員にお目にかかれて幸甚の至りじゃ。また、このように興味深い若い女性の集団とお会いできたことも光栄に思う。ミス・ジキル、ミス・モロー、ミス・ラパチーニ、ミス・フランケンシュタイン、そしてむろんミス・ハイド、明日ドラキュラ伯爵邸にて午後三時にお待ちいただけるならば、さらに話がしたい。そなたのもてなしを利用させてもらうが、ヴラド、気にせぬであろうな。レディ・クロウが全員を外までお送りしよう」

アッシャは背を向け、コブラか猫さながらに優雅に部屋から出ていった。

「いったいなんなの――」ミナが言った。それは多かれ少なかれ、みんなが考えていたことだった。一同は度肝を抜かれて目を見交わした。

「こちらへどうぞ」レディ・クロウが言った。「それから、またお会いできてうれしいとお伝えしてもよろしいですか、メアリ、ジュスティーヌ、キャサリン？そしてもちろん、かわいいダイアナも？」

全員がはっとしてその姿を凝視した。それから、

「マダム・コルボー！」とメアリが言ったのと同時に、キャサリンが叫んだ。「フラウ・クレーエ！」メアリはパリ行きの列車にいた親切なおばあさんとして覚えていたし、キャサリンはウィーンへの列車にいたサーシャの子ども時代の保母として覚えていた。相手はその両方で、どちらでもなかったのだ。

「もちろん《ビアン・スュール》」レディ・クロウは言い、例のおばあちゃんめいた微笑を浮かべた。「もちろん《ナテュアリヒ》。ただ、もう一度お話ししたいのは山々ですが、今日は忙しくて。女性会長が申し上げたように、明日みなさんとお会いするそうです。ところで、昼食のサンドウィッチと上等のワインを何本か籠につめるよう注文しておきました。さぞお疲れでおなかが空いていらっしゃるでしょう。公園はピクニックに人気の場所ですし、そうでなけれ

ば今日の午後城地区へ行ってもいいですね。休息をとって、少し観光でもするだけのご活躍はなさったと思いますよ」

一同はまじまじとレディ・クロウを見た。たった今吸血鬼と戦い、内側にも外側にも傷を受けたところだ。それなのにピクニックに行くと思っているのだろうか？

「さあ」ほかになんと口にすればいいかわからないという顔でレディ・クロウを見て、ミナが言った。「ここから出ましょう」

レディ・クロウを先頭にぞろぞろと図書室から出ると、階段を下り、ブダペストの午前の明るい光の中へ出ていく。くたくたで何を成し遂げたのかよくわからなかった。だが、ドナウ川には陽射しが降り注ぎ、公園では鳥がさえずっていた。

ジュスティーヌ　ああいうことがどんなふうに起こるかというのは不思議ね——重大な事柄で、世界そのものを変えてしまうような気がするのに、実際には変わらないのよ。川は流れて日は照って、鳥は歌う。自然は人間には無関心で、だからこそ、そこから癒しが得られるんでしょうね。わたしたちは傷ついているかもしれないけれど、自然は違う——こちらは疲れていても、自然はたえずみずからを新たにするの。そう思うと心が安らぐわ。

ダイアナ　あたしも安らぐかもね、そもそもあんたが何をしゃべり散らしてるのかわかれば！

ジュスティーヌ　書斎にいらっしゃい。ワーズワースを少し読んであげるわ、わたしよりずっとよく説明できるから。

翌朝、朝食を食べ終えるとき、ミナがメアリに身を寄せて言った。「アッシャと会う前に公園へ散歩に行きたくない？」

「ええ、行きたいわ」メアリは言った。ほかにも行きたいひとがいるかどうか確認しようとまわりを見たが、ミナが言った。「あなただけと言うつもりだったの。ここにきてから、ちゃんと話す機会がなかったでしょう。そろそろ頃合いだと思うわ」

どちらにしても、みんな忙しそうだった。ローラはルシンダに、まともな吸血鬼になるにはどうしたらいいか学ぶために、シュタイアーマルクへ戻ってしばらくシュロスで暮らしたいかしら、と訊ねていた。カーミラとマグダが必要な血を入手したり、力を制御してうっかりひとを殺さないようにしたりする方法を教えてやれるからだ。ドラキュラ伯爵は、伯爵という人種が火曜の朝にやることをしに出かけていた。どうやらそれは、地所を管理して小作人の不平に答えるという用件を含むらしい。キャサリンとベアトリーチェはサーカスの演目について話していた。その朝ロレンゾから電報がきたのだ。

サーカス　スイヨウニツク　モクヨウノヨルノブノジユンビ　デキルカ　ドクヲモツムスメ　キヤクガモトメテイル

キャサリンは、ベアトリーチェが自分の毒を実演するときの独創的な新しいやり方を考えついていた。ジュスティーヌは、ダイアナがポケットに忍ばせてきた二匹の子犬を母親のもとへ返すよう説得しようとしている。あとでまた、イングランドに狼犬を連れ帰るわけにはいかないと辛抱強く説明しなければならないだろう。自分のものだった人間をこの新たなお楽しみに奪われたホーヴィラーグは、やるせなさそうにダイアナを見つめていた。

「わかったわ」メアリは言った。ミナが書誌引用形式小委員会について伝えて以来、ふたりはほんとうの意味では話していなかったし、あれからあまりにも多くのことがあった！　きのうのできごとを思い返してみる。心の中ではみんなごちゃまぜになっていた――会議場の前のほうでルシンダと立ち、アッシャが立って耳を傾けている壇を見上げていたこと、戦闘が始まったときルシンダを脱出させようとしたこと、マダム・コルボーと自称していた女性に図書室へ連れていかれたこと……今はまだ、いったい何が起こったのか理解しようと努めているところだ。外へ出て歩きまわるのはいいことだろう！

ムゼウム通りを渡り、国立博物館を囲む公園の入口まで歩いていくとき、メアリはついこの前アイリーン・ノートンと散歩したことを思い出した。だが、ここは確実にベルヴェデーレとは違う！　国立博物館は大きな新古典主義の建物で、高い木にはさまれた砂利道が走る小さな公園の中にあった。道に沿って芝生の部分やふぞろいな藪《やぶ》があり、おそらく有名な人々をかたどったと思われる像が立っている。涼しくてよく晴れた美しい朝だった。母親たちが子連れで散歩しており、子どもたちは乳母車に乗っているか、走りまわってロンドンの子どもたちとまったく同じように叫んでいるが、もちろんハンガリー語だった。公園のベンチでは、銀行員や大学生らしき若い男が店員や子守の娘たちの隣に腰を下ろしている。

「そろそろ博物館に行かないと」ミナが言った。「ハンガリーの歴史上の工芸品を、イシュトヴァーン王の治世か、場合によってはもっと遡って保管しているのよ――しばらく行っていないわ。ある場所に住んでいておもしろいのは、訪問したときにするようなことをぜったいにしないということよ！　メアリ、あなたの訪問が陰謀や戦闘や吸血鬼ばかりで残念だったわね」

メアリはそちらを見て――きちんとしてはいるが、とりたてておしゃれではない麦わら帽子をかぶっているミス・マリーをだ――笑い声をあげた。「今のは昔の家庭教師のミス・マリーとそっくりな言い方だったわ。あなたはいつかあのひとに会うべきね！　きっとなかよくなれるわ。ミナ、大英博物館に行っていたときのことを覚えてる？」

「もちろん覚えているわ。いらっしゃい、ぐるっとまわって帰りましょう。円周はかなり短いから」ミナは先に立って進んだ。ブーツがざくざくと砂利を踏みしめる。「わたしの記憶が正しければ、あなたはエルギンの大理石彫刻群がいちばん好きだったわね。それに赤い土器全部と。もっとも、イングランド人の若いお嬢さんにはとうていふさわしくない像もあったけれど。英国がこんなにたくさん持ってきてしまったら、ギリシャに壺は残っているの、といつか訊かれたことがあったわ。出ていくのは残念だった。とくに、あなたがまだあんなに若かったのに――家庭を切りまわすことを引き継ぐにはあまりにも若すぎたわ。それに、あれほど聡明な精神への教育を中断するのも心残りだった。女の子にはそういうことがよくあるの――ある程度まで教育を受けて、そのあとは家庭の務めを担うため、ほかの子どもたちや年老いた両親の世話をすることを求められるのよ。ほんとうにもったいないわ」

「まあ、結果としてわたしがうまくいっていればいいんだけれど」メアリはにっこりしたものの、ミナがなんと言うかと少々心配だった。

「あらまあ、あなたは申し分なく成長したわ、そうなるだろうとわたしが思っていたようにね」ミナはしばらく物思いにふけっている様子で歩いていた。

　茶色い服の小さなぼうやがあやうくぶつかってきそうになった。「こっちへおいで《ジェレ・イデ》、ジュリ！」母親が叫んだ。ともかくメアリは母親だと思った。鳥たちが頭上でさえずっている。なんという鳥かまるでわからない。たぶんジュスティーヌなら知っているだろう。そういうことを知っている傾向があるから。

　そのときミナが口を開いた。「メアリ、わたしのついた嘘を許してもらえる？　あのころわたしはもっと若くて、七つの子どもを騙すのが悪いことだとは思わなかったの。まして重要な理由があってそうしているのなら。どうせあなたが知ることはないでしょうし。まあ、教訓は得たわ――何年もかけてさんざん思い知らされた。年を取ることのいい点は、別の間違いをするということね。あなたが許す気になれないとしても、気持ちはわかるのよ」

ふたりは博物館の裏の小道に曲がり、丈の高い菩提樹の並木の陰に入っていた。メアリはつかのま、どう答えようかと考えた。「正直、腹は立ったわ。まだ頭にきていると思うけれど、その怒りをどうしたらいいかよくわからないの。知っているでしょう、わたしは怒るのが得意じゃないから。今は、きのうあれだけのことがあったあとで、全員生きていてよかったと思うだけよ！　それに、あなたがしてくれたことに感謝もしているわ、ルシンダを――わたしたちみんなを助けようとしてくれて。アッシャはほんとうにドラキュラ伯爵邸へわたしたちを訪ねてくるのかしら？　どういうわけか、あんまり想像がつかなくて……」

「ヴラドの応接室にあのひとが？　あそこはとても豪華な応接室なの。日常で使うには豪華すぎるのだけれど、あなたの言うとおりね。普通の環境にアッシャがいるところは想像しにくいわ。あのひとに似合うのはエジプトの神殿か、でなければ何か荘厳な風景でしょうね。アルプスはどう？　あそこならバイロン卿がアッシャについての詩を書けるわ……」

「完璧ね！」メアリは声をたてて笑ってから、真顔になった。「あのひと、ヴァン・ヘルシング教授をどうすると思う？　あと、こういう実験を今回かぎりでやめることに賛成するかしら？」

「わからないわ。きのう、あなたは思わなかったかしら……」ミナは一瞬口をつぐんだ――ふたりは博物館をまわって反対側にきていた。それから、驚いたように言った。「ラベンダーを売っている女の子がいつもの場所にいないわ。ここのところ毎日あそこにいたのに」

「あら」とメアリ。「気がつかなかったわ。もしかしたら手持ちを売り切ったのかもね。でも、何を言おうとしていたの？　きのうのことだけれど……」

ミナは眉をひそめて地面を見下ろした。片足で砂利を蹴る。「ただ、あまりにも簡単すぎる気がしたと言いたかっただけよ。わかっているわ、エドワード・プレンディックを含めて三人死んだし、十何人も怪我をしたわ。でも、もっとひどかった可能性もあるのよ。本物の流血の惨事になっていたかもしれない。それなのに、ベアトリーチェとローラがバルコニーにいたヴァン・ヘルシングの手下を全員制圧したとたん、ホリー教授が後始末にきたわ。キャサリンとジュスティーヌとカーミラが下で厄介な状況になっていたとき、アッシャ自身が現れて、吸血鬼たちを自分の力で吹き飛ばした――あの力がどう働くのかぜひとも知りたいものだわ！　つまりね、触れる必要があるのかしら？　そうは思わないけれど。相手に近づく必要があるの？　それに、正確には何をしたのか。わたしはあれが電気のようなもので、一種の見えない稲妻なのではないかと思っているのよ。ともかく、ルシンダがアルミニウスを襲って、レオ・ヴィンシィに引き離されたあと、レディ・クロウがきてわたしたちを図書室に連れていったでしょう。すべてがなんだか――都合がいい気がするの。リハーサルでもしてあったかのように」

メアリはどう反応したらいいか確信が持てなかったものの、とりあえずこう言った――「きのうのことはうまくいったわ。つまり、わたしたちはここにいて、ヴァン・ヘルシングは捕まったでしょう。セワードは逃げてしまったけれど。ルシンダも元どおりになったし」

「それがいちばん大事なことよ、もちろん」ミナは言った。しばらく黙る。それからまた口を開いた。「メアリ、今日外にきてもらったのには特別な理由があるの」ハンドバッグに手を入れて封筒を取り出す。「これがあなた宛てに郵便できたのよ」

メアリへの手紙？「ミセス・プールから？」と熱心に訊ねる。そうに違いない――ほかに誰がミナの住所へメアリ宛の手紙を送ってよこすだろう？　もしかしたら、ホームズ氏が戻ってきたという知らせかもしれない――謎が解決し、犯人は取り押さえられてレストレード警部に引き渡されたと。

だが、ミナに封筒を渡されたとたん、ミセス・プールではないのがわかった。このギザギザした、ほとんど読めないような筆跡には見覚えがある。封筒の宛名は、カルンスタイン女伯爵様方ミス・メアリ・ジキル様、となっていた。気が進まないながらも封筒を開け、中に入っていた一枚の紙を読む。

親愛なるメアリ

フェレンツ父子《ペール・エ・フィス》からおまえたちの急な出発を聞いてがっかりした。もっと私の家族と――おまえやダイアナと時間を過ごしたかったよ。ふたりのどちらにも自分を見出すのでな――むろん別々の面でだがね。ことによると、近いうちにしばらく一緒に過ごせるかもしれない。意見や気質の違い、それに運の悪い誤解もあったが――ダイアナがヤーノシュを撃つ必要はなかった。助手としては不充分だが、いい少年さ――娘たちのことを誇らしく思うよ。ひとりはなんとも気性が激しく、ひとりはじつに分別がある。

おまえにこの手紙を書くのは、それだけ分別があって、どう話すべきかわかるだろうと思うからだ――おまえたちがいなくなった晩にアダムは死んだ、とミス・フランケンシュタインに伝えてくれ。安らかには逝かず、自分の造り手と自分を拒んだ女に激怒していた。唇に上った最期の言葉は「ジュスティーヌ」だったよ。

元気であるよう祈っている。ダイアナに愛していると伝えてほしい。スイスから絵葉書を送るよう努力すると言っておいてくれ。あの怪我では生き延びることはあるまいと予想してイングランドから戻ってきたとき、アダムは私を遺産管理人に指名し、一部が私の手に渡ることになった。もし訪ねたいと思うことがあれば、水道設備があまり整っていない、いささか陰鬱な城に滞在できるぞ。だが眺めは最高だ。この手紙にどう署名すべきだろうな？　おまえがかつてわたしを知っていた名前、ふたたび知るかもしれない名前にすべきだろうか。

愛情深い父
ヘンリー・ジキル

メアリは手紙をまじまじと見て、それからミナを見上げた。
「どうしたの？　まるで幽霊でも見たような顔をしているわ」

メアリはただ手紙を差し出した――いったいどうやって説明すればいい？　ハイドのような男をどう説明できる？　ミナが読んでいるのを見守った――ミス・マリーはなんと言うだろう。ミナがいきなり爆笑したので、ぎょっとした。
「ほんとうにごめんなさいね」ミナは手紙をメアリに返しながら言った。「真剣な話なのはわかっているの――でも、まったく救いがたい男だわ。あの男の手中から逃れたことをうしろめたく感じたりなんてしないで。それに、ジュスティーヌにもアダムの死に対して罪の意識を感じさせてはだめよ。ジュスティーヌは責任感が強すぎるから――あなたもそうよ、ときどきね。そう、じゃあハイド氏はスイスのどこかの城に引っ越すわけね、何のためですって――またジキル博士に戻ろうとするため？　もう――」笑いすぎてにじんだ涙を目からぬぐう。「心から気の毒に思うわ。親ってたまにどうしようもないものよね」

メアリは手紙をハンドバッグに入れた。きっとよほど打ちひしがれた顔つきだったのだろう。ミス・マリーがほほえんで言ったからだ。「あなたに必要なものはなんだか知っているわ。大英博物館へ行ったあと、よくふたりで何をしていたか覚えていて？」
「お茶とスコーンね」とメアリ。その記憶は幸せな思い出だった――あのお出かけがどんなに楽しかったことか！　それから、当惑したおももちになる。「スコーンを食べに行くの？　このブダペストで？」
「まあ、今はお茶の時間というわけではないわね」とミナ。「それに、お昼が入らなくなったら、ミセス・プールはわたしのことをどう思うかしら？　でも、すぐそこにアイスクリームを売っているところがあるの。一日のうちで特別アイスクリームを食べるのにふさわしい時間なんて――ふさわしくない時間でもよ！――ないと思うわ。おいしい味がいろいろあるの――コーヒー、サワーチェリー、ヘーゼルナッツ……」

ダイアナ　なんであたしを連れてかなかったの？　どうしてあたしはアイスクリームが食べられなかったのさ？

メアリ　ブダペストにいるあいだにアイスクリームは山ほど食べたでしょ！　それにシュトルーデルと、あなたが層をばらばらにしたあのビスケットと、揚げパンみたいなものと……あなたが鉄の胃袋を持っていなければ、あそこにいるあいだじゅう具合が悪くなっていたはずよ。

ダイアナ　でも、あの日はアイスクリームを食べなかったもん。

　三時には全員が今までに一度も入ったことのない部屋で腰を下ろしていた――ドラキュラ伯爵の応接室だ。そこはまさに伯爵の飾りつけの流儀から予想するとおりだった――あらゆるところがダークウッドで、ビロード張りの椅子が並び、陰鬱な絵画が掛かっている。
「ここで時間を過ごしたことがあるんですか？」メアリは訊ねた。それから、ひょっとしたら失礼な質問だったかもしれないと気づいた。どうしよう、ダイアナのようにひどくなりつつあるのだろうか？

ダイアナ　そんなことあるはずないじゃん！

ミセス・プール　メアリお嬢様がそんな無作法にふるまうことはありえませんとも。

ダイアナ　そんなに想像力がないからね。

「もちろんない」とカーミラ。「ひどい部屋だろう？　大使だの要人だのを迎えるときにしか使われない。ヴラドがなぜ改装しないのかさっぱりわからないな。正直なところ、この家全体を少し陽気にする必要がある」伯爵のほうを向く。「ミナになんとかしてもらうべきですよ――なんでもいいから、ほんとうに！」

メアリ、ベアトリーチェ、キャサリン、ジュスティーヌは一張羅だった――ダイアナでさえ〈イロナ・クチュール〉の新しい服を着るよう説得された。もっとも、今は床に座ってホーヴィラーグに両腕をまわしていたので、きっとあの服は犬の毛とよだれだらけになっているだろうが。ルシンダは洗濯した昨日の白いドレス姿で、この世のものとも思われない美しさだった。ミナとローラはどちらも上品な灰色を着て、姉妹さながらに見える。カーミラはふだんのパンツスーツで、ドラキュラ伯爵は勲章がびっしりついた何かの軍服をまとっていた。一同はまるでなんらかの謁見に備えているかのようだった――ある意味でそのとおりだ。

ぴったり三時に、伯爵の召使頭ホルヴァス・ウールが入ってきて、アッシャの到着を知らせた――ともかくメアリはそうだろうと思った。というのも、一拍置いて錬金術師協会の会長が続いたからだ。しかし、ハンガリー語だったので、実際は何を言っていてもおかしくない。いやいや、今日はなんだか無作法で軽薄な態度になっているようだ――なにがあったというのだろう？ つまり、きのう起こったこと以外に。

アッシャはひとりではなかった。ほかに女性をふたり伴っている――演台でアッシャの前に話した白髪の女性と、アッシャのハンドバッグとパラソルを預かっている、もっと若い女性。

ドラキュラが立ち上がって一礼した。「わが家へようこそ、メロエの王女、イシスの女祭司、コールの女王よ」

アッシャは相手をじろじろと眺めた。今日は銀の星々を織り込んだ紺色の絹のアフタヌーン・ドレスを着ている。その上に青と銀のショールを羽織り、少しばかり月夜を思わせる姿だったが、おそらくそう見せることを意図しているのだろう。思ったとおりだった――壇に立っていなくても、やはり堂々としている。

「親愛なるヴラドよ、おだてたところで得るものはないと重々承知しているであろう」アッシャは言った。ショールをはずしてうしろにいる若い女性に渡すと、相手はそれを腕にかけた。「そなたをソシエテ・デザルキミストに復帰させるつもりはない。ヴァン・ヘルシングは白状した――妻と娘に対する実験のみならず、ルーシー・ウェステンラの殺害をもな。そうしたわけで――」ミナのほうを向く。「――ご友人の死を心よりお悔やみ申し上げる。ともあれ、わが王国はアフリカの金とダイヤモンドを渇望する英国人どもに侵略され、滅びてひさしい。わたしはもはや先ほど呼ばれた名のいずれでもない。女性会長と呼んでもらおう。あるいは、望むならアッシャと」ほほえんだものの、目は笑っていなかった。

「父をどうするつもりですか？」ルシンダが問いかけた。「罰を与えますか――」

「身体的に危害を加えることはないが、罰は与えられるであろう、科学者として最悪の方法でな。あの男の研究は信頼性を失う。大学での役職は辞任させられ、二度とまともな機関誌に論文を発表することは許されぬ。死ぬほうがましと思うであろうな！　むろんわれわれはあの男の活動を監視しつづけ、ふたたび生物的変成突然変異の実験をおこなうことがないようたしかめよう。いまやヴァン・ヘルシングは、いかなる場合もあの種の実験をすることを禁じられている。命令に従うよう催眠術をかけられた生き物どもは、わたしがこの手で始末した」

「つまり、殺したということですね！」とジュスティーヌ。「そんな必要はなかったのでは？　あんな行動を取ったのは本人たちの責任ではありません。もしかしたら、どこか辺鄙《へんぴ》な地域に放してやれるかも――」

アッシャは眉を上げてジュスティーヌを見た。「田舎の村々をおびやかすことができるようにか？　あれらは狼ではなく、ミス・フランケンシュタイン、人間であって、必然的に人の生活圏へと戻ってゆく。そこで餌を手に入れ、同類を造り出そうと試みるであろうよ。請け合っておくが、わたしの与えた死は、迷信深い村人の手にかかるより苦痛が少なかったはずじゃ！　セワード博士とアルミニウス・ヴァーンベーリについても、そのうち適切に対処されるであろう。少なくともアルミニウスは、わたしにとって有用なままなのでな。とはいえ、聖イグナティウス大修道院における行動はやめさせるつもりではあるが。その件に関しては、少々の……説得のあと、と言っておこうか、ヴァン・ヘルシングが説明した。大修道院長が何を企んでいたか、エステルゴム大司教がさぞ知りたがることであろうよ！　吸血鬼を造り出すことが修道院にふさわしい役割と大司教が考えるかどうか、疑わしいものじゃ。王立協会はそう思わぬかもしれぬが、われわれとてみずからの責任は引き受けている」

ミナが席を立った。「女性会長、どうしてご存じなのですか――」

「そなたのことを？　書誌引用形式小委員会のことを？　親愛なるミス・マリーよ、この世でもっとも貴重なものとは情報であると、わたしははるか昔に学んだのじゃ。そうではないか、フラウ・ゴットリープ？」

「おっしゃるとおりです、マダム」隣に立っていた白髪の女性が言った。きのうはドイツ訛りで話していた。だが今日は……

その声を耳にしてメアリははっとし、続いて立ち上がった。「まさか、そんなはずないわ」と言い、身を乗り出して相手をのぞきこむ。この部屋はひどく陰になっていて薄暗い……もっと光が入りさえすれば！　あの分厚いビロードのカーテンを開けられたらいいのに。

「ごきげんよう、お嬢様」とアダムズ看護婦が言った。生まれてこのかたロンドンを出たことのないきちんとした病院の看護婦の話し方で。その声、表情——何もかも前日とは違っている！　それでも当時のアダムズ看護婦より痩せていて、茶色い髪ではなく白髪だが、ほかはどこから見ても……

「これはイーヴァ・ゴットリープ、現在ソシエテ・デザルキミストの書記を務めている」とアッシャ。「イーヴァはドイツ国籍だが、母親がイングランド人で、ロンドンで看護婦の教育を受けた。何年も前、そなたの家庭に工作員が必要となったとき、またそなたが、ミス・ジキル、母親の世話をする病院の正看護婦を必要としていたため、その職に志願したのじゃ。もはやそなたに雇う余裕がなくなるまで、七年間そちらに勤めていた。さよう、王立協会同様、われわれも関心事には目を配っておきたいのでな！」

メアリはビロードの椅子にどさっと腰を下ろした。アダムズ看護婦がイーヴァ・ゴットリープ？　ばかばかしくなってきた！　次に発見するのはミセス・プールが——

ミセス・プール　わたしは違いますよ、お嬢様。ほかの誰がなんだとしても、わたしはホノリア・エメリン・プールですとも、ありがたいことに。考えてもごらんなさい、あのきっちりしたアダムズ看護婦が、しかもあれだけお茶にうるさいひとが、ドイツ人だとはねえ！　まさに人のことは決してわからないという証明ですよ。

「ハインリッヒ・ヴァルトマンもあなたのスパイのひとりなんですね？」ジュスティーヌが訊ねた。

「おお、ハインリッヒか！」アッシャは溜息をついた。「なんとも愚かな若者よ。あれはイングランドから戻るところで、パリからウィーンまでそなたらを見張ってもらえるであろうとレディ・クロウが考えたのじゃ、別の用事があったのでな。実際に接触するはずではなかったのだが。結局、ウィーンでそなたらを見失ってしまい、ブダペストへ到着し、ヴラドのもとへ滞在するまでふたたび見つけることができなかった。よいかな、こうしたことを話してはいても、われわれはスパイ組織ではなく、科学者の組織じゃ。ふだんからこのような行動を取っているわけではない。むろんこの地では目を光らせているが――ミス・マリーのことは知っていたため、そちらの最終的な目的地はここであろうと予想していた」

「ラベンダー売り！」メアリは声をあげた。

ほかのみんながこちらを見つめ、ローラが〝なんの話ですの？〟と言いたげに眉をあげた。

「あれはその子よ！　あのラベンダー売り」メアリはアッシャのショールを持っている若い女性を指さした。「あなた、通りの向かいでラベンダーを売っていた子でしょう？　いまわかったわ……」

若い女性は花束を差し出すように片手を伸ばして言った。「ラベンダー《レベンドゥラ》、たった《チャク》一《エッジ》フィレール！　はい、わたしがそのラベンダー売りです、ミス・ジキル」

メアリは今朝ラベンダー売りがいないことを目に留めていたミナを見やった。ミナはうなずくと、小さな微笑をよこした。（きっと入ってきた瞬間、あの子がラベンダー売りだって気がついたんだわ）とメアリは思った。（まあ、わたしだって最後にはわかったんだし）

「よくできた、ミス・ジキル」とアッシャ。「これはわたしの助手、イボヤ・コヴァーチ。来月チューリヒの医科大学に入る予定じゃ。なにしろブダペストの医大は偏見がありすぎ、女性を入学させぬのでな。たしかにそなたらが到着して以来、この者がそちらの動きを監視していた。そなたは友人のホームズ氏から学んでいるようじゃな」

はたしてそうなのか、メアリにはまるで自信がなかった。見逃したこと、見過ごしたものがあまりにも多い。自分の観察力、推論する力はどこへ行ってしまったのだろう？　今度ホームズ氏に会ったら、間違いなくメアリが気づくべきだったことをあれこれお説教されそうだ。そう思うととくに憂鬱な気分になった。

「それに、そなたのものを返さねばならぬな」アッシャはイボヤが預かっているハンドバッグに手を入れ、紙片を取り出した。メアリに渡してくる。

それは電報だった。メアリは信じられない思いで読み上げた。「〝ミス・ミナ・マリーへ。C・MトB・R　ブダペストヘムカウ　S・Aカイゴウデ　Sハクシト　ヴァン・Hキョウジュカラノ　キケンニチュウイセヨ　リュウケツノサンジ！　ミセス・H・プールヨリ〟。いったいどうやって？」

「事前の警告に感謝している、とミセス・プールにお伝え願う。レオとホリーが白状したが、そなたとミス・モローもわれわれに警鐘を鳴らそうとしたそうじゃな。耳を貸さなかったレオはじつに愚かじゃ。あれは衝動的で性急な判断を下し、感情によって行動を決めてしまうことがある――ヴラドに以前から対抗意識を持っていたせいで、そなたの伝言をまともに受け止める気になれなかったのであろう。また、ホリーはレオに影響されすぎる。ふたりとも心底恥じ入っている、と請け合おう」

「でも、もし知っていたのなら」メアリはもう一度、どうやってきたのか想像もつかないと言わんばかりに電報を眺めてから、アッシャを見上げた。「どうして何もしなかったんです？　前もって錬金術師協会の会員に警告することも、ヴァン・ヘルシングを入れないよう警備員を雇うことも……つまり、いろいろできたはずです。それに、わたしたちがくるのを知っていたなら、どうして締め出さなかったんですか？　わかりません……」

「そなたが言っているのは実務的な配慮であろう、ミス・ジキル。こちらが主として考慮していたのは政治的な問題じゃ。わたしは会長の座にとどまりたかった。協会を新たな世紀に導くために必要と信じる変化を実行することができるよう、会員の信頼を保つことを望んでいたのでな。そのために最善の方法は、ヴァン・ヘルシングにクーデターを試みさせ、失敗させることであった。そなたたちならば、わたしが公然と姿を現さずとも、確実にあの男を失敗に導いてくれるであろうと考えたのじゃ。ヴァン・ヘルシングはじつにみごとに失敗したではないか？」

「でも人が死んだのに」とメアリ。「あなたの協会の会員が三人死んだんです。いったいなぜ正当化できるんですか――」

「あいにく、わたしは倫理を論ずるためにきたわけではない」アッシャは言った。品定めするように冷静な視線を向けられ、メアリはまさに虫になった気分だった。「そなたがはるばるイングランドからウィーンを経由し、ミス・ヴァン・ヘルシングを伴って、ソシエテ・デザルキミストの年次会合を訪れたのは、わたしに何かを求めたからであろう。わたしならば与えることができると考えたものを。それは何か？」

「あの実験を止めてほしいんです」キャサリンが言った。「あなた自身、失敗だったって言ったでしょう——ラパチーニやモローの実験でさえ。あたしを見てください。ベアトリーチェを、ジュスティーヌを。あたしたちの父親が——造り手が——したことを、誰にも許すべきじゃないんです」

「望むのはそれだけか？」アッシャは訊ねた。「そのことを頼むためにきたのか。ミス・ジキル？　ミス・ラパチーニ？　ミス・フランケンシュタイン？　ミス・ハイド？」

「うーん、どうかな」とダイアナ。「だって、あたしは別にそんなこと望んでないもん。いたっ！　なんで蹴ったのさ、メアリ？　ホーホーに嚙まれちゃえ！」

「はい」とメアリ。「はい、それがわたしたちみんなの望むことです。あんな実験のせいでもたらされた害を、亡くなった人たちのことを考えてみてください。わたしたちを見てください……」

「見ている」とアッシャ。「そなたたち全員を見ているが、わたしの目に映るのは、知的で有能な、自立した若い女性たちだ。なにゆえそのような結果を生んだ実験を止める必要がある？」

「わたしたちがモンスターだからです」とベアトリーチェ。その声は低く静かだったが、まるで楽器で奏でた音のように、部屋じゅうに響き渡った。

「まことか？」とアッシャ。「であればわたしもモンスターじゃな——実のところ、モンスターの長であろうよ！　わたしがどれだけ長く生きてきたか知っているか？」

「二千年ぐらい？」メアリは言った。フィラエにイシスの神殿が存在していた時期を考慮すれば、おおよそそのぐらいだろう……

アッシャはうなずいた。「わたしに比べるなら、ミス・フランケンシュタインは生まれたての赤子、カルンスタイン女伯爵は一日前に生まれた嬰児《えいじ》、ドラキュラ伯爵はよちよち歩きの幼児のようなもの。わたしはイシスの女祭司として、死とは人生の避けがたい結末ではなく、物質の別の状態であり、エネルギーでもあると学んだのじゃ。イシスの女祭司は古代の世界における錬金術師であり、偉大な科学者であった。もはや誰もが去り、わたしだけが残っている……」内心で過去に戻っているかのように、しばし口をつぐむ。メアリはこれほど寂しげで孤独な姿を見たことがなかった。

「でも……あなたは自分がそうあることを選んだのでしょう」とジュスティーヌ。「わたしたちは選んでいません。知識を与えられることも同意を求められることもなく造られたんです」

「たとえそうであろうとも、おのれを幸運だと思うべきであろうな」アッシャは言った。ジュスティーヌに注いだまなざしには敬意がこもっていたが、同情の色はなかった。「そなたたちにはお互いがいることが見て取れる……わたし、アッシャはうらやましく思う。そなたたちの望むものは与えられぬ。生物的変成突然変異の実験を禁ずることはせぬ――科学の進歩をとどめることは不可能じゃ。次の世紀は、いまだ萌芽にすぎぬ諸々の生物学の発展を目にすることとなろう。だが、そなたたちが求めてはいないものをふたつ与えよう。ひとつめはソシエテ・デザルキミストの会員資格じゃ。望むならばわれわれの組織に加入してよい。ふたつめは、みずからを造り出した経緯を詳述している理論に目を通せるよう、協会の記録保管所を調べることを許可しよう。父親の論文や実験の記録を読むことができる。それを読めば、おのれがいかに特別か、またとない非凡な存在であるか、納得するやもしれぬ」

キャサリンのほうを向き、わざわざ話しかける。

「ミス・モロー、さぞお力落としのことであろう。エドワード・プレンディックの葬儀はこの水曜日におこなわれる。当協会の優良会員として埋葬される予定じゃ。ご参列いただけることを願う。さて、これから議長として本会議に出席せねばならぬ。フラウ・ゴットリープが記録保管所への入室を手配する。このようにたぐいまれな若いご婦人がたとお会いできて光栄であった。必ずやふたたび顔を合わせることとなろう」
そう言い残し、みんなが立って頭を下げ終わる前に行ってしまった。
「ええと、あれって……」メアリは言った。まだ口をぽかんと開けたままその場に突っ立っていた。この一文をどう終わらせたらいいかよくわからなかったし、誰もかわりに締めくくってはくれなかった。

ジュスティーヌ あのひとは選んだ。わたしたちは選んでいないわ。こういう自分になるかどうか、選ぶ機会を与えられなかったのよ。

メアリ わかっているわ、気が済むまでいくらでも繰り返してちょうだい。でも、そう言ったって
アッシャは納得しないでしょう?

27　ブダペストの夕べ

その夜、アテナ・クラブはミナの書斎で緊急会合を開いた。出席したのは、ロンドンのときと同様に集まったメアリ・ジキル、ダイアナ・ハイド、キャサリン・モロー、ベアトリーチェ・ラパチーニ、そしてジュスティーヌ・フランケンシュタインだ。わたしたちはパーク・テラス十一番地で座るのとまったく同じように、遠慮なくくつろいで肘掛け椅子か床に腰を下ろしていた。メアリは石油ランプをつける手間をかけなかったが、暖炉には火が入っていたので、お互いの顔が見えるだけの明るさがあった。

そのとき、あれだけのことがあったあとで——旅路と冒険、それぞれが耐え忍んだ困難のあとで、クラブのメンバーは何を考えていたか？　メアリは、その朝受け取った手紙のことを考えていた。日中は時間がなかったが、今夜、この会合のあとで、アダムの死をジュスティーヌに伝えなければならないだろう。キャサリンは、エドワード・プレンディックのことを考えまいとしていた。プレンディックのしたこと、わが身を挺してキャサリンをかばった行為をどう感じていいかわからなかった。前に見せた卑怯な行動はすべて、それで帳消しになるのだろうか？　いなくなってしまったことをひどく悲しいと思わずにはいられない。ピューマとしてのキャサリンを知っていたこの世で唯一の人間だったのに。その死で自分の一部を失ってしまったのだ。それでも、完全に怒りを手放すことはできなかった。それは複雑な感情で、キャサリンは複雑な感情が好きではなかった。ベアトリーチェは、クラレンスのことを思っていた。明日にはブダペストにくるはずだ。クラレンスに関して決断する必要があったが、どうしていいかわからない。かつて一度、ベアトリーチェは自分勝手なふるまいをした――ジョヴァンニを愛し、一緒になりたいと思った。結果を考えなかったせいで、ジョヴァンニは死んだ。また同じことが起こる危険を冒したいだろうか？　ダイアナは、ホーヴィラーグをイングランドに連れ帰るさまざまな計略を練っていた。そしてジュスティーヌは、百年間ひとりで暮らしたコーンウォールの屋敷が恋しくてたまらなかった。またひとりになりたいと願うことはそれほどない――ときどきアテナ・クラブのほかのメンバーにやや圧倒されることはあっても、手に入れた友情を大切に思っていた。しかし、今夜は心がつらくてたまらなかった。ふたたびあの場所に戻りたい。たえず波立つ、無限の海に臨む崖の上に。

「第一の議題よ」メアリが切り出した。「誰か、きのうのできごとについて話したいひとはいる？」

「あたし、すごかった！」とダイアナ。「あのバルコニーから飛び降りたところを見てほしかったよ。誰かの上に落っこちて――誰なのか知らないけど、とにかくあの吸血鬼が扉から逃げようとしてるのを見て、ナイフを突き刺してやったの。そしたらそいつが振り向いて嚙みつこうとしたけど、アッシャにうしろからやられてさ。いったいどうやったんだろ？　ただ手を伸ばしたら倒れたって感じだった。顔に赤い痕がついてて、まるでアッシャの指で火傷したみたいだったよ。あたしもあれができるようになりたい」

「ほかにこのことについて話したいひとは？」メアリは訊ねた。だが、みんな黙っていた。とうとうジュスティーヌが言った。「戦闘は詩の世界ではあんなにロマンチックなのに、現実の世界ではいつでも醜くて複雑なものだわ。ともかく、ルシンダが無事で、ヴァン・ヘルシング教授が捕まったことがうれしいだけよ」

「そうよ」とメアリ。「わたしたちはヴァン・ヘルシングを止めた。あの男はもう二度と、人類を進歩させるために女の子やそのお母さんたちを殺すことはできなくなったわ」その口調はかつて聞いたこともないほど皮肉っぽかった。「セワードは野放しのまま——これが聞き納めだとは思わないけれど、今できることは何もないものね。第二の議題——アッシャは実験を止めることを拒否したわ。その件について何ができるかしら？　どんなことでもいいから。それに、錬金術師協会の会員資格をくれると言ってきたでしょう。あの申し出を受けたいひとはいる？」ああ、これこそいちばん皮肉な口ぶりだ。メアリに皮肉の才能があるとはこれまで気づいていなかったが、今夜ははっきりとわかった。少なくともキャサリンにわかったのはたしかだ。「錬金術師協会に入りたいひとは？　挙手で確認しましょうか」

あきらかにメアリは手が挙がらないことを予想していたらしく、ひとつ挙がったのを見て驚いた——ベアトリーチェだ。

「本気なの？」と訊ねる。「いいえ、ダイアナお気に入りの表現を借りて言い直させて——くそまじめに言ってるの？」

床に座っていたベアトリーチェは、両膝をかかえていつもの穏やかな声音で言った。「アッシャにむりやりわたしたちが望むことをさせることはできないわ——どう考えてもこの中の誰より強いもの。でも、まだ説得しようとしてみていないでしょう。今日の午後会ったのを最後の機会にする必要はないし、拒否されたことがこの問題の最終的な結論になる必要もないわ。わたしは考えていたの——父に教育を受けた科学者としてね。それで思いついたことがあるのよ。まだ完全に突きつめていないから、結果をすべて考慮するまで公表したくないのだけれど。そのうえ、無駄に終わるかもしれないしね。メアリ、あなたたちが入りたくないと思っている理由はわかるの。ソシエテは相当な害をもたらしたわ。でも、考えてみて——アテナ・クラブがソシエテ・デザルキミストの中に発言権を得るのよ」

「相当な害！」メアリは愕然とした顔つきだった。ふだん見慣れた表情ではない。「あの科学者たち、錬金術師たち全員が——あなたのお父様とうちの父を含めてね——錬金術師協会の会員として実験をおこなっていたのよ。会合で自分の考えを発表して、機関誌に載せて——ヴァン・ヘルシングのように、公認されていない研究のときでさえ、その考えは協会から始まったものだわ。あのひとたちにどんな責任があるかわかっていて？ あなたを毒の体に変えたこともそのひとつなのよ。ルシンダを見て、あの娘《こ》の話を聞いたあとでも、アッシャは止めることを拒否したわ。ほんとうに会員として影響力なんて持てると思うの？」

「あたしがモローに獣人を造り出すことを許した協会に入ると思うなら……」とキャサリン。「アッシャはあの実験を許可したんだから。じきじきにね」

ジュスティーヌがかぶりを振った。「ごめんなさい、ベアトリーチェ——あなたの論理はわかるわ。でも、わたし自身が入る気にはなれない」

「いやよ」とメアリ。「なんと言おうといや。わたしもそんなことはする気になれないわ。錬金術師協会は何年もわたしをひそかに見張っていたのよ——今になってわたしたちを探るのをやめると思う？ ダイアナ、あなたはどう？」

「入るわけないっての！」という返事だった。「だいたい、誰があんなばかげた会合に行って、科学論文で死ぬほど退屈したり吸血鬼に嚙まれたりしたがるのさ？」

「わかったわ」とベアトリーチェ。「それなら、わたしもあのひとの申し出を断ります。わたしはまずアテナ・クラブのメンバーですもの、多数派の意向に従うわ」

「実を言うと、あんたは入るべきだと思うけど」とキャサリン。「あたしたちが入りたくないからって、あんたが入っちゃだめってことにはならないでしょ。あたしに言わせれば、あいつらは血みどろの人殺しの集まりよ。でも、錬金術師協会の中で発言権を持ちたいなら、あんたがそうすればいい。メアリのときと一緒で、何も変わるとは思わないけど——アッシャにあんたの意見を聞くいわれがある？　でも、少なくとも、これ以上実験がおこなわれてるかどうか教えることはできるでしょ。向こうがこっそり探ってくるのを続けるなら、こっちも見張るべきだもの——内部のスパイがいちばんいいんだし」

ベアトリーチェは火影に照らされた一同の顔を見まわした。「みんなキャサリンの見解をどう思って？　わたしが協会に入ることに賛成してくれる？　もちろん、アテナ・クラブを代表して加入するわ」

メアリは迷う様子を見せたものの、答えた。「キャサリンの言うことにもたしかに一理あるわ。ほんとうはあなたが決めることよ、ビー。つまりね、そういうことに関して規則なんか決めてないでしょう。実際、どんな規則も決めてないわ、ぜったいにダイアナを起こさないってこと以外には」

ダイアナ　それ、ほんとに規則なわけ？　冗談抜きで？

ベアトリーチェはうなずいた。「一晩その件について考えさせて。あした結論を出すわ。記録保管所についてのアッシャの申し出はどうするの？」

「あしたアダムズ看護婦に——フラウ・ゴットリープっていうつもりだったの——連絡するべきだと思うわ」とメアリ。まだアダムズ看護婦が七年間協会のスパイとして一緒に暮らしていたとは信じられなかった。ソシエテ・デザルキミストには裏切りと偽りしかない。「記録保管所に何があるのかは当然見てみたいわ。ほかに行きたいひとは？」

ジュスティーヌとベアトリーチェが「行きたいわ」

「わたしも」と同時に言った。キャサリンはかぶりを振った。「モローがあたしのことをどう書いてたかなんて、心底どうでもいい」ダイアナは「つまんなーい！」と言っただけだった。

「第三の議題」とメアリ。「ルシンダにアテナ・クラブの会員資格を提供するべきじゃないかしら。会員基準を決めたことはないけれど――そんな必要がなかったから。でも、ルシンダはその基準を満たしていると思うわ。つまり、わたしたちみたいに――」

「モンスターだし」とキャサリン。

「さまざまな実験の影響を受けた若い女性だし」メアリはあてつけがましく言った。「そうした実験によって、身体的にも精神的にも変わってしまった。この先二度とそこから回復することはないでしょう」

「だから？」とダイアナ。「そもそも、ろくに知りもしないのに。いかれたルシンダをクラブに入れる意味って何さ？」

「意味はね、みんなで助けられるってことよ」メアリは言った。「このクラブはそのためにあるんじゃないの、わたしたち全員がお互いに助け合えるように？考えてみて――あの子は両親も家も失ったのよ。収入源があるかどうかも知らないし。父親にされたことからできるだけ完全に回復できるように、住む場所と気遣ってあげる友だちが必要だわ。わたしたちがその友だちになれるでしょう」

「その提案を支持するわ」とジュスティーヌ。「メアリが言ったとおり、それがアテナ・クラブを設立した理由ですもの――お互いに助け合うため。そうでなければなぜ、ルシンダを救おうとしてはるばるここまできたの？」

「わたしも賛成よ」とベアトリーチェ。「あの子はピアニストとして訓練を受けているわ。つらい経験からもう少し立ち直ったら、人に教えられるかもしれない。そうなれば共有基金に貢献できるわ。教会か音楽堂の使い古しのピアノを買うのならそう高くないでしょうし」

「あたしも」とキャサリン。「ルシンダが元の家庭教師部屋に入れるように、自分の部屋にタイプライターを置いてもいい。でなきゃ一階の書斎を使えるかも？　執筆部屋がぜったいに必要なわけじゃないし。ほら、ジュスティーヌは絵のためにアトリエがいるけど、あたしはどこでも書けるから。ダイアナに邪魔されないように扉を閉めておければね」

「よろしい」とメアリ。「反対意見がなければ――」

「あたしは反対！」とダイアナ。「あの子、血を飲むんだよ。あ、あんたたちがロンドンで血を探してやるわけ？　だってミセス・プールがそんなことするはずがないからね！」

ミセス・プール　お嬢さんがたがここで一緒に暮らすようになって、その冒険とやらを始めて以来、ずいぶん妙なものを見つけてくれと言われてきましたが、血とはねえ！　入れてもらう瓶を持って、貧血持ちみたいに処理場へ出かけていって……

ベアトリーチェ　それなのに、ルシンダがわたしたちを訪ねてきたとき、あなたはまさにそうしてくれたわ、ミセス・プール。ほんとうに、あなたは宝物よ。あなたがいなかったらどうしたらいいの？

ミセス・プール　まあ、あなたがたみたいにほっつき歩いているんじゃ、誰かがいろいろ面倒を見なくちゃいけませんからね！

「ダイアナ」とメアリ。「あれだけのことを一緒に乗り越えてきたのに、本気でルシンダを仲間に入れることに反対するつもり？　これまで一度も入会について投票したことはないけれど、新しく会員にするときには、全員一致の賛成が必要だと思うわ。だから、アテナ・クラブの会員資格を提供することをあなたは止められるけれど――そうしたい？」

ダイアナは顔をしかめ、頬杖をついて、見るからに反抗的な様子になった。ほんとうにルシンダの入会に反対するだろうか？ そのとき、答えがあった。「もう、わかったよ！ 止めなくていい。でも、もし噛まれたら、噛みつき返してやるから！」

「第四の議題」とキャサリン。「メアリがアテナ・クラブの会長になるべきだと思う。錬金術師協会みたいな組織に対処するつもりなら、公式の代弁者がいるでしょ。どうせこれまでメアリがやってたんだから――そのまま続けてもらうべきじゃないかな」

「賛成」ベアトリーチェとジュスティーヌが同時に言った。

「まさか、冗談だよね」とダイアナ。「そんなことしたら、ますますうっとうしくなるだけじゃん」

「でも、わたしは会長になりたくないわ」メアリは言った。キャサリンの提案にびっくりして、全員を見る。いったいどこから出てきたのだろう？ 公的な立場でクラブを率いたいと表明したことは一度もないのに。

「会長はいらないってみんなで同意したと思っていたわ。わたしを信頼してくれてうれしいけれど、キャサリン、それはずいぶん重い責任よ。わたしにふさわしいとは――」

「ああ、やりたくないんだ」とダイアナ。「あたしも賛成！ メアリを会長にしよう」

「ごめんね、メアリ」とキャサリン。「この提案は賛成多数で可決されたみたいよ」

ダイアナ よけいうっとうしくなるって言ったのに。

ジュスティーヌ でも、メアリにとっては仕事が山ほどあって、何もかも手配して、クラブの運営に責任を持つということでもあるのよ。きっと会長をやるのにうんざりしているときもあると思うわ。

ダイアナ　だからうっとうしくても会長にした甲斐があったんだよ！

アテナ・クラブにとって忙しい週だった。翌日、メアリとベアトリーチェ、ジュスティーヌはフラウ・ゴットリープの計らいで科学アカデミーへ行った。最後の瞬間、ルシンダが同行してもいいかと頼んできた。

メアリは意表を突かれて相手を見た。「どうして、ルシンダ？　記録保管所で作業するだけよ。もっとも、ベアトリーチェには何かわたしたちに説明しようとしない計画があるようだけれど……」

「父と話したいんです」ルシンダは言った。蒼ざめて疲れた顔つきだったが、落ち着いて見える。その日はまだ一度も異常な台詞も、普通と違うことさえ口にしていなかった——この頼みごとまでは。

「まさか、それは軽率よ」ジュスティーヌが心配そうに言った。「まだそれほど体力がないのに。そんな対決は……」

「父と話したいんです」ルシンダは繰り返した。決意のこもった響きだった。

メアリは〝どうするべき？〟と問いかける顔つきでジュスティーヌとベアトリーチェを見た。

「これは必要なことかもしれないわ」とベアトリーチェ。「ジョヴァンニが死んだあと、父と対決するのはわたしにとって必要なことだった。ときには加害者と向き合うまで傷が癒えないことがあるものよ」

それでも、メアリにはいい考えかどうか確信がなかった——しかし、ルシンダには自分で判断する権利がある。アテナ・クラブには入るだろうか？　今朝訊いてみると、よくあることだが少しおびえた様子で、わからないと答えたのだ。まあ、そのこともルシンダが決める問題だし、急かすつもりはない。

科学アカデミーでは、受付の机でレディ・クロウに迎えられ、三階にあるアッシャの会長室に連れていかれた。ロビーをよこぎって階段を上っているとき、さまざまな言語で科学的見解を論じ合っている何人もの男女とすれちがった。いや、たんに熱心に会話していただけかもしれない。どうやら総会の大混乱は錬金術師協会の年次会合に影響を与えなかったようだ。

上へ行く途中で、レディ・クロウは貴族階級の英語の発音でベアトリーチェに言った。「親愛なるミス・ラパチーニ、電報を盗んだことが露見したとサーシャが申しておりました――どうも〈ズールー族の王子〉とマダム・ゾーラがたいそう腹を立てているようですね。事情をご存じになれば、あの子を許してくださるのではないでしょうか。あのおふたりもですが。そう、サーシャは子どものころ、ロンドンのわたくしのもとに送られました。父親は大酒飲みで、母親も一家を支えられなかったのです。母親の多毛症は、ほかのきょうだいたちにはありませんでした――ですから孤児院に入るか、年がいっていれば仕事の見習いに出されました。でも、サーシャは誰にも望まれなかったのですよ。あの子はサンクトペテルブルクの道端で暮らし、物乞いやごみ漁りで手に入った屑をなんでも食べていました。錬金術師協会の会員仲間が目に留めて、すぐにわたくしのことを思いついたのです――先天性異常に興味を持っていることを知っていたのですね。その男性がイングランドまでの旅費を払ってやりました。わたくしはサーシャを引き取りました――サーカスに加われる年頃になるまで、わたくしのもとで暮らしていたのです。残念ながら、サーシャの疾患は錬金術の科学の力が及ばないままで、治してやることはできませんでした。でも、あの子はずっとわたくしに忠実だったのですよ。あなたとミス・モローが〈驚異と歓喜のサーカス〉と一緒に移動しているとアッシャが知ったとき、わたくしはサーシャがロレンゾのもとで働いていると言っていたことを思い出して、探ってくれるよう頼んだのです。運のいい偶然のように思われましたから。あの子を許してやって、一座のほかの仲間にとりなしていただけませんか。聞いたところでは、マダム・ゾーラに蛇の餌にされかねない様子でしたよ！」

「では、ジミー・バケットは？」ベアトリーチェは訊ねた。「あの子はどうなんです？ ベイカー街の男の子たちに見つかってしまったのはご存じでしょう」とがめるようにレディ・クロウを見やる。

「ああ、そうですね」相手は罪の意識も恥じ入る様子も見せずに言った。「あれはたんにお金によるものでした。ジミー少年はアダムズ看護婦、つまりフラウ・ゴットリープが立ち去った直後から、ジキル家《メナージュ》を見張っていたのです。あの子の家族はとても貧しくて、妹の治療にお金がかかるのですよ」

「それで、錬金術師協会のためにわたしたちを探っているひとは、ほかにもいるんですか？」メアリは訊ねた。ベアトリーチェと違い、たいしてジミー・バケットを許す気にはなれなかった。まだジミー・バケットのような連中がこちらを見張っているのだろうか？ そう考えると腹が立つ。

レディ・クロウはにっこりと笑いかけてきた。おばあちゃんのようにやさしい微笑だった。「着きましたよ、ミス・ジキル。アッシャが待っております。もしあとで時間があったら、ぜひわたくしのところに寄ってお茶を飲んでいってくださいな。一般集会室で催しの調整をしておりますから。まだ会合を運営しなければならないものでね！ ですが、わたくしは昔から例外や異常に興味を持っていたのです――こう言ってよろしければ、天然のモンスターですね。こんなに興味深いお嬢さんがたともっとお話ししてみたいですよ」

メアリは階段を下りていくその後ろ姿をじっと見つめた。レディ・クロウが質問に答えてくれるとはかぎらないと思っていたが、これほど露骨に無視するものだろうか。しかもそのあとで、親切なマダム・コルボーとそっくり同じようにほほえみながらお茶に誘うとは。（まったく）と考える。（たしかに人は見かけによらないわ！）

ジュスティーヌ もしかしたら、その質問に答えるのを忘れただけだったのかもしれないわね？

メアリ 本気でそう信じてるの？

ちょうどそのとき、会長室の扉が開いた。入口に立っていたのはレオ・ヴィンシィだった。「どうぞ、お入りください」と、あまりうれしくなさそうな口調で言う。

アッシャの会長室は予想より機能的で、大きな書き物机と前面がガラス戸の本棚、秘書用のタイピング台らしきものに載せたタイプライターがあった——よくある事務室の備品だ。どういうわけか、錬金術師協会の会長はもっと立派な場所にいるだろうと想像していた。しかし、広い窓からは、ドナウ川とその向こうのブダの丘陵地のすばらしい景色が見渡せた。アッシャは会議用の円卓についていた。今日は襟と袖に黒い刺繡を施したマリーゴールド色の服を着ている。片側にホリー教授が座っており、一同が入っていくと立ち上がった。むしろ〝野生動物ども〟と言うような口ぶりで、「ご婦人がた」と声をかけてくる。「お言葉を信じなかったことに対して、レオともどもお詫び申し上げたい。われわれが間違っていた。また、私は無作法だったと指摘を受けた。どうも、自覚なしにそういう態度を取ってしまうことが多いようだ——年取った独身男ならではの危うさだが」

「とはいえ、事情が事情だけに、間違ったのも無理はないことかと」レオが笑顔で言った。おそらく自分では魅力的だと思っているのだろう。ああ、好きになれない！　ミセス・プールなら、ハンサムかもしれませんが傲慢すぎますね、と言うことだろう。

「ありがとうございます、ホリー教授」メアリはなるべく威厳を持って言った。「お詫びを受け入れます。女性会長《マダム・プレジデント》？」アテナ・クラブの会長として、代弁者として行動しよう——会長と会長の対話だ。

　アッシャはつかのま四人を眺めてから言った。「本日お会いできて喜ばしい、ミス・ジキル、ミス・ラパチーニ、ミス・フランケンシュタイン——そして、ここでお会いするとは驚きだ、ミス・ヴァン・ヘルシング。なぜここにきたのか教えてくれぬか」

　ルシンダは一歩踏み出した。「父に会いたいんです」

　アッシャは意表を突かれたらしく、気がかりそうな顔になった。「それは賢明なことか？　父上はまだここにいる。会合が終了すれば対処する時間ができるゆえ、それまで収納室に閉じ込めてある。だが、そのような対決の覚悟ができているのか」

　ルシンダは答えなかった。挑むようにじっと錬金術師協会の会長を見つめる。

「よろしい」とアッシャ。「レオ、地下へ連れていってもらえるか。現在はフラウ・ゴットリープが見張りについている」

「わたしが一緒に行きます」とジュスティーヌ。「行きましょう、ルシンダ。終わるまでついているわ」

　ジュスティーヌとルシンダがレオ・ヴィンシィを従えて出ていってしまうと、メアリは言った。「協会に加入することと、記録保管所の記録類を閲覧するというお誘いを検討しました。このふたつのうち後者をお受けします。前者については——ベアトリーチェ？」

ベアトリーチェがなんと言うかはよくわからなかった。〈毒をもつ娘〉には何か計画があるらしい。前もって話し合いたくないと言われたので、追及はしなかった。会長として、ほかの会員の判断を信頼している。

「女性会長」ベアトリーチェが前に出て言った。「アテナ・クラブのほかのメンバーは、ソシエテ・デザルキミストに入りたくないそうです。ですが、わたしは加入するつもりです——ひとつ条件つきで」

「なるほど？　して、その条件とは？」アッシャは問いかけた。本気で愉快そうにほほえむところははじめて見た。あきらかに、アッシャに条件を持ち出す相手は多くないようだ。

「生物的変成突然変異の実験を認めるかどうか、会長ご自身が個別に判断するかわりに、委員会を設けて一連の研究規約を制定し、個々の研究案を審査するようにしてください。委員会はソシエテ・デザルキミストの利益を最優先にするのではなく、倫理的、道徳的な立場から研究案を承認します。わたしが委員のひとりになりましょう——ほかのふたりは会長に選んでいただきます」

「して、なにゆえそのようなことをせねばならぬ、ミス・ラパチーニ？」アッシャはいまや満面の笑みを浮かべていた。メアリはそれが〝どうやって叩きつぶしてやろうか〟という笑みではなく〝ベアトリーチェの大胆さに感心する〟笑みであることを祈った。

「あなたの会合でのあいさつも、きのうのドラキュラ伯爵の応接室でわたしたちにおっしゃったことも聞きました」とベアトリーチェ。「あなたはソシエテに新たな時代の準備をさせようとしているんですね。もっと現代的に、国際的にしようとしている。でも、こんなことを言って申し訳ありませんが、そうした問題に関するあなたの視点は時代遅れです。あなたはひとの生死を決めるファラオではありません。専断によって支配するのは現代的ではありません。二十世紀に向けた協会を作りたいなら、実験対象の福利を考慮しなければなりませんし、可能ならその実験対象の同意を得る必要があります。科学界はそういう方向へ流れていますーーなぜ錬金術師が取り残されなければならないのでしょう？」

アッシャは黒く長い三つ編みが床に触れそうになるほど頭をそらし、部屋じゅうに響き渡る笑い声をあげた。ホリー教授がぎょっとしてそちらを見る。

メアリはやや気後れして、ちらりとベアトリーチェに目をやった。たった今、普通の目には理解できない方法で人をぱっと殺せる女性を侮辱したにもかかわらず、平然として見える。自分たちもあの吸血鬼たちのように殺されてしまうのでは？

「なるほど、わたしが時代遅れだと思うか」アッシャは断続的な笑いの合間にようやく言った。「そのとおりかもしれぬ。また、数千年にわたり王女にして女祭司、女王でありつづけたため、支配すること、服従されることに慣れてしまったのやもしれぬな。女性会長の地位はーーわたしにとって新たな経験であった。わたしがなぜ錬金術師協会に加わったか知っているか、ミス・ラパチーニ？　アウグストゥスの軍勢によってフィラエのイシス神殿が破壊され、アレクサンドリア図書館が焼かれたのちーーわたしは人間に飽いたのじゃ。そこで南へ旅をし、ザンベジ川上流の山奥に、民が死に絶えてひさしく、遺跡も廃墟と化した王国を見出した。わたしはその王座を手に入れたーーその主張に異議を唱える者はおらず、何世紀もコールの女王として君臨した。その場所で、神殿の教えとわたし自身の錬金術の研究に基づき、永久に寿命を延ばす方法を発見したのじゃ。退屈か絶望によってみずから命を絶つまで、あの地下の洞窟で暮らすのであろうと考えていた。そのとき、英国人どもが保護領にするためわが王国に侵入しはじめた。わたしはそなたの大英帝国には感心しておらぬ、ミス・ジキル。強奪ぶりはローマ人どもと同じことよ。植民地の行政官は森を切り払ってコーヒー農園にし、金属や宝石を探して山々を爆破し、工場によって川を汚染した。わが王国を囲む部族に病と窮乏をもたらしたのじゃ。この身ひとつで大英帝国と戦うことができようか？　さて、試みたやもしれぬ。しかし、奇妙な偶然によってレオとホリーがわたしの隠れ家を見つけ、ともにヨーロッパにきてほしいと頼んできた……。そうしたわけで、わたしはここにいる。つまるところ、そなたの言うとおりじゃ、ミス・ラパチーニ。わたしはある意味で別の世界の生き残りなのじゃ。この世界にわたしの居場所があろうか？　あるやもしれぬ。場当たり的にとはいえ、フィラエの女祭司たちの研究を続けているこの協会であればな。ミス・ジキル、訊ねたいことがあるのであろう——顔つきからわかる。問うてみよ、答えてやろう」

「どうやってぱっとひとを殺すんですか？」メアリは訊いた。「その、感電死させるということです、それがあなたのやっていることなら。さわりもしないであの吸血鬼たちを殺せたのは、どんな力だったんです？」

アッシャはほほえんだ。「イシス神殿では、大地のエネルギーの力を感知し、操ることを教えられた。女祭司はそのようにして、みずからも他者も癒すことが可能となる——殺すこともな。とはいえ、高位の女祭司たちはそのような目的で力を使うことを禁じていた。イシスの姉妹たちがローマ人の槍に斃《たお》れたのはそれが理由じゃ。生きて逃れたのはわたしだけであった。わかるであろうが、わたしにはもはや、そうした良心の呵責などないのじゃ」

「そのエネルギーの力というのはなんなのでしょう？」ベアトリーチェが問いかけた。「催眠術と関係があるのでしょうか？」その頭にあったのはアリスのことだった。ロンドンの家で、マーティンが催眠波と呼んだものを制御する方法を学んでいるのだ。そういうこともみな、アッシャの話と関連しているのだろうか。

「催眠術！　まったくのインチキ療法だ」とホリー。

「催眠術が科学だなどと騙されないようにしたまえ、ミス・ラパチーニ。信じやすい連中から金を巻き上げる科学というなら別だがな！」

「おのれの理解できぬものをはねつけぬことじゃ」とアッシャ。「使い手の詐欺行為はともかく、催眠術の背後にある理論には根拠がある。そなたたちにとって、ミス・ラパチーニ、ミス・ジキル、この円卓や、ここに並ぶ本がつまった棚、われわれの立つ床などはみな、確固たる現実のものと見えるであろう。しかし、そうではないと請け合おう。これらはみなエネルギー波からなるのじゃ、そなたさえもな、懐疑派ホリーよ。催眠術とは、わたしがフィラエで学んだうちでもっとも下位の術じゃ。イシス神殿では八歳の見習いであろうと幻影を創り出すことができる――女祭司ならばそのようなくだらぬ真似はせず、現実を操ることのみに関心を向けるであろう。重要なのはエネルギーのみ。その理解を人間は失ってしまったが、いつか取り戻す日が訪れるやもしれぬな。さよう、その未来を楽しみに待つとしよう。さて、ミス・ラパチーニ――よければベアトリーチェ――その委員会を組織することとする。別の委員はホリーじゃ。どの委員会にも懐疑派は必要なのでな。それに――」

ちょうどそのとき、扉が開いてフラウ・ゴットリープが入ってきた。「アッシャ？　メアリたちは記録保管所を見にきたのだとレオが言っていますよ。あら、失礼しました！　話し合いの最中だとは知らなくて」

「――さよう、そなたとホリー、それにイーヴァ・ゴットリープとし、イーヴァに議長を務めさせよう。一年間その制度を運用し、真にわたしのときより改善されたかどうか試してみる。それで満足か、ベアトリーチェ？」

「はい、女性会長」とベアトリーチェ。「まさにわたしの望みどおりです」

メアリ　ほんとうにそうだった？

ベアトリーチェ　まあ、わたしが議長になりたかったけれど、たぶん求めすぎというものでしょうね。

メアリ　訊いてみるべきだったのに。向こうになにが言えるの、だめって？　でなければ、そうね、手を伸ばして、あのエネルギー波でわたしたちを感電死させたかもね。気にしないで、あなたが訊かなくてよかったわ。

メアリとベアトリーチェがアッシャの会長室で話し合っていたとき、ジュスティーヌとルシンダはレオ・ヴィンシィに先導されて科学アカデミーの地下におりていった。ヴァン・ヘルシングが閉じ込められている地下の収納室に着くと、拳銃を手にしたフラウ・ゴットリープが部屋の外に座っていた。

「ここで何をしているの、かわいい子《リープリング》？」とルシンダに声をかける。「この男と会う必要はありませんよ」

「そのひとはわたしの父です」とルシンダ。「話がしたいんです」

フラウ・ゴットリープは頭を振ったが、鍵束をポケットから出し、扉の鍵を開けて室内に入れてくれた。

部屋はどうやら書類の収納に使われているようだった——三方の壁に書類箱でいっぱいの棚が並んでいる。向かい側の壁にある唯一の小さな窓から光が射し込んでいた。その窓の下に、枕と毛布を載せた折り畳み式ベッドが置いてあった。ヴァン・ヘルシング教授は落ち着き払った様子でその上に腰かけていた。白髪と秀でた額、穏やかな澄んだ瞳という姿は、慈悲深い神のように見えた。

何を予想すべきかジュスティーヌにはわからなかった——こんな状況のもとで父と再会したルシンダはどう反応するだろう？　娘を見たヴァン・ヘルシングは

立ち上がって言った。「やあ《ハロ》、娘よ《ドッフテル》」

「あなたはお母さんを殺した！《イエ・ヘブト・メイン・ムーデル・フェルモート》」ルシンダは言った。いきなり、前触れもなくかがみこむなり、父親に向かって飛びかかる。レオが運動選手の本能でスカートをつかんだので、その生地が手の中でびりびりと裂けはじめた。ルシンダは振り向き、歯を剝いてうなるとその顔を指の爪でひっかいた。一瞬、ジュスティーヌは仰天しすぎて反応できなかったが、ルシンダの腰に手をまわしてしっかり押さえつけるだけの冷静さはあった。

ヴァン・ヘルシングが低い声でなだめるように何か言った。ルシンダは声を高めて早口で言い返したが、すべてオランダ語だったので、ふたりが話している内容はまったくわからなかった。あとになって、シュタイアーマルクに出発しようと準備しているルシンダに訊いてみたところ、こういう答えが返ってきた。「科学に貢献したことを誇りに思うべきだと言われたのよ。誰もが人類の利益のため、人間の進歩のために犠牲を払っていると——自分も犠牲を払ってきたと。ジュスティーヌに引き留められなかったら、喉を引き裂いてやったのに」

ジュスティーヌはレオの助けを借りて、なんとかルシンダをその部屋から廊下へひきずりだした。ひとりでもできるだけの力はあったが、ルシンダはじたばた暴れつづけた——腕と脚をめちゃくちゃに振りまわして。まるで伝説の海の怪物《クラーケン》を捕まえたような気がした。

「その顔はどうしたんです？」フラウ・ゴットリープがまじまじとレオを見て言った。ジュスティーヌは振り返った——あのハンサムな顔の頬に四本の爪痕が赤く残っている。「石炭酸を持ってきましょうか、いり《ナ》ません《イン》？」

レオはフラウ・ゴットリープが座っていた椅子にどさっと腰を下ろした。「とにかくそのじゃじゃ馬をここから連れ出してほしいな。扉に鍵をかけて、その拳銃をくれ。僕が見張りに立つよ。辻馬車を見つけて、ミス・フランケンシュタインがそいつを家に連れ戻せるようにしてやってから、包帯を持ってきてもらえないか」

　ジュスティーヌはほっとしてルシンダを辻馬車に乗せ、ドラキュラ伯爵邸に連れ帰った。ブダペストの通りを馬車で走りながら、ゆうべメアリに聞いたことを考えずにはいられなかった――アダムが死んだということを。何も感じないようにしようと努めたのは、感じてしまったら、悲しみや喪失感ではなく、圧倒的な安堵感が湧くからだ。二度とアダムに悩まされることはない。結局のところ、かえってよかったのだろう――アダムは本来の創造主に会いに行き、今ではついに切望していた安らぎと許しを見出したのかもしれない。ジュスティーヌがほっとして、アダムのために喜びさえ感じたとしても、当然なのではないだろうか。まだアダムが生きていたと知ってからはじめて、世界が前よりくっきりと明るく見え、未来が可能性に満ちているように思われた。そう感じたからといって恥じることはないはずだ！

　辻馬車がムゼウム通りに着いたとき、ルシンダがこちらを向いて言った。「あなたたちのクラブに入ったら、すぐにロンドンで暮らす必要がありますか？　わたしはまずこの病気の扱い方を学ばなければならないと思うんです。あの部屋では、もう少しで自分の父親を殺すところでした。あなたに止めてもらわなかったら、殺していたでしょう……。カーミラと一緒にシュタイアーマルクへ行かないかと、ローラが誘ってくれたんです。たぶん、当分はそこがわたしにとっていちばんいい場所だと思います」

ダイアナ　まったく《ブラッディ》そのとおり！　わかった？　血まみれ《ブラッディ》だよ？
メアリ　この前ローラと訪ねてきたとき、ルシンダはすてきなお客さんだったわ。カーミラが忙しすぎたのだけが残念よ、秘密の小委員会の件でミナを手伝っていてね。あなたは嫉妬してるんでしょう、ルシンダがいたとき、自分より注目を集めたからって。

ダイアナ　吸血鬼に嫉妬？　ぜったい《ブラッディ》ありえない！

フラウ・ゴットリープがメアリとベアトリーチェを錬金術師協会の記録類が置いてあるハンガリー科学アカデミーの地下へ案内しているあいだ、キャサリンはエドワード・プレンディックの墓石をじっと見下ろしていた。エドワード・プレンディック、S・A、という文字の下に、生没の日付、さらに安らかに眠れ《レクイエスカット・イン・パーケム》と書いてある。死後の世界は信じていないが、安らかに眠っているようにと願った。

ローラが手を取った。ローラが付き添いを申し出てくれてありがたい！　少なくとも、プレンディックの墓のかたわらには悼む者がふたりいる。美しい永眠の地だ――街の外の小高い丘の上にあり、丈高い木が影を落とす墓石のあいだには、野生の花々が伸びている。

「ブダペストにいるときには」ローラが言った。「ここにきて、あなたのかわりにこのお墓に花を供えますわ」

「ありがとう」キャサリンは答えた。少し歩いて、遠くに広がる街を眺める。足元では罌粟《ケシ》が小さな赤い旗のように風に揺れていた。「ねえ、いまだにあたし、あいつが好きだったのか嫌いだったのかわからないの。もちろん最初は好きだった。それから嫌いになった。じゃあ今は？　わからない……込み入ってて」

「人間関係はいつでも込み入っているものですわ」とローラ。「ミナとヴラドをご覧なさいな。まるで違う種類のひとたちでしょう。あのふたりの関係は続くかしら？　そうなることを願いますけれど、必ずということはありえませんもの」

キャサリンは草の葉を一枚拾い上げてかじりはじめた。「あなたとカーミラは、完璧な組み合わせみたいに見えるわ。それぞれ違ってるけど、お互いに補い合ってて」

「そうね」とローラ。「それでいて、出会ったのはこの上なく先行きが思いやられる状況でしたのよ！ カーミラはオーストリア人の女性と恋に落ちましたの――若くてきれいで、上品なひとでしたわ。そのひとは永遠にそのままでいたくて、吸血鬼にしてほしいとカーミラに頼みました。カーミラは結果について警告しましたけれど、相手は言い張りましたの。カーミラは承知して――恋人は正気を失いましたわ。さらに悪いことに、凶暴な行動を続け、ウィーンで連続して娼婦を殺しましたの。わたくしたちが出会ったときには、恋人の後見人たちがカーミラを追っておりました。そのひとたちはカーミラの正体を知っていて、もう少しで殺されるところでした――本物の死ですわ。怪我が治るまで、わたくしがかくまってあげましたの。体の傷は治りました。でも心の傷は？ はたして癒えるときがあるのかどうか。わたくしを信頼するようになるまで、長い時間がかかりましたわ」

「でも、結局は信頼するようになったじゃない」とキャサリン。自分はカーミラと似ているのだろうか？ 傷があるのはたしかだ、内側にも外側にも。誰であろうと信頼することは難しかった。

ローラはほほえんだ。「ええ。そしてわたくしに永遠の命を望む気持ちはありませんの。現在だけで充分ですわ、おかげさまでね。さあ、街へ戻りましょう。今日はもういやというほど死のことを考えましたから。日常の生活が待っておりますわ。それにお昼もね」

「帰ったら」墓地の下でふたりを待っていた伯爵の馬車に乗り込んだあと、キャサリンは言った。「屋根に上ってしばらくひとりになってみる。少しピューマの時間が必要なの」

だが、ムゼウム通りの家に帰りつくと、驚くようなことが待ち構えていた。

「ルシンダの様子を見てきますわね」ローラは玄関ホールに立って帽子と手袋をはずしながら言った。「伯爵に訊けば、屋根への上がり方を教えてくださるわ――よじ登る以外に、ということですけれど！　伯爵は書斎にいらっしゃるはずよ――ミナの書斎からふたつめの入口ですわ」

ドラキュラ伯爵の書斎がミナの書斎からふたつ前なのか、ふたつあとなのかと考えながら二階にきたとき、ジュスティーヌが廊下で迎えて言った。「あなたが帰宅したとカティに言われたところよ――ともかく、カテリーナとローラのことを何か言われたから、あなたがお葬式から戻ってきたのだろうと思ったの。ブダペストに誰が到着したか見てちょうだい！」背後の音楽室から出てきたのは、クラレンスとマダム・ゾーラだった。そのうしろにサーシャが続き、歓迎されるかどうか自信がなさそうにおずおずと足を踏み出した。

「やあ、猫ちゃん《ウィスカーズ》！」〈ズールー族の王子〉が言った。

「クラレンス！」キャサリンは言い、ピューマの力で相手を抱き締めた。それから蛇使いのほうを向く。

「ゾーラ、何もかもごめんね。許してくれなくてもいいわ。ただ、自分がどんなにばかだったか思い知ってるってわかってほしいだけ」

「あんた、ほんとうにピューマなの？」ゾーラは両手を腰にあて、疑わしげにこちらを見た。

キャサリンは上唇をめくって牙を示してから、シャツの上のボタンをいくつかはずした。襟を開いて、変身による傷痕をあらわにする。

「まあ、たしかに何かよね」ゾーラはキャサリンの浅黒い肌に光る白っぽい線を認めて言った。「許すって言ってるわけじゃないけど――」片手を差し出す。

「あたしはスリタ。本名よ、サーカスにいないときの」

「ありがとう」キャサリンは言い、握手した。サーカスでは、どんな打ち明け話も秘密の共有も贈り物なのだ。

「あのさ、〈猫娘〉」サーシャがためらいながらいつもの強い訛りで言った。まだあのいまいましい煙草の煙のにおいがする。

　キャサリンはそちらへ歩み寄り、腕に強烈な一発をお見舞いした。「何を考えてたわけ？　あんなふうにあたしを裏切るなんて、どんな友だちよ？」言いたいことを強調しようと、もう一度殴りつける。

　サーシャは腕をさすりながら音楽室へ退却した。

「説明させてくれよ……」

　まだ廊下に立っていたクラレンスがジュスティーヌに告げた。「今朝到着したばかりなんだ。なあ、前の仕事に戻りたかったら、ロレンゾが〈女巨人〉を使えるぞ。それにアトラスはきみと会えたら大喜びだろうに、内気すぎて今朝一緒にこようとしなかったんだ。歓迎されないと困るからって」

「なんてばかなことを」とジュスティーヌ。「会えたらうれしいわ、クラレンス。ほんとうよ」

　メアリとベアトリーチェが科学アカデミーから戻ってきたころには、サーカスの芸人たちはみんな笑い声をあげ、カティがコーヒーと一緒に運んできたアップル・シュトルーデルや罌粟の実と干し葡萄を詰めたキフリという角《つの》の形のペストリーをほおばりながら歓談していた。クラレンスとキャサリンは〈ロレンゾの驚異と歓喜のサーカス〉の初期のころの話をして、ジュスティーヌはいつもどおり考え深げに耳を傾け、ゾーラはサーカスが最盛期で国じゅうを巡業していたときの様子を質問していた。食べ物が運ばれてまもなく、どこからともなくやってきたダイアナは、床に座り込んで、半分犬なのってどんな感じ、とサーシャに訊いている。サーシャは辛抱強く、じつは完全な人間なんだ――たいていの連中よりちょっと毛深いだけさ、と説明していた。

ベアトリーチェが入っていくと、クラレンスは立ち上がって近づいた。ベアトリーチェは手袋をはめた手を優雅に差し伸べた。クラレンスはがっかりしたように握手し、しぶしぶ離した。キャサリンがロレンゾのサーカスの芸人たちとは初対面のメアリを紹介する。

「みなさんとお会いできてとても光栄です」メアリは言い、肘掛け椅子に身を沈めた。コーヒー、とにかくほしいのはそれだ。長い一日だった。

「ベアトリーチェ、話せないか?」クラレンスが低い声で問いかけた。

「もちろんよ」ベアトリーチェは親しげな笑顔になっているようにと願いつつ答えた。「いつでも喜んで話すわ」

クラレンスは眉をひそめた。「ふたりきりでという意味だよ」

ベアトリーチェはつかのま相手を見つめ、それから言った。「廊下でいい?」

「わかった」クラレンスはあとについて壊れた甲冑や陰鬱な肖像画の並ぶ廊下に出た。ベアトリーチェは窓のひとつの脇に立った。擦り切れた金襴《ブロケード》のカーテン越しに日の光が入ってくる。落ち着かず、浮かない気分だった。その日の午後はほとんどメアリと科学アカデミーの地下で過ごし、自分たちの調査にどの記録が必要か判断しようとしていたのだ。英語、フランス語、ドイツ語で刊行された《ソシエテ・デザルキミスト論集》の古い号にジャコモ・ラパチーニ博士の論文を見つけたが、その中では特定の植物アルカロイドに繰り返し暴露させ、実験用ネズミの毒に対する耐性を強くする方法が説明されていた。機関誌が出版されたとき、父はたった二十四歳だった。

「ビー、どうしても言う必要があることを伝えるだけだ」クラレンスは愛情をこめて、だが同時に不安そうに見下ろしてきた。「きみのことをとても大切に思っている——それ以上だ。きみに恋している。きみは美しく知的な、心やさしい——」

「毒のある」

「——女性だ。まあ、そうだな、それもある」

「それがすべてなの。わたしの知るかぎり、この体の毒を減らす方法はないわ。ヨーロッパじゅうの医師を訪ねたもの。誰も治療法は見つけてくれなかったの。今朝、父の書いた論文を読んだわ——その中でくわしく述べていた手法を使って、のちにわたしをほかのひとに毒を与える体にしたのよ。毒は切っても切れないほどわたしの一部になっていて、取り除けば死ぬしかないの」ベアトリーチェは窓の外の中庭に目をやった——雨が降りはじめたところだ。それから、できるかぎりはっきりと言った。そうする必要があったからだ。「あなたはわたしにキスすることも、数秒以上抱き締めることも決してできないわ。わたしたちが親密な関係を結ぶことはぜったいにない。本人たちがどう感じているかは問題ではないのよ。わたしとあなたのあいだには友情しかありえないの」

「〝本人たち〟がどう感じているか」クラレンスは強調して言った。「なら、きみも感じているんだな」

嘘はつくまい。「ええ、だからこそ、この状況が言いつくせないほど苦しいの。お願いだから、これ以上つらくしないで、クラレンス」

「いとしいひと、きみが僕を好きだというのは、どんなことでもありうるということだよ。ジョヴァンニはしばらくしたらきみの毒に慣れなかったのか？　もしかしたら少しずつ毒に順応できるかもしれない——ほら、時間をかけて」

ベアトリーチェは仰天して見上げた。「でも、そうしたらあなたもわたしのように毒の体になるわ！　今のようにほかの人間にさわることも、一緒に過ごすこともできなくなるのよ」

クラレンスは手を伸ばして髪をなでてきたが、ほんの短いあいだだった——そこにも毒が含まれているのだ。「きみといられるなら、喜んでその代償を払おう」

ベアトリーチェはぞっとした顔で相手を見た。またもやジョヴァンニの物語が繰り返されることになるとは。「それはあなたの選ぶことではないわ。少なくとも、あなたひとりが選ぶことではないでしょう。もしいつかあなたが後悔したら、もうわたしを好きではなくなって、もう一度人間に加われたらと願う日がきたら——首を振らないで、未来に何があるかはわからないのよ——あなたはわたしを責めるはずよ。そうなったら、お互いに苦しめ合うだけになるわ。あなたにそんな選択はさせないし、その選択をわたしに押しつけることも許さない。あげられるのは友情よ。それ以上のものは差し出せないわ」

クラレンスはどれだけ真剣なのか見定めようとするかのように、こちらを眺めた。どうやら充分に真剣に見えたらしく、こう言った。「わかったよ。むろんきみの友情を受け入れる。何が起きようと、いつまでもそれはあるとも。でも、あきらめるつもりはない——何か解決方法があるはずだ。エジソンが電球を発見できたのなら、僕らが一緒になれる手立ても見つかるよ」

ベアトリーチェはかぶりを振ったが、希望を持とうとする意欲にほほえまずにはいられなかった。アメリカ人はなんと楽観的なことか！　あいにく、あれだけの数の医者に相談し、薬を試したあとでは、この体を治療する方法があるかもしれないと思うほど愚かではない。クラレンスもやがてそう納得するだろう。

メアリ　アメリカが楽天主義を独占しているわけじゃないわ。

キャサリン　まさかイングランド人が楽天的とは

言えないでしょ。あんたたちって、こんなに陰気な連中なんだから。

ベアトリーチェ　雨のせいよ。絶え間なく降って、公園の花を濡らしている雨のせいね。

ジュスティーヌ　それに山がないからだわ。レマン湖の近くのモンブランのような、ちゃんとした山がイングランドにあれば……

メアリ　みんな、ばかばかしいこと言わないで。

「ベアトリーチェ！」ミナだった。食堂の入口に立っている。「夕食の支度ができたとみんなに伝えてくれる？」

「もちろん」ベアトリーチェはほっとして言った。クラレンスとのこの会話を終わりにする口実ができてうれしかった。どんなに好きでも、愛情のせいで判断力を曇らせるわけにはいかない。今回こそは。

音楽室に入ると、メアリがアッシャと会ったときのことを話していた。「あのエネルギー波の話を信じるべきかどうかわからないわ」と言っている。「でも、効果があるのはたしかね。だって、あの吸血鬼たちをほんとうに感電死させたのよ」

「アリスはほんとうに姿を消せるしね」とキャサリン。

「少なくとも、消えたってまわりに信じさせることができるし、それってだいたい同じことでしょ」

「その子、ロレンゾのサーカスに必要なんじゃないの」とゾーラ。「消える娘！　そこにいるのか？　いないのか？　みなさんが決めるのです！　すごい評判になるわよ」

みんなが一堂に会しているのはなんとすばらしいことか――アテナ・クラブとサーカスの一座が！　こんな体で他人から切り離されているベアトリーチェにとって、仲間意識と友情の喜びはほかの仲間より強く感じられた。「食堂に行きましょう」と声をかける。

「夕食の支度ができたとミナが言っているわ」

話したり笑ったりしながら、全員がベアトリーチェについて廊下を進み、用意されていたごちそうを見つけた。チキンのパプリカーシュを盛った蓋つきの深皿や大皿、魚らしきスープが一種類、別のスープはおそらくカリフラワーだ。クネーデルとはまるで似ていない小さなダンプリング、キュウリのサラダ、パセリを添えたジャガイモ、詰め物をした卵……

「ミセス・ホルヴァスはいつにもまして腕をふるったわね」とミナ。「コースにする必要はないと伝えたの。わたしたちの好みはそんなに上品じゃないから、ロシ《ア・ラ・》ア式《リュス》のサービスが必要だと思うわ。いらっしゃい、座って。全員の席があるから」

腕を組んだローラとルシンダを連れてカーミラが入ってきたときには、食卓はすでに騒がしかった。もっとも、三人のうちで食事をしたのはローラだけだ。カーミラとルシンダには、ワインではない赤いものを満たしたグラスが目立たないように配られた。最後に伯爵自身が夕食の途中で加わり、食卓の上座にある空いた席についた。

メアリは一同を見まわした。サーカスの芸人たちは、夢中になって話を聞いているローラに自分たちの出し物を説明している。カーミラとルシンダとジュスティーヌは、旅行の計画を話し合っている。ダイアナは下僕として給仕しているアッティラにささやきかけている——間違いなく何か新たないたずらに関してだろう。伯爵はミナの手を握っている。

アテナ・クラブは今回の旅で目的をすべて達成したわけではないが、大きな成果をあげた——ルシンダは無事で、ヴァン・ヘルシング教授は錬金術師協会に身柄を拘束され、ベアトリーチェはやがてこういう実験をすっかりやめるようアッシャを説得できるかもしれない。今日の午後は、ベアトリーチェと記録保管所でかなりの時間を費やし、もっと精査したい記録を特定した。その記録が置いてある科学アカデミーの地下で、一週間静かに過ごすのが楽しみだ。

ミナが立ち上がった。「親愛なる友人のみなさん、昔なじみの友も新たな友も――ここに全員を迎えてほんとうにうれしく思います。まず、アテナ・クラブの会員のかたがたにお渡ししたいものがあります。錬金術師協会の印章を複製してもらったとき、あわせてこれも注文したんです」夕食の大きな皿の脇に置いてあった袋から、チャリンと音を立てていくつか小さな品物を取り出す。あれはなんだろう？　メアリにはわからなかった。ミナがその品を両脇に座っている相手に渡す。「これをメアリとダイアナとキャサリンとベアトリーチェとジュスティーヌにまわしていただける？　ルシンダもアテナ・クラブに入ることになると聞いたから、その分も注文するつもりよ」

小さな品物のひとつが手もとに届いてみると、銀の懐中時計飾りだった。ずっと前にモリー・キーンの手の中で見つけ、錬金術師協会の印章だと判明した飾りよりいくらか小さい。S・Aの印章よりは間違いなく優美で、ベアトリーチェがアールヌーヴォーと呼ぶ様式だった。輪がついており、懐中時計の鎖や、身につけるひとの好みに応じてどんな鎖にも下げられるようになっている。これも印章だった――紅玉髄《カーネリアン》がひとつはめこまれ、オリーヴの枝とAOEという文字にはさまれて、ぎょろ目の梟《フクロウ》の姿が彫ってある。

「これはアテナの梟だわ」とジュスティーヌ。「このシンボルは一千年ものあいだアテネの貨幣に刻まれていたのよ。ミナ、どうやって決めたの――」

「あなたたちは独自の印章がほしいかもしれないと思ったの」ミナはにっこりして言った。「これで自分でも秘密の手紙を送れるわね。つまり、アテナ・クラブにこの贈り物を受け入れる気があればということだけれど？　女性会長、押しつけがましくしたくはないんです」

メアリのほうを向いて一礼する。

メアリは印章を見下ろし、それからテーブルを見渡した。みんな何かを期待するような視線を向けてきている。まあ、当然だ——アテナ・クラブの会長なのだから。キャサリンとベアトリーチェとジュスティーヌとダイアナに選ばれたときには、不安でいっぱいだった。ある意味ではリーダーとして選んでもらったのはうれしい——だが、アテナ・クラブを統率しようとするのは、ロンドン雀の群れを世話するようなものになるだろう！　とはいえ、決まってしまった以上、役目とこの場面にふさわしくふるまわなければ。

そこでメアリは立ち上がった。「ミナ——ミス・マリー、アテナ・クラブを代表して、このたいそう気前のいい贈り物にお礼を申し上げます。ただ今より、わたしたちはアテナの梟をクラブのシンボルとして採用します——アテナが梟を飼っていたのは知らなかったけれど、これはほんとうにすてきだし、彼はとても賢そうじゃない？　また、ミス・ジェニングス、カルンスタイン女伯爵、そしてドラキュラ伯爵のおもてなしに感謝したいと思います。あなたがたのお力を借りなければ、この数週間で達成したような成果を収めることとは決してできなかったでしょう。アテナ・クラブは謹んでお礼を申し上げるとともに、ぜひみなさんが——」食卓をぐるりと見渡す。「——ロンドンでわたしたちを訪ねてくださるよう願っています」

少し火照った気分で着席した。ほら——最善はつくした。きちんとクラブを代表できているといいのだが。

最初にキャサリンが手を叩き、続いて食卓全体が拍手喝采して、「おみごと、メアリ！」や「謹聴、謹聴！」という叫び声がいくつかあがった。メアリが赤くなるような人物だったら、頬を赤らめていただろう。そのかわり、絶品のごちそうでいっぱいの食卓を囲む面々をひとりひとり見ていった。みんなにっこりしているか、満面の笑みを浮かべている——〈猫娘〉、〈ズールー族の王子〉、〈犬少年〉、〈女巨人〉、〈毒をもつ娘〉、吸血鬼数名……こんなにも風変わりな、すばらしい集まりの一員であることがうれしかった。

キャサリン　モンスターたちのね。

メアリ　まあ、比喩的にはそうかもしれないわ。

キャサリン　あんたがそう言い張るなら。

28　催眠術をかける娘

錬金術師協会の記録保管所で作業するのは、想像していたよりかなり退屈だった。もっとも、ベアトリーチェはおもしろいと感じているらしかったし、ジュスティーヌは埃っぽい古びた書類をひっそりと辛抱強く調べつづけた。ジキル博士はたくさん論文を書いていた。理論的、科学的な言語で記されており、メアリには理解するのが難しかった――何もかも善と悪、スヴェーデンボリ、そしてルイ・ヴィヴェという名の男に関する事柄だ。ある時点で、上階の実験室を使いに行って、下りてくる途中のハインリッヒ・ヴァルトマンに出くわした。

「こんにちは、ミス・フランク！」とヴァルトマン。

「ミス・ジキルと言うつもりだったんです、もちろん……」にやっと笑って頭を下げる。少々ぎこちなかったのは、二段をまたいで立っていたからだ。「ぼくがここにいるのは、神経系、とくに女性の神経疾患についての論文を発表するためなんですよ。よかったらお昼を食べに行きませんか？　近くにとてもいいカフェがあるんです、アラニ・ヤーノシュ通り《ウッツァ》沿いに」
「ご遠慮します」とメアリ。「わたしの神経系はとても健康ですから、ありがとう」いったいどうしてこの男がハンサムだなどと考えたのだろう？　顎が貧弱だ。しかも青い目は気が抜けている。

ダイアナ　ようやくあの気色悪いハインリッヒをあきらめてくれてよかった。

メアリ　あのひとをあきらめたことなんてないわ。つまり、あなたの言い方でほのめかしてるみたいに、そもそも熱をあげたことなんてないから。

ジュスティーヌ　ごめんなさい、メアリ、でも実際、あなたはあのひとに目を向けられて喜んだし、満足していたわ。もしあのひとが錬金術師協会のスパイだと発覚していなかったら——

メアリ　ホームズさんに関しては、みんな一度もそんなふうにからかったりしなかったじゃない！

ジュスティーヌ　わたしたちはホームズさんを好きだし、尊敬しているもの。ムッシュ・ヴァルトマンよりずっとすぐれたひとよ。

ダイアナ　それに、からかってるじゃん。

　その週の終わりまでに、メアリは科学アカデミーの地下に座って古い機関誌だの書類箱だのをかき分けて調べるのにすっかりうんざりしてしまった。ジュスティーヌとベアトリーチェは毎日一緒に記録保管所で過ごした。キャサリンはずっとサーカスの芸人たちと過ごし、最初の公演の準備をしていた。今晩、キャサリンとベアトリーチェは〈豹女《ラ・ファム・パンテール》〉と〈美しき《ラ・ベル・トク》毒《シーク》〉を演じることになっている。ほかのみんなは最前列の席に招かれていた。ダイアナは下の犬のところへ連れてってよ、とアッティラにせがむか、アイスクリーム（か、ケーキかスコーン《ポガーチャ》か揚げパン《ラーンゴシュ》か、とにかくなんでもブダペストで提供されるおやつ）を食べに連れていってくれ、とミナにねだるのに忙しかった。

ローラとカーミラはきのう、ルシンダを伴って自動車でシュタイアーマルクへ発った。やがてもっとルシンダの体力がついたら、三人で訪問するとカーミラは約束した——とりわけローラは、ついにイングランドをその目で見るという可能性に興奮していた。三人がいないと、ドラキュラ伯爵邸は前より静かになったようだった——ダイアナが子犬を残らず二階に連れてこようと決め、母犬がそんな常識はずれなやり方にきっちり抗議するまではだ！　ドラキュラ伯爵の巨大な白い狼犬を子犬から引き離すというのは、一般的に言っていい考えではない。

その日の午後、メアリはフランケンシュタインの書類をより分けていた。ジュスティーヌとベアトリーチェと一緒に、ヴィクター・フランケンシュタインがソシエテ・デザルキミストの会員として採用された正確な時期を立証しようとしていたのだ。三人は自分たちの造り主に関係する資料を系統だてて調べていた——フランケンシュタインの資料のあとでモローに取りかかるつもりだ。三人が作業している地下の部屋には、ふたつの小窓から明るすぎず充分な光が入ってきていた。部屋の中央にあるのは、二階上の図書室とほぼ同じ大きなテーブルだ。その上に、もう確認して棚に返すばかりの書類箱と、メモを取っている帳面と、鉛筆と、天然ゴムの消しゴムが散らばっていた——フラウ・ゴットリープがこうした古い書類のまわりでペンを使うことを許してくれなかったからだ。かつてのアダムズ看護婦がドイツ訛りで話すたびに、メアリははっとせずにはいられなかった。

「ああ、背骨が折れそうですよ、お嬢さんたち！」フラウ《アッハ》・ゴットリープは言った。背中に両手をあて、伸びをしようと左右に体を傾けてから、箱のひとつを戻そうとして持ち上げる。こちらも体を伸ばすか、しばらく歩きまわる必要があるのではないかとメアリは思った——何時間もこのテーブルに向かっていたのだから！　室内はしんと静まり返り、紙がカサカサ鳴る音と、たまにベアトリーチェかジュスティーヌが何かメモする価値のあることを見つけたとき、何か意見を述べる声しか聞こえなかった。午後の陽射しが空中に浮かぶ塵を照らしている。ちょうど立ち上がろうとしていたときだった。いきなりキャサリンが押し入ってきた。ともかく、押し入ったように感じられた——静かな地下が急にキャサリンと騒がしい音でいっぱいになったのだ。

「電報！」キャサリンは息を切らした。全力疾走してきたらしい。脇腹に手をあてている。

「いったいどうしたの？」メアリは訊ねた。「落ち着いて——痙攣を起こすわよ」

「ミセス・プールから電報よ！　サーカスから帰ってきたらこれが届いてて——」キャサリンは手に持った電報を見下ろした。苦しそうにあえぐ合間に読み上げる。「〝アリス　サラワレタ　アーチボルド　ウチノメサレテイル　ホームズ　ユクエフメイノママ　イマヤワトスンモ　タスケヲモトム〟」

ガタッと大きな音が響いた。

びっくりしてふりかえると、フラウ・ゴットリープが真っ蒼になってこちらを見つめていた。運んでいた箱が足元に転がり、書類が半分こぼれ出ている。「アリスがさらわれた！」と言う。「あなたたち、すぐにロンドンに帰らなくては！」

「まあ、もちろん帰るけれど」とメアリ。「いったい誰がアリスをさらうのかしら？　何かの間違いに違いないわ。でも、どうしてあなたがそんなに心配してるんです、フラウ・ゴットリープ？　だって、アダムズ看護婦だったとき、アリスのことなんて厨房メイドとしてしか知らなかったでしょう」

フラウ・ゴットリープは、テーブルを囲んでいる座り心地の悪い木の椅子のひとつに腰を下ろした。「あの子の名前はアリスではありません。ええ、孤児院でつけられた名前、本人が自分の名前だと信じているのはアリスですよ。でも、あなたの家に行かせる手配をしたとき、ほんとうの身元がわかったのです――リディア・レイモンド、ヘレン・レイモンドの娘だと。レイモンド博士によって、ソシエテ・デザルキミストの会員がおこなったうちでも、もっとも危険な実験のひとつから生み出された子ども。大地そのもののエネルギーの力を用いて――ああ、詳細はアッシャのほうがきちんと説明できるでしょう。でも、その力は、かつてないほどの勢いである人間に流れているのです――通ったあとに死と破壊の爪痕を残していくヘレン・レイモンドに。アッシャがイングランド支部を解散させたのは、ジキルの実験とカリューの死だけが理由ではありません――レイモンド博士にその子を見つけたり、実験を再開したりしてほしくなかったからなのですよ」

「待って、今なんて？　アリスがうちにくるよう手配したってどういうこと？」メアリは問いかけた。「あの子を雇ったのはミセス・プールよ」

「レイモンド博士！」とキャサリン。「イングランド支部が解散するまで支部長だったのはそいつよ。セワードとヴァン・ヘルシングが錬金術師協会を乗っ取ったら、また支部長になるつもりだったの」

「聖メアリ・マグダレン協会の院長は、ミセス・レイモンドだったわ」とジュスティーヌ。「あのかわいそうな女の子たちがアダムとハイド氏に殺されるよう手配したのはあのひとよ。たんなる偶然の一致なの？」

「わたしは偶然なんて信じませんよ」フラウ・ゴットリープはにこりともせず言った。「ミセス・プールに厨房メイドを雇ったらと勧めたのはわたしですし、孤児院にリディアを――アリスと呼ばれていた――送ってもらう手配をしたのもわたしです。あそこなら少なくとも目を配っていることができますから。大地のエネルギーを操る能力を母親から受け継いでいるとしたら、あの娘はとても危険です」

「アリスが？　危険？　どうやったらアリスが危険なんてことがありうるの？」メアリは信じられないといった口調で言った。

「まあ、あの催眠術の力があれば――」とキャサリン。

「その力が現れはじめたのですか？」フラウ・ゴットリープは訊ねた。驚いた様子はなかった。「では、ほかのひとに対しても危険ですし、自分自身にも危険な状況にあります。おのれの目的のために利用しようとする連中が出てくるかもしれませんから」


まったく、勘弁してほしい。そもそもこの冒険全体がそうして始まったのではなかっただろうか？　誘拐と電報で？　まあ、少なくとも今度はどうすればいいかわかっている。

「わかったわ、ジュスティーヌとわたしは、あしたオリエント急行で帰途につきます。キャサリンとベアトリーチェ、公演が終わりしだい追いかけてこられる？　ドラキュラ伯爵からお金を借りる必要がありそうね、列車代を払う余裕はないと思うから。それからダイアナは――まあ、わたしたちと一緒でもあなたたちと一緒でもかまわないけれど、どっちにしても、仲間はずれにはされたくないでしょうね。さあ、行きましょう。すみません、アダムズ――フラウ・ゴットリープって言うつもりだったの、つい忘れてしまって。棚に箱を戻しておいていただける？　伯爵邸に戻らないと――見なければならないものがまだこんなにたくさんあるのに。まだ仕事は始めたばかりよ。でも、今はムゼウム通りに帰って、すぐ出発する必要があるってミナに言わないと」

ジュスティーヌとベアトリーチェはすでに紙挟みに書類を戻しているところだった。キャサリンは電報を手にいらいらと待っていた。「急いで」と言う。

太陽に照らされるドナウ川を横目に、どう荷造りしようと話しながら早足でブダペストの通りを抜けて戻っていく道々、アリスの身に何があったのだろう、とメアリは思いをはせた。ほんとうにアリスはリディア・レイモンドで、またもや残酷な実験の結果なのだろうか。ホワイトチャペルの殺人事件で裁判を逃れたミセス・レイモンドの娘だと？ 険しい顔つきでにこりともしないマグダレン協会の院長を思い出す。あれほど堅苦しく見えたのに、預かっていた若い娘たちをハイド氏に売り、アダムが新たなジュスティーヌを造るため体の一部を摘出できるようにしたのだ。それにレイモンド博士は――やはり博士も、見境もなく知識と力を求める異常な科学者たちのひとりなのだろうか。認めたくないほどホームズ氏のことが心配だった――しかも、いまやワトスン博士まで行方不明になったとは！ メアリはすでに頭の中でオリエント急行の時刻表を確認し、出費を計算していた。どのくらい早くロンドンに戻れるだろう？

キャサリン こうした疑問すべて、そしてそのほかのことへの解答も、アテナ・クラブの冒険シリーズの第三巻であきらかになります。この巻がきちんと売れたらという話ですが――書店、鉄道の駅、また出版社から直接、二シリングで買えます。また、アメリカ版を刊行したいと思うかたがいれば――

メアリ ほんとうにその宣伝はやめるべきよ！

キャサリン アリスに何が起きたか読者が知りたければ、最初の二巻を買う必要があるの！ もちろん、アリスを危機にさらされたままにしておきたかったら……

アリスは森の空き地に座っていた。あたり一面に羊《シ》歯《ダ》が生えており、そよそよと葉が揺れ、若芽が渦巻き状に伸びている。腰かけているのは苔むした石で、オークと樺の木の葉越しに、はるか上から薄暗い光がまだらに射し込んでいた。空気は涼しくさわやかだった。去年の腐葉土のにおいがする。鳥のさえずりが聞こえた――どこか近くでコガラが二種類の音で鳴いている。まわりじゅうでかさこそと森の音がした――そよ風に羊歯がなびき、枝が互いにこすれあい、視界には入らないが音が聞こえる距離で、小川がさらさらと流れている。ふいに至るところで鳥が鳴き出し、騒がしい歌が響き渡った。用心深い兎がぴょんぴょんはねていく。数分後に、牝鹿が子鹿を連れてのんびりと下生えをかき分けていった。子鹿が黒く大きな瞳で気遣わしげにこちらを見る。話しかけたかったが、アリス自身が思いつかないようなことは、向こうも言わないとわかっていた。立ち上がって木立の下や羊歯の中を歩きたい――小川から水を飲んでもいい。しかし、あざやかな緑の蛇が左のくるぶしに巻きついていた。これがいるあいだは立つことができないのだ。

「リディア」とげとげしく横柄《おうへい》な声だった。「リディア、こんなことは今すぐやめなさい」周囲の森が揺らぎ、続いて、煙でできていたかのようにばらばらになった。その煙が灰色の服を着た鉄灰色の髪の女を囲み、細い筋となって渦巻く。女の隣には、鷲鼻と秀でた額を持ち、髪の生え際が後退しつつある背の高い男が立っていた。

「この子を見つけてやれると言っただろう」男は言った。「この娘が手に入ったからには、計画を実行するのに必要なものはすべてそろった。二週間、長くてもひと月たてば、あなたはイングランドの王座についているはずだ」

「この娘が協力するなら、でしょう」灰色の服の女が言った。

「するとも。そうだろう、君?」男はアリスに声をかけた。「ちゃんと自己紹介をしなかったな。私はモリアーティ教授で、こちらはミセス・レイモンド――君の母上だ」

「こんにちは、リディア」ミセス・レイモンドと呼ばれた女は言った。「聖メアリ・マグダレン協会であなたに気がついていれば、まったく違う扱いをしたでしょうに。わたくしたちの事業に加わることができていたでしょうよ。ハイドとその取り巻きから逃げ出してくれてよかったこと」一瞬言葉を切る。アリスは答えなかった。「また会えてうれしいわ、娘よ」とつけくわえる。だが、うれしそうには見えなかった。ほんとうにそう思っているのだとしたら、この女のうれしい表情というのは、どう見てもうれしくなさそうな険しい顔つきのことらしい。

　催眠波が破れて散っていくにつれ、幻影の最後の痕跡が消えていった。アリスはじめじめした石の牢屋を見まわした。薄暗いランタンがひとつ、便器用のバケツ。左の足首からは重たい鎖が垂れ下がっている。

「いい子でモリアーティ教授の望むことをするでしょうね、リディア?」ミセス・レイモンドが言った。

　アリスは目を閉じ、ここにはいないと自分に言い聞かせた――そうだ、こんなところにいたりしないのだ。(あたしはここにいない、あたしはここにいない、あたしはここにいない)懸命に念じる。だが、うまくいかないだろうとわかっていた。今回はだめだ。

謝辞

文章を書いたのはわたしかもしれませんが、この小説は大勢のかたがたの助けがなくては存在しなかったでしょう。ロンドン、ウィーン、ブダペストという偉大な都市を訪れ、通りを歩いて、メアリやダイアナ、ベアトリーチェ、キャサリン、ジュスティーヌが何を経験したか想像することなしに書くことはできませんでした。ファラ・メンドルソンとエドワード・ジェイムズがロンドンの美しい家に滞在するよう招いてくれ、ヴィクトリア朝時代後期の調査を指導してくれました。キャサリン・ペンディルとゼーゲル・ボーンバッカーがウィーンの同様に美しいアパートメントに泊めてくれ、分離運動時代を思い描くのを手伝ってくれました。チラ・クラインハインツがブダペストのわたしの知らないことについてほんとうにたくさん教えてくれ、この本のハンガリー語の表現を訂正してくれました。全員にご助力と歓待してくださったことのお礼を申し上げたいと思います。わたしのキャラクターはイタリア語、ドイツ語、オランダ語を話しますが、わたしは話しませんし、フランス語はジュスティーヌほど達者ではありません。これらの言語に関して力を貸してくれたレスリー・ヨーダー、イラリア・パタニア、サーシャ・ビベロ、ベルンハルト・シュテーバー、ホルス・オーデンタール、シモーヌ・エレールにお礼を申し上げます。どんな間違いがあったとしても、わたしがこのかたがたのすぐれた助言に従わなかったせいです。

書きはじめる前からこのキャラクターたちのことを信じてくれ、この本を書いているあいだわたしの正気を保ってくれたエージェント、バリー・ゴールドブラッドに心から感謝します。また、時としてわたしよりこの本を理解していて、もっとよくするにはどうしたらいいか的確に教えることのできる、すばらしい編集者ナヴァ・ウルフにも、そして、サーガ・プレスのチーム全体、とりわけブリジット・マドスン、タティアーナ・ロザリア、カリリー・ホーランと、デザイナーのクリスタ・ヴォッセンにも感謝を捧げます。彼女と表紙イラストを描いてくれたケイト・フォレスターのおかげで、想像もしなかったほど美しい本になりました。ワンダーカインドPRのエレナ・ストークス、ブリアナ・ロビンソン、タイラン・サルバーティはたゆむことなくこのシリーズの第一巻の宣伝を企画し、読者の目に留まるようにしてくれました。アテナ・クラブのこの第二の冒険も気に入ってもらえるといいのですが。その尽力とサポートに厚くお礼を申し上げます。

最後に、立派なマッド・サイエンティストの家系に生まれ、毎日わたしにひらめきを与えてくれる娘のオフィーリアに感謝したいと思います。娘がはじめてダイアナのふざけた行動に声をあげて笑ったとき、すべての努力が報われました。

訳者あとがき

十九世紀末のロンドン。数奇なめぐりあわせで出会った五人のモンスター娘――一見立派な化学者ジキル博士の娘メアリ、ジキル博士の裏の顔である犯罪者ハイドの娘ダイアナ、獣人の研究者モロー博士が造り出したピューマ娘キャサリン、人造人間を探究したフランケンシュタインに死体から蘇生されたジュスティーヌ、医師にして植物学者ラパチーニ博士の〈毒をもつ娘〉ベアトリーチェ――は、かの名探偵シャーロック・ホームズと協力し、世間を震撼させた娼婦の連続殺人事件〝ホワイトチャペルの殺人〟を解決へと導く。事件を通して絆を強めた五人は、メアリの家に同居することになる。しかし、警察に突き出した犯人はまんまと逃亡してしまい、陰で動いている謎の組織、錬金術師協会《ソシエテ・デザルキミスト》に関してもわからないままだ。真相を探ろうと〝アテナ・クラブ〟を結成したものの、錬金術師協会について調べようにも、精神科病院の院長セワードぐらいしか手がかりはない。そんなとき、オーストリアのウィーンから思いがけない手紙が届く。メアリのかつての家庭教師、ミス・マリーが転送してきたのは、錬金術師協会の有力会員であるヴァン・ヘルシング教授の娘、ルシンダの手紙だった。

父親の実験台にされていると助けを求めてきたルシンダを救うため、アテナ・クラブの面々は二手に分かれて欧州《ヨーロッパ》大陸へ渡ることになる……

古典SFの名作を贅沢にちりばめ、探偵小説の金字塔まで組み合わせて大好評を博した『メアリ・ジキルとマッド・サイエンティストの娘たち』の続篇、シリーズ三部作の第二部を〈ウィーン篇〉〈ブダペスト篇〉の二巻構成でお届けする。

ヴィクトリア朝ロンドンの空気を色濃く映し出した第一部に対し、タイトルからもわかるように、第二部は舞台を広げ、欧州を横断していく展開となる。英国海峡をフェリーで渡り、パリからオリエント急行でウィーンへ、と聞くだけでわくわくしてこないだろうか。急行内で殺人こそ起きないものの、ちょっとした犯人探しもあり、名（迷？）探偵気分を味わえる。さらに〈ブダペスト篇〉では、馬車や船、鉄道にとどまらず、初期の自動車まで登場する！　にぎやかなモンスター娘たちを道案内に、心ゆくまでこの時代の旅行を満喫していただきたい。

さて、第一部の仕掛けが切り裂きジャック事件なら、第二部で焦点があてられるのは何か――ヴァン・ヘルシングの名がヒントになるだろう。映画やマンガなど多くの作品で主役に抜擢され、ヴァンパイアハンターとして広く認識されるようになったが、本家本元の『吸血鬼ドラキュラ』においては、助言者の立場でドラキュラ退治に一役買う存在である。ただし、ここでのヴァン・ヘルシング教授は、科学の探究のために娘を実験台にする、例のマッド・サイエンティストな父親たちのひとりだ。その研究の詳細については本文を読んでいただくとして、ルシンダを救出する過程で、ヴァン・ヘルシングやセワードの真の目的と、錬金術師協会の正体が解き明かされていく。もちろん、ゲストキャラも有名どころが勢揃いするので、どんな顔ぶれが出てくるか、乞うご期待。ちなみに今回、残念ながらホームズは留守番だが、その紹介を受けてウィーンで一同を迎えてくれるのは、なんとあのアイリーン・ノートン、旧姓アドラーである。ワトスンいわく〝ホームズを負かした唯一の相手〟ならではの活躍ぶりをどうぞお楽しみに。

こうして波乱に富んだ欧州の冒険にもけりがついたと思いきや、第二部の終わりで、厨房メイドのアリスがさらわれたという急報が入る。催眠術の力を持つと判明したアリスはただの孤児ではなかったのだ。事件の背後には、シャーロック・ホームズ最大の敵がひそんでいた——最終巻となる第三部では、英国に戻ったモンスター娘たちが、ヴィクトリア女王にからむ大がかりな陰謀をめぐって奮闘する。〈アテナ・クラブの驚くべき冒険〉三部作のしめくくりにふさわしい作品だ。

なお、著者シオドラ・ゴスは短篇を数多く書いているが、二〇一九年発表の「魔女たる女王になる方法」〝How to Become a Witch-Queen〟が《SFマガジン》二〇二三年四月号に訳載される。王子と結婚した白雪姫の〝その後〟を語るもので、よく知られたおとぎばなしに皮肉のスパイスを効かせ、みずからの力で道を切り拓いていこうと決意する女性をいきいきと描いている。二〇一九年のシャーリイ・ジャクスン賞にノミネートされた、いかにもアテナ・クラブの生みの親らしい趣向の物語なので、ぜひあわせてご一読を。

A HAYAKAWA SCIENCE FICTION SERIES No. 5059

原《はら》 島《しま》 文《ふみ》 世《よ》

早稲田大学第一文学部卒
英米文学翻訳家
訳書
『パン焼き魔法のモーナ、街を救う』T・キングフィッシャー
『吸血鬼ハンターたちの読書会』グレイディ・ヘンドリクス
『紙の魔術師』チャーリー・N・ホームバーグ
(以上早川書房刊)
『ピラネージ』スザンナ・クラーク
他多数

この本の型は、縦18.4センチ、横10.6センチのポケット・ブック判です。

〔メアリ・ジキルと怪物淑女《かいぶつしゆくじよ》たちの
欧州旅行《おうしゆうりよこう》 IIブダペスト篇《へん》〕

2023年2月20日印刷　2023年2月25日発行

著者	シオドラ・ゴス
訳者	原島文世
発行者	早川浩
印刷所	三松堂株式会社
表紙印刷	株式会社文化カラー印刷
製本所	株式会社川島製本所

発行所 株式会社 **早川書房**
東京都千代田区神田多町2-2
電話 03-3252-3111
振替 00160-3-47799
https://www.hayakawa-online.co.jp

(乱丁・落丁本は小社制作部宛お送り下さい
送料小社負担にてお取りかえいたします)

ISBN978-4-15-335059-5 C0297
Printed and bound in Japan

極めて私的な超能力

알래스카의 아이히만（2019）

チャン・ガンミョン

吉良佳奈江／訳

元カノは言った。自分には予知能力がある、あなたとは二度と会えない。日常の不思議を描く表題作、カップルの関係持続性を予測するアルゴリズムを描く「データの時代の愛《サラン》」など10篇を収録した韓国ＳＦ作品集

新☆ハヤカワ・ＳＦ・シリーズ

流《る》浪《ろう》蒼《そう》穹《きゅう》

流浪苍穹（2016）

郝 景芳《ハオ・ジンファン》

及川 茜・大久保洋子／訳

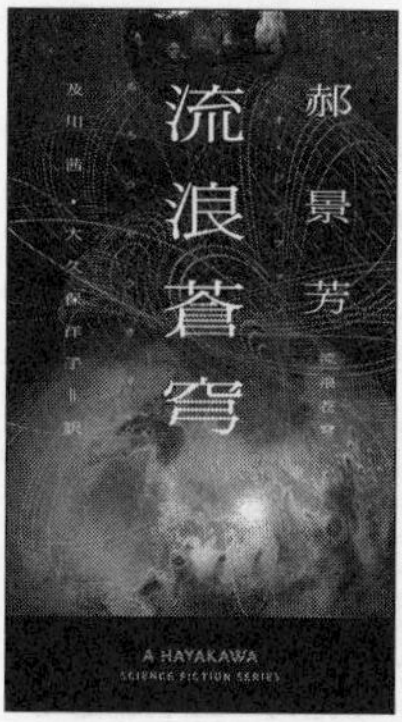

地球 - 火星間の戦争後、友好使節として地球に送られた火星の少年少女はどちらの星にもアイデンティティを見いだせずにいた……「折りたたみ北京」でヒューゴー賞を受賞した著者の火星ＳＦ。**解説／立原透耶**

新☆ハヤカワ・ＳＦ・シリーズ

とうもろこし倉の幽霊

GHOST IN THE CORN CRIB AND OTHER STORIES (2022)

R・A・ラファティ

井上 央／編・訳

アメリカの片田舎にある農村でまことしやかに語られる幽霊譚を少年ふたりがたしかめようとする表題作など、奇妙で不思議な物語全9篇を収録。全篇初邦訳、奇想の王たるラファティが贈る、とっておきの伝奇集

新☆ハヤカワ・ＳＦ・シリーズ

ビンティ

—調和師の旅立ち—

BINTI : THE COMPLETE TRILOGY (2015,2017)

ンネディ・オコラフォー

月岡小穂／訳

天才的数学者で、たぐいまれな調停能力を持つ〈調和師〉のビンティは銀河系随一の名門ウウムザ大学をめざすが、その途上で事件が……⁉　敵対種族との抗争を才気と能力で解決する少女の物語。**解説／橋本輝幸**

新☆ハヤカワ・ＳＦ・シリーズ